周立民 著

人间万物与精神碎片

图书在版编目（CIP）数据

人间万物与精神碎片 / 周立民著 .—北京：北京大学出版社，2013.6
（中国现代文学馆青年批评家丛书）
ISBN 978-7-301-22499-1

I.①人… II.①周… III.①中国文学－当代文学－文学评论 IV.①I206.7

中国版本图书馆 CIP 数据核字（2013）第 092275 号

书　　　　名：	人间万物与精神碎片
著作责任者：	周立民　著
责 任 编 辑：	黄敏劼　　特 约 编 辑：黄维政
标 准 书 号：	ISBN 978-7-301-22499-1/I·2624
出 版 发 行：	北京大学出版社
地　　　　址：	北京市海淀区成府路 205 号　　100871
网　　　　址：	http://www.pup.cn　　新浪官方微博：@北京大学出版社 @培文图书
电 子 信 箱：	pw@pup.pku.edu.cn
电　　　　话：	邮购部 62752015　　发行部 62750672　　编辑部 62750112 出版部 62754962
印　刷　者：	三河市腾飞印务有限公司
经　销　者：	新华书店 650 毫米×980 毫米　16 开本　20 印张　267 千字 2013 年 6 月第 1 版　2013 年 6 月第 1 次印刷
定　　　　价：	40.00 元

未经许可，不得以任何方式复制或抄袭本书之部分或全部内容。
版权所有，侵权必究
举报电话：010-62752024　电子信箱：fd@pup.pku.edu.cn

目 录

丛书总序　　　　　吴义勤　3

小　引　1

上　现实关怀

小径分岔的花园
　　——关于当代文学走向的一些随想　5
天地万物与小说家的世界　21
天地万物与散文家的世界　43
历史从心上流过
　　——齐邦媛《巨流河》阅读札记　69
每人都有他的怪兽
　　——读朱文颖《莉莉姨妈的细小南方》札记　91
在内心的转弯处
　　——于晓威小说阅读札记　101
鞭炮齐鸣的灵魂课
　　——一组作品的阅读札记　117
寻找彼岸
　　——冯骥才：当代作家"转向"的一个个案　134
讲真话
　　——为当代文学疗伤的《随想录》　155

下　岁月碎片

纯文学：李陀的假想敌　　213

新的希望，还是新的失望
　　——谈新体验小说　　222

无知岂能无畏
　　——质疑王朔批评文字　　229

解构与重建
　　——关于重写文学史　　236

谁在流行　为谁流行
　　——从文化流行语看当代文化状况　　250

功德无量的文学报刊
　　——文学的外部观察之一　　258

在金钱与艺术之间挣扎
　　——文学的外部观察之二　　267

读者不是旁观者
　　——文学的外部观察之三　　278

一言难尽的文学评奖
　　——文学的外部观察之四　　287

蜂拥而上的文学丛书
　　——文学的外部观察之五　　294

附录：漫漫批评路　　302

丛书总序

中国现代文学馆是在巴金先生倡议和一大批著名作家的响应下，于1985年正式成立的国家级文学馆，也是目前世界上规模最大的文学博物馆。中国现代文学馆的主要任务是收集、保管、整理、研究中国现当代文学书籍、期刊以及中国现当代作家的著作、手稿、译本、书信、日记、录音、录像、照片、文物等文学档案资料，为文化的薪传和文学史的建构与研究提供服务。建馆二十多年以来，经过一代代文学馆人的共同努力，中国现代文学馆的事业不断发展壮大，现已成为集文学展览馆、文学图书馆、文学档案馆以及文学理论研究、文学交流功能于一身的综合性文学博物馆，并正朝着建成具有国际影响的中国现当代文学资料中心、展览中心、交流中心和研究中心的目标迈进。

为了加快中国现代文学馆学术中心建设的步伐，中国作家协会党组决定从2011年起在中国现代文学馆设立客座研究员制度，并希望把客座研究员制度与对青年批评家的培养结合起来。因为，青年批评家的成长问题不仅是批评界内部的问题，而且是一个对于整个青年作家队伍乃至整个文学的未来都具有方向性的问题。青年评论家成长滞后，特别是代际层面上70后、80后批评家成长的滞后，曾经引起了文学界乃至全社会的普遍担忧甚至焦虑。因此，首批客座研究员的招聘主要面向70后、80后批评家，我们希望通过中国现代文学馆这个学术平台为青年评论家的成长创造条件。经过自主申报、专家推荐和中国现代文学馆学术委员会的严格评审，杨庆祥、霍俊明、梁鸿、李云雷、张莉、周立民、房伟等 7 位优秀青年评论家成为首批客座研究员。

一年来的实践表明,客座研究员制度行之有效,令人满意。正如中国作协党组书记李冰同志在中国现代文学馆第二批客座研究员聘任仪式上的讲话中所指出的那样,第一批 7 位青年评论家在学术上、思想上的成长和进步非常迅速。借助客座研究员这个平台,通过参加高水平的学术例会和学术会议,他们以鲜明的学术风格和学术姿态快速进入中国当代文学批评现场,关注最新的文学现象、重视同代际作家的创作,对于网络文学、类型小说、青春文学等最有活力的文学创作进行即时研究,有力地介入和参与着中国当代文学的创作实践,在对青年作家的研究及引领方面发挥了不可替代的作用。作为 70 后、80 后批评家的代表,他们的"集体亮相",改变了中国当代文学批评的格局和结构,带动了一批同代际优秀青年批评家的成长,标志着 70 后、80 后青年批评家群体的崛起。

为了更好地展示这 7 位青年批评家的成就与风采,中国作家协会和中国现代文学馆决定推出这套"中国现代文学馆青年评论家丛书",希望这套书既能成为中国当代文学批评的重要收获,又能够成为青年批评家们个人成长道路的见证。

是为序。

吴义勤

2012 年金秋于文学馆

小　引

上海现在已经是落叶飘零的季节。

清晨，走在街上，两边的人和车急匆匆，脚下的落叶却随风轻松飘动。接连几场雨，仿佛一夜之间，那些枝叶繁茂的树木便只剩下了残叶挣扎的枝干。

不知为什么，收拾旧稿也让我有拾拣落叶的心情。它们曾经有过绿意葱茏的稚嫩，也有红黄相间的秋熟，但不可避免最终都会到落叶飘零的时刻。我不知道每棵大树，看到它脚下的落叶会是怎样的心情，我看着那些付出了年华的文字，心情是很复杂的：有欣慰，也有惶惑。我常常想，把它们集合在一起有什么用？或许它们只对我和我过去的岁月有意义，正因为如此，我一直在犹豫，要不要把写于近二十年前，我读大学时的几篇文字收进来，它们的幼稚甚至是可笑在今天看来是显而易见的，但我一直不能割舍的是1990年代那个有些纷乱然而却浸含着少年血的文学时代，尽管我一直怀疑它与个人的情感和青春岁月有关，但我还是觉得那是个泥沙俱下却生机勃勃的时代，而后的文学似乎失去了那股劲，或许，后来我的心也麻木了？

让我鼓足勇气的是，又一想：我何曾写过成熟的文字？特别是近年来，我越来越对那种学术论文体有着生理上的厌恶，我更愿意用"感想"、"札记"这样的形式来表达内心中的情感，这些文字是越来越不合学理，但在这一点上我还想执拗地坚持下去，我本非学界中人，不过是一个喜爱阅读的人，何必在乎那些什么规范呢？倒不如痛痛快快地把自己内心的东西表达出来，或许哪一位读者与我有同感，我的这些读后感就算是彼此的一个不见面的谈话吧。

夜里，读新来的杂志，有一位歌手谈听歌的感受：

> 不过不用多久，你的心思就转到你自己的人生、你所有的失落，想着人生历程简直就是一连串的失落：失去父母，失去朋友，失去爱恋，失去机遇；先为你自己失去天真而感到失落，再为你孩子失去天真而感到失落。
>
> 还有另一种失落，就是心知你永远不可能成为弗兰克那样的歌手。你连接近他的希望都没有……
>
> 失落的地盘在不断地扩展，现在所有的希望都已沦陷。你沉思冥想你所错过的那一切——你的人生有多许你自己已经遗忘，又有多许已从身边白白流过，而你那小小渔网里收获又是那么地微不足道。有那许多书你还没有来得及读，读过的书里面又有多少你已忘掉，还有那许多你不知晓的历史、你还没学过的语言、你还没听到过的音乐、你还没写出来的歌，还有那许多事情你想问你的父母，如此巨大之世界你还只见识过如此微小之一部分，再加充满其间的悲伤、苦难和衰败，还有那许多没能跟你所钦慕的人们交上朋友的遗憾，还有你某天蓦然望见但永无缘分结识的那位陌路佳人。

（保·凯利：《凌晨时分》，潘泓译，《世界文学》2012 年第 6 期）

落叶飘零的季节，这种失落感可能更重一些；人到中年，对过去和未来的感慨可能更多一些。然而，失落归失落，遗憾却也并不是那么多，因为已经能够清楚地看到某种失败的归途，所以也省却了很多失落的痛心，更割舍了很多不必要的幻想和诱惑，也许更清楚了需要珍惜的是什么。

2012 年 12 月 4 日于上海吴兴路

上

现实关怀

小径分岔的花园
——关于当代文学走向的一些随想

一

还记得博尔赫斯笔下著名的"小径分岔的花园"吗?小说中的汉学家艾伯特是这样破解它的秘密:"小径分岔的花园是一个庞大的谜语,或者是寓言故事,谜底是时间……"①这样的谜底也仿佛指向所有当代写作者的命运:他们看不清自己作品的命运和前途,只能把它托付给时间;然而,在未来中,写作者又将是个缺席者,到那时作品的命运早已与作者的肉身无关。那么,他们的当代命运呢?"时间有无数系列,背离的、汇合的和平行的时间织成一张不断增长、错综复杂的网。由互相靠拢、分歧、交错或者永远互不干扰的时间织成的网络包含了所有的可能性。在大部分时间里,我们并不存在;在某些时间,有你而没有我;在另一些时间,有我而没有你;再有一些时间,你我都存在。"②当代文坛就像这样一张错综复杂的网,各写作群体相互间有交集,也可能互相看不到对方或者大部分时间不在同一空间中;同时,他们都处在未完成中,存在着各种可能性,很难预言他们的未来。

倘若我们认定有一个文坛或文学界的话,20世纪80年代或者以

---
① 博尔赫斯:《小径分岔的花园》,《虚构集》,第81页,王永年译,浙江文艺出版社,2008年。
② 同上,第81—82页。

前相当长一段时间的文坛,是一个相对统一的文学场域,有着大家心知肚明的标准和核心问题。至1990年代,尽管有文学"多元化"之说,但是,这个多元总还围绕着一个核心,它就是文学,不论通俗文学、高雅文学,还是纯文学、大众文学等等,它们实际上有一个潜在的标准,用这个标准可以隔开两边。大家处在同一个场域中,还会经常碰撞。但到了新千年,特别是经过新世纪第一个十年之后,当代文学发生了某种相当微妙的变化。有的学者对此已有预感:"当八〇后出生的一批文学青年涌现出来后,他们就不跟我们文坛玩了,所以韩寒、郭敬明,他们根本离开文坛了。我们这一套美学观念,我们这一套以前领导文学、统治文学、管理文学、推动文学的这样一个系统,一个规范,到了八〇后的孩子身上就完全失效了。……其实我觉得这一批孩子已经归媒体去管了,不由作家协会管了,所以这个以后,因为今天是六十周年,到七十周年或八十周年,还有没有现在意义上的文学,我觉得是一个问题,就是说我们这个传统,在这二十年里面已经消解到渐渐没有……"①

由"五四"而来的中国新文学至今已经中断了那种线型发展的逻辑,而变为"小径分岔的花园",彼此或有关联,或许互不相见。对于这种断裂,我的感觉是:一、它刚刚开始,远没有完成。二、它不同于以往的新一代作家对于上一代作家的叛逆,因为那种叛逆毕竟还存在着文学精神的承传关系,甚至不乏相互取代的意图,然而,这种断裂是远离你、不关心你,"不跟我们文坛玩了"。三、由这种断裂所产生的创作,有自己的读者和运作系统,它与所谓的"传统文学"未必是以谁取代了谁的结果呈现,也不能说相互间没有影响和渗透,但彼此可以长期共存,也可以在共存中互相"看不见";也可能在今后的一段时间中,

---

① 陈思和的发言《我看当代文学六十年圆桌论坛(二)》,见王德威、陈思和、许子东主编《一九四九以后》,第452—453页,香港牛津大学出版社,2010年。

新的文学样式默默完成对传统文学的"替换"。

二

回顾中国文学史,我想用"自文学至文字"来概况这种文学发展的轨迹,总体而言,它经历了三个大的阶段:

第一阶段:自文字至文章。这是鲁迅 1926 年的讲义《汉文学史纲要》第一篇的题目,它讲了最初连文成篇、文有美感、以成文章的过程,这是一个审美感觉觉醒、形成范式的过程:

> 由前言更推度之,则初始之文,殆本与语言稍异,当有藻韵,以便传诵,"直言曰言,论难曰语",区以别矣。然汉时已并称凡著于竹帛者为文章(《汉书》《艺文志》);后或更拓其封域,举一切可以图写,接于目睛者皆属之。梁之刘勰,至谓"人文之元,肇自太极"(《文心雕龙》《原道》),三才所显;并由道妙,"形立则章成矣,声发则文生矣",故凡虎斑霞绮,林籁泉韵,俱为文章。……至刘熙云"文者,会集众彩以成锦绣,会集众字以成辞义,如文绣然也"(《释名》)。则确然以文章之事,当具辞义,且有华饰,如文绣矣。《说文》又有芹字,云:"䩱也";"䩱,芹彰也"。盖即此义。然后来不用,但书文章,今通称文学。[①]

虽然他说"文章""今通称文学",但我认为它与后来的"文学"还是有区别的,至少范围比现代所称的"文学"要广,从作者而言,写文章,有实际应用的需要,也是抒怀的"余事",这与现代的以文学为

---

① 鲁迅:《汉文学史纲要》,《鲁迅全集》第 9 卷,第 345—346 页,人民文学出版社,1981 年。

职业的作家差异很大。

第二阶段：由文章至文学。它发生在晚清，至于当下。它是随着报纸、杂志等公共传媒诞生而出现的，知识精英对民众进行启蒙的产物。一方面，现代意义上的"文学"体现了相当话语权力，有自己的等级秩序、生产机制和话语规范。比如很长时间有一个不成文的认识：同样是在写作，居然有"作家"和"作者"之分；同样发表作品，在《人民文学》《收获》上与县、市主办的文学杂志上是有区别的。这种差别本身还形成了一种排除机制来保证精英作家的地位和话语权力，以形成所谓的文坛、文学界、文学圈子。这也是为什么总是有后一代作家要对前一代作家的叛逆，因为一种精英的文学必然要有它的权威、尺度、规范，而如果不取而代之，后一代就无法获得自己的话语空间和权力，在这一点上是没有商量余地的。另一方面，现代文学又与大众传媒和商业运作密切相依，它不仅仅形成一种意识形态，而且形成了一个产业，稿费制度的产生、大众传播业的发达，使得文学不仅是文人的余事，还是养家糊口、维持生存的社会职业，从而又演变成文化产业中的一个链条。徘徊在精神反抗与商业依赖的十字路口，20世纪的文学又多了另外一副面孔。

第三个阶段：从文学到文字。这里所说的"文字"并非单个书写符号，而是一种文辞，它消解了文学的等级制度，也破除了精英文学的编码规则，除了"文学"的范畴无法容纳它、认为它缺乏必要的"文学性"之外，更重要的是它产生和流通于当下主流文学秩序之外。传统精英文学的生产、流通方式是：作者—出版者—读者，而"文字"的写作群体是倒（逆）生产机制，网络为它们的传播提供了重要平台。网络表达不需要接受严格的审查，并且打破了精英写作的封闭路径，它是倒着来的：受众的点击影响了出版者（网站）的倾向、作品的流通、作者的写作内容和方式。由于网络的即时性，最大限度地取消了读者与作者之间的阻隔，使得以往文学作为一种权力机制赖以维持的基本权力和规则不再有效。比如说以往的创作，如果不符合某个刊物和出版社的美学标准，就没有与受众见面的机会，而网络则让一切都有了可能，这种可能尽管未必承诺预定目标，但会激发出各种自由的探索，原来的那些规范、原则、机制则面临着失效的可能。比如，在传统写作中，什么是文学和什么不是文学、什么是通俗文学和什么是纯文学泾渭分明，但在新写作群体中很模糊，一个写作者可能操练多种文字，他写足球专栏，也写小说或诗歌，"文字工作者"可能会取代"作家"，"文学"在被"文字"抹平。这些文字，特别是能够借助于商业来流通的写作往往呈现出鲜明的后现代性：怀疑权威、真理，无深度、无中心，游戏的、模拟的等等特点，但从更大范围而言，则有着更为丰富和复杂的图景，正如有学者一再提醒大家注意的80后除了韩寒、郭敬明，还有张悦然、郑小琼一样。

　　除了目下更多为传媒关注的以青春写作为代表的各种类型写作之外，当下的写作还呈现出更为丰富的形态和多样的传播方式，如网上诗歌写作群体十分庞大，甚至有人认为网络使当代诗歌迎来了春天，更有人觉得140个字限度的微博，简直就是为了诗歌的复苏而设计的。至少，在商品时代，诗歌由此可能有效地与商业剥离，建立起自给自足的写作空间。又如，大量的私人博客、微博的写作，除了记载私人生活之外，也比较集中地表达了公众的社会声音，还可以使小众趣味找到自己的生存空间。例如嘉兴的范笑我，从1994年开始编辑的《秀州书讯》，后来又上网变成博客，所记内容为名人佚事、地方风俗、街谈巷议等等，尤其是对嘉兴乡贤乡俗的关注，这种持续性的风格统一的写作，恢复了中国古人的笔记传统。《笑我贩书》迄今已出四编，有上百万字，有人评价："一部《笑我贩书》，为二十世纪末叶的最后岁月留下了珍贵的侧影。它是一部野史，是一种丰沛的民间文化史，更是一个文心百结的大线团。"①"《笑我贩书》形式上对于中国古代笔记传统的承继,以及行文之朴实无华、简练干净,均很值得留意。较之时下铺陈渲染、矫饰造作的所谓大散文,真不可同日而语。"②这样的文字不会在传统文学刊物的关注范围内,批评家认为它们总是"非文学"——当"文学"成为一个封闭的系统时候,"文字"则显示出更大的活力,它们不一定顶着文学的帽子,却可以抢了文学的风头。

三

"文字"构成对文学的极大挑战,而精英们惯用杀手锏就是什么什么"不是文学",真是最大的蔑视就是视而不见。或许,这根本就存在一种误解,认为文学向来就是什么样子,或者文学早已规范好了而不可能有其他样子。我们似乎都忘了在漫长的文学史中,每个时代对文学的看法和认识都可能有差异,比如,小说从不登大雅之堂之物,到"五四"之后才被抬进文苑成为最受关注的体裁,就有着认识上的变化。文学的内涵和外延常常是不稳定的,在法国人孔帕尼翁所写的讲文学的书中,对于这个问题,他引述了不少人的看法,但也一筹莫展无可奈何。他谈到:

> 到了巴特,则避重就轻,干脆不予界定:"一言蔽之,文学,即教授所授之物"(Barthes,1971,p.170)。十足的同义反复。不过,除了"文学就是文学",抑或"文学就是当下在此地被称为文学的东西"之外,我们还能找出别的说法吗?③

---

① 秋禾:《〈笑我贩书〉代序》,《笑我贩书续编》,第4页,河北教育出版社,2005年。
② 止庵:《对待文化的一种态度和另一种态度》,《笑我贩书三编》,第3页,作者2009年自印本。
③ 安托万·孔帕尼翁:《理论的幽灵——文学与常识》,第22页,吴泓缈、汪捷宇译,南京大学出版社,2011年。

他提醒我们:"由著名作家作品构成的经典也不是一成不变的,不断有作品登场(也有作品谢幕)。""文学传统是一个由文学文本构成的共时系统,始终处于运动的系统,它将随着新作品的面世而不断得到重组。每部作品都将引起整个传统的调整(同时修正传统中每部作品的意义和价值)。"①这话不难理解,比如20世纪90年代,曾有过文学大师重新排"座次"的事情,比较引人瞩目的是金庸进入并位置靠前,我想在1980年代初,这样的事情不会发生,那时金庸在大陆不过是一位通俗的武侠小说作家;而在今天,把金庸再排进这个座次中,也不会有人大惊小怪了。所以,这位法国研究者说,20世纪,文学的疆域在扩大,除了传统的种类之外,自传、游记也相继正名,诸如儿童读物、侦探小说、连环画等亚文学也被纳入文学范畴,"到了二十一世纪初,文学概念变得相当宽泛,有点类似于社会职业分工之前的美文概念"②。

亚文学大肆泛滥令"文学概念变得相当宽泛",它逐渐改变原来以作者为中心的精英文学生态,而转换成以消费者为中心的亚文学时代,也是前文所说的"文字的时代"。在新一代读者心中,精英文学、大众文学的概念是模糊的,而不是泾渭分明,他们把更为广泛、宽泛的文字理所当然视作文学。詹明信认为后现代主义文化的特点"是一些主要的界限和分野的消失,最值得注意的是高等文化和所谓大众或普及文化之间旧有划分的抹掉。……他们把它们结合,以至高等艺术和商业形式之间的界限看来日益难以厘定"③。那些职场小说、官场小说,被很多批评家指斥为"垃圾",可它拥有相当多阅读者,倘若他们是不曾有过经典文学记忆的人,理所应当就把这些小说当作区别于漫画、电视或者计算机教材的"文学";还有人们经常嘲讽地谈到那些喜欢《读

---

① 安托万·孔帕尼翁:《理论的幽灵——文学与常识》,第22、23页。
② 同上,第27页。
③ 詹明信:《后现代主义与消费社会》,《晚期资本主义的文化逻辑》,第398页,生活·读书·新知三联书店,1997年。

者》《知音》的人，因为他们说的"喜欢文学"就是这样的期刊，然而，它们完全有可能构成一代人的"文学"记忆。代沟是很正常的现象，但在一个人文传统没有中断的语境中，后代不论增加了多少前代不曾接触的东西，他们总有共同的或基础的文学记忆。唐人、宋人、清人都会读《论语》《孟子》，这是一种文化传承，而"五四"以后，这些书逐渐成为专业人士的研究对象，那就意味着这种文化传统在转向或中断，但现在如果连专业人士都在抛弃它们的时候，那么文化的断裂已在眼前。比较一下"老"文学爱好者所读的书与新一代的差异就能看出他们文化背景差异。舒婷曾回忆自己的阅读史：上初中时，都在看外国书，因为《西游记》《三国演义》《聊斋》等从外祖母的口中已经听得滚瓜烂熟；接下来的青春岁月，相伴的图书和作者有：《九三年》《普希金诗选》、泰戈尔的散文诗、何其芳的《预言》、拜伦、济慈、朱自清、殷夫、《马克思传》《柏拉图对话录》《带阁楼的房子》《悲惨世界》等等[①]。吴亮也列过他当时所读的书：《贵族之家》《初恋》《烟》《父与子》《死魂灵》《钦差大臣》《卡拉马佐夫兄弟》《奥勃洛摩夫》等19世纪大部分俄罗斯小说[②]。他们的阅读有个人趣味的差异，但共同点也非常牢固，实际上有一种潜在的标准，那就是作为一个"文学爱好者"有哪些书是必读的，从而获得这个合法身份。但在新一代作家中，他们成长的文化土壤要复杂得多，经典名著与大众文化混合、掺杂，而且经典名著的阅读受到大众传媒和流行风气的影响也特别严重，比如今天就很少人去读巴尔扎克和狄更斯，而读《追忆逝水年华》才小资，读伍尔夫和杜拉斯才够味儿，读《在路上》《麦田里的守望者》才有孤独感、叛逆性，这无疑都是当代流行文化的选择结果。更重要的是他们不再有靠对经典阅读来获取"文学爱好者"身份的心理

[①] 舒婷：《生活、书籍与诗》，见刘禾编《持灯的使者》，第127—134页，广西师范大学出版社，2009年。

[②] 吴亮：《慵懒的爱情——阅读前史与书的轮回之五》，《书城》，2010年第6期。

负担，当今时代，成为"作家"的途径多种多样。

当代文学读者与传统文学写作的"断裂"，从诗人郑培凯所举的具体例子中可见一斑：他曾经拿一篇题为《漱石枕流》的文章，请电机系的大一学生划出不懂的地方，结果以下都是当代学生不明白之处：《世说新语》、许由、罄竹难书、王维画雪地芭蕉、杜甫的诗……"那么你颠来倒去用这么多典故你到底要讲甚么？就是换句话，我们大多数大学生，其实对文学的兴趣，特别是牵涉到跟文学的典故有关，或者文学的传统有关的时候，真的是没有甚么兴趣。……至于讲到夏目漱石，他也不知道夏目漱石是谁……"[①] 有一位教授也曾向笔者抱怨，他接触到的人文学科学生竟然不知道契诃夫和陆文夫是谁。这不光是一个对文学是否有兴趣的问题，实际上反映了传统的人文教育在某一刻的中断，但接受这种教育的学生之中仍然有大量文学作品的读者，他们并非按照文学史提供的思路系统阅读，甚至根本不关心"文学史"体系，他们面对的文学世界早已是碎片式的，以这种素养和片断化的教育来欣赏文学，文学不再是一个统一的、有传承的、历史性的存在。当代的精神背景就如小径分岔的花园，大家互相"看不见"。从另外一个角度而言，学生们天天谈论的周杰伦、日本动漫，老师们也未必懂。这种相互"看不见"必将造成原本统一的文学秩序、传统和审美习惯的分裂乃至破碎，它们反过来，再影响文学创作本身。

这是一个很吊诡的问题，文学的疆域在简化也在不断扩大，经典的文学记忆被简化了，而一些过去算不得文学的东西则被拉进来。

热奈特认为"何谓文学"的提法欠妥，"愚不可及"，他主张区别两个互补的文学体系：一个是机遇常识的"构成体

[①] 郑培凯发言，《我看当代文学六十年圆桌论坛（二）》，见王德威、陈思和、许子东主编《一九四九以后》，第464页。

系",是封闭的,即一首诗、一部小说,即使不再有人阅读,也理所当然地属于文学;另一个是"条件体系",是开放的,即通过超值赏析,将帕斯卡尔(Psacal)的《思想录》和米什雷(Michelet)的《女巫》归入文学类,这种情况取决于时代与个人(Genette,1911,p.11)。①

对"条件体系"的不断开放,必须做出具体分析,不可一概而论。但有一点,它的开放,会加速"作者死了",或者是"作家"死亡,取而代之的是写手上阵;作者死了,消费者上位。以消费者为主导,将会大大改变精英作者的地位,作家仅是图书营销链条中的一员,而不是整个动力;当代作家恐怕再也不能像传统作家那样高傲地鄙视印数了,因为印数不仅关乎他们的物质生存,也关乎他们的写作生命。对于读者(消费者)而言,作品的影响力覆盖了作品的内容,哪部小说被改编成电视剧,小说就热卖。而在这之前小说早已发表(出版),可是除了文学小圈子,它们好像都在沉睡着,是电视剧、电影重新唤醒了小说——我知道这么说很伤作家的自尊,但这是现实,比如刘震云的《温故一九四二》,如今仿佛像一本新出版的小说,那还得感谢电影。又如莫言获得了诺贝尔奖后,有人对我说的不是从来没有读过他的作品,而是"从来都没有听说过还有这样一个作家"……先是文学界有明星,接下来是跨界的明星进军文学界。比如,明星、导演等出书(林青霞、吴念真、姜文等)。不要小瞧,亚文学因为强大的影响力是有置换文学的可能性的,就像《知音》、《读者》某一天成为某些人的文学记忆。在这一过程中,期刊中心、学院的评价、权威的承认等过去处于文学权力中枢地位的机制逐渐被消解,文学的生态已在慢慢改变。

---

① 安托万·孔帕尼翁:《理论的幽灵——文学与常识》,第23页。

四

网络的发达,移动通讯工具的齐备,使得文字信息随时可以上传到公共界面。由文学至文字,必将迎来一个"全民"写作的时代。论坛、博客、微博都成了大家表达观点、抒发情感的园地;私人写作与公共表达的界限逐渐被模糊,过去的日记,即便是专门为发表而写的,也有一个编辑和发表的过程,而今则直接上网进入公众领域;有些博客、微博已经成为新的公共媒体,如韩寒的博客和姚晨的微博等;文字、图片、视频已经可以直播生活……发表的便利抢夺了作家专属的权利,海量的文字淹没了越来越小众的文学期刊,"文字"在滋养"文学",还是在滋扰"文学"?

全民写作,从气象上看生机勃勃,从质量上论良莠不齐。但它对传统文学的封闭、自恋、既有的文学秩序构成冲击也是不争的事实。有艺术史家曾经描述现代以来,艺术所面临的困境:金钱价值的惊人力量足以宰制艺术作品的价值,特别是一小部分个人和机构左右着作品的"价值",使艺术趣味单一、握有评价标准的艺术机构由一小群二流艺术家掌握着,他们又在拼命迎合时尚和大众。时尚艺术的维持完全依赖商业,艺术家的命运都交到了交易商、经纪人和私人艺廊老板的手中,随着交易商在每笔交易中抽成比重的增加,他们成了推出艺术家的推手——当然,这决定这个艺术家能否为他赚钱。围绕在他们周围的是艺术杂志、评论家、博物馆负责人等这样一个群体,"在这个时代取得持久名声的方式会让拉斐尔或米开朗基罗大吃一惊,因为他们天真地以为名声是来自于创造美丽的艺术作品。显然现在机会只为了偏狭与审查制度而存在"[①]。不用多说,当今文学圈的情况比艺术圈有过之而无不及,由政府文化部门官员、杂志编辑、学院评论家等组成

---

① 保罗·约翰逊:《艺术的历史》,第630—631页,黄中宪等译,上海人民出版社,2008年。

的小圈子与传媒相互利用,也终究会成为出版商、书商等利益者的奴仆,左右着大批作家的趣味和创作,让文坛成为一个封闭又腐朽的存在。人人都在疾呼没有新人、没有大作家,其实没有人肯把时间花在真正有创造力的新人身上,每年年底为各种利益形成的排行榜总是盯着那几个名家就是最好的说明。而为文学权贵们选中的"新人",要么是腐朽的文学趣味的继承者、乖孩子,要么在媒体的一片喧哗中后继乏力、失去自己的方向,当下的文学秩序很难容纳有革命性的创作存在。由此而言,全民写作或许提供了一个机会,过去,端不上文学圣殿的东西,有机会直接摆到读者面前,接受检验了,也有机会打破文学权贵们所主导的文学趣味。比如,80后作家就一再抱怨,没有人认真读过他们的作品,比如诗歌界的委屈,网络文学就更不用说了。这种"看不见"有两种情况,一种是全民写作的超大写作量形不成公共关注领域,造成无法看见。另外一种情况是,在一种封闭的文学视界笼罩中,文学研究者的眼界狭窄,只好翻来覆去地折腾有了定评、丝毫可以不承担艺术判断风险的那几位作家,这无疑将导致文学活力的下降,而且忽略了生机勃勃的文学风景。他们最省事的办法,就是这些都"不是文学"。比如熊培云的《一个村庄里的中国》,乃至之前的梁鸿的《中国在梁庄》[①]等作品。还有那些老头儿们的文字,从孙犁的"书衣文录",到黄裳的"来燕榭书跋"体,还有黄永玉张扬恣肆的文字,无不炉火纯青又出入自由。嘉兴吴藕汀老人(1913—2005)的《药窗诗话》、《戏文内外》、《十年鸿迹》、《药窗杂谈》等,也无不是上好的散文……它们总被排除在文学大门外,而当进入"文字"的时候,那些陈规旧习不再对新的文学生产方式有约束力,"文学"疆界和视阈说不定由此而真正扩大。

[①] 熊培云:《一个村庄里的中国》,新星出版社,2011年;梁鸿:《中国在梁庄》,江苏人民出版社,2010年。

那些与当下的主流文学趣味有差异的有个性有探索性的文字由此找到了它的生存空间。比如文学评论，这本来也是由精英和商业控制的小圈子，精英们活动在所谓的那些核心期刊中，有限的资源被小群体把持着，它极其容易造成一种固定的文学趣味，限制了文学的多元发展，使得高雅的文学趣味变成凝固和僵死的教条。而商业以新书发布、作品研讨会、媒介的书评等方式已经无孔不入渗透进来，收买、拉拢、利用所谓的精英群体，制造出表面强大的一种文学声音，在媒体上四处流传，实际上不过为出版社打榜、卖书做了帮手而已。在这种情况下，像豆瓣小组这样的群体，反倒开辟了另外一条生路（当然，出版社已经知道它的影响力），大家自发的，没有什么学术等级和规范，依靠自己的阅读感受来评判作品，文字直接，感性，没有顾忌，这未尝不是一种新式的评论，而对于纠正目下文学评论的这种"腐朽"或许能够起到一定的作用。而且，它拆掉了吓人的学院高墙，与大众建立了充分的交流和沟通，至少普通人要想看看对一本书的评价，不会去找文学评论刊物，而完全可能首选去豆瓣查查。

当然，对于良莠不齐的全民写作，特别是存在于网络空间的大量文字，看到他们生机勃勃的活力的同时，也必须对之谨慎地作出评估，它们中很大部分也有着极其明显的腐朽，赤裸裸地为消费品存在的目的也不容掩盖。从这个角度而言，它们究竟为这个时代的精神史提供了什么就很值得追问了。一种新的文学样式的诞生，最终不取决于某种预设的理论，也不取决于它的传播媒介，决定因素还是它的文本，看文本究竟呈现出新的元素或革命性变化没有。这个变化也不能拘于一时一地，比如有多少新词汇诞生，其实从《诗经》到《红楼梦》也不知有多少新的词汇诞生！所谓一个时代有一个时代的文学，那是风格的变化还是本质的不同？又比如，从四言诗到五言诗、七言诗，那都是变化，但这个变化如果放在漫长的文学史中，究竟算多大，它们仍然属于旧体诗，而现代诗歌与它们完全不在一个范畴内的差别。网络文学相对于传统文学是否有着这样的变化和文体创新呢？从预想中看，我们认为像网络这样的传播媒介的诞生肯定会对当代文学产生影响或者已经产生了重要影响，但是这个过程可能是漫长而缓慢的，现在还难以匆忙认定。同时，所谓的传统文学也不是铁板一块，它本身也在变化，这种变化是与网络文学合流还是分道扬镳呢？比如蒋子丹的长篇小说《囚界无边》，就是以网络文学的创作方式，一章章首先在网上发布的，但它显然又与大家认定的网络文学相距甚远，它还是一部"传统小说"。反过来，现今所谓网络文学，很难看出它们与传统文学本质区别——所以，网络作家在传统刊物上发表作品也得心应手。以五四新文学为例，当胡适之提出"国语的文学"和"文学的国语"时，当陈独秀提出"八不主义"时，至少已经有了几百年的宋元戏曲、明清小说的白话文传统作比照，而且五四新文学的成功，或者区别于"旧文学"，关键是它不是理论的预设，而是有鲁迅、郁达夫、叶圣陶、冰心的小说，有周氏兄弟的散文，有胡适、郭沫若、闻一多等人的新诗，这实实在在的创作，"网络文学"如果真的存在，也要拿出作品来，告诉我们它就是网络文学，而不是以前文学样式的借尸还魂。

还有一点也要看到，当下传统文学写作的作家不写这样的东西，不等于没有这样的东西，从玄幻到穿越，中西方的文学传统中何尝没有这样的东西呢？我们过去讲仙界与人间的故事，"天上一日，人间五百年"之类的，不就是穿越吗？不能因为当代作家丧失了某种创作能力不写它，就认为它是"新"的。有人还强调网络文学有着充分的互动性和即时性，作者发表一篇文章，马上就会看到读者的反应，其实过去张恨水写连载小说，也会很重视读者反应。小说在连载中因为读者反应而改变作者设定的情节和人物结局的事情，在中外文学史上都发生过，只不过网络比传统的读者反应时间更迅速和直接而已。但是，文学创作毕竟不是舞台表演，它需要通过文字的表达和作者的思考的，即便作者第一时间得到读者的反应，也未必就能真正影响他的创作，或者说，读者反应是创作者在创作中未必起关键性的一个因素。网络文学在传统文学面前一直气不壮，我认为主要还是在于它至今没有拿出有所创造的文体，拿不出代表性作品。

虽然，我还不能判断这样直接的、没有门槛的、全民都可以参与的写作，究竟对传统的写作方式会产生什么样的具体影响，但是它所带来新的写作方式、语体和某种不可规范的活力却又是显而易见。比如它大大刺激了人们对信息及时性的需求而不断地"更新"，无疑加快人们的内心节奏，它对于以慢和精雕细刻为主的文学样式是否有冲击呢？信息强大是否会冲淡我们的情感呢？过去一个月里听到一件不幸的事情能伤心半个月，现在一分钟里看到全世界发生的十件不幸，我们是不是连泪水都来不及流？网络文学的阅读者又是谁，点击量能够代表多少有效的阅读量？网上只有"浏览"没有"阅读"吗？没有反复的阅读就不能有高品质的文学，文字必须是在反复的咀嚼中产生它的味道和意义的。大家完全为了消遣才去阅读，如果是这样的话，读完一部就会丢掉它，再去寻找新的，那么，所谓网络文学作品的经典化实际上就不存在了，网上写作一天总体上要更新6000万字，一个人一天读10万字，也够读两年的，试想连一个粗略的阅读都不可能，又如何实现经典化和深度研究？点击量就没有网络平台的背后操控吗？它真实地体现了人们的阅读选择吗？——看到这样的图景，我不免又有新的担忧。

1950年代中期，曾有一种"波普艺术"在美国、英国发源，理查·汉弥顿曾这样定义它："普及（为大众而设计）；短暂的（短期过度）；可消耗（容易被遗忘）；低成本；大量制造；年轻（瞄准年轻族群）；机巧；在性方面的噱头；有魅力；市场很大。"[①] 这些特征，与流行于当下的"文字"是非常相像的。它们扁平化，信息量取代了情感的含量；冗杂的感觉、感官的刺激取代了深邃的历史感和人文传统。"文

---

① 转引自保罗·约翰逊《艺术的历史》，第624页。

学"时代是要造就经典的,"文字"时代呢?我们会迷失在这"文字"的汪洋大海,还是每个人都能自由、欢畅地游泳呢?

五

偶读艾略特的《空心人》,发现87年前的他,居然会那么悲观地以这样三次的语句重复,表达他内心中的灰色:

> 世界就是这样告终
> 世界就是这样告终
> 世界就是这样告终
> 不是嘭的一响,而是嘘的一声。①

有意思的是,同在1920年代,中国诗人郭沫若却在诗歌中欢唱"死了的宇宙更生了"、"死了的凤凰更生了!"②"世界"并不理睬我们,任凭人喜怒哀乐,担心或盼望,它似乎都面无表情地腐烂着、生长着。我也不知道在时间的长河中,"文学"走到今天究竟是面临着死亡还是新生,不论怎么样,艾略特的一句话还是准确的,它的所有变化不是突然"嘭的一响",而是"嘘的一声"。

2012年5月18日—2013年4月18日四改

---

① 托·斯·艾略特:《空心人》,《荒原:艾略特文集·诗歌》,第122页,裘小龙译,上海译文出版社,2012年。
② 郭沫若:《凤凰涅槃》,《〈女神〉及佚诗》,第39页,人民文学出版,2008年。

天地万物与小说家的世界

一 弱不禁风的小说

读当今长篇小说，我常常感叹：怎么就不像一个长篇呢？它们个头很高，身段不错，却比纸还单薄，令人不由自主地想起"弱不禁风"这个词。对此，最方便的说法是格局小。是的，上知天文下知地理的诸葛亮时代早已不再，当代人只能写写"一个人的战争"和"私人生活"了。但大作品又不是靠人物堆出来的呀！更何况，有些作品动辄三代人，放笔一世纪，"绘就历史长卷"，架势也不小啊！无奈，画卷虽长风景却一目了然，太空疏了。而好作品哪怕简单，却很饱满。我看过一位名画家的小品，画面上没有任何背景，只是两只侧躺着的黄鸭梨，两只梨不论怎么摆布都很单调，这对画家绝对是一个挑战！大师就是出手不凡，他只要多出两三笔：鸭梨的表皮上轻轻点了几点，梨长了一点点褐斑，立即感觉它不是画面上的道具，而是放在篮子里也曾历经风雨的水果；而另一只梨，画家把它的细柄折了一下，在上端还趴着一只蚂蚱，摇摇欲坠又浑然不觉的样子。呆板的画面立刻鲜活起来，让人回味无穷。那么，另一个托辞——生活太贫乏、单调，所以作品就单薄——也不击自破了。米兰·昆德拉曾说："日常生活。它并非只是无聊、琐碎、重复、平凡；它还可以是美；比如说氛围的魔力；每一个人都能从自己的生活中了解到：一首从隔壁寓所传来的柔和的乐曲；轻摇窗户的风；一个失恋女生心不在焉地听到的教师的单调声音；这些平常琐事的氛围在个人的隐私事件中打上无法摹仿的印记，从而使之在时间流程中脱颖而出，令人难以忘怀。"① 噢，明白了，我们是缺少发现美的眼力，缺少打动人的细节。仿佛是，至少这个现象普遍存在，但又不尽然，因为有些作品已经细得让人腻味，一地鸡毛一样不舍样样必录，反而让小说更虚空，生活里那点事儿，不需要读都知道作者写了什么，不劳作家复述了！

那是"中国作家缺少想象力"？这话谁都在说，仿佛想象力是武功秘籍，那究竟什么是想象力，它又自何而来？似乎又一头雾水。中国古人讲到"神思"时，最为令人心驰神往的境界是"思接千载"、"视通万里"，如何做到这些呢？"故思理为妙，神与物游。"② 它要求作者的精神与外物的形象合而为一自由游刃。道理很简单：再高妙的想法也需要借助于外物的形象为依托才能充分地表现出来。这是常识！且慢——"物"是作品中通过文字呈现在读者面前的内容，那么如果说作品单薄、简单，是否就意味着作品呈现给我们的"物"太少太简单了呢？我认为这是问题的症结所在。

在现实生活的世界与文本所呈现的小说世界之间，还有一个小说家的世界，它不仅连通这两个世界，也在创造小说的世界。那么，言之无"物"，可以说是小说家胸中无"物"。当代人生活在一个信息密集的社会中，如果说胸中无"物"在很大程度上不是客观条件的限制（如古人的足不出户），而是对"自我"之外世界的漠不关心。尽管，许多人也可以理直气壮地辩护："自我"也是"世界"的一部分，写自我就是写世界，而且人无不是从自我去感受世界的。不错，但这个自我要是敞开的自我，是去经历、体验、探索生命，容纳各种经验的自我，而不是搜集起自己的每一根羽毛和一点点皮屑，用它们造个巢，躲在里

---

① 米兰·昆德拉：《帷幕》，第 26 页，董强译，上海译文出版社，2006 年。
② 均见刘勰：《文心雕龙》"神思"篇。

面认为世界皆备于我的自我。在很多时候,恰恰是后一种自我造成了许多作品的背景单一、情节雷同,人物没有背景、身份和根基,如影子一样漂浮在文本中。并非他们不想写得质感些,而是他们贫乏的世界中实在捧不出五颜六色的花朵。诚然,小说对生活是有取舍的,不能见到什么都往篮子里捡,可小说中有些地方也是不能空白和虚化的,有时小说家就是那个母亲,把孩子生下来不能让他赤条条的,你得给他吃,给他穿,让他长大啊。略萨说:"当一部小说给我们的印象是它已经自给自足、已经从真正的现实里解放出来、自身已经包含存在所需要的一切的时候,那它竟已经拥有了最大的说服力。"① 在这里,他强调要"从真正的现实里解放出来"的虚构和创造,更要求能够建立起一个"自给自足"、"自身已经包含存在所需要的一切"的世界,也就是说有些条件是必不可少的。为此,王安忆曾向一些"故事是在一个过于干净的环境进行,干净到孤立"的小说家发出疑问:"如果你不能把你的生计问题合理地向我解释清楚,你的所有的精神的追求,无论是落后的也好,现代的也好,都不能说服我,我无法相信你告诉我的。"② 我想,这不仅仅是个说服力的问题,说服力只是让小说世界具备正常运转的基本条件,而想让这个世界充满魅力、令人流连忘返,则需要"物"的极大丰富,正是在这个意义上需要小说家的世界更广阔。

对于一个有着丰富创作经验的成熟小说家而言,写作不应当再被技术的问题所限制和束缚,而小说家的知识、修养、视野、心胸、气度等问题——姑且把这些称之为"小说家的世界"——的重要性却日益凸显,它们看不见也摸不着,因而更容易为人忽略。于是,人们往往本末倒置、缘木求鱼,使尽浑身气力去玩技术、套路,却仍然写不出格局、

---

① 马里奥·巴尔加斯·略萨:《给青年小说家的信》,第 29 页,赵德明译,上海译文出版社,2004 年。
② 王安忆:《小说的当下处境》,《大家》,2005 年第 6 期。

气度和深度来。恩格斯在评论歌德的时候，说过一段非常经典的话："歌德在自己的作品中，对当时的德国社会的态度是带有两重性的。有时他对它是敌视的……有时又相反……他亲近它，'迁就'它……"恩格斯认为所以如此，是因为："在他心中经常进行着天才诗人和法兰克福市议员的谨慎的儿子、可敬的魏玛的枢密顾问之间的斗争：前者厌恶周围环境的鄙俗气，而后者却不得不对这种鄙俗气妥协、迁就。因此，歌德有时非常伟大，有时极为渺小；有时是叛逆的、爱嘲笑的、鄙视世界的天才，有时则是谨小慎微、事事知足、胸襟狭隘的庸人。"① 也就是说，无论如何，我们无法否认作家的精神世界与作品之间的血缘关系，小说家的世界未必是一个不着边际的虚空话题。

确实，小说家的世界有大多，不是用尺子能量出来的，归根结底要通过小说文本来体现，而且从小说家的世界到小说的世界未必是对等关系，那种茶壶煮饺子、心中有笔下无的人不是没有，但倘若胸无点墨就能下笔千言可真是神来之笔了。古人有"养气"之说，我认为小说家应当"养心"——养育自己的内心世界，使它不断成长、壮大、开阔、殷实。在这个前提下，进一步探讨"小说家的世界有多大"实际上就是讨论小说家与身处的外部世界的关系。重提这种老而又老的话题，乃是我隐约地感觉到当代作家探索世界的热情在不断地减少。别误会，我不是说他们与"火热的生活"、"现实世界"相隔绝，不是，他们是在享受、攫取世界，却不是探索和体验生活。让当代人放弃感官享受是荒唐的，但一位作家倘若身在其中又不能常有反思，没有精神超越，更是不可思议的——作家的身份注定了他是背负精神十字架的人。"养心"正是需要清醒的热情者，而不是无度的沉溺者，需要在自身利益之外关注世界普世价值和人类共同命运的人。作家不是圣者，却要有

---

① 恩格斯：《诗歌和散文中的德国社会主义》，《马克思恩格斯全集》第4卷，第256页，人民出版社，1958年。

圣心，作家不是道德家，但他的文字中不能缺少带着人们向真向善的力量。

二　眼睛里没有"物"

"画地为牢"的典故早已为人熟知，但这样的事情却频繁重复着，文学中也概莫能外，作家们常怕自己的文字不"现代"，就将古典文学中一些非常重要的经验弃置一旁，甚至排除在文学之外，惟独忘记了，文学世界如大海一样具有包容力和开放性，它吐故纳新，时时保持着与错综复杂、日新月异的现实世界之间的联系。但倘若作家如同一位变心者丧失对外在世界的体贴入微，变得三心二意心不在焉，那么充斥作品中的可能就是无数抽象的名词，模糊的类属，而不是具体的"物象"。比如"花开了"，究竟是梅花、桃花、槐花、兰花，还是桂花、芙蓉花，很多作品中都是很笼统的叙述。每个意象都有着不同的含义，梅花与桃花有区别，哪怕都是花；桃花与梨花也有差别，哪怕都是开在春天。这是不能随随便便用个"花"字就打发了的！

当代作家对于"物"的漫不经心在他们的作品中随处可见。诸如："那是个星期一，天气晴朗，湿润的凉气从开了一半的窗户里飘进办公室，房间里有一种雾蒙蒙的感觉，仿佛这不是人间，是在云端里，然而他却没有心思去分辨自身的处境……"[①] 恰如最后一句话所提示的"没有心思去分辨自身的处境"，"天气晴朗"、"雾蒙蒙的感觉"都很模糊，似乎眼睛根本没有实实在在地在看。另外一篇作品中："从乡里到托喀木买里斯村的路有十几公里，水磨房要近一些。在三岔路口向河边伸去的小路尽头，是一片不高的陡岸，从远山流来的那股水在这里加快

[①] 王璞：《沉默》，《收获》，2008年第6期。

了流速,水磨就建在这个水流湍急的土坡上。"① 总算有些具体的"物",可是多么"一般"啊,陡岸、远山、水流,又何其平面化!而且,在作者不自觉的意识中,人都是这个世界的当然主宰,其他事物最多是渺小的点缀。如"罗盘再次回村已经是秋天。田野满荡荡的金黄,罗盘却闻不到麦子的香味。罗盘脸瘦了,颧骨上趴着块块紫色的斑痕,从后面看,罗盘走路还有点跛,这使他的肩忽高忽低。……"② 田野,金黄,麦香,主人的眼睛几乎一扫而过,作者的关注点不愿意在此过多停留,把人与他身处的世界割裂开来,这是我们思维惯性的结果,作家没有觉得这样写还有什么问题。这种情况,在古典文学中却完全不同,随便从《诗经》中找一首诗看看吧:

七月流火,八月萑苇。蚕月条桑,取彼斧斨,以伐远扬,猗彼女桑。七月鸣鵙,八月载绩。载玄载黄,我朱孔阳,为公子裳。(《豳风·七月》中一节)

加下划线的都是具体的事物,加重点号的则是颜色等具象,短短的诗中有这么丰富的物象,又没有被物象所牵制,而无不在写人的行动,虽言简而意远,文字由此也显得饱满,字里行间也无不透露出人与自然万物的亲近感。

名物曾是中国古典文学中很重要的一个组成部分。比如,《诗经》中的名物就种类繁多、缤纷奇异。有人据顾栋高《毛诗类释》的材料统计,《诗经》中出现的谷类有24种,蔬菜有38种,药物有17种,草有37种,花果有15种,木有43种,鸟有43种,兽有40种,马有异名27种,虫有37种,鱼有16种③。今人胡淼在《〈诗经〉的科学解读》

---

① 赵光鸣:《帕米尔远山的雪》,《绿洲》,2008年第12期。

② 同上。

③ 见郭绍虞:《中国历代文论选》第1册,第19页,上海古籍出版社,2001年。

一书中统计:《诗经》305篇,有141篇492次提到动物,144篇505次提到植物,89篇235次提到自然现象①。这么丰富的名物吸引了无数学人为之注疏、考辨,三国时期陆玑的《毛诗草木鸟兽虫鱼疏》,宋人蔡卞有《毛诗名物解》,明代毛晋又在陆玑工作的基础上编著了《毛诗草木鸟兽虫鱼疏广要》,清人赵佑又有《校正》,今人扬之水另有《诗经名物新证》。也有人曾统计过,《红楼梦》全书共写到植物237种,其中前40回写了165种,中间40回161种,后40回66种②。可是,当我举这些例子的时候,一定有小说家说这是专门的训诂学问,是社会学、历史学,与文学何干?在一般观念中,它们离文学是那么遥远。

名物世界从当代文学中退出③,并不是一件值得高兴的事情,它使文学世界变得狭小而单调。这样的隔膜,自然与当代人和自然的隔绝有关系,人们关心"风尚"、"潮流",惟独对与自己朝夕相对的万事万物视若无睹。在我们的教育中也缺乏这一方面的内容,当代人不识"鸟兽草木之名"已很正常了。孔夫子说:"诗可以兴,可以观,可以群,可以怨。迩之事父,远之事君,多识于鸟兽草木之名。"④"多识于鸟兽草木之名"在当代狭窄的文学观念中,根本就不属于文学的功能范畴。在以往对于文学(或文章)的功能强调中,教化作用是第一位,其次才是审美、娱乐等功能。在教化中,道德伦理是重要内容,知识、信息也是其中的一部分。放弃了教化曾被认为是现代文学独立、自由之始,但这无形中是否也造成了文学功能的单一,而这种单一、狭窄是否会影响人们对文学的需求和整体看法呢?或者说名物的存在难道不是增加了《诗经》的魅力吗?更何况许多名物已经成为意象,具有强烈的

---

① 胡淼:《〈诗经〉的科学解读》,第1页,上海人民出版社,2007年。
② 潘富俊:《红学的另一种观点》,《红楼梦植物图鉴》,第5页,台北猫头鹰出版社,2004年。
③ 这当然也不能一概而论,作家张炜的作品中便有这样的世界。而最近朱千华《水流花开:南方草木札记》等作品似乎显示着人们在恢复这样的书写和记忆。
④ 孔子:《论语·阳货》。

文学审美功能和表意功能，是作品中不可或缺的一部分。有的学者在研究《诗经》名物时就认为："物与人的关系上：从《诗经》的图像时代我们得知，鸟兽（凤龙）是中国人的'生'，而草木（食药）则是中国人的'存'。中国人的'生存'就是二而为一的结果。《诗经》中在处理人与物的关系时，总是先物后人（如先言'雎鸠'再言'淑女'《关雎》；先言'绿竹'再言'君子'《淇奥》……），以'物'为指'规'；在状态上人和物处于亲和之中，从而形成一种'天人合一'生态宇宙观以及'执两用中'的和谐方法论。"①一草一木总关情总有义，看来在作品中也是这样的。

至于写法问题，恐怕只有专业写作者和阅读者才更为关心，大多数的普通读者阅读中则各取所需，如果文学作品自身就将它担负的功能狭窄化，那无异于关门拒客。小说家世界的单一和简单，还会使作品有很多臆想的硬伤，同样影响着小说的品质。有的读者曾撰文质疑"作家们都怎么了"，谈到他读过的一位著名作家写的北大荒的小说，其中的某些情节"让人不可思议"：小说的男主人公失踪，尸体在后来淘井时被发现，捞上来成个大泥坨，慢慢用水冲才渐渐露出原来面目。这位读者说："不知道中国别的地方怎么样，反正'北大荒'的土地挖下几米肯定都是沙子，井里怎么会有那么多的泥？就算有泥，那些泥巴又怎能把尸体严密地糊住呢？"小说写从井里捞桶的情节，读者说："设想一下，井口到井底至少要五米深，甚至十几米，几十米。捞桶用杆子，那杆子有那么长的吗？这是个常识问题呀！"这位读者在《小说月报》上看到另外一个"天方夜谭"："那短篇小说描述一个屠户悄悄给要杀的牛喂牛血，因为牛吃了牛血就格外地上膘。结果这头牛竟然把屠户的儿子顶死。当人们发现时，那牛正在吃屠户的儿子。天！现

---

① 殷学明：《图像·规训·诗学——〈诗经〉鸟兽草木图像发微》，《中国石油大学学报》，2006年第6期。

在作家们都怎么了？"①

我知道有相当多的小说家对于《杜拉拉升职记》这样流行于网上书肆间的畅销小说嗤之以鼻，说实话，我也不喜欢它们，它们也有另外一种简单，但相比于自认为很文学的作家们，我比较理解大多数读者的选择，在纯文学的作品中，他们得到的仅仅可能是审美、情感的抒发，但在这样的作品中有着更鲜活的生活和更现实的教益，或者说，读者需要更广阔的世界，不管他们是不是藏污纳垢、鱼目混珠，作家可以拒绝它们，但读者却也可以欢迎它们。想一想，有多少人是在反腐小说、官场小说中去品味叙述笔法，而不是看社会新闻？从作家而言，"很文学"的代价如果是将这些不够文学的成分驱逐干净，那文学还剩下什么？

三 饶有兴趣的"冗余"

不用多，大概只要读上5部（篇）中国古典小说你就会发现它们的某些套路，什么有诗为证，什么花开两朵、各表一枝，什么苦尽甘来……模式化的叙述，套路的语言，大团圆的结局；思想也比较简单：善有善报，恶有恶报；忠、孝、节、义……但你想过没有，如此简单的文字居然经得起循环和反复阅读，这是为什么？我得承认这些小说的模式中有着契合中国人心理结构的强大力量，但还要看到在这简单的模式里，小说还有非常多的附加成分，这些附加成分以现代小说叙述学而言，都是破坏了叙述规则的冗余。可就是在这些冗余中，我看到古代文人的世界比现在的小说家广阔。这些冗余有相当的趣味性、娱乐性、知识性，反倒增加了文本的复杂性，从而打破了那种统一、平衡的线形叙事模式，让你可以拆散文本（或者说原来的文本就不是统一

---

① 幼河：《作家们都怎么了？》，《文学报》，2009年2月5日。

体)随时随地进入阅读。这样,冗余也是小说中不可或缺的有机部分,它们让普通读者在小说的世界中看到了更多的东西,无形中给小说增添了丰富的物象。王蒙在分析《红楼梦》中写秦可卿、秦钟姐弟一部分与小说整体关系时,曾发出这样的疑问:"用系统论的观点看待文学作品究竟对不对?一部长篇小说,必须是或全部是一个不可分割的有机整体吗?它的任何一个章节段落,一个人物,一个插曲,只有放在与其他组成部分的关联当中才有意义,否则就会失去意义了吗?"① 王蒙认为:"盖中国传统文学,特别是小说这种'大众文学'样式(诗歌散文方是传统的'精英文学'),更富有游戏性,它不像西洋的现实主义那样严肃、那样呆板、那样郑重。在中国传统小说里,回避隐讳,影射暗示,假托借代(如借秦氏之口讲一番大道理),谜语占卜,牵强附会,以及种种文字游戏、结构游戏、情节游戏(如晴雯死后变成芙蓉花神云云)的方法用起来得心应手,与外国文学作品相比,自有一种中国特色的轻灵潇洒。"②

现代读者失去了细细品味的趣味之后,就逼迫作家无限制地追求小说的"速度",速度更多体现在故事的进程上,这样,现代小说几乎成为以故事为中心,或者说被故事绑架了的叙事体,以致作家除了紧盯着故事外根本不敢东张西望,这与古人的情致大相径庭。古典小说未必坚持故事中心论,这样且吟且唱,天南海北,不紧不慢都来了。较为极端的例子是《镜花缘》,动不动就掉书袋,动不动就扯出去了,情节的进程缓慢无比,常让想看故事、欲探知结局的人急不可耐。文学史家在批评此书艺术上的不足时说:"由于作者是'以文为戏',有时就不免过于重视个人的兴之所至,而不考虑作品的艺术效果和读者的接受能力。加以作者本是相当渊博的学者,写作此书时又用了十多年

---

① 王蒙:《红楼启示录》,《王蒙文集》第8卷,第22页,华艺出版社,1993年。
② 同上,第39页。

时间,更可从容查考,不断充实,作品里'掉书袋'的情况相当严重。其结果,一方面出现了不算太少的冗长、乏味的叙述,如写一百位才女的十日欢聚竟用了二十五回,尽管她们主要是从事游艺活动,但没完没了地看她们怎样行令,如何说俏皮话等等,到后来就很难避免厌倦之感;另一方面,作品中涉及学问的地方太多,有些是直接谈学问,这对于接触过此项学问的读者来说可能是有兴趣的,但大多数读者却会感到索然无味,还有一些是将学问溶入于故事中,以致一般读者不易领会。"① 可是抛开对故事的追踪,随时打开又随时放下悠闲地品味,那么就不存在叙述中的主线、侧线和冗余之分,那些"冗余"反倒打开小说由故事框架所设定的狭小世界,使小说物象丰富,读来饶有兴趣、引人入胜,明显的缺点可能正是我们不该忽略的优点。文学史研究者也承认:"尽管具有上述缺陷,此书在当时仍然受到了热烈欢迎。它最早刊刻于嘉庆二十二年(1817)或二十三年(1818),至道光十二年(1832)止,在短短的十四五年间就在不同的地区被刊刻了六次(据《中国通俗小说书目提要》),以后又一次次翻刻、翻印。"② 这似乎也证实了读者关心的未必是叙述问题,甚至连它是不是小说都不重要,只要从中能够获得阅读的兴趣。

　　这么说,不是说叙述的问题从此就变得不重要了,而是应当看到小说家世界的大小对于笔下世界的丰富与否有着制约或促进作用。古典小说的那些知识性叙述无形中增加文本的功能,即在小说叙述的主体——故事的讲述之外,附加了许多给读者耐心味咏的文字,读者获得了故事,也获得了很多故事之外的东西。而缺少这些的当代小说固然更诗意、叙述更流畅,但也未尝不是减肥过了头,苗条是苗条,但却身体不健康。不要鄙视古典小说中的那些冗余,它对当代小说家是一

---

① 章培恒、骆玉明主编:《中国文学史新著》下册,第491页,复旦大学出版社,2007年。
② 同上。

个严峻的挑战,它要求相当的知识面和驳杂的学力,换言之,它要求小说家的世界要更广阔。从某种意义上讲,当代小说家是非不为,而是无能为力也。传统文人琴棋书画样样精通,而当代小说家专业到甚至非小说不读,这怎么行?!我常说:当代散文家的功绩就是造成散文的集体死亡[①],希望小说家不要充当这个谋杀小说的元凶。

汪曾祺曾强调在阅读上要做个"杂家":"我看杂书所用的时间比看文学作品和评论的要多得多。"有关节令风物民俗的,方志、游记,讲草木虫鱼的,书论、画论、笔记杂论等无所不览。他认为这样读杂书有几个好处:是很好的休息;可增长知识,认识世界;可以学习语言;可悟写文章的道理[②]。不是有句话叫"功夫在诗外"么?一个人如果只盯着眼皮底下那点事儿,久而久之,他就什么都看不清了。这也令我想起多年前曾经讨论过的"作家学者化"的问题,大概不是要每位作家都去写学术论文,而是说相当的学养让作家能登得高望得远,看到更广阔的世界。王蒙当年的一段话也可以在文学史上的很多实例中得到验证:"有一些作家,写了一部或数篇令人耳目一新、名扬中外的作品之后,马上就显出了'后力'不继的情况,一个重要的原因就是因为缺乏学问素养。光凭经验只能写出直接反映自己的切身经验的东西。只有有了学问,用学问来熔冶、提炼、生发自己的经验,才能触类旁通、举一反三、融会贯通生活与艺术、现实与历史、经验与想象、思想与形体……从而不断开拓扩展,不断与时代同步前进,从而获得一个长久、较旺盛、较开阔的艺术生命。"[③]

---

① 我不是说当代就没有散文,而是说当代好的散文绝不是出自所谓的散文家之手。
② 汪曾祺:《谈谈杂书》,《晚翠文谈新编》,第 77—78 页,生活·读书·新知三联书店,2002 年。
③ 王蒙:《一个值得探讨的问题》,《王蒙文集》第 6 卷,第 147 页。

四　追溯到生活真相的最底层

美国学者莫里斯·迪克斯坦（Morris Dickstein）在《途中的镜子——文学与现实世界》中谈到当代文学潮流时说："在20世纪前半段现代主义写作的鼎盛时期，现实主义作为一种艺术形式，被斥为笨拙、过时，只是机械地反映社会表层、社会现实和社会习俗。在普鲁斯特、乔伊斯、弗吉尼亚·伍尔芙最重要的作品中，艺术能量的爆发主要着力于发展新方法——如意识流，以探究个体如何体悟周遭世界。""小说是否成功就在于它在多大程度上描述一个可信的世界。对从豪威尔到海明威的不同作家而言，托尔斯泰的作品都是黄金标准；他的小说，尤其是《战争与和平》，被认为是现实世界的透明窗口，但这个窗口在20世纪却似乎逐渐被关闭了。"作者描述的这种趋势，在经历了1985年新潮小说等阶段的中国文学界而言毫不陌生，而且其中的一些理念早已成为当代文学的黄金法则。但迪克斯坦要说的话在后头："如果你认为现代作家和画家弃现实主义传统而去，因此便背弃了现实世界，这种想法是愚蠢的。尽管艺术的表现形式五花八门，但倘若不反映我们周围和内心的复杂世界，便很难令我们产生真正的兴趣。理解这一点，将有助于我们重新发现那些秉持现实主义传统的作家和艺术家。""现实主义写作的特殊价值，在于它密切关注重大社会变迁……文学能让我们领悟到，这些发展不是抽象深奥、苍白无血的社会潮流，而是对个体生活、个体与周遭的一切关系带来深刻影响的社会巨变。"①

我并不主张文学回到狄更斯和巴尔扎克的时代，相对于文学旗号，我更关心具体作品。我们习惯认为古典小说更关心外在世界的塑造，而现代小说更注重内心和自我，倘若从具体作品来分析，不难发现这

---

① 莫里斯·迪克斯坦：《途中的镜子——文学与现实世界》，第1—6页，刘玉宇译，上海三联书店，2008年。

都是皮相之论。迪克斯坦提醒我们，高明的小说家不论以什么方式都在"反映我们周围和内心的复杂世界"，都在关心"对个体生活、个体与周遭的一切关系"带来影响的变迁，也就是说不论写什么和怎么写，作家都无法漠视更为广阔的世界。而且，越是好的作品对世界探索越深入，或者说，一个优秀作家的生命力一定程度上体现在他对自我和外在世界探索热情的持久度上。在这一点上，被认为是现代主义文学大师的乔伊斯和他的杰作《尤利西斯》就是很好的例子。

在《尤利西斯》和乔伊斯的其他作品中，他不但表现出对人物内心世界的高度关注，而且对于人物活动的外在世界也有着精确的记忆和缤纷的呈现，乔伊斯关注的事情从未局限在狭小的心理空间。《尤利西斯》俨然是一部百科全书，尤其是关于都柏林的一切，堪称全景式的描摹，只有作家对于这里了如指掌才有可能在叙述中做到得心应手。能做到这些，乃是乔伊斯与都柏林割不断的血缘关系，无论漂泊到哪里，都柏林都是他的心系之地。为了作品能够精确地描述出都柏林和都柏林人的精神状态，乔伊斯也付出了巨大努力，他抓住一切机会与各种人谈论他的写作内容，并从对方的言谈中不断吸取材料充实到作品中。他的传记中有很多这样的细节："因为《尤利西斯》全部取材于人的生活，所以他遇到的每个人都是他的权威。乔伊斯的钱包里尽是小纸片，口袋里也总散装着几十张，都是作零星笔记用的，有时正反面都写满了，就在那上面斜着继续写，回到家里再用放大镜整理笔记。"[①]乔伊斯让我们看到，才华横溢、洋洋洒洒不仅来自天分，也来自苦心经营。《尤利西斯》最后一章是莫莉的内心独白，看似意识流的随意，可是，乔伊斯为每一个细节都花尽工夫："为了写好她在直布罗陀度过的青少年时期，乔伊斯读遍了他能找到的一切有关这个岛屿的书籍。结果，后来他遇到一个直布罗陀人，那人怎么也不信他从未去过直布罗

[①] 理查德·艾尔曼：《乔伊斯传》，第501页，金隄等译，北京十月文艺出版社，2006年。

陀，因为他对那地方的知识太丰富了。"① 小说的第十章，表现的是都柏林下午三点钟的都柏林城市意象，乔伊斯以十九个场景记下了约五十个人物的活动。感谢乔学家和中文译者萧乾、文洁若，他们在书中详细的注释使得我清楚地看到，人物不是行动在一个模糊的都柏林，而精确到城市的每一个点，大到街道、建筑物，小到一座雕像，都柏林的一切都精确地在作品中得到了"复制"。这是我看到的描写都市最精确的篇章，文字几乎可以成为还原现实的强大依据。乔伊斯的朋友弗兰克·伯金曾说："乔伊斯在写'流浪岩'（即第十章——引者注）时将一张都柏林地图放在面前，上面有红墨水画过的达德得伯爵和科米神父行走的路线。他精确地计算过他的人物跨越这个城市的某段距离所需的时间。"②

全书完成后，他的修改也一丝不苟，科学家般的严谨足以令人惊叹：

> 为了在《珀涅罗珀》一章里加进几个细节，他在10月12日写信给约瑟芬·默里太太，讯问鲍威尔少校（莫莉·布卢姆的父亲的原型）和他女儿们的情况，还有马特·狄龙和他的女儿们的情况。"你就拿出一张普通的大页书写纸，拿起一支铅笔，把你能想起来的有关这些人的情况都写下来，什么乱七八糟的都要。"她照办了，他在11月22日又写信去问她："一个普通人是不是能够从小路或台阶爬过埃克尔斯街7号地下室前的栏杆，然后从栏杆最低处把身体放下，放到脚离地面两三英尺时跳下，不致受伤？我亲眼见过有人这样做，不过那人身体相当强健[J. F.伯恩]。我需要详细了解情况，是

---

① 理查德·艾尔曼：《乔伊斯传》，第566页。
② 转引自李维屏：《乔伊斯的美学思想和小说艺术》，第209页，上海外语教育出版社，2000年。

为了好决定一段文字的措辞。"①

"亲眼见过"的事情尚需再次证实,如此一个小的细节下笔时都慎之又慎,《尤利西斯》的精密堪与最好的钟表相比。小说是虚构的艺术,既然称为艺术,那就不是随意的胡诌八扯,乔伊斯用自己的创作证明了心理小说并不意味着作家关注世界的缩小,相反,因为多出了心理空间,作家的视野更广阔、更细致了。乔伊斯曾声言要"追溯到生活真相的最底层",他说:"在《尤利西斯》中,我力求接近事实。"在他的观点中"美"是"真所散发的光彩","美是审美者的天堂,但真拥有一个更可触及的、更真实的领域。……真将是美之殿堂的唯一门槛"。这种对事物真相的探究清楚地显示了小说家对外在世界探究的热情。他没有满足于一己的精神世界,而是关切着生活的每一个细微之处,所以,乔伊斯说艺术的首先功能是"肯定生活",他鲜明地表示:"艺术不是逃避生活。正相反,艺术是生活的主要表现。"②

乔伊斯让我思索:小说家究竟是怎样的人?世界的探索者,生活的观察者,心灵秘密的窥视者……总之,他是一个始终保持着对外在世界热情的人,只有这种强大的热情、"窥视"欲,世界才会把常人无法发现的秘密回馈给他。

五 把自己改变成为一本百科全书

像乔伊斯这样为了小说世界的丰富,呕心沥血、孜孜以求不断丰富自己世界的小说家不在少数,福楼拜也是苦心孤诣的一位。福楼拜一生的最后十年在写百科全书式的小说《布瓦尔与佩居谢》,为了创作

---

① 理查德·艾尔曼:《乔伊斯传》,第587页。
② 乔伊斯语,转引自戴从容:《乔伊斯小说的形式实验》,第12、15页,中国戏剧出版社,2005年。

这部作品,"他阅读了农学、园艺、化学、解剖学、医学、地质学的教科书。在日期为一八七三年八月的一封信中,他说为了这个目的他已经看了一百九十四本书,而且一直在做笔记;一八七四年六月,这个数字上升到了二百九十四;五年以后,他得以向左拉宣称:'阅读已告一段落,小说完成之前,我不再打开其他旧书了。'但是,不久以后,我们在他的书信中便看到他正费劲地研读宗教论著,后来又开始学教育学,这门学问强迫他进入五花八门的知识分支。一八八〇年一月,他写道:'为了这两位高贵的朋友,你知道我得通读多少本书吗?一千五百多本!'""这两位高贵的朋友"指小说的两位主角,卡尔维诺感慨道:"在这两个人物后面是福楼拜本人,他为了丰富人物每章的奇遇而被迫学习一切学科的知识,以构筑起一座科学大厦,以利这两位小说主人公去拆除、分析。""因此,关于这两位自学成才的代笔的百科全书式的史诗是有衬底的,即在现实领域中完成的平行的、绝对巨人式的努力。福楼拜亲自把自己改变成为一本宇宙百科全书,以一种绝对不亚于他笔下人物的激情吸收他们欲求掌握的每种知识和他们注定要被排除在外不得进入的一切。"[①]诚然,小说家不谈恋爱可以写恋爱,没有自杀可以写自杀。但要想出色地描述超出自身经验之外的事情需要靠无数的细密材料来支撑,而不能靠想当然。那么,对于未知世界的探求就永远不会停止,这也是他的宿命。

  福楼拜的材料,我是在卡尔维诺的《未来千年文学备忘录》中读到的。提到卡尔维诺,我总想起"轻逸"这个词,因为他的作品很好地体现了这个特点。可我偏偏忘了《未来千年文学备忘录》的最后一讲是"繁复",而且"轻逸"的卡尔维诺也有着对"繁复"的追求。他说:"现代小说是一种百科全书,一种求知方法,尤其是世界上各种事

[①] 卡尔维诺:《未来千年文学备忘录》,第80页,杨德友译,辽宁教育出版社,1997年。

体、人物和事务之间的一种关系网。"①他注意到经典作家对生活的敏感和对事物的探索敏锐和热情,并认为这些事物是小说中当然的一部分,他举的例子是普鲁斯特的作品中写到了电话、飞机表演、汽车等当时的新事物,并认为:"普鲁斯特在技术意识方面,并不比上文提到的两位工程师作家落后。我们在《追忆逝水年华》中看到一点一滴出现的正在来临的新技术,并不只是'时代色彩'的一部分、而且也是作品形式本身的一部分,其内在逻辑的一部分,作者对在短促生活中想要写完的可写事物的繁复性加以探测的急切心情的一部分。"②因此,他认为当代"文学所面临的重大挑战就是必须能够把知识各部门、各种'密码'总汇起来,织造出一种多层次、多面性的世界景观来"③。那小说家岂不要成为全知全能的神?这当然谁也做不到,但要求小说家要有更广阔的世界似乎并不过分。计划中的《未来千年文学备忘录》系列演讲没有完成,在"繁复"这一章中断了,难道这是天意?卡尔维诺把这个留作他的文学遗嘱?

每一个人都有一定的社会阅历,成功的小说家要做到的是把笔延伸到读者的经验未曾触及的那一部分世界,或者说在获得了世界的广度的同时,以对世界探索的深度和精度让读者重新认识他们极其熟悉的世界。这样,哪怕同样是一个对这个世界了解甚深的读者,也能在

---

① 卡尔维诺:《未来千年文学备忘录》,第74页。
② 同上,第78页。
③ 同上,第78页。我刚刚拿到托马斯·品钦的长篇小说《万有引力之虹》(译林出版社,2009年),才读了一小部分。介绍中说"这部小说是现代文学和现代科学的一次出色结合,完美地阐释了现代历史和历史观的进程。20世纪很少有书能够像本书一样触及如此的广度和深度,更不用说在这样精妙的结构中体现出对我们这个世界恢宏的视野。"(《耶鲁评论》)我觉得它有些像卡尔维诺提到的这种文学。介绍说此书似是而非地论及物理学、火箭工程学、高等数学、心理学、国际政治等多领域知识,出了名的晦涩难读。仅就我读完的有限部分而言,感觉它毕竟是小说,高明的作者会巧妙融化那些所谓的知识,让它们未必那么高深莫测。

小说家的讲述中，再次获得一种参与感、亲历感和交流感，而不是感到虚假和"小儿科"。要做到这些，小说家就要比常人走得更远，而不能浅尝辄止。王安忆在《遍地枭雄》中精确的细节描摹力，不仅使作品"像那么回事儿"，而且使文本不断增厚，让人觉得这样的阅读是人生经验的积累和增加。如她在第一章中对于乡村人打牌的叙写，连乡人们对于每张牌的独特叫法都一一写出，俨然作者是位牌坛老手；接下来对于出租车司机这一行当工作情况的细致描摹，又让人在熟悉的事物中看到了许多新异的风景。作家可以不下这样的功夫，虚晃一枪应付一下，照样可以写下去，可作品这个地方立即就塌陷了。

在庸常的生活之外，另辟蹊径，努力去寻找另外一个世界，以超越生活庸常的无形束缚，这样的小说家是聪明的，但这份聪明也不是唾手可得，正因为小说家有广阔的世界，才可能获得认识生活的另一副眼光。麦家的《解密》、《暗算》等令人耳目一新的小说，如果置换成办公室的故事，哪怕保留同样的人物、故事、人物之间的关系，你想想还会有原来的艺术效果吗？办公室的故事恰恰是人们最常见的，不知有多少作家做了现实的俘虏，顺手牵羊就拿过来写，但便宜事儿也要有代价的，那就是使小说比现实更平庸。麦家要寻找另外一个世界，他设计出来的那个神秘的"七〇一"，那些在隐蔽战线上的监听者、破译者，还有他们那些特殊的纪律，生活里的一件小事动辄关系国家安全，这种神秘感和紧张感给小说带来了特殊的艺术效果。神奇、智慧、想象，曾有多少词语形容这部小说，我倒觉得作者把人之常情放到了另外一个世界来演绎是制胜的关键。

邓刚的《山狼海贼》也是如此，小说写了"文革"中滨海城市的一群海碰子，写了一位青年一段伤心的爱情或单相思。小说中城市里纷繁世事与大海边缤纷景象构成了相互依存和对照的两个世界，作家的心里装着这个城市昔日的人和事，也装下了大海中每一个生物和海上的种种奇观。大海的世界是这部小说最有魅力的部分，邓刚没有把这个世界处理成人物活动的背景或让人物偶尔抒发胸怀的场所,而是赋予了它们主体性。他不但写出了海底万物的神奇之处,还以人性化的手法赋予了它们审美意义。于是在这部作品中,我们看到了黄海与渤海分界线的自然奇观,鲅鱼食抢滩的雄壮景象,还有海参等许多海洋生物的种种特性,作者写到它们时笔墨收放自如,仿佛是一尾大鱼自由自在地带着我们去领略海底世界的瑰丽、神奇,读这样的小说中常有"原来是这样"的惊喜和"竟然如此"的感叹,想抵抗它的吸引都难。海洋世界有着自己的生存法则和存在规律,它是自足的世界,不是作品里的陪衬。它熔铸到小说中,使整个小说笼罩着强烈的浪漫主义的悲情和雄浑,这个时候,海也是这部小说当然的主人公。邓刚说,倘若有人问他,平生最痛苦的事情是什么,他会毫不犹豫地回答是年轻时当海碰子:"那苦咸的海水,那刺骨的寒流,那黑洞洞的暗礁,那轰隆隆的浪涛,使我至今还在睡梦中重复恐惧。"但当海碰子也是最幸福的事情:"再也没有那样金黄的沙滩,再也没有那样湛蓝的天空,再也没有那样肥美的海参,再也没有那样放肆的快活……"[①]人们常说生活造就了作家,但这个作家应当是一个有"心"人,而不是现在人们说的那种"空心人"[②],否则,尽管生活五彩缤纷,他却熟视无睹,那些生活经历、经验、知识仍然无法转换成他笔下物象斑斓的文字。

六 世界有多大,小说家将会走多远

对于写作,不少作家摩拳擦掌急于纸上操练,其实好的作品在创作之前早已结胎,很多作品虽未执笔写出却早已命定,作家只不过在

[①] 邓刚:《我曾经是山狼海贼》,《山狼海贼》,第314页,北京十月文艺出版社,2006年。
[②] 社会学家们是这样概括这一人群:不知道自己现在要做什么,不知道未来理想是什么,不知道自己的价值在哪里。什么事也不想做,不会让自己口袋里的钱过夜,啃老,睡觉,醒来就上网,既无理想又无追求。

等待一个瓜熟蒂落的时机而已。所以,我认为写作前的问题比写作中的问题更重要。人们常说课堂里教不出作家来,是的,知识、技术可以传授,短期训练可能提高写作技能,但作家的内心世界却不是别人可以培训,也不是自己朝夕间就能养成的。它像一粒种子埋在地下,只有一天天汲取阳光雨露,只有一寸寸向上生长,才有可能长成参天大树。"养心"如种树,成长的过程虽然一目了然,但别人无法代替您去经历风雨。

小说家的世界有多大,也决定着他能够走多远。陈染和林白都曾是女性写作的佼佼者,她们作品中的敏锐、细致,手术刀般对人性的解剖,以及文字背后的那种内在张力都曾震撼过我。但这样的文字是不能无限拉长的,两位作家后来的写作中体现出极大的不同,林白的世界越来越开阔,当然也越来越混杂、凌乱,她写了《万物花开》、《妇女闲聊录》、《致一九七五》,在不失前期的创作特点同时,成功地打开了自我,接纳更为广阔的世界,一步步走得非常踏实。而陈染则仍旧封闭在自我的世界中,我尊重她选择的生活和心灵方式,但不能不惋惜地看到,一个文字那么好的小说家在退出人们的视野。她的世界太小了,在这么小的世界里她实在无法走得更远。当今很多文坛新锐,文学感觉很好,语言也在颠覆着传统写作风格,对生活的呼应感也较强,但同样是他们的世界太狭小了,甚至除了自己针眼大点的事情,笔下似乎再写不出什么。所以,少年多才子,而真正的文学大家无不饱经沧桑。

七十多年前,鲁迅先生在谈到"小品文的危机"时,首先提到了过去供人把玩的"小摆设",他说:"然而就是在所谓'太平盛世'罢,这'小摆设'原也不是什么重要的物品。在方寸的象牙版上刻一篇《兰亭序》,至今还有'艺术品'之称,但倘将这挂在万里长城的墙头,或供在云冈的丈八佛像的足下,它就渺小得看不见了,即使热心者竭力指点,也不过令观者生一种滑稽之感。"所以,"生存的小品文,必须是匕首,是投枪,能和读者一同杀出一条生存的血路的东西;但自然,它也能给人愉快和休息,然而这并不是'小摆设',更不是抚慰和麻痹,它给人的愉快和休息是休养,是劳作和战斗之前的准备"[①]。我知道,这段话在特殊的年代曾被频繁引用作文学战斗性的证据,以致在今天又被人目为过时之调,我不相信鲁迅是一个只知道战斗而没有生活情趣的作家,也不认为太平盛世了就天下无事把自己封闭在小天地里哼哼唧唧,如果那样,文学未尝不也是在慢性自杀。当然,文学也多种多样,我这里说的是那些能将人载渡到精神彼岸的文字。

2009 年 3 月 1—11 日于上海

---

① 鲁迅:《小品文的危机》,《鲁迅全集》第 4 卷,第 575、577 页,人民文学出版社,1981 年。

天地万物与散文家的世界

一

冷雨飘在正月里，屋里暗暗的，这是2012年。"2012年到了，传说中的末日并没有来临。"有人这样惊呼。是的，地球照转，白昼之后照样是黑夜，我们照样要吃喝拉撒。但2012也不甘寂寞，比如寒流。欧债危机没有解决，欧洲大风雪又来了；日本的核泄露惊魂未定，大雪都有4米厚；中国北方某地气温有低到零下50℃……2012，还是很生猛！

而此时，2011并没有走远，许多事情还记忆犹新。郭美美事件，药家鑫案，小悦悦事件，勾兑食品，地沟油，高晓松酒驾被捕，故宫丢宝又写错字，房价，北京的大雾与PM2.5指标，江苏校车事故，日本地震，拉登，卡扎菲，穆巴拉克，hold住，伤不起，有木有，互粉一下……这些与文学有关吗？与散文有关吗？要是没有关系，那么，文学与什么有关？只与风花雪月、琴棋书画和所谓的人性、人情有关？文学只与"文学"有关，有的作家的内心空间比他的卧室还狭小，文学自己画地为牢又自我陶醉，这是掩耳盗铃般的梦呓啊。

"地球村"的说法由来已久，但地域、民族、国家的阻隔依旧存在。不论怎样，人类可能从未像今天这样深切地感觉到彼此的唇齿相依。记得我读中学时，历史和政治课本中洋洋得意地谈起美国的"资本主义经济危机"，可是新一轮经济危机来临的时候，谁还能置身事外幸灾乐祸地笑起来？日本核泄露，我们吃蔬菜都紧张了。一切的一切，都可能与我们的生存、生命、生活有关，文学就可以与此绝缘？把眼睛蒙起来，去想象世界，真是"自由"又"美好"，但往往却致命的不真实。鲁迅曾写过一篇《"这也是生活"……》，讲到大病中自己的心情和感受，其中有一段深夜中醒来的感受一直为人引用：

> 街灯的光穿窗而入，屋子里显出微明，我大略一看，熟识的墙壁，壁端的棱线，熟识的书堆，堆边的未订的画集，外面的进行着的夜，无穷的远方，无数的人们，都和我有关。我存在着，我在生活，我将生活下去，我开始觉得自己更切实了，我有动作的欲望——但不久我又坠入了睡眠。
>
> 我们所注意的是特别的精华，毫不在枝叶。给名人作传的人，也大抵一味铺张其特点，李白怎样做诗，怎样耍颠，拿破仑怎样打仗，怎样不睡觉，却不说他们怎样不耍颠，要睡觉。其实，一生中专门耍颠或不睡觉，是一定活不下去的，人之有时能耍颠和不睡觉，就因为倒是有时不耍颠和也睡觉的缘故。然而人们以为这些平凡的都是生活的渣滓，一看也不看。①

文字中有种强烈的存在感，虽然大病之中有气无力，但这种感觉在增强而不是削弱，"无穷的远方，无数的人们，都和我有关。我存在着，我在生活，我将生活下去……"这里表达的是一个作家与外在世界之间的血肉联系，只有确认"我在世界"才可能"世界在我"，才能"笼天地于形内，挫万物于笔端"②。这种自我与世界的联系，不是空洞的、虚邈的，而是真切的、现实的，甚至是细枝末叶的，所以鲁迅还提

---

① 鲁迅：《"这也是生活"……》，《鲁迅全集》第6卷，第601页。
② 陆机：《文赋》，《文赋集释》，第60页，人民文学出版社，2002年。

到"生活的渣滓"。还原到散文创作,这两点也恰是我看重的,一是这种切实的在场感觉,二是真切的人间烟火气息。这也是我在考察近年散文创作所择取的一个很重要的视角。

进一步去思考散文及对它的研究,我认为陈平原曾谈过很精辟的见解:

> 所谓的"文学性",并非研究中国文章的最佳视角。五四新文学人当初引进"纯文学"与"杂文学"这一对概念,在瓦解"文以载道"传统以及提倡"美文"方面,曾发挥很大作用。但这一论述思路,过分依赖某一时期西洋流行的"文学概论",并将其绝对化、本质化,相对漠视了中国文章的特性及演进的历史。传统中国的"文"或"文章",不只具有审美价值,更牵涉政治、学术、人生等。将"文"从具体的历史语境中剥离开来,满足于纯粹的文本分析,很容易回到神理、气味、格律、声色等老路。谈论魏晋玄言而不及乱世中文人的生命体验,谈论晚明小品而不及江南城市经济,谈论八股文章而不及科举考试制度,谈论春秋笔法而不及历史著述体例,我以为,都很难有令人满意的解答。[①]

二

文学创作有标杆,但没有唯一的范本,"大江东去"境界开阔,"杨柳岸晓风残月"也缠绵有致,怎么写都有可能写出好作品来,因此在创作上提出一种主张或呼吁什么时,都是有针对性和前提条件的,而不是要全天下的文人都按照一个套路写作,这是常识但似乎有明确的

---

① 陈平原:《作为学科的文学史》,第334页,北京大学出版社,2011年。

必要。

　　由此而言，我想起了贾平凹在20年前对于"大散文"的呼吁："鼓呼扫除浮艳之风，鼓呼弃除陈言旧套，鼓呼散文的现实感，史诗感，真情感，鼓呼真正的散文大家，鼓呼真正属于我们身处的这个时代的散文！"①其实，早在1984年，他就呼吁："散文要以此为己任，让时代精神进来，让社会生活进来，张扬大度、力度，弃去俗气、小气。"②我想，这里面有贾平凹一个西北作家成长中的地域文化因子所起的作用和内心中对汉唐之风的追慕，但更是对于矫揉造作和缺乏现实感的散文现状的一种不满，他说读古人文集，发现为我们熟悉的"抒情文"并不多，"而大量的是谈天说地和评论天下的文章，原来他们始终在以生命体证天地自然"③。我们不要纠缠在"大散文"的定义上，写作首先是一种实践，不要一个字还没有写下来就为该怎么写字去吵半天，至少，贾平凹疾呼的"现实感，史诗感，真情感"确是很多末流的散文中的稀缺资源，提出"大散文"正是有感于"现代散文不接触现实，制造技巧，而粉墨登场的就以真善美作了脸谱，以致使散文长时期沦为平庸和浮华"④。"大散文"的提出，很容易让人联想到鲁迅所批评过散文小品写作中的那些"小摆设"，"大散文"与"小摆设"字面上是对立的，也容易让人误解，仿佛鲁迅只欣赏匕首和投枪，而看不起散文创作的个性和趣味，我觉得这不符合鲁迅的审美观，重读他的文字——"麻醉性的作品，是将与麻醉者和被麻醉者同归于尽的。生存的小品文，必须是匕首，是投枪，能和读者一同杀出一条生存的血路的东西；但自然，它也能给人愉快和休息，然而这并不是'小摆设'，更不是抚慰和麻痹，

---

① 贾平凹：《〈美文〉发刊词》，《贾平凹文集·求缺卷》，第421页，中国文联出版公司，1995年。
② 贾平凹：《对当前散文的看法》，《贾平凹文集·闲澹卷》，第383页，中国文联出版公司，1995年。
③ 贾平凹：《〈美文〉发刊词》，《贾平凹文集·求缺卷》，第420页。
④ 贾平凹：《〈美文〉四年编辑部午餐桌上的谈话》，《美文》，1996年第9期。

它给人的愉快和休息是休养,是劳作和战斗之前的准备。"①——鲁迅所讨厌的"小摆设"是那些"麻醉性的作品",是"抚慰"、"麻痹"人的文字,它们让人看不清身处的现实,这也是鲁迅一直所反对的"瞒"和"骗"的文艺,不幸的是,当代散文中的虚假、滥套和做作至今仍有增无减。

2010年,《人民文学》杂志推出"非虚构"栏目,在一个急剧变革的时代中再次呼吁作家直面现实。当年非常有影响力的一本书是《中国在梁庄》,写的是中原大地的一个村庄中的各种现实问题,可以说迟到了十多年,文学家才接过社会学家手中的课题,文学的麻木和封闭由此也可见一斑,但《中国在梁庄》毕竟还是来了,特别是作者在写作中的清醒省思:

> 在很长一段时间内,我对自己的工作充满了怀疑,我怀疑这种虚构的生活,与现实,与大地,与心灵没有任何关系。我甚至充满了羞耻之心,每天教书,高谈阔论,夜以继日地写着言不及意的文章,一切都似乎没有意义。在思维的最深处,总有个声音在持续地提醒自己:这不是真正的生活,不是那种能够体现人的本质意义的生活。这一生活与自己的心灵,与故乡,与那片土地,与最广阔的现实越来越远。②

现实,中国,我们身处的世界……它们究竟是怎样的面目,该是我们瞪大眼睛去看的事情。近年散文,没有什么特别的地方,如果说有,那只能是作家们逐渐有了这种自觉,就是该如何描写当下的中国,或者我们身处的这个世界,它们不尽是前些年人们所诟病的"宏大叙事",因为它与我们每个人都有关,除非我们麻木不仁。那么让我们再

---

① 鲁迅:《小品文的危机》,《鲁迅全集》第4卷,第576—577页,人民文学出版社,1981年。
② 梁鸿:《中国在梁庄》,第1页,江苏人民出版社,2010年。

次瞩目"中国"大地上的一个"村庄",那是熊培云的《一个村庄里的中国》(新星出版社,2011年)。尽管作者无意于在文学上建功立业,但它很文学,乡村的沉浮、乡村人的命运不可避免地撞击着阅读者的心:长了几百年的古树在当代的乡村没有办法生存下去,吊诡的是,古树被大量的城市绿化所买走、移走,"大树进城",城市吞没了乡村人的血汗,还要吞没乡村的自然,"又将在弱肉强食中毁坏多少人的故乡"①?古树不在,不仅毁灭了作者的乡村记忆,还显示了中国乡村的现代命运,作者叹息、忧愤和呼唤,"谁人故乡不沦落"?触目是空荡荡的、破败的乡村,这就是发展的必然代价?当然,每个灵魂中带着泥土的乡村人,走到哪里都无法熄灭对这片土地的一往情深,"过去百年间,从革命到建设,从出乡村到城市化,急于赶路的中国人,一次次走丢了自己的灵魂。而我宁愿从中国有没有乡村来判断中国有没有未来。当歌星跑到乡下唱几首歌便傲慢地自称'送文化下乡'时,我更想说的是,乡村不是没有文化,而是文化正在消失。当城市像婴儿一样不安的时候,我看到乡村就是一个可以安放婴儿的摇篮"②。有几分自尊、自负,也有期许。对乡村命运的思考沉重地压在作者的心头,答案是什么或可讨论,但书中呈现出乡土中国复杂而多样的面目,历史与现实的纠葛,几代人的乡村梦想,却也是作家们不该回避的话题。

《落日村庄》(王新华作,《黄河文学》2011年第5期),出自于一个农民的手笔,文字像土地一样质朴和宽广,写出的是那种乡村生活的变动带给心灵的隐微冲击。因为土地不再是生存的依靠,"我和牛跟土地之间的那个稳固的三角开始松动",直到有一天终于要跟家中的老牛诀别;扯断了深扎在生养的土地中的根须,出外打工,日子如流水,似乎除了挣钱,与生活就建立不起情感关系:"四时的季风,阳光和雨水一

---

① 熊培云:《一个村庄里的中国》,第11页。
② 同上,第459页。

如既往地肆虐在混凝土浇筑的地面（还有那一片片被圈定的地块）上，它们把我的头发烘烤得像荒野里的一丛枯草，把我脸吹打得像一块陈年的墙皮。如此而已。它们却不能像乡间田野里的阳光和雨滴那样穿透我的衣裳、渗入我的肌肤，在我的心底留下春夏秋冬。年底结账，那沓叫做钱的东西虽是单薄还是有些分量，拿在手上像是一棵成熟的麦穗。可是，回首过去的这一年，却什么也看不见，就像收割后的那一片空地。几百个日子一模一样，像一沓白纸叠加在一起，化捻不开。一年比一天还短。这一年，没有幻想，没有失望；没有朋友，也没有仇人。"我分明能够感受到作者的伤感，面对着落日无能为力的伤感，他不像熊培云有着那么多理性的思考，但他的情感和体验却真切地如针扎着你，这是面对生命（个人的或是乡村的）凋谢深入骨髓的伤感和悲凉，文字无法抗拒现实，然而可以为变动的世界留下一份情感记忆："每一次回家，村子里都有两三个人与我不辞而别，这些人和我一条路上走了几十年，我才岔个道，他们就不等我了，加快步子赶到了生命的终点。""爹和娘可能也要走，他们将走得更远，让我再也无处寻找。"贾平凹的《定西笔记》（《人民文学》2011 年第 5 期；人民文学出版社，2011 年），如他的小说《秦腔》和《古炉》一样叙述徐缓有致，与内地翻天覆地变化的乡村相比，定西是片安静的土地，就像他们在一个村子看到的快要五世同堂的一家，还有异常结实的老房子，甚至连猫的寿命都超出一般。在定西的很多地方还古风犹存，家家都挂着字画，而且对书画家的德行、职位和相貌都有要求，德行高的有职位的身体端正健康的书画家作品挂上房中堂，大年初一早晨要上香。从山川风物到人情地理，作者的眼睛和语言对当下生活有着相当的把捉能力，不动声色中，他写出了定西的常与变，以及地域文化性格。作品中三次写到照相。"院门拉开了一个缝，里边的说：阿婆，啥事？老婆子说：你因呀，城里人给你照相呀不开门？门却哐地又关严了，里边说：呀呀，让我先洗洗脸哈！"第二例照相是："村长和我照了，还要他老婆也和我照……她照了三次，第一次说她眼睛可能闭了，第二次说她没站好，第三次照完了，说：我不上相哈！"第三例是与一个老太太照相："她出来了，却抱着她家的狗，狗是白狗，像一堆棉花，她说她老汉死的那年养的这狗，她总觉得这狗就是老汉变了形儿来陪她的，尤其狗转身往后看的那个样子，和她老汉生前的神气似模似样。我尊重老太太抱着狗照相，可她看见我的条凳却一下变了脸，说：快把凳子挪开！……后来我才知道，放砖的地方是有土地神的，绝对不能在那上面坐或站。"好文章会用最为准确的语言将大千世界、人世百态恰如其分地表现出来，《定西笔记》不是静态的描写，而是直接将土地和土地上的人生活百态呈现出来，那些原生态的带着韧劲的西北语言也让人味之再三。如："车超过去了，听到牛响响地打了个喷嚏，还听到拾粪的说：汽车能屙粪就好了。"羊在山梁上吃草掘根，破坏植被，当地一位妇女便说："羊是山梁上的虮咯。"现实也不断触发作家的思考和忧思：村人们对命运改变的渴望，而他们的手段又是那么单一甚至无效："越是贫困的农村越是拼死拼活地供养着孩子们上大学，终于有了大学生，它耗尽了一个家，也耗尽了一个地方，而大学生百分之九十再不回到当地，一年一年，一批一批，农村的人才、财物就这样边掏空着，再掏空着……"贾平凹是西北大汉式的猎取，而李娟是小女子对生活的在意和捕捉，她描述的日常生活和自然世界，单纯，明亮，不含渣滓。李娟引人关注就在于她描述的这种生活和人们对待生活的情感与我们的通常生活有着很大的差异性，它既让我们找到了失落的东西，又构成了对现实的参照：原来生活也可以这样！2011年，李娟贡献给我们的作品《走夜路请放声歌唱》(湖南文艺出版社，2011年)、《羊道·夏牧场》(《人民文学》2011年第2期、之二刊于《人民文学》2011年第4期)、《汽车的事》(《上海文学》2011年第6期)等，现实世界在她笔下犹如童话，如在森林深处行走请放声歌唱以让大棕熊起来为你让路，"远远地，大棕熊就会从睡梦中醒来，它侧耳倾听一会，沉重地起身，一摇一晃走了。"(《走夜路请放声歌唱》)森林之巅的小木屋,"夏天是人的房子,冬天是熊的房子"。那被雪埋了一个冬天的萝卜和"与世隔绝"的生活(《2009年的冬天》)……这些与现代人的奔忙、劳碌相比,它有着舒缓的节奏,李娟文字的节奏又与它相应相和。煮茶、倒茶、喝茶,关心生病的黑牛,语言沟通的差异等等,正因为这样的节奏,你才会珍惜它、放大它,朴素地去书写它,去品味其中带着的某种诗意。当然,清澈的水也有微风拂过的涟漪和鱼儿搅动的混浊,"哪怕在深山老林里,汽车也一天天渐渐多了起来。"(《汽车的故事》)城里的新鲜物件也源源不断进入人们的生活;还有偷了家里的钱,去乌鲁木齐电脑班学习、最后又回到了牧场中的苏乎拉(《羊道·夏牧场之二》)。最令人揪心的是《到哈萨克斯坦》那篇所写的,生活得很富足的一家,卖掉房子、牛羊和其他家产加入当地出国风潮中。因为手续等原因,一拖就是5年,最后一切成为泡影,但他们的字典中没有"绝望"二字,而是默默地接受命运的安排,白手起家,再盖房子,再辛苦将孩子养大……出国梦破灭了,"但追求'更好一些的生活'的想法仍没有改变。去哈萨克斯坦有什么不对?去不成就算了"。作者不是在唏嘘、感叹,而是平静地"就算了",把苦难背负起来,命运在隐忍中顽强,这何尝不也是别样的一种生活态度?

夏榆的《黑暗的声音》(新星出版社,2011年)让人不能释怀。作者特殊的人生经历和不曾被这经历压扁的心给我们展现了许多人都倍感陌生的世界,矿工们的"黑暗"和内心的挣扎及不同的命运……这些长时间都被模糊地排除在文字之外,还有那些城市边缘人切身感受,每个故事都是一把辛酸泪,但我们对他们的了解就是几个冰冷的名词或概括,而《黑暗的声音》像挖煤一样把他们从沉睡的地下挖了出来,摆在我们面前,我们真切感受到心上的痛了。《失踪的生活》中那对姐弟的命运,倘使没有这样的文字记录,有谁会知道?"我看到那个孩子的呼告是世间最绝望的呼告。"那是在京郊的劳改营中一个男孩无望地呼告:"姐,我病了,昨天发烧了,这里的天气更冷了,盼姐能寄棉衣给我。千万千万。"而他的姐姐此时已在另外的出租屋中自杀了。读到这些文字,仿佛觉得这世界真的好冷。京郊那个叫桃花村的村庄在城市的发展中没了桃林,失去了风清月白的美好,成了外来人口杂居藏污纳垢之地,但这是他们愿意选择的生活吗?每个灵魂都是清白的,而在生活中他们不得不屈辱地活着(《目击美感从一个村庄的消逝》)。作者内心的疼痛让我感受到文字的无力。然而,即便无力,它如果呈现了世界的本相,也可以聚拢人们的目光,大家彼此温暖着播种在冰上的种子或许也有发芽的可能。这是一个有良知的作家不能丢弃的使命和责任。周云蓬《那些租来的房子》(《人民文学》2011年第6期)叙说漂泊的辛酸,表达了众多漂泊者内心共同的感受。江少宾的《近乡情更怯》(《天涯》2011年第1期)、杨献平《2000—2009:一个平民的生活史》(《天涯》2011年第1期)则提醒我们,不是甩甩手都丢开了过去的生活,不论走到哪里,这里离乡者都在乡村/城市、故土/漂泊地之间徘徊、挣扎,打量他们的不仅有现实的目光,还有来自亲人、故乡的目光,让你沉重又无法摆脱生命的责任,芸芸众生不断地重复相同的故事又过着各不相同的生活。王小妮的"上课记"(《二○一○上课记》,《人民文学》2011年第9期),虽然不像当年一出来时带给人那么强烈的震撼,但越发朴实了,她忠实地记录了一个个青年和他们的"背景",这未尝不是斑驳陆离的中国影像中的一个侧面。更重要的是它还多了一个视角,那就是这些青年人如何看待这个世界和生活。这样的双向交融使得简单的文本有着长久的"记忆"功能。

我觉得无论是关于乡土中国的叙述,还是城市边缘人的叙述,已经超越了单纯对于底层的关注,不似前些年大家谈论的"底层文学"的概念,因为底层文学始终有一种代言感,甚至不乏对底层的悲悯感,这自然都是十分宝贵的写作品质,可是写作者也容易置身事外,忍不住高高在上的姿态。而这批写作,首先是创作者走出书斋,打开了封闭的心,去直面现实,直击个人灵魂。其次,他们是参与者、体验者,是这些活生生的社会现实和精神图景的背负者,肩上有了压力,他们就不是在写别人,而是在写自己的内心,因为这样的写作,他们的灵魂和思想也由概念开始具象,由麻木而复苏而变得敏锐。对于这一点,夏榆有着非常自觉的认识:"在当代作家们走向历史,走向前朝往事,注视前朝背影的时候,我书写当代生活的现场,从个人的境遇和经验出发,从个体的人类身上,我看到时代的光影和时间的刻痕。"①一定会有人担心"文学"与"不文学"的问题,其实散文的生命力恰恰不在于现在这种画地为牢式的文学,而是"不文学",那种毛糙糙的现实进入不同风格的文字,必将给文字带来元气淋漓的生命力,这才有散文之大和文学境界之开阔。

王佐良曾谈过散文的"实用论":"散文首先是实用的,能够在社会和个人生活中办各种实事:报告一个消息,谈一个问题,出张公告,写个便条,写信,写日记,进行政治辩论或学术讨论,写各种各样的书,等等。当然,它还可以在文艺创作的广大园地上尽情驰骋。"对此,刘绪源引申说,当今散文的出路,首先在于作家坚持个性,"同时,又要适应整个社会人文乃至文学环境的变迁。而后者,也就是要使散文由虚走向实,由文人式的吟风弄月走向实干家的既实且虚,实中含虚。——虽然,向来的好文章,十之七八总还是偏于实的。"②对于当代散文创作而言,尽快走出那种文艺性散文的误区和滥套,或许是杀出一条血路的最好选择。为此,我看重《天涯》杂志的"民间语文"这个栏目,它虽然谦虚地称"语文",但我看这里有社会世相、人生记录、时代变迁,很多都是上好的文章,或者说多少年后,不是那些咿咿呀呀的散文而应当这些"民间语文"占据着文学史,它们元气淋漓,实实在在,让我们触摸到生活的肌肤。夏榆在谈他的创作体会时,也谈到了

---

① 夏榆:《黑暗也是一种真理》(《黑暗的声音》代跋),《黑暗的声音》,第283页。
② 刘绪源:《今文渊源》,第190页,上海文艺出版社,2011年。

这样的"实"带给他的踏实感:"写作是我行走生活的跟随。行于真,坐于实,被我看成是生活的原则,也被我看成是写作的原则。我走的地方越多,越感觉到真与实的重要。它们成为我的依靠,成为我内心判断人事的尺度。""通过写作我清洗虚假的知识和伪饰的逻辑带给我的非真实感。"在这种时候,他重新认识了写作的价值和意义:"这个世界,有很多的生活,我们不能到达就不能看见。""没有这样的看见,没有这样的写作,真实的生活终将是沉默的,那些广大而浩瀚的人群终将是喑哑的。""精神式的记录和人世的证据——这是我现在写作找到的理由。"[1]

我不想给人造成一种误解,仿佛提倡走出书斋,就是要大家都去写那种为民请命、为社会鼓与呼的文字。一个丰富多彩的文学生态永远都是值得珍惜和捍卫的,走出书斋,只不过希望作家调整一下与周遭世界的关系,让内心更贴近原生态和不断变化的生活,而每个人捕捉到的风景完全是大不相同的。胡冬林的《蘑菇课》(《作家》2011年第5期)是用笔写的,也是用脚写出来的,这是长久的积累、实践后的文字,凭着对长白山的热爱,对这里的草木、动物的情感,文字中呈现给我们的是原始森林中色彩斑斓的另外一个世界,可以说每个细节都是青翠欲滴、都是诱人的,里面写到的那些小动物掩卷之后仍在眼前跃动。我在作品中看到了一个作家的情思,又看到了远远大于文学本身的文字与自然、与人之外的牵系。这样的文字几乎不需要再去修饰和装点什么了,那一眼望不到边的森林和这里的一切都在为它输送着氧气,还有什么比它们更丰满、丰沛,更有特别的气息?

---

[1] 夏榆:《黑暗也是一种真理》(《黑暗的声音》代跋),《黑暗的声音》,第284—286页。

三

清人姚鼐在《古文辞类纂》中曾将古文分为13类：论辨、序跋、奏议、书说、赠序、诏令、传状、碑志、杂记、箴铭、颂赞、辞赋、哀祭。有很多文类今天我们已经很陌生了。固然，现代散文与古文并非同一概念，但从"文章"到"散文"，它的文体功能在缩小，好像只剩下抒情、记事、说理，艺术形式渐趋单一。但也有人认为这就是一笔糊涂账：散文、随笔，相对于小说、诗歌、戏剧定义最不清楚，我倒认为这不妨看作是散文的机遇，文体上的清规不应当成为创作上的戒律，环视当下散文创作，不仅需要在思想内容上的打开，而且同样需要文体上的打开，需要在这方面大胆探索和不断解放。散文未必需要那么多概念的界定，反而需要更大的空间和自由，这才是它的本质。朱自清认为："散文就不同了，选材与表现，比较可随便些；所谓'闲话'，在一种意义里，便是它的很好的诠释。"[①] 在语言风格上，周作人强调"杂糅"而不是单一："以口语为基本，再加上欧化语，古文，方言等分子，杂糅调和，适宜地或吝啬地安排起来，有知识与趣味的两重的统制，才可以造出有雅致的俗语文来。我说雅，这只是说自然，大方的风度，并不要禁忌什么字句，或者装出乡绅的架子。"[②] 质言之，"杂糅"同样是指向更大的自由，需要弹性，需要更大的施展空间。

当代散文中，能够举重若轻、自由驾驭文字的往往是老当益壮的老作家，比如黄裳、钟叔河、流沙河等人。黄裳年轻的时候就写得一手潇洒的文章，不论是谈戏、记游，还是说书、谈史，至今读来仍有行云流水之感。在晚年，他则把小小的"书跋"用得灵活自如、天宽地广。人生感叹，记事回忆，评点时世，乃至版本考据都可入乎其中，语

---

① 朱自清：《〈背影〉序》，《朱自清全集》第1卷，第32页，江苏教育出版社，1988年。
② 周作人：《〈燕知草〉跋》，《周作人散文全集》第5卷，第518页，广西师范大学出版社，2009年。

言上也进退自如,比如题在书上的书跋,乃传统题跋形式,多为文言,而就此引申、展开文字又常用白话(见《拙政园诗余》,《收获》2011年第5期;《欧苏手简》,《收获》2011年第6期等文),周作人论小品文,认为:"它集合叙事说理抒情的分子,都浸在自己的性情里,用了适宜的手法调理起来"①,黄裳"书跋"尽得此中风流。2011年,他重版、增订了十多年前的《来燕榭书跋》[增订本](中华书局,2011年)因为黄裳所谈多为古书,而且大多为稀见版本,他的这些书跋似乎仅成了书贩子和版本学家热捧的参考书,而文学界不是望而却步,就是不及一顾。当然,黄裳有好几副笔墨,但我敢断言,他的《来燕榭书跋》、《来燕榭读书记》(辽宁教育出版社,1999年)这样的作品,承古开今,隽永耐读,无疑是不能忽视的当代上佳散文。这里说版本,谈学问,论读书,如《〈鱼玄机诗〉》中,就具体的书,谈到藏书家宝贵宋元秘本,而学问家直言"读已见书"两种不同态度;《〈静便斋集〉》中记盖叫天佚事,《〈竹小轩吟草〉》中怀已故书友郭石麟;《〈太和正音谱〉》中因记得当年赵万里(斐云)曾观得此书,自然写到他在"文革"中的命运,"因重阅前跋,忆及旧事,不能无黄垆之痛"②。当然也不乏对现实的针砭:"余久不买书,书肆亦不以书应读者,密锁深藏,无由得见,少可观之册皆入图书馆。冷摊负手之趣,今乃不复更有。会书肆又以恶札劣册陈于外架,少过而检之,皆无足取。"③还有寥寥数语记下读书心境,可见作者经历和情趣,这样的文字都在不经意间自然而然现于笔端,要言不烦,读来也令人过目不忘。如:"春寒避客,阅书遣日。重检及此,尚是明时原装,棉纸精印,雅韵欲流。"④"岁暮理书及此,漫跋数行。适去巴金家求得

---

① 周作人:《〈冰雪小品选〉序》,《周作人散文全集》第5卷,第695页。
② 黄裳:《〈太和正音谱〉》,《来燕榭书跋》[增订本],第123页。
③ 黄裳:《〈说文凝锦录〉》,《来燕榭书跋》[增订本],第9页。
④ 黄裳:《〈礼记集说〉》,《来燕榭书跋》[增订本],第3页。

绿萼梅三枝，供之几案，时有暗香来也。"①另外一处，则写出夫妻共拥一卷之乐："甲午五月半，偕小燕去吴下妇家，买此于玄妙观。翌日返沪，车中持此卷读《示子诗》与燕听之，笑不可仰。归来作记。黄裳雨窗书。"②黄裳尝说："跋中所记得书经过、书坊情状、板刻纸墨、个人感慨，有如日记，与旧时藏书家的著作，颇异其趣，其实只不过是另一种散文而已。"③可见，他有非常自觉的文体意识，区别与旧式藏书家那种版本考订之跋文，而认定这是"另一种散文"，甚至"有如日记"，信手拈来，却寄寓甚多。他屡次这样言明自己的追求："我一直是写散文的。书跋在我看来也是散文，并无二致。在前人中我所佩服的作者，如苏（轼）、黄（庭坚）、陆（游），都是好的。他们随笔挥洒，并不着意为文，而佳处自见。似乎无意得之，但人虽费尽气力而终不能得。如此境界，向往久矣，亦只能师其'无意'二字而已。"④"无意"乃是不粉饰、不做作，自然而然，但又绝不是随随便便，特别是近年来在原有书跋之后，又增许多回忆遂成长文，对书的舍不得、放不下中已将人生百味注入文字，谈书短跋已成另外一种大散文，因为它们有着真正的自由和大气在。再读一读这样一段文字吧，看看黄裳冷静的文字外表下炽热的内里：

> 余购书喜作跋语，多记得书始末，亦偶作小小考订，皆爱读之书也。未尝理董，近始写为一卷，佚失孔多，有待续补。三十年来，耗心力于此者何限，甘苦自知。此册颇似日记，旧游踪迹，略俱于是。湖上吴下访书，多与小燕同游，跋尾书头，历历可见。去夏小燕卧病，侍疾之余，以写此书跋自遣。

---

① 黄裳：《〈楚辞集解〉》，《来燕榭书跋》[增订本]，第18页。
② 黄裳：《〈陶诗集注〉》，《来燕榭书跋》[增订本]，第37页。
③ 黄裳：《〈梦雨斋读书记〉序》，《梦雨斋读书记》，第2页，岳麓书社，2005年。
④ 黄裳：《〈来燕榭书跋〉后记》，《来燕榭书跋》[增订本]，第452页。

每于病榻前回忆往事,重温昔梦,相与唏嘘。今小燕长逝,念更无人同读故书,只此书跋在尔。回首前尘,怆痛何已。即以此卷,留为永念,以代椒浆之奠云尔。①

我们常说,中国是散文大国,有着强大又久远的散文传统,然而真正复活传统,又谈何容易?只有那些入乎其内又能出乎其外的人才能得其中三昧,否则,别别扭扭,画虎不成反类犬,反成为等而下之的东西。在强大的传统面前,究竟是做它的奴隶,还是主人,或许更值得探讨。无独有偶,孙犁也是用"书衣文录"的方式表达着他的喜怒哀乐,文字比黄裳更为平易晓畅。而近年所见嘉兴吴藕汀老人(1913—2005)的《药窗诗话》(中国人民大学出版社,2007年)、《戏文内外》(中华书局,2008年)、《十年鸿迹》(中华书局,2010年)、《药窗杂谈》(中华书局,2008年)、《鸳湖烟雨》(中华书局,2010年)、《猫债》(北京美术摄影出版社,2005年)等,也无不是上好的散文,那些熔铸着生命和学问的任意而谈,也非一般人所能比。在《万象》杂志上连载七年,2011年才得结集出版的《安持人物琐忆》(陈巨来著,上海书画出版社,2011年)乃是老人的"八卦",讲画家、艺术家种种生活情状和不经之事,在不紧不慢的叙述中,那些署在书画上严肃的名字成为一个个面目活泼、亲切的身边人,这真让人怀疑散文是否专属老人的文体?仿佛只有那些历经人世沧桑的人才有真正炉火纯青的文字。

文如其人,那是因为文字背后站着一个活生生的人,这就不是简单的文字技巧所能涵盖的。别林斯基在谈论文体与创作时曾说:"所谓语言上的优点,只是指正确、纯净、流畅而言,这方面甚至就是最平庸的庸才,也可以通过苦心孤诣的劳动而获得。可是文体,这就是才能本身,就是思想本身。文体,这是思想的浮雕性、可感性;在文体里表现着整

---

① 黄裳:《〈来燕榭书跋〉初版后记》,《来燕榭书跋》[增订本],第450页。

个的人;文体常常是独创的,像个性、性格一样。因此每一个伟大的作者都有他自己的文体;不能把文体分为上、中、下三等:世上有多少伟大的或至少是才华卓著的作家,就有多少种文体。根据笔迹可以窥知其人……如果一个作家什么文体都没有,他可能用最优美的语言来写作,但是,含混和它的必然的后果——芜杂,一定会使他的著作带上废话连篇的性质,人们阅读时会感到困倦,读后马上就忘记得一干二净。"[1]将近一百七十年过去了,别林斯基的话至今仍然可以看作是告诫,一是我们的散文家确实很多,但有自己的文体的委实很少;二是语言不能单独剥离出来,简单地剥离就是达到了所谓优美的境地,同样可能"废话连篇";三是文体的获得需要技巧,可很大程度上功夫在文外。——性情、才情、人格、学养、历练,世事洞明皆学问,人情练达即文章,此非妄言。董桥说:"我深信不论中文不论英文,文词清淡可读最是关键。然后是说故事的本领。年轻的时候我效颦,很高眉,认定文章须学、须识、须情。岁数大了渐渐看出'故事'才是文章的命脉。……阅世一深,处处是'事',顺手一拈,尽得风流,那是境界!"[2]"故事"不是编出来的,而是与"阅世一深"相得益彰的,个中真义,值得体味。当然,只有一个精神独立、思想自由、个性鲜明的创作主体,才可能有气韵丰沛的好文章。所以周作人说:"小品文是文学发达的极致,它的兴盛必须在王纲解纽的时代。""处士横议,百家争鸣,正统家大叹其人心不古,可是我们觉得有许多新思想好文章都在这个时代发生"[3]。这似乎都是对外部环境而言,但对于一个伟大作家而言,外部的限制总是有限

---

[1] 别林斯基:《一八四三年的俄国文学》,《别林斯基选集》第5卷,第362页,辛未艾译,上海译文出版社,2005年。
[2] 董桥:《书香(大陆版〈董桥文存〉总序)》,《清白家风》,第122页,牛津大学出版社,2011年。
[3] 周作人:《〈冰雪小品选〉序》,《周作人散文全集》第5卷,第694、695页。

的①,恐怕更大的限制恰恰是作家自己,即如没有政治上的压迫,人还会被金钱所收买,还会不自觉地跟着流俗走,在浮躁中同样会迷失自我。对不起,还是要举一位老作家的例子,那就是黄永玉,早一点的《永玉六记》,是那种亦庄亦谐的笔记体;到《沿着塞纳河到翡冷翠》,写出"我"眼中的世界,自然更写出了"我"自己。还有不能忘了的《比我老的老头》,写师友,也写出了一代人的精神风貌。黄永玉的文字在天然、率性中见鲜明的性格,在调侃、自信中有忧郁和沉重。在《收获》上连载的《无愁河的浪荡汉子》,虽云自传体小说,不妨当作长长的散文来读,这是打开了回忆,也打开了自己的所有感官的文字……在这里,你能看出这个老头儿的丰富内心:奔放不羁的他,抽着大烟斗沉思的他,忽而有些伤感的他,童心未泯的他,都会站到你的面前,文字带着声音和形象,也可能引而不发,他躲在文字后面冲你坏笑,总之,气足音旺,文字灵动,有血色、有气质、有品格。

经历是创作上一笔宝贵的财富。十多年来,自传、回忆录、传记,或者怀人忆事等文章的兴盛,已经超出传统散文区域,所发表的刊物也不仅是文学刊物,其读者多半也不是冲着文学而来,或许正因为如此,它们在"解密"、史料价值之外,对于散文文体之丰富和冲击再一次被忽略了。别忘了,在中国的传统中,可从来都是文史不分家啊!像扬之水的日记《〈读书〉十年》(已出版两卷,中华书局,2011年、2012年),不比装着样子写什么"一个人的八十年代"来得更自然、更原生态吗?里面写到的金克木、徐梵澄、钱锺书等大家的文字,单独选出来,难道不是极妙的人物小品?赵越胜《燃灯者》(湖南文艺出版社,2011年),忆周辅成先生,其中所录周先生的言行,补充了周先生的著

---

① 巴金在《关于〈复活〉》中写道:"像托尔斯泰那样大作家的作品,像《复活》那样的不朽名著,都曾经被审查官删削得不像样子。这在当时是寻常的事情,《复活》还受到各国审查制度的'围剿'。但是任何一位审查官也没有能够改变作品的本来面目。《复活》还是托尔斯泰的《复活》。"见《随想录》,第469—470页,作家出版社,2005年。

作，让人如沐一代知识分子的和暖春风，又对社会、历史和人生有着澄明的思考。洪子诚的《我的阅读史》(北京大学出版社，2011年)和吴亮的《我的罗陀斯》(人民文学出版社，2011年)，是两本通过回顾自己阅读史来梳理自己的精神成长及其与时代风习关系的著作，前者，审慎、学术；后者，敏感、气势磅礴，都是难得的好文章。资中筠的《不尽之思》中怀人篇章，把在时代纠结中的知识分子之选择与遭遇如实道出，寄予了对历史的清醒反思。孙晓玲的《布衣：我的父亲孙犁》(生活·读书·新知三联书店，2011年)更是本色文章，却如农家饭菜，口昧好，滋养人。提前怀旧，已经由60后传染给70后，连80后也跃跃欲试，不过乳臭未干的人装模作样地讲"小时候"总让人怀疑他们的真诚。可是70后又有什么资本呢？比起1950和1960年代的人，70后的生活是幸福的，但也常常是平庸。可能正是这一点，他们才会认真品味着日常生活，珍惜生命中的点点滴滴。十年砍柴的《进城走了十八年》(山西人民出版社，2011年)，写出了一个70后的乡村记忆，也是个人生活与历史相互印证，这是一份很好的历史文献，但有时过分执著于此，文笔反而放不开，文字的张力受到拘囿……或许，不及一一列举，但我看重这样的收获，包括一些好的人物传记，多少年前，中国人不敢写自传、回忆，恨不得将过去抹杀，现在却跃跃欲试，最重要的是不少人坦诚落笔又不乏自省的精神，尽将个人细枝末节的感受一一道来，这样的文风和这些作品都将是近些年来中国文学最重要的收获之一。

　　好的文字，必然会传达出一种精神、情怀，它们来自作者，也来自他叙述的对象，或者说是两者交融一体。李辉在结束《封面中国》(《封面中国2》，长江文艺出版社，2012年)的写作之后，2011年于《收获》杂志上开设了"绝响谁听"的专栏[①]，这是他熟悉的领域，写了一批老文化

[①] 在这之前，他曾在《新民晚报》上开设过同名专栏，并在2010年于上海文艺出版社出版过《绝响谁听》一书。

人在20世纪80年代的人生际遇和思想交锋,对那些老人或是久违了的一个时代风气的追慕和认同,构成了他文字的精神内核。他回忆做学生时与贾植芳先生的聊天:"我喜欢听贾先生讲述文坛掌故与作家背景,类似的闲谈中,贯穿着现代史的广博见识和真知灼见。他所描述的一个远去的时代,那个时代的五光十色的人物,引起我浓厚的兴趣。三十年过去,我对历史的兴趣依然未减,即得益于他的熏陶。""一旦走进大学校园,文学性情的挥洒、学术视野的开阔与自由精神的飞翔,这些'五四'文化至为重要的传统,便成为他履行教师职责的基础。尽管他的教育生涯因磨难而断断续续,但在不同时期他所亲授的许多学生,都把他既当作恩师,又视为亲人和朋友。学生从他那里获得的不限于学识,更多是'五四'文化特有的自由、开放精神的熏陶。"在这样的浸染中,他的笔触伸到文化老人的精神深处和历史的细部,也有了很多透着生命感悟的历史思考:"这些年,我时常在想,那一代归来者,以承受身心痛苦的代价,才为后人拓展出相对宽阔的生存空间、精神空间,我们没有理由、也没有必要,只顾一己快感,只图一时轰动,摒弃具体历史背景和历史脉络而苛求他们。不仅如此,在娱乐化盛行的今天,在进行历史反思时,人们尤其需要时时警醒自己,切勿舍弃对时代整体的审视与判断,仅仅满足于"八卦"方式来臧否个人之间的是非曲直。在互联网时代,一切皆有化为碎片的可能。那么,历史背景的整体描述与审视,历史人物的命运与性格的解读,如何既能适应博客、微博的便捷方式,又不至于背离反思历史的初衷,恐怕已是人们必须正视的严峻现实。"李辉的文字不乏学术研究的底色,但它们又不是冰冷的研究,而是带着温度,包括对人的理解,对历史的理解,还有内心中认同的价值取向,有它们存在,这些文字如薪火传递着精神、感染着人。李辉描述着这样一个场景:"于是,在他们关切的目光注视下,我背上书包,开始穿行在不同城市的大街小巷,寻访历史远去的场景,倾听一位又一位归来者讲述他们的故事……"(《归来》,《收获》2011年第

3期）这是生命与生命的碰撞，个体对历史的叩问，又何尝不是灵魂的净化和提升？李辉的文字，简洁、明了，也有着刀子切下去的锋利；而孙郁的文字在平淡中有一种徐徐道来的韵致，是含了古意的白话，让人在如沐春风中领受前辈精神的风范，这是学者散文的一种典范之作。我所看重的仍是他内心深处与前辈碰撞和交流中所体现出来的某种情怀。读鲁迅，他说："鲁迅呢，面临的仅是荒漠，是荒漠下的炼狱。那里没有神，只有鬼，而大多是怨鬼、厉鬼，那为别人苦楚叫不平的野鬼。所以，你读他的书，在压抑的黑暗外，还能听见永不停息的声音。那是黑暗里的嘶鸣。它叫出了地底的惨烈，和鬼眼下的不安，于是你知道那个世界的混浊，死和生，以及阴阳两界无词的言语。"①同时，在鲁迅给青年作家的那些书信中，他又感受到鲁迅的另外一面，或者与前者互为一体的一面："鲁迅就是这样一个人，甘愿沉没于黑暗中，却把光热留给了别人。他周身弥散的光泽，即使是过了许多时光，我们依然还能感受到。"他写读周作人的感觉："心里为之一亮，好似久违了的朋友，在那温馨的文字里，感到了悠长的亲情。我体味到了另一种情感，它像宁静的湖面涌动的波纹，给人浑朴的力量。我发现了自己和他的某种共鸣，他的文字唤起了我的一种长眠的情感，不知为何从来未开启过。那时我暗暗地感谢着他，如果不是读了这类文字，我还不会发觉自己存在着非冲动的、岑寂的审美偏好。""但周作人之于后来的文化，还不仅仅是一种文体、学识的问题，那其间的文化苦境，谁能说不是一种预言？"②阅读张中行及与他的交往，"亲自感受到传统和现代的那么有趣的结合。……也第一次印证了五四文人遗绪的形态。""就是这次的相遇，我的精神生活开始了不小的变化。""这变化之一，是觉得人生的目标不是遥远的未来，而在普通的日常里。他不是令人崇尚

---

① 孙郁：《夜枭声》，《在民国》，第46、41页，浙江人民出版社，2008年。
② 孙郁：《〈周作人左右〉序》，《周作人左右》，第1、2页，贵州人民出版社，2009年。

的大人物,而是普通的常人。学问、思想都是常态的,不是彼岸的灵光闪闪。我们都是常人,过得都是小民的生活,他的价值让我们这些小民懂得,小民有小民的分量"①。学问与人生,历史与现实,在思考和文字中水乳交融,这样的文字传达出来的精神永远有着炙烤人心的力量。近年来,写老人旧事的文章越来越多,从明朝那些事儿,到民国的文人闺秀,等而下之的不过是二十四史的白话版,渐成恶俗的是掺杂着臆想、八卦的百家讲坛体,还有一大半是稗贩二手资料的故事会,李辉、孙郁等人的文章能够独出一格,在于他们有严谨的史料,学者的判断,史家的思考,更在于浸润文字中的精神,它照亮了作者的自我,也照亮我们的道路。散文在此由小技走向大道。

四

我听到一个说法,说现在已经进入全民写作的时代。这并非没有道理,网络的发达,移动通讯工具的齐备,使得文字信息随时可以上传到公共界面。于是,论坛、博客、微博都成了大家表达观点、抒发情感的园地,这个园地里相对出入自由,没有传统媒体那么多中间环节,而且形成了各种鲜活的文字样式,这两年来,什么淘宝体、海底捞体等等各种"体",已显露出文体丰富和解放的端倪。私人写作与公共表达的界限逐渐被模糊(如在过去的日记,即便是专门为发表而写的,也有一个编辑和发表的过程),有些博客、微博已经成为新的公共媒体,如韩寒的博客和姚晨的微博。文字、图片、视频已经可以直播生活,我还不能判断这样直接的、没有门槛的、全民都可以参与的写作,究竟对传统的写作方式会产生什么样的具体影响,但是它所带来新的写作方式、语体和某种不可规范的活力却又是显而易见的。没有办法统计这样的

---

① 孙郁:《张中行别传》,第2—3页,人民文学出版社,2009年。

写作总体数量，无疑这也影响了我的阅读，所以还难以对它们做出一个更细致的评价。不过就印象而言，这部分写作生机勃勃，也良莠不齐。它们和传统散文写作一样，都避免不了五大恶俗：其一是鸡毛蒜皮皆成文字，洗个脚吃个苹果都要写上一段；其二是小儿女的滥情，自己感动流涕，别人看不过是新鸳鸯蝴蝶；其三旅行记，从上车、坐飞机，到景点，流水账加认真抄写旅游说明书；其四是名人印象记，久闻大名——抄简历，一见如故——谈苍蝇，一番感慨——叹伟大；其五是越来越多的所谓"书话"，买了本书，抄作者简历，文学史滥调，言喜欢读书的心情，如此而已……不是说这样的文字不能写，同样的体式在高手中，自有翻新的高招，但如今报纸副刊，专业的散文刊物，个人的博客空间里充斥这样的文字，愚以为大多都不是在丰厚汉语，而是糟蹋文字。

说惯了东坡的"常行于所当行，常止于不可不止"，仿佛写文章是随随便便的事情，尤其是散文，真有莫里哀笔下之人说了几百年散文而不自知之叹，岂不知何时收放，如何拿捏，无不有写作者的一番苦心在背后。不妨以董桥的文字为例，它兼备中西之长，是锤炼后的平白，那是用心"作"出来的文字，更何况文字后有文人雅好、趣味、风情，这是炖了好久的清水白菜，是更高一个层次上的讲究。陆灏（安迪）的文字（在《深圳商报》上的专栏"东写西读"），堪成新笔记体，仿佛是抄抄书敷衍成文，文字也滤出了浮在上面的油腻，干净、明白，其中眼光与见识也不俗，那才是难得的好文章。胡洪侠的《微书话》（上海人民出版社，2011年），作者说："因为有了网络，所以有了微博；因为有了微博，所以有'微书话'这一名目；因为有此名目，于是就有了这本小书。"[①] 其实，尚无微博这玩意儿时胡洪侠就开始用"微博体"写作了，前几年他所写的"书情书色"专栏，每篇也不过两三百字而已，后结

[①] 胡洪侠：《〈微书话〉小序》，《微书话》，第1页，上海人民出版社，2011年。

集《书情书色》两集（中华书局出版，一集，2009年；二集，2010年）作者说："我只是按照自己的理解，顺从自己的兴趣，东采西撷，忽中忽外，有人有己，亦正亦邪，试图编织一点小趣味，疏远些这个高歌猛进的大时代。"①这也道出这批作品的特点来，寥寥数语要对人或书做出一个印象式的评价，要讲点故事或有个亮点，语言上"亦正亦邪"，但分明也能看到文字背后站着一个豪爽的北方大汉。如这样的文字，让人会心之中，又仿佛看出一个书痴的贪、迷、色来：

> 读2006年3月5日胡小跃在巴黎发来的邮件，我都想骂他。来信说："下午零下两度，在一个临时大棚里找书，清鼻涕不知流了多少，总算找到了你想要的《巨人传》。两大册，大16开，硬皮封面，多雷的插图啊，有几百张。但最后没有买……"他的理由一是太贵，二是太重，而在我看来，这都是什么破理由啊。②

不过，嘻嘻哈哈归嘻嘻哈哈，作者可是个有追求的人，他自命这些书话为"准笔记体"，"打捞些光影，每以寥寥数语，裁成匆匆短章"。"古来笔记一体，佳作如林：或志怪，或琐闻，或忆往，或考证，长长短短，散散杂杂，虚虚实实，潇潇洒洒。而贯通其中的，是求实求博求鲜的真趣味和散淡自由的真精神。"③我想，在一个高亢和虚浮的抒情时代，只有战斗檄文，不可能有这种笔记体，在一个紧张的单一中的心态下也不能有笔记体，笔记短，却实，更需要一种悠然的心态。笔记的复活，更赖于此，而不是做做笔记的样子。

现在的书话也很兴盛，爱书没有罪，但书话之滥确也真的让人失

---

① 胡洪侠：《〈书情书色〉小序》，《书情书色》，第1页，中华书局，2009年。
② 胡洪侠：《多雷插图本〈巨人传〉》，《微书话》，第53页。
③ 胡洪侠：《〈书情书色〉二集小序》，《书情书色》二集，第1页，中华书局，2010年。

望。这类书中一直保持着它的水准的,是子聪(董宁文)编的"开卷文丛""开卷书坊"系列,2011年推出的是第六编(包括子聪《开卷闲话六编》、宋词《我的歌台文坛》、张国功《纸醉书迷》、沈津《书林物语》、严晓星《条畅小集》、彭国梁《书虫日记二集》、躲斋《劫后书忆》、鲲西《寻我旧梦》八种,上海辞书出版社,2011年)重提书话,是因为它可能是当代文人小品兴盛的一个点,但我又不甘于这般低水平的泛滥。对此,唐弢早就说过这样的话:"书话的散文因素需要包括一点事实,一点掌故,一点观点,一点抒情的气息;它给人以知识,也给人以艺术的享受。"①这是我为什么推荐姜德明书话的原因,因为书话总也要有几个基本的条件,它不是图书介绍啊!姜先生所谈的书,要么是稀见的现代文学版本,要么是人所熟悉的版本但其中却有文史价值的文献,自然,还有故事和渊源,与作者交往中的故事,求书中的经历,虽短短书话中不可能面面俱到点评图书,但从书中拎出一点都是值得注意或对当下仍有教益的文字。他的书话虽然平实,却言之有物,朴素的文字中含着明晰的识见,还有对书对文化人纯粹的爱,这些都不是信笔而为的。

或许可以这么说,全民时代的公共写作仍然需要用心而为!

五

浏览近斯散文,如果要做一个选本的话,我会这么选:在编书上,我向以郁达夫编选《中国新文学大系·散文二集》为榜样。他声明:"在这一集里所选的,都是我所佩服的人,而他们的文字,当然又都是我所喜欢的文字,——不喜欢的就不选了。"②这应当是选家应当遵循

---

① 唐弢:《〈晦庵书话〉序》,《晦庵书话》,第6页,生活·读书·新知三联书店,2007年。
② 郁达夫:《〈中国新文学大系·散文二集〉导言》,《中国新文学大系·散文二集》,第13页,上海文艺出版社,影印本,2003年。

的第一原则，尽管篇幅所限，也难以做到把喜欢的文字都选进来，但不敢表明自己的好恶，糊糊涂涂的选本也是极大不负责任的。第二，是一个气魄，郁达夫认为："中国现代散文的成绩，以鲁迅周作人两人为最丰富最伟大，我平时的偏嗜，亦以此二人的散文为最所溺爱。"这样，这哥俩儿的文字在他编的散文选集中竟占了全书篇幅十之六七。好！现在的选本是排座座分果果，平分秋色，四平八稳，似乎包罗万象，实际上毫无个性。我没有郁氏的气魄，但喜欢哪个人的文字就多选了几篇，我想并不过分。选本也好，文学史也罢，是对优秀作品负责，而不是去收集垃圾的，从另外一面讲淘汰是它的应有之义，而对于好的作品施以浓墨重彩也就理所应当。第三，既然有周作人把废名的小说《桥》选入《中国新文学大系·散文一集》的先例，那么，我把黄永玉的小说《无愁河的浪荡汉子》也选进来就不算莽撞，自然，这么选也不是全无理由，也不是所有的小说都可以当作散文选。而选进来，编者自然也想它表达一点什么，至少应当参照一下，散文怎么样才能不拘一格、鲜活存在。第四，个别篇章并非创作于 2011 年，舍不得，还是选了，至少它们结集和单行本出版于 2011 年。

　　好了，累了，不啰嗦了。看书去啦，《1984》早就看过了，2012 年反正也见识了，这回该读《2066》，都说不错，不知是真是假。

2012 年 2 月 10—14 日于上海

历史从心上流过

——齐邦媛《巨流河》阅读札记

一

翻开书,是一张台湾哑口海的照片,图注上说:"太平洋波涛汹涌至此,音灭声消。"序言中,齐邦媛说:"书写前,我曾跟着父母的灵魂做了一趟返乡之旅,独自坐在大连海岸,望向我扎根的岛屿。"[①] 作者还曾这样描述:"我到大连去是由故乡的海岸,看流往台湾的大海。连续两天,我一个人去海边公园的石阶上坐着,望着渤海流入黄海,再流进东海,融入浩瀚的太平洋,两千多公里航行到台湾。"[②] 书店里静悄悄的,书页翻动的沙沙声中,我的耳边仿佛有巨浪扑面而来的声音。"故乡的海岸",通过齐先生的文字在我的眼前如画卷徐徐展开:东海头,棒棰岛,老虎滩,傅家庄,星海湾……我不知道齐先生在哪个公园面对大海在追忆几十年前的风雨,这也许并不重要,重要的是一个心中装着怎样记忆的人才会在半个多世纪之后有如此刻骨铭心的追寻?

巨流河,就是辽河,我的故乡"辽宁"中的"辽"字就取自于此。从巨流河到哑口海,"这本书写的是一个并未远去的时代,关于两代人

[①] 齐邦媛:《序》,《巨流河》,第5页,生活·读书·新知三联书店,2010年,此为简体字版,以下简称"三联版"。该书繁体字版由台北天下远见出版股份有限公司2009年出版,以下简称"天下版"。

[②] 齐邦媛:《巨流河》三联版,第371页。

到哑口海的故事"①。"并未远去"吗?所有的这一切在人生的生命中会如此重要吗?今年春节,我带着《巨流河》回到大连,同为漂泊者,我理解齐先生看海的心情。城市中的老建筑不断地被拆除,记忆中的街道也面目全非,俊男靓女追逐着灯红酒绿,有谁还会去抚摸历史的伤痕?我不知道88岁的齐先生会不会失望,或许其中的张大飞的故事将来会成为电视剧的一个情节,甚至可以被添油加醋成为诱人的八卦?

现代人早已远离历史,巨大的目标在前方,历史是看不见的存在,无法提供物质性的东西,也无法满足人们消费的欲望,然而,漂泊者无法割断历史,没有历史、没有记忆,如同没有灯盏,他会找不到回家的路。由此,我理解齐先生写《巨流河》的意图:"天地悠悠,不久我将化成灰烬。留下这本书,为来自'巨流河'的两代人做个见证。"②也许,文字是比石头更坚硬,它能够抵挡住岁月风雨的剥蚀;也许,文字是最没有力量,写出来就没人关注,视同"见光死"。这么说,齐先生写了什么或许不是最重要的,更重要的是:在当下,我们应该如何与历史对话;如何在与历史对话中,发现自我找到自我。

二

"六十年来,何曾为自己生身的故乡和为她奋战的人写过一篇血泪记录?"③

这个叩问让齐邦媛在垂暮之年写作这部《巨流河》,让《巨流河》中有了剪不断的长长乡愁。

---

① 齐邦媛:《序》,《巨流河》三联版,第1页。
② 同上,第5页。
③ 齐邦媛:《巨流河》三联版,第1页。

这乡愁或许来自作者父亲齐世英的精神遗传：齐世英青年时代便胸怀大志要改变故乡的面貌，追随郭松龄将军，希图改革东北军政，然而，那渡不过的巨流河，让一腔热血变成终身悔恨。抗战中，号召抗战义士，周济东北流亡学生为遥远的家乡祈福。抗战后，正想大干一场，实现对家乡的抱负，却又不为所用，乱局中仓皇到了台湾，只留下对故乡的深情和人生无数抱恨……那些未曾实现的抱负与浓浓的乡愁交织在一起，是永久的悔，也是割不断的牵挂。

这乡愁也可能是作者的身份所决定的：少小离家的她，在抗战中颠沛流离，最后落脚台湾。这是一块发酵乡愁的土地，正如一位台湾学者所分析的那样："台湾先民，先一批是到海外谋取生活的人，后一批是中原战后自我放逐或被人放逐之人；这些人的离乡背井之情，使之自然产生漂泊无依之情，（台湾的歌仔戏和陈达所唱的民歌，不都是这种情感的流露吗？）然后到了日据时代，这些人又都成殖民地被压迫之人，于是台湾的移民和遗民性格，就长期累积下来形成一种很独特的'孤儿'心态。因为有着这样的'孤儿'心态，便使得台湾虽处于四海交汇之处，精神上却沉陷于与任何一方都不生关联的隔离状态之中。到了一九四九以后，又一大批移民随着国民政府来到台湾，这些人身经中国大陆的大苦难和大变动，被迫漂洋过海来到这一孤岛之上，精神上不可避免地便有着'流亡意识'，又由于很多人与这孤岛一时建立不起血肉相连的关系，于是这'流亡意识'之中便不可避免地有着'逃亡'的心态。"[①] 我认为，这是解读《巨流河》的一个重要的背景和前提，明白这些才会明白一个孩童时期就离开故土的人，为什么会对那片土地上发生的事情耿耿于怀，才会明白为什么纵贯全书的是一种悲凉的情调。

---

① 尉天骢：《由漂泊到寻根——工业文明下的台湾新文学》，见余光中总主编、李胜瑞主编《中华现代文学大系·评论卷一》（1970—1989），第94—95页，九歌出版社，1989年。

1950年代,台湾文学的主流是反共文学和怀乡文学。前者是一种意识形态的宣传,而后者是一种情感、心态的表露,当然,在怀乡的作品中也会有反共的态度和言论,但对故国的念想、往昔岁月的留恋与现实中的"孤岛"境遇融汇在一起,作家诗人们唱出了曲曲恋歌。有人说1960年代台湾文学的主潮是现代文学,然而在现代主义的躯壳之中,乡愁的理念、故国的神思未尝不是纠缠不清的心结,对知识分子而言,不仅有现实的故土,还有精神、文化上的故乡,它们的根在更广阔的中华文化土壤中,除了孤岛的此岸,当然更多在海峡的"那一边"。余光中的"乡愁是一湾浅浅的海峡/我在这头/大陆在那头"[1]的诗句就不必说了,单单看他的《春天,遂想起》中的文化意象,就明白那根风筝的线牵在哪里:江南,太湖,柳堤,寺庙,采桑,采莲,唐诗,小杜,苏小小,西施,范蠡……最后又是一句长长的感叹:

> 多寺的江南,多亭的
> 江南,多风筝的
> 江南啊,钟声里
> 的江南
> (站在基隆港,想——想
> 想回也回不去的)
> 多燕子的江南[2]

"想回也回不去的",括弧中有着非常关键的一笔,它如同阀门,压抑了、封堵了人们现实之途,又积蓄了情感的水流,才会有这么强烈

---

[1] 余光中:《乡愁》,见邹荻帆、谢冕主编《中国新文学大系 1949—1976·诗卷》,第 276 页,上海文艺出版社,1997 年。
[2] 余光中:《春天,遂想起》,见邹荻帆、谢冕主编《中国新文学大系 1949—1976·诗卷》,第 280—281 页。

的乡愁。更让人的心没有着落的是郑愁予的诗句:"我达达的马蹄是美丽的错误/我不是归人,是个过客。"①"过客"会让他对于家和土地产生更强烈的依恋。对于自己生活几十年的土地,老一代作家同样不能释怀。梁实秋的北平记忆就颇有代表性。他的一篇树,从"北平的人家,差不多家家都有几棵相当大的树"写起,写槐荫树影,写树的种类、姿态,突然冒出一句:"树是活的,只是不会走路,根扎在那里便住在那里,永远没有颠沛流离之苦。"②谈到"北平年景",他说:"过年须要在家乡里才有味道。羁旅凄凉,到了年下只有长吁短叹的份儿,还能有半点欢乐的心情?"③《同乡》中:"从前交通险阻,外出旅行是一件苦事。离乡背井,举目无亲,有无限的凄凉。所以,在水上漂泊的时候,百无聊赖,忽然听得有人在说自己的家乡话,一时抑不住心头的欢喜,会不揣冒昧的去搭讪……"④不经意的感叹中让我们读出了几分苦涩来。白先勇的《台北人》,写的是流离到台北的大陆人,虽然生活在台北,但个个心中无不藏着上海的百乐门、南京的老公馆和桂林水东门外的花桥的记忆。小说里写老兵,月色下,海风中,独自拉着二胡,"他那份怀乡的哀愁,一定也跟古时候戍边的那些士卒的那样深、那样远"⑤。而在《花桥荣记》中,那位卢先生房中空空,身无长物,却挂着一幅在故乡花桥的照片,"我"本来是讨债的,发现没有值钱的东西,似乎也不懊恼,却拿了这幅照片,心里居然存着这样的念想:"我要挂在我们店里,日后有广西同乡来,我好指给他们看,从前我爷爷开的那间花桥荣记,就在漓江边,花桥桥头,那个路口子上。"⑥这是怎样的乡

---

① 郑愁予:《错误》,见邹荻帆、谢冕主编《中国新文学大系1949—1976·诗卷》,第363页。
② 梁实秋:《树》,《雅舍小品》(合订本)续集,第14页,台北正中书局,2010年重排本。
③ 梁实秋:《北平年景》,《雅舍小品》(合订本)续集,第156页。
④ 梁实秋:《同乡》,《雅舍小品》(合订本)三集,第72页。
⑤ 白先勇:《那篇血一般红的杜鹃花》,《台北人》,第115页,广西师范大学出版社,2010年。
⑥ 同上,第207页。

情啊!

乡愁不仅是内心愁绪和恋情的抒发,而且它浸透了命运的起伏、漂泊的辛酸、聚散的人生、历史的感叹,"乡愁"是一个出口、聚焦点,把人们积郁在内心中的各种复杂的情感、孤独的心境和盘托出。齐邦媛作为台湾文学的亲历者、播种者,身处这样的文学氛围中以及她的个人遭际,自然对这样的乡愁有着特殊的敏感和记忆,《巨流河》是这种文学一脉相承的结果,或者可以说,在 21 世纪出现的这部作品,使得齐邦媛成为台湾怀乡文学的最后守夜人。它的迟到出现,也使之包含了更为完整的怀乡情态,比如台湾解禁之后,"怀乡"在现实上有了"还乡"的可能,现代化的交通工具使得空间不成问题,问题是时间,眼前的现实能够填补上巨大的时间空白吗?从"独在异乡为异客",到"梦里不知身是客",再到"直把杭州作汴州",时间调转了地域,让乡愁变得百味杂陈。

1995 年,在威海:

> 站在渤海湾的海边,往北望,应是辽东半岛的大连,若由此坐渡轮去,上岸搭火车,数小时后即可以到我的故乡铁岭。但是,我只能在此痴立片刻,"怅望千秋一洒泪",明天一早我们要搭飞机,经香港"回"台湾了。结婚、生子、成家立业,五十年在台湾,仍是个"外省"人,像那艘永远回不了家的船(*The Flying Dutchman*),在海浪间望着回不去的土地。①

永远的外省人与永远回不了家,矛盾又是现实,齐邦媛很理性,随后她也非常坦率地讲与大陆作家的交往,"虽然彼此认识一些可以交谈的朋友,但是'他们'和'我们'内心都明白,路是不同的了。诚如

---

① 齐邦媛:《巨流河》三联版,第 314 页。

佛斯特《印度之旅》结尾所说：全忘记创伤，'还不是此时。也不是此地。'（not now, not here.）"这种强烈的历史隔膜如冰难融，与亲切的乡愁形成强烈的反差。

其实，1993年，她已经有了还乡之行：

> 由于父亲一直在国民政府做事，祖居庄院早已摧毁，祖坟也犁平为田，村子已并入邻村茨子林。我曾满山遍野奔跑、拔棒槌草的小西山，半壁已削成采石场。各种尺寸的石材在太阳下闪着乳白色的坚硬冷光，据说石质甚好，五里外的火车站因此得名"乱石山站"。齐家祖坟既已被铲平，我童年去采的芍药花，如今更不见踪影，而我也不能像《李伯大梦》中的Rip Van Winkle，山里一睡二十年，鬓发皆白，回到村庄，站在路口悲呼："有人认得我吗？"我六岁离开，本来就没有可能认识的人。
>
> 这万里还乡之旅，只见一排一排的防风林，沃野良田，伸向默默穹苍，我父祖铁石芍药的故乡，已无我立足之地了。①

无立足之地，这是本来就注定的结果，每个人的怀乡梦都有被击打得粉碎的一刻。这样的场面不知在多少人的笔下重复，龙应台就写过"美君"1995年回到了离开半个世纪的淳安的情景，这里成了千岛湖，现实中永远也找不到梦里的山水，连父亲的坟也寻不到了，美君说："我遥祭，你们觉得，我今天千里迢迢到了淳安，是来这里遥祭的吗？"②这种怨愤是人的一种正常情绪，但也是非常复杂的身份和眼光所带来的结果，这个时刻，她一面以故乡人的身份要求给予、获得，一面又是以一个异乡人身份质疑、批判，这其中不光是失望的情绪，身份

---

① 齐邦媛：《巨流河》三联版，第356—357页。
② 龙应台：《大江大海一九四九》，第33页，香港天地图书有限公司，2009年。

的不由自主的转换对于当事人既是尴尬又是痛苦。齐邦媛写得小心翼翼，但也未尝不是多少年漂泊者心路历程的真实写照，即在他们的内心深处永远有一个记忆的故乡，然而这个故乡无法与现实的故乡对号入座，再进一步说，多少年的生活使得异乡已经成了现实的故乡，因为他们的观点和价值标准完全是来自异乡的土地，而籍贯、身份给他们另外的指向，这是一种撕裂，让漂泊者无家可归的撕裂。父母埋骨异乡，齐邦媛写道：

> 母亲火化后埋骨于此，父亲在世时也常来墓前坐着，可以清晰地看到远洋的船驶过。他说往前看就是东北方，海水流向渤海湾就是大连，是回家的路，"我们是回不去了，埋在这里很好"。四年后父亲亦葬于此。裕昌与我也买下了他们脚下一块紧连的墓地，日后将永久栖息父母膝下，生死都能团聚，不再漂流了。如今已四代在台，这该是我落叶可归之处了吧！①

终于有了新的"根"和扎根的土地，他乡渐渐成了真正离不开的故乡。其实不需要这一块土地，他们民国遗民的心态和鲜明的台湾认同，早已与现实中的故乡相隔千里万里了。齐邦媛很清楚："自一九二五年随郭松龄饮恨巨流河，至一九八七年埋骨台湾，齐世英带着妻子儿女，四海为家，上无寸瓦，下无寸土，庄院祖坟俱已犁为农田，我兄妹一生填写籍贯辽宁铁岭，也只是纸上故乡而已。"②

既然是"纸上故乡"，为何总也放不下呢？

---

① 齐邦媛：《巨流河》三联版，第337页。
② 同上，第370页。

三

　　日暮相关何处是？令人茫然。然而更为痛苦的是故乡也是伤心之地。——这是《巨流河》中反复渲染的哀伤。今天的人即便唱着"我的家在东北松花江上"，还有谁会关心近代以来东北人的悲伤吗？张大飞的故事是那个时代东北人最好的注脚：因为抗日，张的父亲被日军烧死，他成了没有家的流浪学生。后来报考军校，做了飞行员，在抗战结束的前夕壮烈殉国，结束了二十六岁的生命，一切刚刚开始却被无情地毁灭，而所有这些似乎是在不由自主中被一种力量莫名其妙地决定了。抗战时，齐邦媛随东北子弟学校一路逃难，逃到湘乡，元宵节时东北学生聚会，"有人说，现在离家一天比一天远了，日本人占领半个中国，如今仍在追杀不已，哪一天才能回到家乡？一时之间，哭声弥漫河畔，一些较小的女生索性放声号啕"①。东北的悲伤，是国仇家恨的时代悲伤，倘若对那些屈辱的历史无动于衷，我们今天不可能理解这种悲伤。记得曾在哈尔滨生活过的作家孔罗荪曾这样写过：

> 一般地看来，"东北人"这三个字在九一八以前是连一个模糊的概念也没有的。九一八以后，它代表着一种耻辱，代表着一种相当抽象的屈服主义者，然而同时也代表着英雄，被压迫者……但在最初的几年间，毋宁说前者的印象更为深刻些。这是一种实际的经验，是每一个流亡者在最初几年间曾经身受过的事实。②

　　相对于个人遭际，作者的父亲齐世英的身上则是一身历史征尘，满怀时代忧伤。一生的纠结都从追随郭松龄兵变失败开始，"思前想后，

---

① 齐邦媛：《巨流河》三联版，第55页。
② 孔罗荪：《东北人》，《大公报·文艺》，1939年8月9日。

憾恨围绕着巨流河功败垂成的那一战。巨流河啊,巨流河,那渡不过的巨流莫非即是现实中的严寒,外交和革新思想皆被困冻于此?"[1] 后来的事情也总让齐世英有壮志未酬的抱恨:抗战胜利后,熊式辉主持东北接收大局。他认为熊既无任何大局经验,又无政治格局,东北这一大块疆土,他大约只在地图上见过,既无知识基础也毫无感情根基,这匆促或者私心的一步棋,播下了悲剧的种子。"对创深痛巨的东北,在这关键时刻,蒋先生如此布局的态度令有识者心知东北大祸即将来临。"更让齐世英后半生痛心不已的是:

> 一九四八年十一月,东北全部沦陷,我父亲致电地下抗日同志,要他们设法出来,留在中共统治里没法活下去,结果大部分同志还是出不来。原因是,一则出来以后往哪里走?怎么生活?二则,九一八事变以后大家在外逃难十四年,备尝无家之苦,好不容易回家去,不愿再度飘泊,从前东北人一过黄河就觉得离家太远,过长江在观念上好像一辈子都回不来了。三则,偏远地区没有南飞的交通工具,他们即使兴起意愿,亦插翅难飞。这些人留在家乡,遭遇如何?在讯息全断之前,有人写信来,说:"我们半生出生入死为复国,你当年鼓励我们,有中国就有我们,如今弃我们于不顾,你们心安吗?"[2]

个人的命运中也在演绎着历史悲剧。自近代以来,东北人似乎就没有自主地掌握自己的命运之时,1895年的《马关条约》规定大连和旅顺两港被日本割据,不久俄、法、德三国又上演了三国干涉还辽之剧,在给日本两亿元赔款之外,再付白银3000万两以偿还辽东半岛。

---

[1] 齐邦媛:《巨流河》三联版,第22页。
[2] 同上,第202、204页。

中国的土地成了什么,被来回买卖,而付钱的居然是中国人自己!真像闻一多所言:"我们的命运应该如何的比拟?——/两个强邻将我们来回的蹴躏,/我们是暴徒脚下的两团烂泥。"① 更为惨烈的是1894年11月21日起接连四天三夜,日军攻占旅顺城,军官下令屠城,挨门搜索,男女老幼一概不留,除了留下埋尸的36人幸免于难(后经考察生还者大概约八百余人),其余2万人都被杀害,为遮掩和毁灭屠杀罪证,从1894年11月下旬到翌年的1月中旬,日军先是对旅顺市街的被害者尸体进行了清理和草草掩埋,继而焚尸灭证,两万具尸体抬了一个月才抬完。当时的日军随军记者在11月21日的日记中写道:"路上尸骨成山,血流成河。屋内也有伏尸,鲜血淋漓,无处插足。仔细看这些尸体,有的被砍掉了头,脑浆迸裂,有的从腰部腹部砍成两截,肠、胃全部裸露在外面。其惨状目不忍睹。"② 这是比南京大屠杀早44年的屠城,也是中国近代史上滴血的伤口。接下来,旅大为沙俄所占,日俄为争夺这块土地又在中国的土地上大打出手,日本终于如愿以偿,从关东州到满洲国,"亡国奴"的屈辱不断地继续着。直到二战结束,苏联人又来了,1955年,旅顺港的防务才交还中国人手中……那些岁月中,东北给人的记忆是:"徘徊在辽河的岸上/伴着无数的鬼魂在风里长号!/处处的草/挂着血滴/青山之畔的地上/残骨如雪片似的。"③ 这片天地中,"三千万人民成了牛马一样,/雪原成了地狱,再没有天堂"④!而整个东北人无不有着"孤儿"的感觉:"我们是一群离别了妈妈的孤

---

① 闻一多:《七子之歌·旅顺,大连》,《闻一多全集》第1卷,第224页,湖北人民出版社,1993年。
② 大连百科全书编纂委员会等编:《大连百科全书》,第42页"旅顺大屠杀"词条,中国大百科全书出版社,1999年。
③ 王莲友:《在辽河岸上》,见张毓茂总主编《东北现代文学大系》诗歌卷,第15页,沈阳出版社,1996年。
④ 高兰:《我的家在黑龙江》,见张毓茂总主编《东北现代文学大系》诗歌卷,第749页。

儿/我们是一群帝国主义侵略下可怜的民众。"[①] 由这些路径，我们有可能理解齐世英的"憾恨"与"伤痛"，会理解笼罩在《巨流河》中的历史伤痛。

"殉国者的鲜血，流亡者的热泪"，使得作者认为："二十世纪，是埋藏巨大悲伤的世纪。"往事如烟，作者更为感叹的是，这些铭刻在作者心中的记忆，"渐渐将全被淹没与遗忘了"[②]。苦难与失败交织在人生中，"悲伤"的分量越发沉甸甸。抗战中的逃难，作者永远无法忘记码头上的一幕："蜂拥而上的人太多，推挤之中有人落水；船已装不进人了，跳板上却仍有人拥上。只听到一声巨响，跳板断裂，更多的人落水。""在我成长至年老的一生中常常回到我的心头。那些凄厉的哭喊声在许多无寐之夜震荡，成为我对国家民族，渐渐由文学的阅读扩及全人类悲悯的起点。"[③]

我佩服作者的节制，那些惊心动魄的细节，被她化做冷静的叙述和节制的情感控制，我甚至想到了鲁迅对于《红楼梦》那个著名的评价"悲凉之雾，遍被华林"，然而这种悲凉是为今天在蜜罐中长大的孩子所能理解的吗？在他们，这些会不会仅仅是遥远的"故事"，而不是人类休戚与共的情感？我注意到鲁迅在上面八个字后面的话："然呼吸而领会之者，独宝玉而已。"[④] 对历史和生命的理解需要能力，也需要阅历。

这真真是"都云作者痴，谁解其中味"？

[①] 王为：《苏醒了的灵魂》，见张毓茂总主编《东北现代文学大系》诗歌卷，第915页。
[②] 齐邦媛：《序》，《巨流河》三联版，第1页。
[③] 齐邦媛：《巨流河》三联版，第46页。
[④] 鲁迅：《中国小说史略》，《鲁迅全集》第9卷，第231页，人民文学出版社，1981年。

四

近年来，回忆录、自传、口述实录等作品越来越多，这是一个好现象，用胡适的话讲是"给史家做材料，给文学开生路"[1]。或许，很多庄严高大的历史就这样被戳穿，也许冰冷的岁月因为亲历者的神情而有了温度。但说它们良莠不齐，甚至佳者寥寥也是实情。《巨流河》无疑是其中的佼佼者，它不是作者表扬与自我表扬的人生功劳簿，也不是矫饰的辩护书，或者泄私愤的小字报汇编，而是作为历史见证所写下的一份文字。不是所有的回忆录都是文学作品，但《巨流河》是，特别是它的前半部（第六章以前）有着非常完整的结构和流畅的叙述。它的文学性，还体现在上面所分析的那种历史的悲凉感，也体现在作者对于历史和人生的整体看法，后者作为一种精神贯穿在作者的人生旅途中，也使这部作品获得了自己的灵魂。当然，从叙述风格上，作者节制、内敛，从容又坚定，相比于龙应台煽情的《大江大海一九四九》，《巨流河》更显朴实无华。

由于出生在特殊的家庭，许多历史的风云际会、人物的音容笑貌，或与作者正面碰撞，或者擦肩而过。作者描摹他们人生、内心，使之从幽暗的历史中走出来，成为独立的人物。父亲齐世英自不必说，张大飞的故事也感动了很多人，朱光潜、钱穆的描述足以成为他们的精彩别传。对于有些历史人物的点评，虽寥寥数语，但也一语中的又别开生面。如对于张学良的评价："雄踞东北的张作霖被炸死，他的儿子张学良匆促继承霸权，既无能力又无魄力保护偌大的疆域，只能眼睁睁地看着东北成为一片几乎茫然无主的土地。故土断送在'家天下'的无知之手，令人何等悲愤！"[2]

---

[1] 胡适：《〈四十自述〉自序》，《四十自述》，第4页，安徽教育出版社，1999年。
[2] 齐邦媛：《巨流河》三联版，第24页。

作者一生经历无数大小坎坷，尤其是抗战八年和战后刚入台湾的艰难岁月中，她不懈的追求、自强不息的刚健精神、无怨无悔的人生承受力，都是感染和启示后来者的精神财富。在轰炸下过日子，作者感叹："每一天太阳照样升起，但阳光下，存活是多么奢侈的事。"① 抗战最艰苦时，学校准备转移，老师是这样教育学生的："我们已经艰辛地撑了八年，绝没有放弃的一天，大家都要尽各人的力。教育部命令各校，不到最后一日，弦歌不辍。"作者说："这之后六十年，走过千山万水……人生没有绝路，任何情况之下，'弦歌不辍'是我活着的最大依靠。"② 不论多大的风雨，这种心定就让人多了三分坚毅，齐邦媛说："死亡可以日夜由天而降，但幸存者的生命力却愈磨愈强，即使只有十七八岁，也磨出强烈的不服输精神，也要发出怒吼。"③ 这不是说教，是现实的磨炼，也是苦难的馈赠，作者和一批知识分子克服种种困难，为台湾的文化、教育、社会现代化付出大半生心血，这其中并非都是一帆风顺，但有一种精神，它就能支持着一个人和一个社会穿过阴霾的岁月，走向阳光灿烂的日子。

　　当然，对于大陆读者而言，还会在《巨流河》中看到很多久违的东西，从个人的行事作风，到对于历史的看法，《巨流河》处处展现出历史的另外一面，或者被我们抛弃，或者受到我们漠视，当然也可能为我们所反对的一面，尽管人们心照不宣，但这种异质性也是本书为人关注的阅读焦点。

---

① 齐邦媛：《巨流河》三联版，第85页。
② 同上，第120页。
③ 同上，第86页。

五

　　这种异质性是《巨流河》为读者所关注的重点，也是我们不应当放过、值得讨论的关键。当然，这种讨论基于这样的前提：一、对历史的解读没有统一的标准答案，不同的立场、角度可能会得出完全不同的历史结论。但是这并不意味着可以不尊重基本史实，更不意味着可以剪裁、"为我所需"而利用史实。二、历史观不可能统一，但对于历史的评判是否可能有一个相对的价值标准？如果没有一个基本的共识，那不彻底导向历史虚无主义？三、具体到《巨流河》，明显能够看出，由于两岸长期意识形态敌对状态，双方有很深的隔膜，甚至对基本史实叙述都存在巨大差异，更不要说观点的大相径庭。那么，对于共同经历的历史，两岸学者在今后是否有必要抛开内心偏见达成共识？这可能是《巨流河》向我们提出的严峻问题。

　　相对于天下版繁体字本，三联的简体字本《巨流河》删去了1万字，我对照了两个版本，觉得要不是囿于出版政策的规定，真不该随意删改，尽管这是作者本人同意过的[①]，一个负责的、严肃的作家不应当掩饰的问题；尽管三联版中，我们已经不难看出作者的政治倾向，但相对于天下版鲜明的、直言不讳的倾向，三联版简直让人怀疑是作者以瞒天过海之术制造出来的新版本。作者说她从不介入政治，但这并不等于她没有政治倾向和观点，更何况即便说自己没有政治倾向，这本身就是一种倾向。对于《巨流河》这样事涉20世纪众多重大历史事件的书，作者的政治观点、价值标准毫无疑问是全书核心内容。那么，作者的政治倾向和观念是什么呢？天下版的《巨流河》中说得清清楚楚："六十年前我所不懂的共产党政治狂热将我们赶出大陆，而他们自己

[①] 齐邦媛说："大陆媒体问我最多的问题，就是简体字版出版以后删减有多少？我可以告诉你，删减其实不多，不到一万字。被删部分，基本上我都是认可的。"见傅小平的报道《〈巨流河〉是我一生的皈依》，《文学报》，2011年7月7日第4版。

也在各种大同小异的狂热中自相残杀多年,大跃进、文化大革命……回首前尘,真感百年世事不胜悲。我基本反共之心大约早已有理性根源……"①"反共"是她的基本立场,在这一基本立场下,她对国共的历史有很多具体的阐释思路:比如抗战胜利后,共产党在苏联的帮助下扰乱时局,妨碍国家的重建,重启内战,葬送大好局面。又比如,共产党鼓动学生闹学潮,为夺取国家政权做工具,然而却形成了非理性的暴民政治。再比如,书中反复说,狂热的闻一多受了"蛊惑",开启知识分子参与政治的"不良"之风。三联版被删的文字中有:

> 我常想闻一多到四十五岁才读共产制度(不是主义)的书,就相信推翻国民党政权换了共产党可以救中国,他那两年激烈的改朝换代的言论怎么可能出自一个中年教授的冷静判断?而我们那一代青年,在苦难八年后弹痕未修的各个城市受他激昂慷慨的喊叫的号召,游行,不上课,不许自由思想,几乎完全荒废学业,大多数沉沦入各种仇恨运动,终至文革……身为青年偶像的他,曾经想到冲动激情的后果吗?
>
> ……
>
> 一九四五年的中央政府,若在战后得以喘息,民生得以休养,以全民凝聚、保乡卫国的态度重建中国,是否可以避免数千万人死于清算斗争、数代人民陷于长期痛苦才能达到"中国站起来了"的境况?②

我知道,这样的历史观在很多知识分子头脑中也大有市场,但我们需要的是基于事实的反省、判断,而不是把颠倒的历史再颠倒过来这样非此即彼的简单思维。当然,这是在学术层面上的讨论。那么,

---

① 齐邦媛:《巨流河》天下版,第140页。
② 同上,第238页。

首先要问：学生们为什么会接受共产党的"蛊惑"而闹学潮，学者闻一多又为什么会接受"蛊惑"起来反政府？国民党究竟因为什么才丢了江山？内战又是怎么打起来的？

其实，有些问题的答案从《巨流河》中就能够找到，因为在齐邦媛这里，抽象的立场、观念与耳闻目睹的具体史实之间是有冲突的，《巨流河》自身就存在着"言行不一"的矛盾。比如，作者引用孙元良对抗战中民众工作的检讨，就说得很明白："我们（抗战初起时）实行焦土抗战，鼓励撤退疏散，然而对忠义的同胞没有作妥善的安置，对流离失所的难民没有稍加援手，任其乱跑乱窜，自生自灭，这也许是我们在大陆失却民心的开始吧！"①"失却民心"这是对一些问题最好的回答。在谈到后来东北败局，她引用的父亲的谈话录，不仅认为"政府经略东北欠缺深谋远虑"，还认为东北人没有得到"中央"的温暖②。——这不是很清楚吗？一个丢掉了民众的政权，你还指望他去维持什么？为什么这个时候民众的"苦痛"就不被作者强调了呢？有学者曾经总结国民党失败的原因：虚有其表的军事力量、通货膨胀和经济崩溃、失却民心和政府威信、美国调整和援助的失败、社会和经济改革的迟滞。其中谈到民心，他认为：国民党官员的腐败，对民众的轻蔑，对政府威信造成"永久性的损害"，"疏远了千百万受苦受难的人民"。谈到改革，他认为："国民党本身就缺乏发起社会和经济改革的必要动机"，"看不到解决农民困苦的紧迫性，对农民的疾苦也就漠不关心"③。人民是沉默的大多数，但不是任人愚弄的傻子，他们会做出自己选择的，没有永久的"正统"，他会在选择中被改变，而人心向背难道不是最大的道义？齐邦媛在回顾历史的时候，为什么恰恰忘了这些最基本的事实

---

① 齐邦媛：《巨流河》三联版，第58页。
② 同上，第203页。
③ 徐中约：《中国近代史》，第515—517页，计秋枫等译，世界图书出版公司2008年。

呢？我引用的是曾任美国加州圣巴巴分校历史系主任徐中约的《中国近代史》，该书是已经出至第六版的权威教科书，作者1946年毕业于燕京大学，1954年获哈佛大学哲学博士，一直身处欧美学界，他的书应当有相当的客观性，而不是偏袒哪一方的宣传品。不妨再引用几点，齐邦媛对于苏联出兵东北并且袒护共产党耿耿于怀，岂不闻这引狼入室者正是蒋介石和他的政府？在日本战败前，是他们以外蒙独立和出卖大量东北利益为条件忙不迭地与苏联签约[①]。抗战胜利后，国民党认为共产党力量较弱，摩拳擦掌要尽快解决共产党，连马歇尔都愤怒地谴责国民党内"不妥协集团""对中国实行封建统治"，缺乏履行政协决议的兴趣[②]……胜者为王败者寇，这是实用主义的逻辑，诚然，失败者未必就是一无是处，但对于一个强大的集团如此迅速的失败，不认真去反思其原因，王顾左右而言他，要么是真糊涂，要么就是装糊涂。《巨流河》中的逻辑思维，与李敖批评的龙应台等人如出一辙，说白了，"这正是蒋介石留下来的思维"[③]；具体讲，凡事"只会写'现象'，不会写'原因'"[④]。在这样的观念支配下，才有李敖对具体问题的质疑：苏联军人强奸中国女人固然应该谴责，同一个龙应台，为什么对美国军人强奸北京大学女学生只字不提？北大女学生不是中国女人吗[⑤]？她绝口不提共产党在当时是革命者，国民党是反动者，而板子照例是各打五十，但字里行间却又要加重其中一方的罪戾[⑥]。——齐邦媛同样是这个逻辑，对历史事件同样是以双重标准对待。比如讲到当年的国民党屠杀学生的"六一惨案"，作者最后竟然会避重就轻把问题扯到另外

---

① 参见徐中约：《中国近代史》，第488—489页。
② 同上，第506页。
③ 李敖：《大江大海骗了你》，第7页，李敖出版社，2011年。
④ 同上，第34页。
⑤ 同上，第92页。
⑥ 同上，第326页。

一面:"武大六一惨案成了中共夺取政权的一大文化武器,然而二十年后在文化大革命惨死的无数大学师生,又该如何控诉?"①仿佛有了"文革","六一惨案"中年轻学生的血就可以白流,这位文雅的"不过问政治"的教授冷漠至此也让人齿冷。

至于闻一多的转变,同样是不能只看现象,而不问原因,要问问为什么有他这样的转变,而且在当时的知识分子中不仅闻一多一人?这岂是"激进"二字可以解释!如果说知识分子和学生们受了蛊惑,国民党的宣传机器比共产党的声音更大吧?国共双方的力量在学校中都有渗透,可为什么人们偏偏不信国民党的呢?很简单,是现实教育了他们。闻一多自己就说:"从不过问政治到问政治,从无党无派到有党有派,这一转变,从客观环境说,是时代的逼迫,从主观认识说,是思想的觉悟。"②至于学生何以不好好学习而去闹学潮,闻一多在当年就有回答:"是的,一个国家要学生耽误了学业去过问政治,的确是'不幸',但是,为什么会发生这种'不幸'呢?不正是因为国家没有民主!""只要想一想这几年的情况,看一看政治腐败所带给人民的苦痛,有良心的人该作何感想?"③至于闻一多对蒋介石之失望,不是心血来潮,是有着五四精神的支持,他曾坦率地说:"《中国之命运》一书的出版,在我一个人是一个很重要的关键。我简直被那里面的义和团精神吓一跳,我们的英明的领袖原来是这样想法的吗?五四给我的影响太深,《中国之命运》公开向五四宣战,我是无论如何受不了的。"④我就奇怪了,当齐邦媛号召对闻一多"超脱自身范围的回顾与前瞻"⑤时,

---

① 齐邦媛:《巨流河》天下版,第279页。
② 闻一多:《民盟的性质与作风》,此转引自刘烜《闻一多评传》,第231页,北京大学出版社,1983年。
③ 转引自刘烜《闻一多评传》,第295页。
④ 闻一多:《八年来的回忆与感想》,《联大八年》,第10页,新星出版社,2010年。
⑤ 齐邦媛:《巨流河》三联版,第146页。

她似乎忘了闻一多死在了国民党特务的枪下,还有李公朴,连生命权都被轻易剥夺了,我们还有什么颜面去谈这个政权的自由、民主,还有什么底气去维护它的正统性?从这个角度上讲,如今再向这样为自由、民主而献身的人身上泼脏水,那是最大的不人道!

其实从1930年代后半期起,很多人就已经看到中国共产党之不可阻挡之势,当时到过延安的新闻记者都有这样的印象:重庆与延安,"前者代表着'旧中国'——死气沉沉、颓废衰微、自私自利、逆来顺受、对普通百姓漠不关心、贫穷落后、不讲人道、任人唯亲,而后者则代表'新中国'——满怀希望、朝气蓬勃、效率卓著、斗志昂扬、纪纲严明、热情洋溢"①。到1944年11月,美国人戴维斯已经断言:"共产党将在中国存在下去。中国的命运不是由蒋掌握,而是掌握在共产党手里。"②罗马不是一天建成的,共产党是怎么取得胜利的当然有很多原因,它的执政得失也是另外一个问题,但国民党的失败既不冤枉,也不是偶然,睁开眼睛看看历史似乎不难得出这样的结论。

读《巨流河》这样的书,我隐隐地能感觉到充斥在齐邦媛这些民国遗民的文字中的傲慢与偏见,以此看历史以及现在的大陆,他们总有一种虚无的高傲,好像"先总统"的一切都值得称道,忘了还有"二二八",还有雷震案,他们有时候还会拿出一种"民主政权"扭捏身段,仿佛得了灵丹妙药就要得道成仙……一叶障目,不见泰山,我为口口声声强调理性的他们在这些问题上的如此不理性倍感遗憾。翻开劣迹斑斑的历史,一个理性的人哪里还有骄傲的底气,或者正如鲁迅在《狂日日记》中的惶恐和诘问:我们都是吃过人的人?

---

① 徐中约:《中国近代史》,第477页。
② 同上,第480页。

六

《巨流河》中的最后一句话是:"一切归于永恒的平静。"或许吧,或许没有平静,哪怕平静的历史也会有人搅动起浪花让它不平静。《巨流河》是不是一朵不平静的浪花呢?

2011 年 7 月 18 日凌晨

附记:

个人回忆的一相情愿是非常普遍的问题,本文后半部分所提出来要讨论的问题是:如何面对历史的叙述,尤其是个人记忆对于历史的还原,对于阅读者而言是非常需要警惕的事情。同一段历史,在不同人的记忆中会呈现完全不同的面目。比如在《巨流河》中,认为郭松龄反奉是东北现代化的一个很重要的事件,然而,在当时一些人的认识中,这一事件与连年的军阀内争没有什么差别,同样带给老百姓苦难。王莲友写于"十四年郭张大战辽河畔半月之后"、发表于 1926 年 3 月 4 日《盛京时报》的诗歌《在辽河岸上》,描述了战火对于这片土地的涂炭,曾说:"几处邻村的房子啊!/化作腥臭的灰沙/飞扬在东北风里/渺渺的人影不见/只有啊,乌鸦在无叶的树上/几声叹息!""人世间,可能高挂着永久的和平的旗子?"徐放的诗歌《边城》中是这样描述的:"自从鬼子来/边城根上的土都被挖走/说是垫公路去了。/闹'义和团'/'奉直战'/郭鬼子反奉天/闹'革命党'/已几经动乱和事变/连浑河的河身都搬了家!"(收《南城草》,长春同化印书馆,1942 年。"郭鬼子"是当时人对郭松龄的称呼。)对于齐邦媛而言,台湾岁月是新天新地,是克服条件的困难励精图治、众志成城建设台湾的一种图景。然而,在孙康宜的笔下,则是:"1944 年我在北京出生,两岁时随父母从上海黄浦江登上轮船,越洋过海到了台湾。三岁时(1947年)'二二八'事件爆发,六岁不到(1950年)父亲蒙冤坐牢十年。那时正是台湾白色恐怖的年代。"(《〈走出白色恐怖〉新版自序》,《走出白色恐怖》,第1页,生活·读书·新知三联书店,2012年。)这本《走出白色恐怖》描述的是与《巨流河》完全不同色调的记忆。还有张光直《番薯人的故事》(生活·读书·新知三联书店,2012年)里,一个高中生被当作政治犯、思想犯囚禁一年的经历……不能说谁回避了什么,但我想这些记忆是可以相互补充的,同时也证明了所谓客观的历史叙述是枉然的,因此,那些完全依赖一种叙述的历史盲也应当有另外一种视角来打量历史才好。正因为这样,我才自不量力写了这样一篇文章。

2013年4月8日

每人都有他的怪兽
——读朱文颖《莉莉姨妈的细小南方》札记

一

读完朱文颖《莉莉姨妈的细小南方》①（以下简称《南方》）有一种莫名其妙的伤感。说不清楚为什么，在这个阴霾的上午，我又找出波德莱尔的《巴黎的忧郁》，很茫然地翻着。

其中有一篇《每人有他的怪兽》引起我注意，文章写的是在尘土飞扬的荒原上，有几个人弯着腰向前走，他们背上都有一个巨大的怪兽，但没有人对抓着他们的沉重怪兽表示过愤怒，他们甚至认为它"是自己的一部分"。他们不知道要到什么地方去，"因为他们被一种无法控制的行走欲推动着"。他们疲惫，却又"带着注定要永远希望的人的无可如何的神情，走着"②。我觉得《南方》中的人物也是这样，背着重负不知何方地走着。不知何方，未必漫无目的，只是每一个生命太渺小了，他无法决定自己的方向。

"怪兽"是什么？是外在的历史重负，也是一个人巨大的心魔。《南方》中的每一个人的内心中都有一个心魔：潘太太埋在心底的历史，

---

① 朱文颖：《莉莉姨妈的细小南方》，作家出版社，2011年。
② 波德莱尔：《每人有他的怪兽》，《巴黎的忧郁》，第13—14页，郭宏安译，上海译文出版社，2009年。

外公童有源时常外出和那心事重重的笛声，外婆王宝琴在漫长岁月中的爱与恨，潘菊民对承诺的逃避，莉莉姨妈没来得及开放的爱情和一辈子的"赌气"，还有"我"把捉不住的爱……每个人心中都有间不开放的密室，也像无法一目了然的苏州园林。似乎只有一个潘小倩敢在窗下大声喊着恋人的名字、表白自己的心曲，可是作者却又让她死得那么早。于是，我看到了他们内心的曲曲折折，彼此可以感知，却从不流畅表白，无论是夫妻间，还是恋人间。莉莉与潘菊民恋爱时，常常欲言又止，似乎心领神会，内心又封闭得很严实，这种封闭甚至不是小心、谨慎，或者提防，而是骨子里的气质，这或许就是"南方"？烟笼寒水，雾气腾腾，不透明，亦真亦幻。这让我想起南方宅院中的天井，它连接四面，本来是最为开放的空间，但它却又是围在中间，抬头只能看到苍老的天；但它并不死寂，要么有腊梅的清香，要么有芭蕉的生机，可是就这么闷在里面。小说里的人心也是这样被围起来，不透明的，母亲王宝琴开怀大笑似乎也只有在林阿姨和姑娘们载歌载舞的那个夜晚，但迎接她的清晨居然是丈夫又一次出走，而且不走就不快乐！读《南方》有一种憋闷感，我说过，不是死寂，死寂反倒平静了，而憋闷是一切都被压在胸中，没有机会倾吐，或者有机会也不倾吐。潘菊民不也发现了他的父亲潘先生，"好像有很多很多感情在嗓子眼、在心里、在身体的哪个地方哽咽住了，没法释放出来，也不能让它释放出来。"（第185页）

沉默的心让小说仿佛变成一个无声的世界。小说的开头颇为耐人寻味：外公来到这个世界上的第一声哭喊，开启了自己的人生，也开启了小说的叙述，然而，"只是撕心裂肺地哭了一声，就一声……然后，就再也不哭了。"（该书第4页）这中断的哭声，仿佛是一个暗示，所有的事情有了开头，便没了结尾。笛声、夜莺声、评弹的调音不断回旋，它们与其说是现实的，不如说是心中的、梦幻里的声音，所有的人都像游魂的一样沉浸在自己的世界中，童有源说，他之所以四处游走，"其实就是因为音乐。……我一出门就能听到音乐,哪儿都是音乐……"(第143页)每个人心中都充满了声音,却都没有生发出来,不再信守承诺的潘菊民选择的不是解释,而是沉默的逃跑。作者似乎也无意替他们解释什么,小说中写了一群"怪人",他们命运各自不同,但他们有着集体的地域文化性格,所以,倘若有人想在书中追寻什么是"南方",我想不在于写了评弹、运河、南方的草木等外在的东西,而在人物的性格中、内心里,深入其中才抓到真正的南方。

我还看到了两代作家迥然不同的南方,苏童《南方的堕落》中是堕落、颓废,苍蝇乱飞,流言四散,人心恶毒的南方,小说中叙述者说:"我厌恶南方的生活由来已久","一切都令人作呕。人们想象中的温柔清秀的南方其实就这么回事。"① 然而,朱文颖的南方整体上又比苏童清澈,这里的人都是那么柔弱、善良,他们不想伤害谁,"南方"不是他们诅咒的对象,而是依赖生存或者隐身其中的故土,本质上讲,苏童的南方是现代主义的,而朱文颖却是古典主义的。

二

《江南》也是一群悲观主义者的生命实录。他们在没有经历失败时,就有了失败感。

作者不断地提示我们,除了疯子、正常人,"这个世界上还有另外一类人那就是悲观主义者"(第162页)。小说中写了一群这样的人,至少童有源、潘菊民、"我"都是典型的悲观主义者。潘菊民就曾对童莉莉说过:"真的,我发现从我出生那天起,我就注定要失败、注定要孤独的。"(第168页)从"出生那天起",意味着悲观和孤独就是一种摆脱不掉的宿命吗?潘菊民甚至觉得他们兄妹两个"都有一种莫名其妙的

---

① 苏童:《南方的堕落》,《苏童文集·少年血》,第168、185页,江苏文艺出版社,1993年。

挫败感。老是确信自己总会失败的。有时事情太好了太顺了总会不相信，不相信一直会这样下去，总会有一天会要改变的"。（第186页）这种悲观，让他不是没有爱，而是没有力量去爱，小说中遍布着无助、软弱。"我"的故事也是这样，跟秋先生不了了之的情感结局，心有不甘要去追问时，秋先生像太极高手顺手就推开了，"我的问题刚一出口就被他解构掉了。就结束了。"（第222页）如果说莉莉姨妈的故事让人唏嘘、感叹，那么"我"的故事则是心酸，"我"拉着莉莉姨妈说出的很文学腔的话则让人心碎："生活怎么这么难啊，我说，这是为什么呵？"（第290页）

"孤独"是与这种失败紧密相连的姊妹词。而且，作品中的人几乎清楚地意识到自己的孤独处境。童有源就说女儿莉莉和儿子小四有些像他，"奇怪的，冷静的，内心暴烈的。并且还明白自己在这个世界上处境孤独，或者说最终也是免不了处境孤独"。（第109页）莉莉也对潘菊民说过："我知道，你只是感到孤独。"潘菊民的回答："是的。我只是感到孤独。难以名状的一种孤独。"（第154页）作者无处不渲染着孤独的气氛，它成了这群人共同的内心境地。"生活很沉重。而他天生是孤单的——这，就是悲观主义者潘菊民，就是他眼睛里这个世界的主要色彩。"（第167页）到当代，秋先生不断重复的是："我很孤独——你知道吗？"在小说的结尾，林先生又重复这句话……每个人都觉得自己很孤独，也认同这个限定词，他们想冲破这张网，却没有挣扎或反抗的力量。弥布在《南方》中的是一种集体的软弱无力，为什么？好像没有来由，作者也不想过多地解释或寻找缘由，但她写足了人物的这种心理状态，而且，一写就写了三辈人和他们的"百年孤独"。除了一种宿感，生命的无力感，分明还有一种历史的虚无感，这种虚无如巨大的黑洞，几乎没有一个人物有力量反抗它，或者干脆放弃了反抗，所以，《南方》读到最后，我的心仿佛被掏空的感觉，也有一种莫名其妙的孤独和忧伤。

这是张爱玲说的那种悲凉吗？"时代是仓促的，已经在破坏中，还有更大的破坏要来。有一天我们的文明，不论是升华还是浮华，都要成为过去。如果我最常用的字是'荒凉'，那是因为思想背景里有这惘惘的威胁。"① 童有源、潘菊民们都经历了"破坏"，他们是否意识到"惘惘的威胁"？我隐隐地感觉到他们悲观、悲凉、孤独的根源在哪里了。安放他们心灵的"文明"已然不存在，"时代的车轰轰地往前开。我们坐在车上，经过的也许不过是几条熟悉的街衢，可是在漫天的火光中也自惊心动魄。就可惜我们只顾忙着在一瞥即逝的店铺的橱窗里找寻我们自己的影子——我们只看见自己的脸，苍白，渺小；我们的自私与空虚，我们恬不知耻的愚蠢——谁都像我们一样，然而我们每个人都是孤独的。"② 他们寻到自己的影子了吗？看到了自己的面目了吗？——我们呢？朱文颖不仅是对个人生命的理解，还通过敏锐的心体味到历史、时代等庞然大物在个人生命中的作用。这些年，祖师奶奶张爱玲不知造就多少乖巧的文字孙女，但仅仅写写男女间眉来眼去、大房子里的勾心斗角，还是皮毛、小技，能够体味到这种时代的苍凉和内心的孤独才算抓住了她的精魂，在这一点上，朱文颖才算是张氏的真正传人。

三

"莉莉姨妈的细小南方"，"细小"两个字一定会让很多人浮想联翩、言说不已，小说中虽然时间跨度很长、人物命运跌宕起伏，但在叙述上是打碎了的叙述，叙述的内容零零散散堪当细碎。提防着宏大叙事而执著于个人叙事，本是朱文颖这代作家惯走的路数。但这部长篇

---

① 张爱玲：《〈传奇〉再版的话》，《张爱玲集·倾城之恋》，第456页，北京十月文艺出版社，2006年。
② 张爱玲：《烬余录》，《张爱玲集·流言》，第46页。

不可以用宏大叙事／个人叙事这样二元对立的方法来解读，作者甚至巧妙地消融了这两者。朱文颖的创作在此有很大的突破，她不仅终于可以摆脱70年代作家是"没有历史的一代"的批评，历史不再是个符号，而是作为具体的存在进入作品中；而且，煞费苦心又非常巧妙地融化了历史，写出了时代，以及它与个人心灵的微妙关系。做到这一点非常不容易，不知多少英雄豪杰在家族小说、年代大戏中折戟沉沙啊！是的，细心的读者不难发现：《南方》中有着清晰的年代编码，如童莉莉填写成分，潘先生抄录语录，公私合营、"大跃进"，"文革"，直到改革开放时代的一切，它们不是背景，是本书不在场又处处在场的一个主人公。

　　小说中"时代"不仅决定了人物的生活，而且塑造了他们的心理气质，包括悲观、失败感、孤独，无不与渺小的个人在强大的时代面前的无力和受压有关。作者有两次几乎重复了同样的话：感到形孤影单、心灰意冷的童莉莉，心里有很多热望，"她，年轻而热情的童莉莉是多么希望挽起街上迎面走来的哪个人的手，汇入那浩浩荡荡的人流里面去。和大家在一起，和人民群众在一起，和大街小巷涌动着的那些简直无法解释的力量在一起。"可是众人欢歌嘹亮地从她身边走过，他们看都不看她一眼，"把她一个人暧昧不清地丢在了那里"。（第155页）接下来，作者再次强调了这一点，叙述的对象变成了童莉莉和潘菊民两个人："心里都是有那么多的热望呵，但是又有谁知道呢？又有谁能够懂得呢？不仅仅是她，年轻而热情的童莉莉，还有他，即便是悲观主义者潘菊民，其实心底里也是多么希望挽起街上地面走来的哪个人的手，汇入那浩浩荡荡的人流里面去，和大家在一起，和人民群众在一起……但是眼睛明亮、歌声嘹亮的人们，手里举着鲜亮亮的红旗，他们看都没有看他，雄起起气昂昂地从他身边走过去了……""或许每个时代都会有人被暧昧不清地丢在那里……"（第178页）我惊讶于后一段话如同复制、粘贴上去，作者这么偏爱，或许正泄露了天机。《南方》

着意写的就是这样一群被时代丢在一旁的人，或者可以命名他们为时代的零余者。

时代变了，他们还沉浸在自己的世界里，等有一天猛省过来的时候，发现自己已经形单影只，被抛得很远了。还记得张爱玲那段著名的话吗？"人是生活于一个时代里的，可是这时代却在影子似的沉没下去，人觉得自己是被抛弃了。"①可是，他们能抓住什么呢？一个个还没有完全开放的生命，未必有那么记忆让他们依靠，而未来又似乎于他们无关，就这样"暧昧不清"站在那里。在革命年代如此，进入新世纪也不例外，像常德发这样的人，看不懂时代、也与这个时代格格不入。以至于"我"在感慨："每个时代都会有孤独的人。"（第213页）作者道破了一个不被注意的秘密，那种孤独，很容易被完全理解为高压时代的重压的后遗症，然而在一个开放的时代中，在一个喧腾的时代里，照样有人被丢在一边，谁也不看他们一眼，不仅"我"的祖辈和父辈，小说中的第三代的"我"也有这种失落感。以致发出了很张爱玲式的感慨："时代的列车轰隆隆地往前走，有的人跟不上了，有的人打瞌睡，还有的人骂骂咧咧的……"（第278页）然而，"我"的失落更是深入骨髓的："我甚至觉得自己是个连命运都没有的人。在城市的大街上随波逐流……随波逐流……"（第217页）匈牙利作家凯尔泰斯曾有本小说名为《一个没有命运的人》，那时法西斯奥斯维辛集中营造成的结果，而在当代社会中，"我"居然感觉自己是个"连命运都没有的人"，可见"我"所受到的压力和伤害之深。《南方》能够体现出作者对历史的思考、对人性的探索之深度的，恰恰是在于她写出的这些时代的零余者的精神图景，她不但提示我们关注这一群人，还从他们的角度勾勒了一条历史之路：这条路上有他们的无力、挣扎，也有企图对抗的努力。

作者一直企图叩问，在滔天的历史巨潮面前，个人或者个人主义

---

① 张爱玲：《自己的文章》，《张爱玲集·流言》，第14页。

的道路能够在多大程度上坚持、保留自己？最终的答案当然不需要饶舌，所以才有这些人的宿命般的失败感。潘先生夫妇的教堂，很轻易地就变成了仓库，转而书写语录更是耐人寻味的细节。但我觉得这群人不甘就那么轻易放弃，莉莉姨妈一次次离婚，在试探着爱情，这有疑问也有坚信，她不是告诉"我"，要相信爱情吗？童有源，好好的家不守，好好的工作不要，那么正如他的妻儿所疑问的："那你到底想做什么呢？""他说他只想做一个废物。"（第62页）这是不是一句玩笑话，而是很沉重的自我定位，"废物"是他在现实中的真实状态，他们被时代的列车甩下了，无法堪当有用之才，只能如此；想做一个废物，也表明他内心的一种放弃，他走不成也不想跟着人走康庄大道，而选择了自己的独木桥，所以这个表态也是一种选择、认同，是渺小的个人内心不肯违抗自我，去屈就庞大的时代及其背后各种机制的自我选择，由这一点看，童有源有着难得的清醒，尽管结果都是悲剧性的。我甚至把他的精神谱系追溯到贾宝玉那里，你不觉得这两个人似曾相识吗？无论是《红楼》，还是《江南》，都是一曲挽歌。个人在强大的时代、功利的社会、世俗的生活面前无能为力的一曲挽歌。

四

从《高跟鞋》、《水姻缘》一路走来，到7年前出版的《戴女士与蓝》，《江南》是朱文颖十年磨一剑的第四个长篇小说，从技术上而言，毫无疑问，作者日渐成熟，尤其是文字的把握，分寸有度，很多短句的运用，准确又节制。全书三部的结构，起承转合，这么小的篇幅中，三代人的命运叙述得张弛有度，十分难得。在写作难度最大的第三部，——因为这部似乎最容易写，但也最容易落了俗套——我觉得收得很好，家族血脉的自然延续，也有人物命运之间的对照，还有时间上的对比，对朱文颖而言都是难得的超越。

小说里有一句普普通通的话："二十岁以后就老了。"（第217页）好像又是一句莫名其妙没有来由的话，小说中还处处提醒我们注意时间的存在。莉莉姨妈说：其实呵，老了真好，这是最好的年纪了，是理解力看得最清楚的时期。（第243页）这些话似乎让我看到岁月之刃划过作者心头的痕迹，尽管那些话普通、不经意，但读过却不是无动于衷。我注意到，在后记中，作者谈到了"岁月"，谈到"写作……终究是孤独的。让我们回到孤独的属于人类的深夜。经过黑暗，独自走一场夜路。"（第300页）我认为《江南》是事关作者心灵的一场写作，作者的心绪与人物的心境是相互氤氲着、渗透着，他们相互打开了对方。作者不需要虚构什么，也不需要扭捏地用文字表演着什么，她只是将生命中的肺腑之言倾吐出来就足够了。

《江南》给我印象至深也正在于，它仍然是灵魂的叙述。这一点，朱文颖没有背叛她初登文坛时的姿态，尽管她尽量打开自己的世界，打开历史，但他（她）们关心的始终不是那种物质性的小说细节，而总是精神的叩问、灵魂的探访和心灵的安妥。十几年前，这或许不稀奇，对个人世界的关注甚或成为新生代作家最鲜明的标签。但是在社会生活极度世俗化的今天，精神的关注却显得弥足珍贵了。今天的人越来越没有精神的焦虑，大家似乎早已满足讲一个好的故事，心安理得地描述日常生活，很少的小说家让他的人物内心这么纠结，这么"无所事事"又事事生非了。或许，在这一点上，作者微弱的坚守也将成为今天写作的"零余者"，我不知今天的人们会不会多看她一眼，但我愿意为她鼓劲。

当然，有些困惑永远困惑着作者或者是我们，犹如小说的结尾："中国人都是这样的，哪件事情解释不了、哪件事情变得一团糟了，那就用命来解释吧。"（第292页）作者在小说中不断地提问生活是什么，但我发现她其实很谨慎，没有过多得解释，她也没有愚蠢地给每个人物命运都做一番"合理"的解释。这是作者聪明的一面，但在它的背面，我似乎也看到了作者的迷茫和困惑，体现在人物身上或许总有些莫名其妙的事情发生，作者意识到了它们必须发生、必须这样写，但仿佛给不出为什么必须发生，为什么要这样写？这与我们始终没有建立起一个形而上的精神框架，内心中也缺乏一种信念的力量不无关系。70 年代人的尴尬也正在于此，他不是大刀阔斧的破坏，也不是急不可耐地投身和认同这个现实，他夹在历史的缝隙中，质疑着，又坚守着，内心渴望张扬，行动上又小心翼翼。我相信这些不可能是绝缘的，它们也通过文字带到了小说中。

五

"是沉醉的时候了！为了不做时间的殉葬的奴隶，沉醉吧；不断地沉醉吧！醉于美酒，诗歌，还是德行，随便。"[①] 即将合上《巴黎的忧郁》之前，我读到了这样一行文字。

能做到吗？能够寻回这样的投入，这样的激情吗？"二十岁以后就老了。"我又想起小说中的话。青春是一场太短暂的梦，没有来得及沉醉就醒来了。醒了，清醒了，冷静了，仿佛看清了世界，但这个世界也因此就没有了"我"呀。

2011 年 5 月 31 日深夜，6 月 2 日下午改定

[①] 波德莱尔：《沉醉吧》，《巴黎的忧郁》，第 84 页。

在内心的转弯处
　　——于晓威小说阅读札记

一

　　先谈于晓威的长篇《我在你身边》(《江南》2008年第5期)，谈它是为了在后面尽量不谈它。

　　坦率地说，它多多少少伤害了于晓威中短篇小说带给我的美好印象，尽管理智告诉我：作家各有所长，作品不可能篇篇优秀；尽管作家有权尝试各种各样的写作，但写作是条漫漫长途，在这之中，作家与作品其实是相互书写、共同完成，最理想的状态当然是作家在他最擅长的题材和文体中发现自我、坚持自我、完善自我。如此说来，我衷心地希望在中短篇小说的创作上大展身手的作家，用不着慌忙去趟长篇创作的浑水。尘世中人，作家希望自己的写作能够得到现世的肯定和回报，是十分正常的。不幸的是，文学是一桩残酷的事业，大多数人终其一生，付出心血，却一无所获。而真正代表着文学成就的大师、经典无不经过了时间长河的淘洗，这就注定了当写作者尊享这些荣誉时，它们实际早已与写作者无关。那么，写作者的选择也决定了他的写作品质：是迫不及待地为现实声名写作，还是为永恒的艺术而坚守。不必厚此薄彼，无论什么样的选择都是合理的，但必须清醒地看到，不论哪种选择，只是选择了要走的道路，却并不等于可以选择相应的结果。写作上欲求而不得的事情多着呢，失之东隅收之桑榆的例子也不少，其中得失，只有作家自知，或问：鱼肉熊掌可兼得乎？可能多少年后，一篇巴别尔那样短短的小说远胜过人们早已记不得名字的长篇，也可能什么都留不下还不如猎取尘世的功名……本质上讲，写长篇还是写短篇都不是关键，关键是你能否写出你的自我，写出可以作为你的标记存在的精神面孔。

长篇小说是一个诱人的巨大陷阱，许多人为它殚精竭虑费尽心血，它却如同一面不领情的大镜子，恰恰照出了作家的短处，相对于中短篇，平庸的长篇稀释作家的情感和思想，除了增加他创作文字数量之外，它们的厚度并没有垫高这个作家[1]。我对长篇小说没有偏见，但我也从不迷信只有能写出长篇的人才叫作家，也不赞成现在的写作者千条万条路早晚都走上长篇路。于晓威的《我在你身边》更强化了我的这一看法。《我在你身边》故事曲折却难脱俗套：两个相爱的人走到一起，妻子失业，只好去深圳寻求出路，创业不成，不得不加入到打工大军中，经历了社会最底层的种种苦难，最后竟然选择做二奶，想赚足了钱再回家。当她将要结束这种生活时，丈夫找到了他，她不知道该如何解释这一切，正当她试图向丈夫解释时，却误遭毒手，丈夫在她怀中被暗杀……如果你读过于晓威另外两个中篇《在深圳大街上行走》（收小说集《L形转弯》，作家出版社，2006年）和《让你猜猜我是谁》（《收获》2006年第5期），你会眼前一亮，发现作者本来有更精彩的表达，至

---

[1] 汪曾祺就"一辈子只会写短篇"，其子汪朗曾写道："《受戒》和《大淖记事》发表后，爸爸又成了'著名作家'，还加上了一个'老'字。有些人劝他写写长篇哪怕是中篇也行。按照流行的观念，一个像样的作家总得有几本大部头压压分量。但是爸爸却从没有动过这样的心思。""他认为……实际上，大量的长篇小说都是凑合起来的，很芜杂，没法看。爸爸几次讲过一件事，说姚雪垠的《李自成》的第一部（有几十万字）写出，反响很大。他拿给沈从文看，沈从文说了一句话，这些东西写成一个十万字的中篇就够了。对此爸爸深以为然。"（汪朗《一辈子只会写短篇》，《老头儿汪曾祺》，第171、172页，中国青年出版社，2012年。）爱短篇，未必就要否认长篇的价值，但汪显然是很清楚自己才分的作家，才会有这样的看法。

少,两个中篇已经超额表达出这部长篇小说中要表达的一切。《让你猜猜我是谁》对于男女间情感、婚姻的描述和思考,要远胜于《我在你身边》,后者不过讲了一个悲情的故事,而《让你猜猜我是谁》却可以搅动你的内心。小说中所写的男主人公钟庆东对罗小云的暗恋起初便细致入微、丝丝入扣、刻骨铭心,然而高考失败给了他一记闷棍,他觉得这段恋情像幻景欺骗了他。接下来与柯清的恋爱,完全没有暗恋那么甜蜜和痛苦,倒是平常人的家常情感,本觉得有了踏实感时,柯清奉母亲命跟别人结婚了。作者像位打铁的人,不断敲打着他的人物,接下来,人物间的关系发生了变化,作者又安排了他们的不同相遇。几年后,他偶然找到罗小云,这次不是暗恋,而是不顾一切将她揽入怀中,不久,他们便走入婚姻生活。然而结局不是大团圆,投入了那么多情感追求来的结果,不是甜的,而是苦涩的,守着它甚至苦不堪言。情感的面纱撩开后呈现的是情趣的差异、生活里的冲突,世俗生活消耗了钟庆东心中那些美好的情感或者是对情感的想象,然而,他没有完全现实起来,还没有丢下画笔就是个证明。不过,虚幻或美好的情感被占有、妒忌、担心的心理取代,从猜疑、控制到两个人相互打击的行为,两个人的婚姻和感情终于在钟庆东对罗小云的耳光和罗小云还他的硫酸水中走到了尽头。这个故事并不比《我在你身边》复杂多少,但是情节贴着人物内心,作者的笔也深入到人物的内心深处,相比之下,《我在你身边》的人物内心是那么单一,情感也表面,故事的推进、变化却并没有增加人物内心的厚度和深度,一切都是正常却没有写出不正常中的正常。戴洛·维奇在评价乔伊斯的小说时说:"……他天生长于驾驭语言,能把最平常的事物描绘得新奇有趣,好似天外来物。"[①] 这不仅是语言的问题,还在于对生活的揣摩、人物内心的熟悉程度和把握,在这一点上长篇小说常常让英雄气短,而同样的内容浓缩在中短

[①] 戴洛·维奇:《小说的艺术》,第53—54页,王峻岩等译,作家出版社,1998年。

篇创作中，写来却气韵丰沛、游刃有余。《在深圳大街上行走》足以与《我在你身边》做更亲密的对比，不仅有主人公故事展开的共同背景，还写出了相同的漂泊者孤苦无依、陷入生存困境中的挣扎。读过它，会觉得《我在你身边》不过做了扩容，但本质上却没有增加多少，它已经表达出后者想写的一切：生活现实重压中无法坚持下去的爱，心的背叛与身的背叛，在经济发展过程中南方城市中社会现象和社会问题：打工，欺骗，收容所，孤独无依，灯红酒绿，包二奶，血汗工厂……这些在作品中都有关注，与这个庞大的机制相对抗的是身陷其中渺小的个人和无能为力的忧叹。这些情感，在《在深圳大街上行走》是意犹未尽的慨叹，但在《我在你身边》中却被稀释了，这就是长篇的收获？

二

于晓威有篇小说题为《隐密的角度》，写的是一个独身男人窥视学习舞蹈的女孩。从文字上看，他的窥视并无恶意，不过由于孤独、对于他人生活本能的好奇，他的目光中没有邪恶，反而是对美的欣赏，并为之感染："她的姿态轻盈，优雅，似乎无声无息……""让人感到每一个细节都富含了美的内涵与外延。说到底，他喜欢这样的'艺术作品'……"后来这个女孩被枪杀，当警察无能为力时，惟有他破解了这个秘密：子弹并非来自于警察一直搜寻的大街上，而是他的楼上，女孩是在练习倒立时被击中，正是正常人想象不到的角度构成了破案的难度……不知为什么，我觉得这个窥视者就是写作者，写作者常常是抱着这样的情感来窥视身外的世界、揣测着人心，他也永远保持着对世界的好奇、对美的敏感和探索的热情。同时，他也是这个世界一切隐秘的揭示者。小说中甚至出现了"叙述"这样的字眼："说到底，他喜欢这样的'艺术作品'，她的叙述方式是潜在叙述，性感是他的情节，美是主题……"我甚至想象，写到这里作者不由自主地把自己置换成主人公了，尤其是读了他的作品后，我再也无法把窥视者的这一形象与于晓威的写作剥离。于晓威窥视的是人的内心幽微隐秘处。

一百五十多年前，车尔尼雪夫斯基对托尔斯泰小说曾有这样的评价："托尔斯泰伯爵的注意力却特别集中于一种感情、一种思想怎样从另外一些感情和思想中发展出来；……一种由最初的感觉所产生的思想，怎样引发了一种思想，接着又继续不断地发展开去，从而把梦想与现实之感，把幻想未来和反映现在融为一体。……而托尔斯泰伯爵最感到兴味的却是心理过程本身，心理过程的形式，心理过程的规律，用明确的术语来表达，这就是心灵的辩证法。"① 尽管于晓威与托尔斯泰写作气质完全不同，但喜欢用文字捕捉人的"心理过程"却是他们共同的爱好。有一点需要提醒：托尔斯泰是在长篇小说浩瀚的文字海洋中表现人的心理过程，有着天然的优势；而于晓威却要在有限的中短篇小说空间里写出"过程"，这是极大的挑战。有限的篇幅更便于表现片段、侧面、瞬间，对于过程，往往是心有余而力不足。然而，我的确看到了于晓威成功的冒险。

首先，他舍弃了全知全能的叙述视角，用第一人称或第三人称的限制视角，这等于直接将叙述聚焦于人物内心。或许是因为这样的视角设定，于晓威的小说内部不是一个开放而是一个封闭的世界，他并不追求表面的宏大，而乐意把自己的笔聚焦在这个有限的空间之中。在平淡的日常生活的叙述中，准确地抓住了情感线条的一个结，再打上几个结，让我们剪不断、理还乱、味之再三。聪明的人会发现，要想打破先天设置的限制，还要有强大的自律能力，有所不为才能有所为。为了方便对人物内心的窥探，于晓威对自己再次做了限制：从性格上来讲，他笔下的人物大多内心相当丰富，却身处弱势地位。强势人物，

---

① 车尔尼雪夫斯基:《《童年与少年》、〈战争小说集〉》,《车尔尼雪夫斯基论文学》下卷（一），第260—261页，辛未艾译，上海译文出版社，1982年。

行动力强，活动范围大，支配力强，需要为他腾挪更大的空间，于晓威对此不感兴趣。而处在弱势地位的人，仿佛被排除在行动、事件进程之外，然而他们却获得了最佳的隐秘角度，冷眼看风风火火的尘世表演，他会敏感地体味人情、人世，体察其中的微妙变化，作家的笔由此便深入到人的内心深处。

《厚墙》（《西部华语文学》2007年第7期）中的两位主人公，各自的世界都是封闭而不是向对方敞开的，尽管他们不是没有敞开的契机和心理联系，这不仅是性格原因，还有社会原因，也许这就是隔膜，但它导致了悲剧的发生。悲剧之外，是作者对各自的内心显微镜般的放大和捕捉。小说中，雇佣"少年"砸墙的"他"（房东）是一个什么样的人呢？他曾是下乡的知青，有早晨跑步的习惯，然而我们看到"他"与外界的交流相当有限。首先是他身份比较模糊，但这种模糊强化了他与外间联系之少，强化了他孤独的存在；其次，他与少年之间只有指令和应答，情感的隔膜使他们对同一问题有着完全不同的内心反应：比如少年跟他请假，请他加一点钱，两次请求都被他生硬的拒绝。少年请假的理由，被他认为是托词，加钱，少年认为墙厚、要付出更多的劳动，而他认为是狡猾。他没有能力关心少年的处境，更不清楚少年浑身无力砸墙的感受，否则，他完全有可能同意少年的请求，因为他并非一个铁石心肠的人，晨练时，他们曾不期而遇，他主动塞给少年10元钱。而内心的封闭和不交流，使得在他的认知里，迟一天砸完墙是少年"狡猾而令人讨厌"，是"太耍弄人了"！这个成见来自他自身的感受，也来自社会加给"民工"的评价和他们之间差距所产生的隔膜，也是一个受压抑者本能的自我保护，尽管他也曾经有被迫到异乡的经历，然而这堵厚墙并没有轻易被砸掉。我还注意到，他是一个有妻子的人（开头提到10元钱就有"这是早起时妻子塞给他，让他顺路买豆浆和油条的"的交代），然而小说的"妻子"始终没有出场，不，简直就像不存在，毕竟装修房子是整个家庭的事情，可从前到后只有他一个人在张罗。当然，从短篇小说的容量而言，作者不必要安排那么多角色出场，但"妻子"的缺席，是否也暗示着他孤独的、封闭的生活状态？与此同时，作者最大限度地打开了砸墙少年的内心，吸引了读者的同情，然而这种打开却与房东构不成交流。少年不是自闭，而是作为一个渺小的弱者，没有人在乎他的声音，他出场就是"很瘦弱"的形象，揽活时是"小声说"，争活是"小声重复一遍，比第一次说出的这句话多出一点口吃……"少年要请假回家帮着生病的父亲秋收，被拒绝后，除了从房东的口气中"听出一种岩石的味道"外，还有对自己在这个社会上地位的清醒认识："他知道自己在这座城市里缺少发言权。他唯一的发言权就是说一声'好'或是'明白'。"这等于是没有声音的哑者。其实，在这个世界上，房东也不是强势者，他受制于自己的现实条件，比如包工头就可以不管不顾地给他规定期限，他不想延长工期也有现实苦衷：延期就要多支付一个冬天的取暖费，要多付租房的房租，而这些对他来说并非无所谓。他完全不能决定什么，自己的房子、花自己的钱，却没有任何自由决定的权利。作者将他们的世界封闭起来，又在现实关系上构成了冲突，这个冲突是两个无辜者的冲突。他们的内心诉求在现实中都得不到纾解，这个阻隔，不但将他们丰富的感受和痛苦的内心展示出来，还展示了每个人与自我的冲突。人物在这样的设置中甚至没有声音、没有语言，几乎都成了被消去声音的沉默者，然而，他们的心中却有着太多太多没有说出的话……检点于晓威的小说，作为一个"偷窥者"，于晓威得意于这样的窥探。《孩子，快跑》中的端午涯，《丧事》里那个刚刚死去妻子的老汉，《勾引家日记》中夫妇俩……他们都是沉默者、内向者，这样的倾向都为作者提供了一个方便，让人物的内心世界在文字中自主敞开。这一点，读于晓威的小说又有一种迫切的交流感，你看到了人物的内心，每个人物仿佛从文字中走出来，成为你的朋友或熟人，有似曾相识的感觉，也让你为他们担心、忧虑。

三

聚焦人物内心，不足以完全描述出人物内心的流程，更为关键的是如何实现对人物内心变化的捕捉，于晓威的小说是质朴的，没有更多花里胡哨的东西；他的笔墨中没有枝蔓，如一个神经科的医生，每一刀下去都那么小心翼翼、仔细有加，绝不含糊。中短篇小说考验的是作者在有限的时间和空间里处理人物内心复杂变化的能力。但要真正写出人物内心的变化，不在于文字的铺排，而是作家能否敏锐地抓住人物内心变化的关节点，连点成线，使人物的内心流程跃然纸上。

情节的安排和设置显示了作者的调度和思考能力。《沥青》中，作者似乎有意跟笔下的人物过不去，居然安排了张决三次越狱，对作家来说，这需要大动脑筋；但对读者，这本身就有了戏剧性，故事的张力也自然产生。这是一个卡夫卡式的故事，张决被莫名其妙卷入一桩杀人案，背上莫须有的罪名。可他坚信自己无罪——他自己当然清楚做过什么和没有做过什么，在他早已敞开的内心中，读者也早已相信他、同情他，问题是他没有办法自证清白。于晓威很善于在作品中设置这样的纠结，把人物推向两难的绝境和深渊，再去放大他们挣扎的内心，这样立即就抓住了读者的情感。当一切法律手段无效时，张决认定"只有靠自己洗脱罪名了"！于是，开始实施一次次的越狱计划。作者设置了很多精巧的细节和机会，张决如同机灵的老鼠在寻找着一切可乘之机，更重要的是作者写出了三次越狱中张决的心理变化，他的叙述，不仅赋予了人物以身份、背景、动作，还更为准确地把握住人物的内心。当这一切与阅读者达成了相互信任的契约时，读者完全接受了这个人，作者再安排这样的逆转，人物一点点的心理变化都牵动着读者的心。《沥青》中的铺垫让你绝望，又让你觉得张决非越狱不可。正当我们对张决的越狱有充分期待的时候，作者却让他两次成功越狱又那么轻易地无功而返。第一次越狱，他出去就是吃了顿包子，再给女友打个电话，没有找到女友，却遭遇女友妈妈的冷言冷语，可能正是这一点，让他没有逃出多远，又回到监狱了，为此付出的代价居然是加刑一年。正在我们唏嘘不已时，他又有了第二次机会，这当然源于更深的绝望，他完全看不到靠正常法律程序洗冤的希望，只有"不惜一切代价"越狱。这次，他与恋人有了直接对话，确认了恋人对他的感情没有变；女友对他说："我不允许这样！你要好好干，知道吗？你这样溜出来不像个男人……"这是他回到监狱的重要动力。起先，他按恋人对他的期盼，好好改造，甚至尝试学会"认命"，但没有得到减刑的报偿，他"顿时哑口无言"。绝望激起他强烈的反抗。然而，聪明的作者不会再重复同样的故事。同样越狱，他的心态有变化：这一次他不是为了自己洗冤，尽管洗冤可以获得自由，但他绝望了，他跳过了这个环节，迫切需要自由："对他来讲，在监狱里哪怕再多呆一分钟，都是对他生命的最大侮辱。他从小到大，被人打过，被人骗过，被人骂过，唯独没有被莫须有地限制过生命的自由。现在看来，原来这才是最可贵的。"这是他最重大的心理变化，也决定了他从此一去不回头，他又一次成功了。到这里只等待一个结局了，作者在结局中再一次颠覆了前面的一切：3年过去了，打工途中，他看到了法院的通告，真正的案犯抓住了，他期盼已久的刑事判决撤销了，让他回去销案。而他的反应居然是："好啊，跟我玩这一套，我才不会上当！"作者抓住了的是几个关键环节，就让故事环环相扣，把人物的内心勾勒清晰。有人谈到短篇小说创作时认为：要让人物从书上走出来，步入读者心中，"靠的不是细节的堆砌，因为这样做的结果只会是开流水账，人物依然死气沉沉；而是要靠两三个安排得当的关键细节传达出来的充实完满的氛围，这些细节间存在着含而不露、隐而不见的有机联系。"[1]

---

[1] 布莱恩·克里弗：《移情塑造出活生生的小说人物》，见狄克森、司麦斯合编《短篇小说写作指南》，第63页，朱纯深译，辽宁教育出版社，1998年。

在这一点上，于晓威做得果断、坚决，抓住内心中心理变化的那一瞬间，而这个瞬间决定了另外的情绪和事情的走向和结果。如同《L形转弯》，那个转弯和开枪击发的那个瞬间一样。可以参加射击比赛的刑警却在解救情人丈夫的对峙中失手了，导致情人的丈夫遇害。这是一次失误，还是为了得到情人蓄意安排。这是一个心结，而影响情人的是，她的丈夫之所以在那个转弯处停车是为了给她买花，从而遇害，这又是一个无法释怀的心结，作者就让它们乱乱地交织在一起。这些都让几乎要谈婚论嫁的一对情人关系急转直下，这个核心细节实际上成为小说叙述的发动机。接下来，作者再安排一次可以与之参照的成功的人质解救，它带给情人的心理震撼可想而知。这一次的关键是送进去的饮料中放了麻醉药，而这个细节又与小说中写到当初情人间嬉戏时用过麻醉药连在了一起，前面没有用完的药片在后来又发挥了作用，它决定了两个人的生死。冷静而不凌乱的叙述，作者一气呵成，将每个关键环节编织得天衣无缝。

在于晓威的小说里，不知道有多少这样内心的转弯：

《在淮海路怎样横穿街道》中，无意中的一句话，"我"的暗恋的刻骨铭心，引起情人体会到丈夫内心体会，使得"我"与"她"的感情就此搁浅了。

《一曲两阕》（《民族文学》2010年第7期）中，杀死了自己的战友，为他解脱；不肯杀死敌人，却让敌人活下来。这个症结郁闷了守陵园的人大半辈子。

《陶琼小姐的1944年夏》，死亡与爱情，在面临病魔折磨至死的威胁下，她选择了为爱情付出，让濒临自然死亡的生命有了另外的价值和意义。

《一条好汉》中的胡成轩，只有等待着叛变了，却接到外面营救他的纸条，他立即有了不同的选择，结果从候补的叛徒成了历史的烈士。

用一句俗语讲，这些都是"一念之差"，于晓威写了一个人的内心变化，更抓住了内心变化的一念间的关键点。这"一念"如同埋伏在作品叙述中的地雷，它在需要的时候会一一炸响，并决定了人物内心的走向。于晓威成功地窥视了人物内心，同时又成功地把握了读者心理。这样使他能够有效地把握作品的节奏，把握人物内心变化的关键点，什么时候收、什么时候释放，这样把握有度，使得小说情节与读者阅读心理相互照应，共同形成文本需要的效果。他的写作是在作品人物和阅读者内心之间的双向角力。

四

于晓威属于70后作家，关于这一代作家的描述已经够多了，从"尴尬的一代"到"低谷的一代"，总有恨铁不成钢的味道。我不喜欢算命先生，一个作家或一代作家究竟走多远，要靠作品来说话。而对于他们作品的评判，现在就以低谷或高峰论未免为时过早，更何况那么多评判者是否像阅读声名显赫的50后作家的作品那样用心阅读70后的创作也是一个问题。70后作家的尴尬也在于此，如果没有人阅读，他们要么自生自灭，要么必须有强大的定力去穿过喧嚣的时代，等待在历史的烟尘中闪光，或者期待偶然的机遇被发现；要么，就同流合污，迎合这个时代的文学风气，迎合商业的要求，以期引起"关注"。的确，在长篇小说创作上，70后尚处冲刺期，总体上难以与五六十年代出生的作家抗衡（用不着拔苗助长或摇头叹息，他们还有时间），但在中短篇小说上，他们的渐趋成熟也不容漠视。每一代作家，不，甚至是每一位作家，都有自己的创作特点，不必强较短长，用同一尺度去期待或订制某种标准的大作，你的期望当然会落空。还应当看到，有活力的作家，他的成长不是定型的，他的创作不是一成不变的。那么，非要对70后作家的创作有个艺术的概括的话，我倒是同意洪治纲的看法："从日常生活出发，展示现代社会里那些卑微却鲜活的生命形态，传达创作主体对这个速变时代的感受和认识,是'70后'作家最为显著的审美追求。"① 于晓威的小说不难看出这些,哪怕是他写历史内容,如《陶琼小姐的1944年夏》、《抗联壮士考》等,关心的并非大历史,而仍是人心人情,与所谓的现实题材功能没有多大的差别。至于,70年代出生的作家这一审美追求的得失,洪治纲在上文中已经做过分析。我想谈的是,不论今后人们怎么评价他们的创作,他们创作中那一丝幽暗的光却值得我们去点亮。那就是在他们的作品中有对人类基本价值的肯定,尽管他们肯定的不是那么坚决,然而他们的作品,既无法做到50年代人的宏大,60年代人的反叛,也做不到80年代人的冷漠。50年代人的宏大背后,未尝没有虚伪与虚假,行为与言说的分离甚至让我们警惕:他们制造的那些价值和思想是可信的吗?尤其是他们成为既得利益者的同时又乔装成另外的身份发言时。格非在《春尽江南》中借小说人物绿珠曾说出这样的评价:"我最不喜欢你们五六十年代出生的这帮人。畏首畏尾,却又工于心计。脑子里一刻不停地转着的,都是肮脏的欲念,可偏偏要装出道貌岸然的样子。社会就是被你们这样的人给搞坏的。"② 60年代人的反叛很容易演化成一种姿态,而80年代人的冷漠,倒是真实,但这个真实过于自我,甚至是自私。夹在中间的70年代,犹豫,不决绝,甚至让你觉得立场模糊,有先锋有市场,有精神的追求也有欲望的放诞。然而,在他们的作品中总有对内心柔软之处的眷顾,我把这个称为"幽暗的光"③。这烛光是他们承受的上一代的人文精神,而不是奸诈和对社会的适应和利用,然而,面对潮水般

---

① 洪治纲:《重构日常生活的诗学空间——代际视野中的"70后"作家论》,见何锐主编《把脉70后》,第7页,江苏文艺出版社,2011年。
② 格非:《春尽江南》,第66页,上海文艺出版社,2011年。
③ 有一个70后作家是个例外,他就是阿乙,从气质上他更接近于60后的作家。在他的作品中,特别是长篇小说《下面,我该干些什么》中所表现出来令人发指的冷漠让人震惊,但我一直怀疑这样缺乏仁厚宅心的艺术,要么是天才的艺术,要么是短命的艺术。

的消费文化，他们也不能义无反顾投身其中，这些造就了70后文化性格的模糊，也可以看出他们思想底色的单纯、善良，他们是常怀恻隐之心的一群。

　　他们的作品中处处显示着他们柔软的心。既然谈于晓威就不妨拿他做个现成的例子。情感的背叛和质疑是先锋小说常常涉及的内容，但同样的内容在于晓威笔下指向和结果截然不同。长篇小说《我在你身边》中有对爱的誓言的坚守，丈夫千里寻妇，以生命保护了她；妻子是有苦衷的身体背叛，而不是内心的背叛——这不是一个好故事，然而恰恰拙劣的地方最容易暴露作者的倾向。《沥青》中张决屡屡要自证清白，很大的一个动力就是他与女友间不变的情感，小说最后他已经流浪四方，可能再也没有与女友相见的机会，他还要去买那首老歌的碟片，歌曲的名字叫《爱情》，其中唱到："我相信爱情爱情／最初最后是你／没有人能够把你代替。"从"二奶"到"小三"，不知道有多少"我不相信"的故事被上演着，而于晓威在处理当代人情感中，却从不同的角度做了一份坚定的价值确认。《勾引家日记》(《上海文学》2008年第1期)，丈夫扮作陌生人一次次地对妻子的"勾引"，似乎要逼近他既担心又需要确证的结果，然而妻子选择不是跟那个"陌生人"赴约，而是与丈夫一起去吃饭。《在淮海路怎样横穿街道》中，看上去水到渠成的两个婚外恋，却因为"我"的一个暗恋的故事，引起情人对自己丈夫内心的认同和理解，她又回到了丈夫的身边。哪怕，那些结局并不完美的故事，作者也给了作品中人物以完美的心灵，这样的作品在你为人物的命运唏嘘感叹的时候，带给的是干净而不是污浊的感觉。比如《你猜猜我是谁》，钟庆东好像为一段海市蜃楼般的情感迷幻和欺骗，但他对罗小云的暗恋和追求，你不能不说是一段纯洁和醉人的少年情感。哪怕最后被罗小云误伤双目失明，结尾却是："钟庆东想起他还从没有同罗小云在黑夜里拉过手，于是他就拉了一下她的手，说：'我们分手吧。'"没有仇恨，只是心的解脱。《厚墙》呢？尽管是少年向房东抡起了大锤,但两个人的心中都有着善良,而不是仇恨,少年心中还惦记着那个陌生人带给他的温暖。《北宫山纪旧》简直是一段古典的爱情传奇,商人李能忆用尽办法也没能让女尼动了凡心,而他自己倒动了佛心,而这个佛心也未尝不是为了那个"情"字。这让女尼也"一脸泪水"了,什么都可以舍弃、什么都可以不顾忌的情感,仿佛脱出尘世的圣洁莲花……这不是偶然的结果,而是作者内心的光和火在作品中自然的闪亮。没有阴毒,没有世故,有本色和阳光,70年代人虽然常顶着"平庸"的光环,但他们的内心和行动中却传达出积极的人生价值。文学常以反叛的姿态、极端的面目招人耳目、表明自己的独特性,有一段时间,写人性的弱点和缺陷似乎就表明深刻(当然这与虚假的理想主义让人反胃有关),我不理解如此皮相之论是怎么迷醉某些作家的,后来渐渐明白,心中充满了太多冰冷的暗影,作品正好是他们的发泄出口,怎么还能企求他们写出光明和温暖呢?价值的缺席,内心的虚无,精神的荒原,这些后遗症至今仍然影响着中国文学,更可怕地是它们还占据着"批判"的美名。正是在这一点上,70后作家表现得更老实,他们以并不明亮的微光给冷漠的世道人心增添些许温暖,这或许是他们为中国文学提供的最大贡献。我担心的倒是他们尚未形成这样的自觉,而现在表现出来的一切,不过是他们的经历储存在他们生命中的先天因子。

实际上,对社会现实的批判、对人性复杂的揭露是文学永恒的主题,然而,真正伟大的文学不尽如此,它还有"大道",那是指向终极价值的叩问和呼唤。批判和揭露是具体的手段,而背后需要有价值来支撑,作家不可能为一切社会问题和精神问题提供具体的解决途径,但作家是人类精神价值的守护者和传播者,这一神圣的使命什么时候都不能放弃。否则,作家和写作将是自我解构;否则,我们不能理解有残酷天才之称的陀思妥耶夫斯基在《卡拉玛佐夫兄弟》中,既写出人性的迷乱和黑暗,"好色、贪婪和畸形",何以又非得写要把爱引向人间的阿廖沙。这就是精神的微光，人类就是在它们的引导下穿过迷雾和苦难。文学哪怕放弃了启蒙的功能，也不能轻易放弃精神的熏染功能，它不是要人沉沦，而是带人提升、超拔。此时再看那些古典名著，它们经久不衰的魅力不恰恰是对于人类基本价值的一遍遍确认吗？雨果的《悲惨世界》中，哪怕有那么多的苦难等着主人公，但越来越圣洁的情感不在洗去我们灵魂中的尘垢吗？同样，如果《安娜·卡列尼娜》中仅仅有妻子背叛丈夫的故事，哪怕写得再出色，也不过是一个三流的故事，然而，这里面对人生意义的追寻却让作品成为一个精神的宫殿。车尔尼雪夫斯基毕竟是一个有眼光的批评家，他在论述了托尔斯泰擅长的心灵辩证法之外，还特别提到："在托尔斯泰伯爵的才能中还有另外一种通过他的非常突出的生气蓬勃的精神，——通过道德感情的纯洁使他的作品添上一种完全独特价值的力量。"① 我想，前者会让托尔斯泰成为一个好作家，而后者才让托尔斯泰成为大师。

那个桀骜不驯的马尔克斯在那篇著名的演讲中，曾非常坚定地说过这样一段话：

> 也是在像今天这样的一个日子，我的导师威廉·福克纳在这里说："我拒绝接受人类末日。"如果我还没有充分认识到，三十二年前被他拒绝接受的巨大灾难，如今在人类历史上已首次从科学的角度成为可能，我会愧对这个他曾经站过的位置。这个令人震惊的现实在人类史上曾经只是个乌托邦式的空想，而我们这些相信一切皆有可能的语言创造者有权相信：反转这个趋势，再乌托邦一次，还为时不晚。那将是一种全新的、颠覆性的生活方式：不会连如何死，都掌握在别人

---

① 车尔尼雪夫斯基:《〈童年与少年〉、〈战争小说集〉》，《车尔尼雪夫斯基论文学》下卷（一），第268页。

手里,爱真的存在,幸福真的可能,那些注定经受百年孤独的家族,也终于永远地享有了在大地上重生的机会。①

这里,我所看到的是作家的一份"信",不论你写什么和怎么写,现实的,魔幻的,调侃的,庄严的,这份"信"才是支持你与更阔大的世界交流的语言基础,才是走得更远的动力。

五

70年代出生的作家无论是创作还是人生都走在转弯处,不论别人怎么看,写出自己最重要,然而在这个"自己"中,不是不成长、不拓展的自己,甚至也需要打破自己——从最初"身体写作"的夸张姿态,到后来开始关心世相人生,甚至尝试与历史建立沟通②,他们不是没有转变。在人生的跌宕之后,需要有安稳的价值,他们的创作体现了安稳,却没有显现出更为系统的价值,这可能是他们始终被漠视的内在原因,因为没有自己价值的创作,等于没有自己精神面孔,自然容易被人忽视。

对于于晓威我多说一句的是,目前的创作精致、干练都没有问题,然而,短篇小说强调文体,虽然,他也有《抗联壮士考》这样的尝试,但他的文体多少有些标准化,有些拘谨和不放诞。我倒鼓励他,捋起袖子,甩开臂膀和那些规矩,少些顾忌,大胆探索!

2012年4月3日写完、4月6日改定

---

① 加西亚·马尔克斯:《拉丁美洲的孤独》,《我不是来演讲的》,第26—27页,李静译,南海出版公司,2012年。
② 如朱文颖的长篇小说《莉莉姨妈的细小南方》、十年砍柴的回忆录《进城走了十八年——一个70后的乡村记忆》也在做这方面的努力,但过分有意地与历史背景做对照,可能影响了表达的自由和生动。

鞭炮齐鸣的灵魂课

——一组作品的阅读札记

曹寇：《鞭炮齐鸣》

　　曹寇的语言像面筋一样很劲道，常常是前一句铺叙，下一句则是一个完全的逆转。有些玩世不恭，却并不油里油气，有些句子作者写出一定十分自得，没有办法，好的语言从来都是短篇小说的灵魂。在气质上，曹寇的小说有先锋小说的余风流韵，包括人物对人生的态度，那种虚无感和价值的失重感都能让人似曾相识也感同身受。《鞭炮齐鸣》的主人公就有一种生命的茫然感，"去深圳"不过是一个借口，未尝也不是逃避，人生不论做什么事情都需要一个坚定的理由，可叹的是这个理由并不坚定，所以墓地与"父亲"和"老光"的倾诉也是在为自己寻找理由，在这样的茫然中，特别是你留心一下，他一直是在说话，而且是在向逝者说话，这又意味着什么？这是怎样的一种孤独和无法倾诉？或许正因为如此，看似无所谓的一切都显示出当代人的精神困顿，而曹寇们调侃、反讽甚至游戏的笔墨里也有他们无法摆脱的沉重。

戴来：《茄子》

　　作者仿佛安了两个摄像头，分别对着父子俩，那一头又共同扯着另外一家人的生活，都期待着发生些什么，但并没有期待到什么，包括这父子俩和读者都有些失望，然而在失望中作者完成了叙述。对于日常生活和人的细微情感的关注是70后作家的擅长，因为这里面有着他们奉为宗教的对人性的揭示，而只有这样才能进入他们的文学世界，或者说那种宏大叙事完全败坏了他们的胃口，以致他们有着本能的躲避和反抗，但我也不得不提醒，简单的"人性"不足以透视在人世大千中的人心，70后可以写芝麻粒大的事情，但眼光和胸怀不能只有芝麻粒大，否则在这种自我叙述的满足和饮鸩止渴中，他们的文字只能朝开暮落。

金仁顺：《松树镇》

金仁顺的文字从来手起刀落，简洁有力，直抵核心，此篇同样如此。前面铺排的场面，热热闹闹；人物对话，你来我往，见个性又劲道儿，引人入胜，但这一部分虽然吸引人眼球，却不是小说的重点，它们都是为后面那个逆转的结果所做的长长铺垫。所以，初看来，这篇小说头重脚轻，但情况正好相反，或者这样也是一种平衡。一场电影的采景，在很多的人的记忆中早已淡忘了，因为大家觉得世界上本有更多更重要的事情，但对于偏僻山区的孩子来讲，这些意外的闯入者似乎成了改变他们命运的最重要契机，他们兴奋、盼望和漫长的等待，最终这个微不足道的小事情真的改变了他们的命运，却是与他们期望的相反方向。我不知道这其中的失落应该怎么丈量，我只是心疼他们的盼望，感受到他们生命的"唯一"的机会，或许作者不是在写这些，但我似乎看到了一些人的命运在那看不见的地面下是怎样行进的，所以，那个短短的结尾重重地击中了我。

李浩：《镜子里的父亲》

读了好几遍，我看到的是收拾不起来的凌乱碎片；我得承认，我不清楚作者想表达什么？"我把父亲身上的那些单色汇聚在一起，把镜子里的那些父亲，复数的、侧面的父亲，把孤独的父亲，饥饿的父亲，愤怒的和争吵的父亲，被火焰烧灼的父亲，落在水中的父亲，性欲强烈的父亲和热情高涨的父亲，错过历史火车的父亲，不甘于错过的父亲，蹲在鸡舍里的父亲，阴影背后的父亲，口是心非和口非心是的父亲，关在笼子里的父亲，变成甲虫的父亲，被生活拖累和拖累了生活的父亲，豢养着魔鬼的父亲……我把他们统统合在一起，折射，再次折射，让他们在三棱镜的内部混合，成为白光：那个站在早晨的生活中，空气和阳光里，三维的……"是这些吗？难道作者没有朴素的叙述方式，非得故弄玄虚地这么写吗？我知道作者对镜子有偏爱，他曾出过名为《侧面的镜子》的小说集，我也知道"镜子"是当代文论家喜欢阐释的对象，也比较接受作者的先锋叙事姿态，但先锋不是一个套子，而要看套子里面装的是什么东西，一个破草筐也可以装最先锋的东西。作者其实有很多精彩的短篇小说可以入选，但这一篇，我只能说我不喜欢，一个短篇小说绕了太多的弯子反而把最核心的东西湮没了，这是买椟还珠。

鲁敏：《离歌》

写短篇小说得有绘画大师的本事，不论多么繁复的事件、凌乱的人生都要集中在一个瞬间几个画面中，这才会让人过目不忘。它是通过有限达到无限的，它用不着包罗万象，而是抓住重点，几笔下来，便一切跃然纸上，鲁敏的这篇《离歌》不就是很好的例证吗？作者把笔集中在三爷和彭老人两个人物身上，抓住了造桥这件事情，老人对待生死的态度、村民生活、风土人情不都写出来了？写活这两个人物，一切都成功了，鲁敏的不贪心造就了这个标准的短篇，包括环境描写都点到为止。整个作品开着窗透着气，又有一种沉甸甸的情绪在里面，那是你为人物命运担忧和感叹的心思在里面！

乔叶：《解决》

乔叶在很短的篇幅中完成了一个很大架构的叙述，甚至说这是一个长篇的架构，这个借三爷丧事为线索的小说，至少有三个层面的故事在推进：三爷的历史与情感生活；大哥的被敲诈与发廊女的现实生活，它们像风俗画一样展示了历史与当代的乡村面貌。我不能不感叹，作者的贪心，三爷的故事就够写本长篇了，在短篇中，她居然想什么都不丢，历史与现实穿插着写，也做得游刃有余，虽然表面看来未免絮絮叨叨，但写到这个程度确实难得，那些细节提示我们：故事不是编出来，它们是从作者的记忆和内心中生长出来，惟其这样才有如此饱满的收获。

田耳：《坐摇椅的男人》

是对比，还是置换？一个邻家男孩娶了那个人的女儿最终成为那个坐摇椅的男人，而先前那个坐摇椅的人已衰老、死去，作者像恶作剧一样用文字完成了这一切。是成长的故事，还是生命凋谢的故事，或许，它在告诉我们生命就是这么轮回吗？文字中似乎有暗示，也有一种神秘的力量，如同那摇椅的声音。田耳的小说，好也好在总有这样一种神秘的力量，不是夸张的变形，而是在日常生活中自然而然地写出来。小说不是方程式什么事都讲出因果或逻辑来，小说中得有那些"当然，当然"或者"果然，果然"，然而又是没有道理就讲的东西。可惜，不少作家未能领会这一点。

魏微:《乡村、穷亲戚和爱情》

　　这篇可以算作 70 后创作的经典,对日常生活的描摹,对人心的细微关注,还有一种抒情的调子,都代表了 70 后创作的高度。作品在叙述有致中让我看到了所谓生存背景的差异,而且这种差异不是凭情感、血脉、伦理等可以改变的,它是难以逾越的鸿沟,即便那种萌动的"爱情",也因为这样的差异而转瞬即逝。茫茫人海,彼此有心动的相遇可能不易,但更难得的是相遇又有彼此共同的世界,这才能容纳一段真实的情感。对于日常生活的叙述,很容易沦为对它的简单复制,70 后的创作被人认为小里小气其症结往往都在这里,此篇照样是用笔去捕捉日常生活,然而事之外有理,物之内有情,便超越庸常,造就了一个可以容纳更多内容和解读的开放的日常生活的世界,作品由此也从地面被提升起来了。

张楚:《蜂房》

　　初读时,看到蜂患,我想到卡尔维诺的《阿根廷蚂蚁》,但卡尔维诺显然更着意现实的批判,而读到最后,我也没有弄清楚袭击小城的蜂患的来由和去向,也没有弄清楚那个大学时代的朋友到底降临他身边是为了什么,就是为了倾诉?也没有弄清楚小说主人公的生活面目是怎么样的,于是,我又想到了卡夫卡,因为弥布小说的调子是有气无力的某种荒诞,当然,它又是现实的。与其说作者要写个故事或表达一点什么的话,我觉得还不如说他要宣泄一种情绪,这种无力感正是我们每个当代人所共同体验和不得不面对的,小说没有开头,也没有期待中的"结局",也正是这个世界和人心的镜像。

张惠雯:《垂老别》

还记得老杜的"三别"吗?那是兵荒马乱中的征兵所造成的"别",而这篇小说写的是老无所养之"别",乍看来,像是问题小说。但问题小说又怎么样呢?作家倘若不能敏锐地发现生活中的问题,至少说明那颗心是麻木的,麻木的心不能造出有情的文字。而此篇中的那个老人,在暮年困无希望、身无立锥之地,此境此情,能不揪心?故事别无新意,但文学倘能打动人心,这些似乎都不重要了,它抓住了人生中的问题、抓住了阅读者的情感,够了。最初读来,我想这个老人走投无路大约只有选择自杀了,然而,他没有,他虽然背井离乡,却仍然在寻找自己的栖息之地,这样坚韧的生命更加重了我内心的伤痛。

张学东:《跪乳时期的羊》

这是一曲生命的悲歌,草原有四季,小羊从哺乳、长成、阉割到被献祭,那个孩子也在成长,每个生命都有自己的担负,也都有自己逃不出的命运。作者的笔道很细腻,叙述上颇有耐心,那种面对生命的谦卑姿态让我想到庄子所言:"天地与我并生,而万物与我为一。"然而,人道之外有天道,那些生命的节奏需要用心灵去体会,生命是粗砺的,作者的文字却不粗糙,在一种无声的悲壮中,我看到日出日落、草长草衰,又生生不息、周而复始。

朱山坡:《灵魂课》

当老母亲捧着儿子的骨灰再一次走进客栈的时候,我觉得这不是一篇小说,仿佛是一则寓言,那些肉体死了,灵魂也不肯离开城市的人,只有死了才有他们的空间吗?也不是堂堂正正的,这家客栈也是属于地下性质的，然而毕竟他有了安置自己的地方。这是一代人的宿命吗？我耳边仿佛还响彻着逃离"北上广"的口号，另一面也看到了照旧涌进的人流，那位母亲为什么没有一丝一毫的安全感？为什么早就准确地预言儿子的结局，一切都是必然发生和等待我们吗？我们对命运就这么束手无策吗？沉重地读到最后，这些问题无法不涌现出来。略嫌不足的是作者的叙述有些拖沓，语言有些绵软，再有力量一点就好了。

阿乙：《杨村的一则咒语》

阿乙的小说历来技术含量很高，这一篇也不例外，故事讲述层层推进，与70年代不少作家对日常生活的那种亲近感不同，他的作品里在与日常生活的疏离中完成对人性的揭示。生活里的一条咒语，引出现实中的可怕压力，在这种被放大的语言功能引导下，我们看到了在现实面纱下不易看到的很多人生本相。然而，作者似乎对现实和人性有一种绝望的认识，而我又看不出绝望的缘由，某种虚无感笼罩着作品。阿乙的所有文字都有这种情绪在，没有来由的虚无或许也是没有意义的虚无。当然有人也会反问：意义本身也是虚无的。让意义远离我们的生活？或许阿乙做到了这一点，他看"透"了这些？我却看到了没有信仰的写作如同没有方向盘的汽车……

东君：《听洪素手弹琴》

琴有声有韵也有节操，这篇小说便写出一位很有性格的女子，读来大有金大侠小说中某位奇女子的味道，她的性情与人生便如琴声琴韵一样，脱离世俗。然而，命运不允许她过着自己向往的冰清玉洁的生活，世俗社会中，那双操琴的手最后变成了敲电脑键盘的手，仿佛预示着这门古老艺术的现代命运。这不是新话题,却因为与人物的遭际融合在一起而让人唏嘘不已。小说一气呵成,情节也一波三折,人物刻画也很到位,略感不足的是读后觉得形而上的东西少了些。作品要有实有虚,虚的东西看不见摸不着,却往往决定了作品的气、韵、魂。

徐则臣:《伞兵与卖油郎》

读这篇小说,我首先想到了那句有名的话:我有一个梦想……然而,儿子不屈不挠的梦想,恰恰是父亲秘而不宣的伤痛,也有了父亲接连不断地毁灭儿子的梦想。小说就在这样的内心角力中形成了自己的张力。小说以一个孩子的视角在叙述,简单,拙稚,却别有味道。小兵的梦想毁灭了,然而在给儿子取名"大兵"中却看到了它的执著。当然,也可以从另外一个方向去思考,比如照亮人生的乌托邦,梦想燃烧的时候,没有理智,只有狂热,对这狂热,作者最终还是表现出冷幽默的一丝怜悯。

盛可以:《1937年的留声机》

读毕本篇,我本能地想到了尤凤伟的几个小说:《生命通道》、《生存》、《五月乡战》等等,都是特殊环境下对人性的考量。民族情感、族群分别与人性本能之间的冲突,本来就是小说家感兴趣的纠结,本篇中作者已经把人物的内心和情感之弦绷得不能再紧了。作者是一位长于短篇小说的作家,可惜近年长篇小说的声名掩盖了她这方面的才能,然而从艺术讲,短篇小说的生命可能更久于长篇,而作者写当代生活的短篇可能更优于这种对历史的想象。

路内：《阿弟，你慢慢跑》

我们会想到那个电影中的阿甘吗？这是一篇励志小说吗？反正，一开头，这个其貌不扬、有种种缺陷的弟弟就让我心疼了。我看到了他一次次在努力，在超越自我，在与这个弱肉强食的社会抗争，人是那么渺小，但这种抗争的心劲儿却是那么强大，他甚至有些憨，但憨得可爱，我不把这些理解为对于童年阴影和耻辱的报复，我宁愿理解为自我的超越，所以，作者最后给了他那样的结局，我是含着泪读到这里的，祝愿这样的阿弟和我们自己。

葛亮：《泥人尹》

小说有点像张炜的长篇小说《能不忆蜀葵》的兄弟版，一个艺术家在现代的生长机制下，如何让自己的艺术葆有本真，这是当代人反复讨论的问题，《泥人尹》似乎没有超出这个范畴，他的命运表面上看是遇人不良的问题，实际上就是艺术家的当代命运。小说虽然有细节帮衬，故事也差强人意，然而立意不高，便也难以将小说的艺术推到更高处。

海飞：《到处都是骨头》

这篇小说的题目真差，但作者却讲了一个非常好的故事，这个充满想象力故事的设计让小说顿时有了气质，让主人公一下子就立了起来。或许这个社会庞大和庞杂得没有心思去关心一个人贩子的内心，关心他的屈辱、疼痛，作者的文字深入到他的内心中，现实的算计与良知的温软交织在一起，写出了一个别样的人贩子。或许是个人风格？作者的文字稍微有些温，私下以为倘若文字再干净、冷峻些，此篇或可更上一层楼。

付秀莹：《爱情到处流传》

用子女的视角去追述前代的故事，探寻父辈的内心和情感，故事不温不火的，但我也能饶有兴趣地读下来，也没有觉得哪个地方写得不合适……然而，用严格的标准，我要追问：作者在这篇作品中给我们提供了什么独特的东西？这么一问，许多冠冕堂皇的作品都得轰然坍塌，是的，很多作家和作品都不经这么一问的，然而必须要问：你作为作家、作品之为作品，不在于写得没有毛病，而是要写出自己的特点来，我不是说此篇一无是处，但我想说这样的作品太多了，如一滴没有颜色的水混在大海中，我再也找不到它在哪里。

田中禾：《父亲和她们》

田中禾在少年时代便展露了他的文学才华，或许正因为如此，老天要劳其筋骨饿其体肤，这是命运的不幸却可能是文学的大幸，让禾苗在泥土中生长，永远比拔苗助长要好，等到新时期写出《五月》的他，是他与这片土地共同孕育的结果，也是互赠的礼物。但我们也不难看到，好多新时期知名作家实际上都没有走过90年代，在剩下的岁月中，他们是依靠他们的名声而不是作品在活着。田中禾显然不一样，《匪首》（上海文艺出版社，1994年）和《落叶溪》（河南文艺出版社，1997年）的出版，不仅是证明这个作家还在写作，还显示了他越写越好，而七十岁时写出的《父亲和她们》（作家出版社，2010年）再次印证了这个判断，甚至给了我们很多预期：他还会写出什么来？但是，不能不说当今文坛的某种势利，《父亲和她们》显然是被低估了的一部作品，但如果从另一个角度来讲，今天被捧上了天的那些作品又能怎么样呢？大地生长着万物，但从不炫示什么，万物平等，也各有归宿。

如果说小说创作是田中禾的前庭的话，那么新近出版的散文随笔集《在自己心中迷失》（河南大学出版社，2012年）就是他的后花园，把它与小说捆绑在一起阅读，能够看到作家的背景、小说的背景，如同《我与父辈》之于阎连科的小说，《芳心似火》之于张炜的创作一样。我始终强调小说如同老蚌生珠，这不仅是个写作技术问题，写作技术可以解决或者弥补一些问题，但终究是有限的，而更无限的修炼在心胸、学养、精神气质等更广阔的世界，它们看似无形却终将决定有形。这也是我为什么强调作家的背景，背景是什么，是你的根，是你扎根的深厚泥土，是养育你的文化土壤、精神氛围，也是你区别于他们人的精神气质。在这个全球化的时代中，信息泛滥，于是我们看够了那些统一定制出来的无根、无背景的创作，说不清作品的场景来自好莱坞电影，还是国产电视剧，不同作家间的作品带给人的阅读感觉却如同出自一人之手，他们觉得作品的差异来自于个人奇绚的文字，岂不知背景才是文字的血液。看田中禾的背景，至少有三：一是中原大地丰厚文化土壤和在这片土地上他的生活经历。这个不用我多说，大家都明白，他的作品也赤裸裸地呈现了这些。二是俄罗斯的文学精神传统，鲁迅等人的精神血脉，或者可以笼统地概括为知识分子的精神传统，那种为了社会正义而抗战，为高昂的自由精神不惜抛弃精神的气质，那种悲天悯人的人道情怀，甚至那种昂扬中也有感伤的抒情语调，都来自于此，当然，始终不变的现实批判精神，更是这些精神营养所表现出来的棱角。在他的随笔集中对于封建专制的批判，他小说中对于国民性的再反思都是这种精神的体现，这些让他的作品不是由故事和经历所支撑起来的虚空的空间，而有着精神的向度和主体的追求。三是前两者的自然结果，也是向前的延伸，那是在个体经历和知识分子人文传统的基础上所形成的探索精神和自由精神，浅白点说，前两者是田中禾的优势，但也会化为绳索束缚住他，让他执于一端，封闭，狭隘，或者思想僵化，背景像座大山反而挡住了这个人的视线，这样的例子不少，田中禾的可贵在于能够扎根于此，也能够跳出来，他的精神气质是充分的自由、开放的，这也是他在同代作家中出类拔萃的地方，体现在文字中就是他叙述方式的变法，都很成功。《父亲和她们》的叙述已经有人谈过了，《十七岁》（江苏文艺出版社，2011年）用人生切片的方式将历史和人生贯穿起来，举重若轻，中间的衔接也天衣无缝。《父亲和她们》与《十七岁》的结尾处理也干净利索、手起刀落，该结束就结束，一点也不拖泥带水，反倒余音绕梁，既写出了一切，又留下了很多。说实话，这个文字的流畅和自如中让我想象不出它出自一个70岁的老人之手（我不应该用"老人"这个词，无论从作品和精神气质上，他无法让我与田中禾联系在一起，然而又能说是70岁的少年吗？）。还是回到开头说的话，我从来不单纯地把这理解为文字技术，相反觉得这是自由的开放的精神驱动的结果，让这颗写作的心永不疲倦地在写作的路途中充满活力地探索下去。西方有学者认为，置身于人类的人文传统中，我们每个人会超越自身，变成一个"无限的人"，它至少具有三项好处："首先，这个无限的人不会犯下违反人性的罪。他/她不会再狭隘地专注于自我及其眼前需求，专注于自己感受到的冤屈，及其欲以报复的欲望。""其次，这个无限的人将不再为僵硬的偏见所束缚……""再次，这个无限的人不会妄下结论，而是会在对一个问题作出判断之前审视它的方方面面，他知道任何判断都不是最终的，因此他总是愿意根据最新的资料对这个问题进行重新思考。"[①]田中禾的文字让我感受到这些，也正是因为他有着这样的大的"背景"，才会使作品有着一种元气和生命力。

具体到《父亲和她们》这部小说，作者说要写一个满怀激情的人是怎样"不但回归了现实和平庸，而且变成了又一代奴性十足的卫道

[①] 理查德·加纳罗、特尔玛·阿特休勒：《艺术：让人成为人》第8版，第30—31页，舒予译，北京大学出版社，2012年。

者"，关心"奴性是怎样炼成的"①这样的问题。这是鲁迅一代人所建构的"五四"声音的再次回响，这种带着再启蒙的呼唤，是田中禾的精神背景所起到的作用，这使得他形成了自己的价值标准和底线，使得他不仅对于"父亲"马文昌的人生有了评估，而且对于"娘"肖芝兰的人生也有了理性的解读。特别是后者，不仅是作者创作出来的非常重要的当代文学形象，而且在于作者对于她的理性把握，在她勤劳、勇敢、坚韧、宽厚的背后，是否扮演了扼杀父亲自由精神的帮凶这样的角色呢？作者一直在追问这些。有这样的追问，那时因为在作者的精神底色中有俄罗斯等知识分子带给他的营养，他更倾向于精神的高贵、自由的可贵和人的尊严的宝贵，然而，在中国的传统文化中，尤其是民间文化中，自然是"好死不如赖活着"，"好汉不吃眼前亏"，是忍辱负重，是崇尚实利的苟活文化，而不是精神至上的精神传统，如果说父亲的一个个劫难是原汁原味中国故事的话，那么在这个故事的背后却支撑着精英知识分子的人类精神，是后者不断地叩问着现实，也是作者始终不肯认同这样的现实，所以小说在情感和理性上产生了"分裂"，情感上，"娘"是伟大的，理性上，"娘"的伟大酿成了什么结果？一直是作者的质疑的，这两者之间的张力构成了小说的整体魅力。

  是谁改造了"父亲"，政治威权、传统伦理、社会现实等等，对此，作者以五四的精神炬火企图照出它们对人类最本质的精神的伤害。这一点上，不仅是作者的使命感问题，而其中尚有作者对于中国当代社会现实的洞见，可能忙着查找"后现代"曲谱的人会嘲笑作者跟不上当代的节奏，但它却是点到了当代现实的命门。近年来，一些有责任感的学者已经在忧心忡忡地呼吁要"重建精神的家园""还是要接着五四精神的茬走下去"，并认为："当前我国亟须开启民智，进行一次

---

① 田中禾：《〈父亲和她们〉创作手记二则》，《在自己心中迷失》，第479、480页，河南大学出版社，2012年。

再启蒙，打破新老专制制度造成的精神枷锁，否则民族精神有日益萎缩之虞。"[①] 在这一点上，田中禾不仅用漂亮的方式讲了一个漂亮的故事，还带给我们一个精神的提醒，这是他的可贵之处，当代作家精神上的无力或远离精神话题，已经使他们都成为侏儒了，文学的软骨病已经到了不能再讳疾忌医的地步了。对于小说中的"娘"，我们需要进一步反思，为什么她总能在现实中站住脚？与之想对应的是，为什么作为知识分子的"父亲"就要步步退却，最终被成功改造呢？除了"娘"本身就属于这个现实，是这个现实具有重要的塑造人的力量，当然，必须认识到这个"现实"不仅仅只代表着政治威权，否则处在月白风清的日子里的人们，会放松警惕，认为政治威权不存在了，"现实"就不再能够改变我们，恰恰相反，习俗的力量或许更强大，"娘"大约正是掌握了这样的逻辑，才知道什么是顺势而发，获得自己需要的。但是这个需要是现实的需要，却未必是精神的需要。那么，需要反思的是，代表着精神指向的知识分子为什么就那么容易在现实面前落花流水一败涂地，说是"兜了圈子"呢？或者说我们需要重新提问当年鲁迅曾经问过的问题：娜拉出走以后怎样？"父亲"让我们反思不仅是奴性的问题，还有他何以接受这种奴性的奴役？中国知识分子通过这个形象也应当反思如何让不着地的精神与这个个古老的"现实"碰撞，不能那么不经碰撞、不敢碰撞，也不能总是高蹈地在演说，知识分子要弘扬个性精神也好自由精神也罢，首先得脚踏实地，也得有坚韧的、百折不挠的精神，不能甩甩袖子就不干了，或者唯一的本事就是写信向上级反映情况……小说当然不是在为我们提供现实的解决方案，但我觉得在"父亲"和"娘"放在一起的时候，小说的这种人物形象的复杂性和内涵能够引导我们做出更多的思考。

[①] 资中筠：《中国知识分子对道统的承载与失常》，《启蒙与中国社会转型》，第23页，社会科学文献出版社，2011年。

《父亲和她们》让我想到很多类似的作品，比如尤凤伟的《中国一九五七》，讲的也是知识分子的精神是怎样被"阉割"的，但两者又有着不同，《中国一九五七》着意于控诉，有着让人发指的现实惊叹。而《父亲和她们》却力图反思，反思在苦难中人性的沦落起伏。在河南，我曾经说过，几百年后再回看今天的河南形象，可能不是由高楼大厦或惊奇的变化所承担，而是河南籍的小说家们以他们的文字建立了河南的形象和保留了河南的现实，这不是开玩笑，小说本身就有着承载民族记忆的功能，更何况鲜有这么一批作家对这片土地用情如此之深、用心如此之专，他们以参差和斑驳的创作为这片大地上的泥土、禾苗和人们的汗滴保鲜，多少年后，一切不在时，倘有人问起：黄河曾经东流过吗？那么只有去这些遗存的文字中找寻，正如今人们谈起商周旧事，只好去叩问殷墟甲骨一般，此时，再回头看田中禾和他的同行的价值，就不是薄薄的几页纸的分量了。

2012 年 6 月 18 日晚

阿来:《草木的理想国：成都物候记》/ 阎连科:《北京，最后的纪念》

是巧合吗？这个春天，两位当代著名的小说家不约而同地推出了他们的亲近自然的笔记，它们是阿来的《草木的理想国：成都物候记》和阎连科《北京，最后的纪念》（均为江苏人民出版社出版，分别出版于2012年4月、3月）。或许，在一些人眼里这纯属他们游手好闲、不务正业之作，然而，我却觉得两位小说家变得更为亲切了——可以亲切地看到他们丰富的内心和情感，它们也拓展了两位的文字世界，让我们完全不必执于文学一域来评估这样的写作。

在过去，提到自然书写，翻来覆去都是梭罗与爱默生，中国当代作家几乎插不上嘴。也难怪，温饱尚成问题，当"农民"只会觉得辛苦，只有酒足饭饱才会有这样的欣赏。直到 1990 年代，苇岸的《大地上的事情》出现后，当代文人仿佛才有心情"发现自然"，或者说自然成为写作的主题，而不是作品中的陪饰和背景，可惜，他《二十四节气》写到"谷雨"便英年早逝，这种身体力行的写作也便戛然而止。其实，在中国长期的农耕社会传统中，人与自然从来不隔，《诗经》《尔雅》中草木虫鱼，已成后代专门研究的学问，孔夫子也早就曰过要"多识于鸟兽草木之名"，从山水诗到田园诗就更不用说了。连鲁迅小时候也曾感兴趣于《毛诗草木鸟兽虫鱼疏》、《花镜》这样的书。然而，兵荒马乱的岁月里，只有感时花溅泪、恨别鸟惊心；饥荒年代，只有剥树皮、挖草根来吃；而当"革命情绪"高涨之时，花花草草坛坛罐罐的小资情调，当然在大批判和砸烂之列，玩盆景、写过很多谈花木文章的周瘦鹃的遭遇就是现成的例子。于是很久，我们在文字中中断了与草木的情感，仿佛它们只有绿化或食用的功能，而根本无情趣情致可言。更何况，随着现代化的步伐，我们满脑子是汽车、电脑、电视，直到有一天，发现它们无法完成情感的沟通，特别是青山绿水没有了、尾气呛得脸青之后，那遥远的梦才又到眼前。

  其实，在我的书架上，这两年这类的书也越来越多，比如沐斋的《温文尔雅》（上海古籍出版社，2009 年）、沈胜衣《书房花木》（上海书店出版社，2010 年）、刘克襄《岭南本草新录》（海豚出版社，2011 年），翻译的书也很多，以前买过《森林报》（海豚出版社，2010 年）《醒来的森林》（北方妇女出版社，2011 年），最近又有《奥托手绘彩色植物图谱》（北京大学出版社，2012 年）、《发现之旅》（商务印书馆，2012 年）……于是也有了阎连科的荷锄晚归，有了阿来的"寻花问柳"。在阎连科和阿来之前，韩老爹早就赤膊下地了，《山南水北》（作家出版社，2006 年）就是记录。他们的行为和文字实际上都在提醒我们：当代生活在过分现代化中存在一种不正常，提醒我们亲近自然更要倾听人类自身内心的声音。可以说，他们对当代这种快节奏的、统一化的生活都有了极大的不满，才会转过头去寻找自己喜欢的花草和自己耕耘的田园，在他们寄情其中的田园之乐里，不难看到某种强烈的质疑，这一点，阎连科以"最后的纪念"这样的字样无比强烈地表现出桃源梦破后的现实主义。

  阿来与阎连科的书，比较一下也有大为不同的地方。阿来更像一个物候学家，拒绝将自然伦理化、道德化，而是在现实中关注它们花开花落，告诉我们：生活在这个世界上，就要以谦虚的姿态去了解它。阎连科则是在与草木虫兽对话，是一个充分情感化的文本，告诉我们的是：它们也有欢歌笑语与悲伤，这个世界上不应当有蛮横的主宰者。但在两个人的文字中，我还读出了些许忧伤，看到了当我们在喧嚣的世界中心烦意乱的时候，草木世界尚是我们可以逃避的空间，尽管这个空间一夜之间也可能毁于现代化的推土机。这些年，吉林还有一位作家，常年深入长白山区，记下原始森林中的一切，它是胡冬林的"长白山笔记"(《蘑菇课》，载《作家》2011年第5期；《难忘青鼬》，载《作家》2012年第1期)，这样的文字不是用笔写出的，是用脚和汗水写出来的，文字中呈现给我们的是原始森林中的色彩斑斓世界，每个细节都青翠欲滴，我在作品中看到了一个作家的情思，又看到了远远大于文学本身的文字与自然、与人之外的一个牵系。这样的文字几乎不需要再去修饰和装点什么，那一眼望不到边的森林和这里的一切都在为它输送着氧气，还有什么比它们更丰满、丰沛，更有特别的气息？

2012 年 5 月 3 日晚

寻找彼岸
——冯骥才：当代作家"转向"的一个个案

我本来要用"踽踽独行的身影"作为本文的题目，因为提到冯骥才有一幅画面在我脑海中总是挥之不去。那就是一个高大的身影在风雨中艰难行进，脚下是一片湿滑的泥泞，前方是雨雾茫茫的荒野——这并非出自我的想象，而是他两次民间艺术抢救活动的真实情景[①]。像这样的经历，他恐怕还有很多，近年来，他一直风尘仆仆奔波在中国的大地上，用"踽踽独行"来形容似乎不太确切吧？我们看到的常常是激情四溢、侃侃而谈的冯骥才，是把中国民间文化抢救工程从一个呼吁变成全国文化大普查的冯骥才，说他能够呼风唤雨可能有些过分，但也不至于"踽踽独行"吧？不知为什么，我感觉到的总不是他光彩四溢的那一面，而是他的忧心、焦虑、叹息、渴望理解，甚至还有一种孤独。"这些年我像唐吉珂德一样四处奔跑，最终我趴下了，感觉到彻底的失败。……我是个彻底的失败者。我还有什么脸面说我自己成功呢？我致力保护的城市的历史文化全完了。我凭什么说自己成功呢？现在，我开始担心城市的文化悲剧在农村上演。"[②] "当今文化遗存的悲

[①] 一次是2003年10月10日在河北武强发掘年画古版，一次是其后在河南滑县的年画考察。
[②] 冯骥才：《古村落是最大的文化遗产》，《灵魂不能下跪》，第62页，宁夏人民出版社，2007年。

哀是，只要你找到它——它一准是身陷绝境，面污形秽，奄奄一息。"①面对着这样的自白，我良久无语。他很清醒自己的力量："我们为之努力和奋争而得到的会十分有限。那无以估量的已知和未知的历史文明最终要像长江的遗存那样丧入浩荡的江底。"②然而，即便这样，他仍不轻言放弃，依旧如同唐吉珂德那样披挂上阵挥舞长矛四面出击。

　　从本质上而言，冯骥才是一个理想主义者，在他的身上有着作家的情怀、知识分子的行动和启蒙者的担当。或许，他的一幅画能够形象地展示他的生命状态：在茫茫的波涛汹涌的大海中，有一叶扁舟，还有几乎看不清的骁勇的弄舟人。在画的题记中他写道："壬申秋日，余过长江巫峡时，见一小舟在浩荡大江汹涌激流中奋力划行，是奔向目标还是寻找彼岸不得而知也，看似宏大音乐中一个跳跃而顽强音符。遂心生画意，因作是图。"这幅画他命名为"寻找彼岸"，恰如其分，"跳跃而顽强"是他的精神状态，"寻找彼岸"是他这些年来的精神追求。在一个物欲横流的时代中，"彼岸"是人在现实层面外的另外一种需求，是感染着他鼓舞着他支持着他的强大力量。在当今，强调"寻找彼岸"、"精神至上"无疑是在逆着时光行走，这样的人或许注定要"踽踽独行"？我犹豫好久还是不忍用这个词，如果只有冯骥才在独行，那么中国知识界应当感到惭愧，我们这个民族应当脸红，还是留一点面子吧。对于冯骥才而言，我觉得现在还不是急于从什么理论高度去总结和概括他的时候，他更需要理解、需要呼应、需要更多的人与他一起行动，所以本文立意不在总结，而在疏解，在疏解冯骥才的言行中，唤醒我们的文化激情和文化责任感。

---

① 冯骥才：《癸未手记》，《灵魂不能下跪》，第441—442页。
② 同上，第454页。

西塘的那只蝴蝶
——一个作家的文化关注

自从 20 世纪 90 年代，冯骥才开始大张旗鼓地从事城市文化保护，乃至以后一发而不可收之后，在很多人眼里，他似乎改变了作家的身份——尽管，在晚近他还曾有小说创作①，而且他不断有朴素大气、情感充沛的散文发表②。我却始终认为，外表改变了，内在的心理气质和思维方式却没有改变，更为值得探讨的是冯骥才以文学（艺术）的思维在进行文化思考和行动，为大文化的思考和实践带来了怎样独特的视角和活力③。这么说，乃是基于这样一个前提：从事民间文化保护、城市文化抢救的大概不仅冯骥才一人，但就影响力和号召力而言，冯骥才确是首屈一指。分析其中的原因，不是我的目的，探讨作家的思维方式和情感方式的介入为当代文化的构建增添了什么倒是我感兴趣的事情，或者可以从另外一个角度来认识这个问题，即当代文化中如果缺了作家的情怀和文学的魅力那会怎么样？这个问题再推进一步，一个社会如果只关心物化的东西，而忽略了情感和心灵那将怎么样？一个作家只有个人的小情小调而没有与社会共振的大悲欢又将怎样？总之，冯骥才的言行有助于我们思考一个人文知识分子的所作所为在当下社会中的价值和意义。

不论做什么，冯骥才都毫不掩饰自己的情感，对文化的情感和对

---

① 《抬头老婆低头汉》，发表于《上海文学》2006 年第 4 期；《胡子》，发表于《收获》2006 年第 6 期。在此之前，2000 年短篇小说集《俗世奇人》由作家出版社出版。

② 冯骥才写域外见闻的散文集《巴黎，艺术至上》（2002 年）、《倾听俄罗斯》（2003 年）、《维也纳情感》（2003 年）等都是极有特色的文化散文；他的《武强秘藏古版画发掘记》（2004 年）等"行动散文"也是耐人品味的跨文体写作。

③ 因为不是本文讨论的论题，所以我没有多谈，其实从文学的角度，冯骥才的思考、行动对于拓宽中国当代文学的视野、增强它的开放性也有着极为重要的意义，也是讨论的好题目。

关注对象的情感。这种情感不是来自某一种文化理论或抽象观念,而来自内心中对于生活的一种热爱,他在生活中发现美,找到了他热爱的事物,以作家的方式感受它们描述它们。比如,他对民间文化的热爱,在很大程度上是对生活本身的重视,他不是在虚空地谈美谈精神,而是始终落脚在生活上。如他认为非物质文化大多是由老百姓创造的、共同认同的,"它是养育我们的一种生活文化,每个人都是在这共同的文化中成长起来的。因此它直接表达着各个民族的个性特征,还有各自的认同感、亲和力与凝聚力。"① 他强调文化与生活的联系,更从个人的感受出发去认识一种文化,他反复说:"民间文化是广大群众自己创造的文化,是源头,根基的。从精神意义上说,它是一个民族情感和理想的载体,是大众愿望和审美的直接表现,是一种生活文化,是和生活融为一体的。"② 这是一种立足人本的阐释方式,它贯穿了冯骥才整个文化保护和抢救的言行中。对于天津城市文化保护,首先因为这是他生于斯长于斯的城市,是他灵魂的巢,也是贮满他情感记忆的地方。"城市就像母亲那样,不仅为我们遮风挡雨,供给我们衣食住行,还给我们天光水色,四季的风,迷人的城市景观,以及许多亲朋好友,难忘的往事和如画的人生片段。在城市网状的街巷中,每一个人都可以找到自己过往的路,个人弯弯曲曲的历史。在岁月蹉跎中,我们都遇到过挫折与不幸,我们的城市母亲决不会弃之不顾,因为你生活中的转机、曙光、幸运、贵人、福祉,以及种种珍贵的人间真情,也都是在这里获得的。而城市母亲全都有心地为我们记忆下来,一点一滴也不会漏掉。不信,就去生活过的老街老巷老屋里转一转,连自己也忘却的细节,她却会帮你记住,再现,复活。"③ 他总是从"我"出发,言及"每一个人",

---

① 冯骥才:《文化遗产日的意义》,《灵魂不能下跪》,第5页。
② 冯骥才:《不能拒绝的神圣使命》,《灵魂不能下跪》,第24页。
③ 冯骥才:《我们的母亲六百岁》,《灵魂不能下跪》,第280页。

最后上升到一种共同的情感和文化性格,在这样的具体情景中,他用情感唤起情感,引导人们认识到文化保护的价值和重要性。他在分析民俗剪纸在天津复兴的时候,认为:"最关键的原因还是当地人对于年炽烈的情感。而年的情感也正是生活的情感。天津是商埠,商埠的人对生活的需求,既实际又强烈。由于年的本身意味着新生活的来临,因此人们对美好和富裕的生活企望就来得分外殷切。"[1] 他认为剪纸之所以为大众所爱,正是因为"它具有中国民间文化所有的特点:质朴、率真、热情和浓烈的生活情感。"[2] 我觉得只有作家才会这么强调情感在生活和文化中的作用,才会关心情感对于世道人心的作用:"文化情感是人的一种很深刻又很美的情感。它使人的精神丰富,视野深远,爱心宽广。在全球化时代,它又是一个民族所必备的。它伴随着民族的自尊与自信。"[3] 这种文学性思维的参与,除了让文化走进大众心灵深处外,还突破了原本社会学、人类学、民俗学等研究中的冰冷的统计和过分理性的分析等"科学"的藩篱,让很多事物变得可爱了有认同感了,这是冯骥才的特殊贡献。

带着这样的文化情感,冯骥才以作家特有的细腻和敏锐,发现生活中的美,让许多人们熟视无睹的生活器物、场景、风情和生活习俗都有了不同的光彩。他在谈到西塘历史文化的保护,注重生态、注重活态和历史的延续性时,完全是以作家的口气在描述一个细节:"上回到西塘来的时候,沈书记陪我在河边散步。路边有一扇窗户支着一根细木棍,此时天已经凉了,窗台上摆着一个花盆,屋内老太太想把花盆拿进去。她拿起花盆的时候,花上正落着一个蝴蝶,可能睡着了。老太太拿花盆起来时轻轻地摇了一摇,似乎怕惊吓了这只蝴蝶。蝴蝶飞走

---

[1] 冯骥才:《年画退隐,剪纸登场》,《灵魂不能下跪》,第182页。
[2] 冯骥才:《蔚县窗花的文化大典》,《灵魂不能下跪》,第378页。
[3] 冯骥才:《慈城的知音》,《灵魂不能下跪》,第392页。

了以后，她才把花盆拿进去。当时我特别感动，我觉得西塘把诗意也留下来了。"① 这种"诗意"常常为文化学者或社会学家所忽略，却是作家冯骥才从不放过的场景，捕捉到这样的场景，他要保护的对象就有了鲜活的生命和浓厚的生活气氛，在这样一种气氛中感受文化，文化就不是一个僵死的符号，而是人生命中的存在和生活中的天然一部分。出现在冯骥才笔下的无数美丽的细节、场景，让我们学会欣赏和学会热爱。比如，写到河北蔚县的打树花，火热的气氛，健壮的身体，希望的力量被他渲染得让人身临其境："金红的铁水泼击墙面，四外飞溅，就像整个城墙被炸开那样，整个堡门连同上边的门楼子都被照亮。""这里的人们都上街吃呀，乐呀，竖灯杆呀，耍高跷呀，看灯影戏呀，闹得半夜，最后总有一场漫天缤纷的打树花；让去岁的兴致在这里结束，让新一年的兴致在这里开始。"② 在对美的发现中，冯骥才强调：历史也是一种美。"在历时久远的时间长河里，物品不再仅仅是一种物质。时间是神奇又有力量的，它会把它深远的历史内容无形地注入进去，同时将潜在其间的特有的时代美与文化精神升华出来。时代美过后就变为一种历史美。但只有它成为历史才变得更加清晰和更加动人。于是，历史物品更重要的价值是一种精神，一种美。"③ 历史也有情："历史离去时，有时也十分有情。它往往把自己生命的一切注入一件遗落下来的细节上。细节常常比整体更具魅力。如果你也有情，就一定会被这珍罕的细节打动，从中想象出它原有的那个鲜活的生命整体来。"④ "想象"是作家心灵自由、撷取记忆、创造美好事物的最重要方式，它出现在冯骥才文化抢救的思维中，自然给这个行动带来了几分奇异的色彩。

美又是什么，如此描述和强调美又有什么意义呢？我认为美是一

---

① 冯骥才：《古村落是最大的文化遗产》，《灵魂不能下跪》，第 64 页。
② 冯骥才：《癸未手记》，《灵魂不能下跪》，第 434、435 页。
③ 冯骥才：《城市的历史美》，《灵魂不能下跪》，第 229 页。
④ 冯骥才：《历史的拾遗》，《灵魂不能下跪》，第 318 页。

种精神,是相对于物质的一种没有功利的东西,在这样一个时代中强调精神至上的作用,可以看作是对于滚滚而来的物质大潮的一种反抗,是为人的精神生活争取空间。没有物质,人无法生存;但仅仅为了生存,那么人与动物何异?人之为人正因为他有精神,可不知为什么,人们越来越舍本逐末,精神的危机要比经济危机更可怕!王国维认为:"余谓一切学问皆能以利禄劝,独哲学与文学不然。"科学可以以"厚生利用为旨",而哲学观念可能与社会兴味不合,"文学亦然;餔餟的文学,决非真正之文学也"①。强调文学(文化)之"无用",就是要在太功利的时代中,保持文学自身的特性,人们往往只看到果实,而忘了土壤。无用之文学恰恰是涵养精神的土壤。王国维说:"盖人心之动,无不束缚于一己之利害;独美之为物,使人忘一己之利害而入高尚纯洁之域,此最纯粹之快乐也。"②他对于国人过于功利而不能发现"无用之用"而甚感失望:"治一学,必质其有用与否;为一事,必问其有益与否。美之为物,为世人所不顾久矣!……庸讵知无用之用,有胜于有用之用者?以我国人审美之趣味之缺乏如此,则其朝夕营营,逐一己之利害而不知返者,安足怪哉!安足怪哉!"③冯骥才所关注的对象可能是具体的物质,但他不断地启发人们,用他那支笔描画它们,让人们看到具体的事物中含着一种精神的美,体味到从物质到精神的升华:"一个城市的街道,倘从高处俯看,宛如一株大树成百上千条的根须。城市愈大,其根愈茂;这根须其中有几根最长最长的,便是这城市的老街。……这街上的风雨,人们曾与之一起经受;人世间的苦乐悲欢,它也是无言的见证。人们不断地丰富它的故事,反过来它又施惠于人们——从古到今!从物质到精神!……它是个实实在在的巨大的历史

---

① 王国维:《文学小言》,《王国维集》第 1 册,第 22 页,中国社会科学出版社,2008 年。
② 王国维:《论教育之宗旨》,《王国维集》第 4 册,第 8 页。
③ 王国维:《孔子之美育主义》,《王国维集》第 4 册,第 6 页。

存在，既是珍贵的物质存在，更是无以替代的精神情感的存在……"①他不断地呼吁人们关注城市的实用功能之外的精神功能："长期以来，只看重城市的使用功能，只看它物质性的一面。比如城市的居住、办公、交通、水电、商业网络——当然，这些都极其重要，必不可少。但城市还有精神性的一面，即它的个性、历史、传统、习俗、记忆，以及特有的美感。"如果把这个功能去掉了，大量珍贵记忆被抹去，城市的"个性和个性美也就消失了"②。孔夫子曾说："诗，可以兴，可以观，可以群，可以怨。"③儒家强调"诗教"，认为诗可以教人以温柔敦厚，如果不拘于具体的观点，笼统而言，文学、文化都有塑造人的心灵的作用，当今社会有法律教育、政治教育乃至各种更为实用的教育，惟独文学和文化的教育并没有被人看重，联想到当年蔡元培先生曾有以美育代替宗教的设想，在某种程度提倡文学和文化对国民的教化作用可能十分必要。现代社会由各种关系和功能构成，却把情感压榨到最低限度，冯骥才以他作家的思维关注文化，不断地释放着心底的情感，用情感给这个冰冷的世界铸就一颗柔软的心和高贵的灵魂，有了这些世界才会更加丰富多彩个性各异，才不会被强大的现代机制格式化。这也应当是冯骥才关注文化的出发点吧。

离开书斋到田野里去

——一个知识分子的文化实践

冯骥才曾急切地说："请诸位先生离开我们的书斋到田野里去吧，先去把那些残存在记忆中的'最后的口头文学'记录下来吧！我们没

---

① 冯骥才：《老街的意义》，《灵魂不能下跪》，第316页。
② 冯骥才：《要请人文知识分子参与城市构建》，《灵魂不能下跪》，第277页。
③ 《论语·阳货》。

时间清谈妙论,侃侃而谈,我们应该去到文化遗产的重灾区里,切切实实做自己力所能及的事。"[1]说这话时,他已经将田野当作书斋奔走多年了。冯骥才不满足做一个坐而论道的知识分子,他还要去实践自己的思想和理念。他多次表示他是一个"行动至上"者,并说:"这行动却不是盲目的。它是一种对思想的实践。"[2]强调思想与行动的统一,"思想是现实的渴望。它不是精神的奢侈品。它必须返回到现实中去。最好的实践者是思想者本人。"行动不是与思想割裂的,他把它看作"是思想的一部分","所以我说,我喜欢行动。不喜欢气球那样的脑袋,花花绿绿飘在空中。我喜欢有足的大脑,喜欢思想直通大地,触动大地。""行动使我们看到自己的思想,充实、修正和巩固我们的思想。"[3]他的说法颇合王阳明"知行并进"说,王氏认为:"知是行之始,行是知之成","未有知而不行者;知而不行,只是未知"[4]。

  由一个文字工作者变成一个行动者,一方面是由于现实的逼迫:城市文化遭受破坏,民间文化急剧消失的现实,不容你再坐在书斋中。另一方面,民间文化这个学科本身也具有田野性,冯骥才认为在农耕文明退出人们生活、即将消失的时候,"我觉得我们的民俗专家和文化学者应该热血沸腾,应该义不容辞地下去,应该到第一线去,应该进行田野作业。"他进一步认为:"不再把田野的调查作为民俗学的手段,或是搜集材料的方式,而是反过来把民俗学的研究注入到田野调查中,注入到抢救之中,以研究指导抢救。"[5]更重要的一方面,冯骥才的实践中所体现出的文化使命感。冯骥才是自觉地把文化忧患背到自己的肩头奋力前行的当代中国知识分子,他把民间文化抢救当作自己义不容

---

[1] 冯骥才:《古民居放在哪里才"适得其所"》,《灵魂不能下跪》,第263页。
[2] 冯骥才:《序》,《灵魂不能下跪》,第2页。
[3] 冯骥才:《思想与行动》,《灵魂不能下跪》,第416页。
[4] 王阳明:《传习录》,《王阳明全集》上卷,第4页,上海古籍出版社,1992年。
[5] 冯骥才:《民间文化工作者的当代使命是抢救》,《灵魂不能下跪》,第21页。

辞的使命，他把自己命名为行动知识分子①，从他对知识分子和文化人的区分中，可以看出他对知识分子文化承担的看重："知识分子有强烈的现实责任，心甘情愿地背负起时代的十字架；文化人却可以超然世外和把玩文化。"②

关于冯骥才这种高调的行动和文化承担，几年前，我曾经在一篇文章中，借谈萨义德的《知识分子论》谈论过③，我的主要看法是：冯骥才的所作所为，小而言之，是他所做的具体的事情所呈现出来的功效；大而言之，则启示我们去思考一个知识分子在这样一个时代转型中如何面对自我如何面对世界。自1990年代以来，中国知识分子一直处在边缘化的过程中，其身份和所承担的道义不断被简化，知识分子自身也在迷惘中不断退缩，这种退缩随着社会转型等强大的外在因素推动，甚至让我担心"知识分子"的消亡，取而代之的是"专家"和"学者"这样的技术人员。孔夫子的"士志于道"的那种道义的承担，早已被年薪、职称之类的东西替换了。与此同时，关于知识分子的低调声音也出来了。比如对专家的强调，即把知识分子限定在他的专业范畴内，除此之外的僭越便不享有合法的发言权。可是，萨义德却旗帜鲜明地宣称："即使在后现代主义的情况下，知识分子依然有着许许多多的机会。因为，事实上政府依然明目张胆地欺压人民，严重的司法不公依然发生，权势对于知识分子的收编与纳入依然有效地将他们消音，而知识分子偏离行规的情形依然屡见不鲜。"这不是明确无误地在说，知识分子除了能把航天飞机弄上天之外，还有很多道义上的责任要承担吗？这不也是在说知识分子的使命没有终结，社会的公共空间中还需要它大展身手吗？而且萨义德还更进一步说："我尝试主张：不管个别

---

① 见《冯骥才周立民对谈录》，第137页，苏州大学出版社，2003年。
② 冯骥才：《序》，《灵魂不能下跪》，第2页。
③ 见周立民《〈对话录〉序》，《冯骥才分类文集·16·思想对话》，第14—20页，中州古籍出版社，2005年。

知识分子的政党隶属、国家背景、主要效忠对象为何,都要固守有关人类苦难和压迫的真理标准。""尝试固守普遍、单一的标准,这个主题在我对知识分子的说法中扮演着主要角色。"[①]

萨义德同时也在提醒我们:要在世俗与精神生活中找到理想的平衡点,对知识分子来说是一个挑战。他说:"知识和自由之所以具有意义,并不是以抽象的方式(如'必须有良好教育才能享受美好人生'这种很陈腐的说法),而是以真正的生活体验。知识分子有如遭遇海滩的人,学着如何与土地生活,而不是靠土地生活……""今天,每人口中说的都是人人平等、和谐的自由主义式的语言。知识分子的难题就是把这些观念应用于实际情境,在此情境中,平等与正义的宣称和令人难以领教的现实之间差距很大。""应用与实际情境"所要求的就是实践,能在实践中坚持自己的信仰,也能够在实践中扩大自己的信仰。萨义德说:"知识分子并不是登上高山或讲坛,然后从高处慷慨陈词。知识分子显然是要在最能被听到的地方发表自己的意见,而且要能影响正在进行的实际过程……"正是在这个意义上,我看重冯骥才作为"行动知识分子"的特殊意义。

跳出冯骥才的文化实践对历史文化和民间文化保护的具体贡献,单从这一行为的泛泛意义而言,他承续并发展了中国杰出知识分子身体力行、脚踏实地的精神传统。中国古代知识分子中,就有强调"读万卷书,行万里路"的实践精神;对于现代中国知识分子,他们要获得独立的品格和生存的空间,也必须通过自身的实践来实现自己的人文理想。在传播新思想和新文化的过程中,胡适、陈独秀一班人,不是天然的话语中心,相反在浓重的封建文化和长期社会积习的包围中,他们处在弱势地位,是他们通过艰苦实践才筚路蓝缕开辟出自己的道路,使新文化、新思想落地生根。20世纪30年代的文学多元的图景也不是天赐的,同样

[①] 萨义德的言论,均见其著《知识分子论》,单德兴译,生活·读书·新知三联书店,2002年。

是知识分子投身实践自己争取和开创来的。比如，为了开拓新文学的生存空间，当时的知识分子纷纷"下海"创立书店、参与出版事务。像开明书店，从章锡琛创办《新女性》开始，1928年改组为股份有限公司，到1929年公司正式成立，在以青少年读物、古籍和教科书等奠定营业收入基础的同时，大量出版新文学作品，《子夜》《家》等新文学名著皆出自该店，从1935年开始出版的"开明文学新刊"，包括茅盾、老舍、叶圣陶、巴金、夏丏尊等著名作家的长篇小说、短篇小说集、散文、戏剧等多种。有这样的局面，叶圣陶、夏丏尊、丰子恺等一批独立知识分子付出了大量的心血，他们参与经营才把文化理念转化为可喜的现实，也证明了文化人对文化事业建设的能力。巴金主持编务的文化生活出版社是一批带有理想性质的青年知识分子经营的，他们以奉献精神为指引，宣称："……想以长期的努力，建立一个规模宏大的民众的文章。把学问从特权阶级那里拿过来送到万人面前，使每个人只出最低廉的代价，便可以享受到它的利益。"① 这个广告表明了他们坚持平民色彩的文化传播决心。由巴金主编的"文化生活丛刊"出书近50种，而其主持的更为壮观的是《文学丛刊》，从1935年到1949年共出了10集，160部作品，包括从鲁迅、茅盾到沈从文、曹禺乃至汪曾祺等老中青三代86人的作品。许多文学新人由这套书而为文坛关注，从而走上了文坛。在这之外，巴金和郑振铎、靳以等人主持的《文学季刊》《文季月刊》《文丛》等三大杂志不闻文坛喧哗，切实地推人推作品，以切近现实表现人生的朴素风格，为30年代中期的文坛注入了恢弘的大气象。还有，像陶行知、匡互生等知识分子投身教育事业，以民间的力量传播着现代教育理念等等，这都是知识分子投身文化实践的好例子。无数事实说明，等待和抱怨不可能实现自己的理想，人文精神的活力、动力和魅力都来

---

① 巴金：《刊行"文化生活丛刊"的缘起》，《巴金全集》第18卷，第363页，人民文学出版社，1993年。

自于实践,而不是理论言说。

文化实践可能还是精神沦落的知识分子一条有效的文化自救道路。十多年前,关于人文精神的讨论,体现出当代知识分子在社会多元化之后的彷徨无地和无所傍依的精神焦虑,继之而来的是知识分子被边缘化的失落感。但我始终认为,中国当代知识的边缘化,不完全是社会排挤和抛弃了知识分子,而首先是知识分子自身的精神萎缩、退化所造成的,它渐渐从公众的生活中丧失了话语权,退化成一种文字、理论或只能在实验室中生存的动物,特别是在一些人迷醉在当大师追求纯文学和纯学术的梦想中的时候,可他们惟独忘了大师身上不可或缺的文化使命感。而要想摆脱知识分子的这种尴尬的处境,不是等待着外在的赐予,关键是自身的行动,用自己的行动去传播自己的思想、实践自己的理念,赢得知识分子的尊严,从而也会打破狭小和封闭的状态,走向与社会相呼应的情境中去。长期以来,知识分子依附在国家的体制之下,他自主的行动空间不断缩小,客观上也造成了他们能力的退化。如同在笼子里被囚禁的鸟,一旦有一天给它一片蓝天的时候,它也失去了飞翔的能力,而这个时候,如果缺乏相应的使命感,则只能是不断地世俗化、侏儒化,满足于自己的一点点小悲欢,实际上丧失知识分子应有的精神本质,成为一个虚壳而已。在经济社会中,知识分子还以技术专家和顾问的身份成为商业收买的对象,商人利用他们的专业知识和知识分子身份的社会公信力为自己谋求利益。当知识分子以奔走在"世界五百强"中为荣的时候,尤其是在为私利和某小集团利益而奔忙时,他们同样是在亵渎和扼杀知识分子精神。冯骥才的文化行动首先不是为个人私利而进行的,可以说他在为民族文化寻回另外一半(民间文化),是自觉的文化承担,正如他所言:"责任感是一种社会承担","你有权利放弃这种承担,但没有权利指责责任——这种自愿和慨然担当的社会道义。""我们这个自诩为文化大国的国家,多么迫切地需要多一些虔诚又火热的文化良心！"①其次，在文化实践中，冯骥才表现出强大的与社会对话能力，像2008年汶川地震等重大事件中，也有冯骥才这样知识分子的身影，他们发动的对震区羌族文化的紧急抢救，从现场的调查与抢救，到《羌族文化学生读本》，一直到国务院提交的《关于四川汶川地震灾后重建中保护羌族文化建议书》并得到重视②，这一过程都证明书生并非百无一用，也不只是吟风弄月玩玩文字，在当代社会中，依旧有发挥他价值的空间。最后，知识分子基于文化良知参与社会除了美好的愿望和良好的出发点之外，还要保持自己的独立性，这种独立在实践中可能让他被孤立，因为他不属于任何集团或群体，甚至还会开罪于某些集体或群体；但独立性也可以让他更强大，因为背后有道义支撑、有知识分子精神传统的支撑、有坚强的信念支撑。冯骥才在进行天津老城保护的过程中，与政府、开发商等都需要打交道，但正是坚持独立性，以公心赢得民众的支持和呼应，这也证明知识分子在民间的岗位上通过自己的文化实践，不但可以完成自己的文化理想，也可能协调社会各方面去实现共同的理想。只要锲而不舍、坚韧不拔！

挽住往昔时光
——一个启蒙者的文化承担

中国社会长期处在农耕社会中，农耕社会的人们春种秋收、除旧布新，把日新月异作为生活蒸蒸日上的体现，并不珍惜生活里的器物；到近代，破旧立新的革命思维，使得"留恋旧物"成为遗老遗少的恶谥。更重要的是民间文化与精英文化存有隔膜，甚至被认为是不登大雅之

---

① 冯骥才：《文化责任感》，《灵魂不能下跪》，第187页。
② 见冯骥才《汶川大地震羌文化紧急抢救纪事》，《收获》，2009年第2期。

堂的东西。郑振铎先生在《中国俗文学史》开篇即说："凡不登大雅之堂，凡为学士大夫所鄙夷，所不屑注意的文体都是'俗文学'。"[①] 这个排除法的定义也可以看出民间文化长期受排斥的窘状。长期以来，民间文化资源没有得到很好的保护，保护意识严重缺乏。自20世纪90年代以来，随着经济的发展，人们改变生活愿望的增强，大规模的经济建设和生活改观的过程中，民间文化、城市文化遭受巨大的破坏；与此同时，人们开始开掘文化遗存和民间文化中的经济价值，过度地开发和利用，不仅破坏了文化本身形态，也改变了它们的生存环境，实际上是另外一种形式的破坏。冯骥才的民间文化抢救工程就是在这样背景下展开的，此项工程自身的文化价值、学术价值不言而喻，但我更看重它的开展、推进、各种形式的宣传、民众的参与对于13亿的中国民众的启蒙作用，以及由此建立起来的民众对文化的情感和自觉保护意识，这是此项活动的无形财富，这笔财富怎么估量都不过分。

　　对此，冯骥才可谓苦口婆心、翻来覆去、不厌其烦地在传达着他的文化理念，扭转民众思维中的误区，填补他们意识上的空缺。他试图让民众明白，文化保护关乎他们每一个人！如同鲁迅先生当年立志改造中国的国民性一样，冯骥才挖掘大众的文化心理，希望能够改造他们的文化观，近些年来，他集中火力对准有形和无形的某些文化思维和文化积习，又激情洋溢地呼唤一种全新的文化观。浏览他的言论，以下几点是需要特别注意的：

　　他首先呼吁要改变中国民众重物质、轻精神的习惯思维。在《巴黎，艺术至上》中他用很多所见所感的细节不断地赞叹法国人精神至上的品性，我想，这不是为了赞美而赞美，而是打开天窗让我们看到惯有视界之外的风景。比如对于遗产，他举了法国建筑历史学家罗叶的例子，罗叶把一把椅子当作自己的家庭遗产，让冯骥才看到法国人的

[①] 郑振铎：《中国俗文学史》，第15页，上海人民出版社，2006年。

遗产观与中国人的不同。"……欧洲人把遗产看得很重要。遗产一词源于拉丁语,它的意思就是'父亲留下来的'。它有物质(财富)的含义,也有'精神'(财富)的内容。"法国人看重精神的价值,而中国人观念中的遗产太物质化,冯骥才认为:"如果只把它当做一种物质,我们就会随心所欲地处置它;如果也把它视为一种珍贵的精神,我们就会永远守卫着它。以它为伴,以它为荣,甚至把它作为生命的并不次要的一部分。"正是把遗产当作物质性的财产,"我们的家庭很少有历史印痕。……过去由于穷,能卖的早都卖完了;现在由于富,赶快弃旧换新"[①]。在辨别文化收藏和珍宝收藏区别时,冯骥才立足的也是精神与财产的差别:"过去的收藏,缺少文化眼光,多从古物的财富价值着眼,不注重文化价值,收藏的范围便十分狭窄,总是金银珠宝、钟鼎彝器、官窑名瓷、牙玉雕刻以及名人字画,但仅仅这些收藏,不足以表现中华历史的丰厚、文化的灿烂和生活的辽阔。这是我们收藏史的一个重大缺憾。说到底,还是个收藏观的问题;就是把古物当作变相的黄金,当作保值乃至可望升值的财富。"冯骥才启发我们,精神的愉悦才是最重要的:"收藏者的快乐,第一,就是发现,即不是去捡别人发现过的,而是凭着自己的眼力与学识去发现;第二,便是享受,那便是从中重温历史,认识祖先,欣赏它内在的文化的美与精神。这之中,还有一份责任,就是:把前人的创造留给后人。"[②] 对于一个崇尚实利的民族而言,强调精神至上等于是让人们从不成熟的文化观念中走出来,走向一个更高层次的文化境界。

其次对于"老"和"旧"的问题,他试图改变人们的文化心理。"'旧'是物质性的,而且含有贬义,比如陈旧、破旧,等等;'老'却有非物质的一面。老是一种时间的内容。比如老人、老朋友、老房子。

[①] 冯骥才:《家庭的遗产》,《冯骥才分类文集·10·域外手记》,第 14—20 页。
[②] 冯骥才:《文化收藏》,《灵魂不能下跪》,第 401 页。

时间是一种历史。所以'老'中间不含贬义。甚至还含着一种记忆，一种情感，一种割舍不得的具体精神价值的内涵。"① 因此，他认为应当把"旧城改造"改为"老城整治"或"古城保护"，这是要改变那种"以旧换新"、"旧的不去，新的不来"这种思维，为子孙留下一点东西，为城市留下一点记忆。为了能让当政者、老百姓接受这些观念，他煞费苦心。他痛心地批评那种"没有站在现代文明的立场去审视过去和面对今天"的"旧貌换新颜"的做法，认为这样"直接的负面后果是六百多个城市的历史生命被一扫而光，性格形象消失了，年龄感没了，个性记忆被删除得干干净净，我们已经无法感知认识自己城市的文化性格和精神历程。"他大声呼吁："城市首先是一个生命，有命运，有历史，有记忆，有性格。它是一方水土的独特创造——是人们集体的个性创造与审美创造。如果从精神与文化层面上去认识城市，城市是有尊严的，应当对它心存敬畏……"② 他不能容忍"只把城市看作是功能的、使用的、物质的，没有看到它的个性的价值与文化意义"的思维，认为保护城市，"决不仅仅因为是一种旅游资源或是什么'风貌景观'，更是要见证自己城市生命由来与独自的历程，留住它的丰富性，使地域气质与人文情感可触与可感。"③ 对"老"的尊重，是对历史的尊重，历史也是一种美，但历史是不能伪造的，所以他不能容忍那种假古董伪民俗，哪怕它们非常艳丽但虚假会抽空一切内涵。这是对那些舍弃真正的历史遗存而去大造假的"明清一条街"、那种不顾文化生态大建欧洲村的人的批评，也是对民众的文化启蒙，让他们对文化有着基本的判断标准和辨别力。

再次，他让民众认识到不但文物保护重要，文化空间的保护更重

---

① 冯骥才：《旧与老》，《灵魂不能下跪》，第247页。
② 冯骥才：《城市可以重来吗？》，《灵魂不能下跪》，第207—208页。
③ 冯骥才：《城市为什么要有记忆》，《灵魂不能下跪》，第219页。

要。在法国的所见促使他思考这个问题,巴黎人不但要保护名胜古迹,而且要保护老屋老街,"是巴黎人自己!是他们在报上写文章,办展览,成立街区的保护组织(如历史住宅协会、老房子协会等),宣传他们的观点——这些老屋决非仅仅是建筑,这些老街也决非仅仅是道路,它们构成了'历史文化空间'。巴黎人的全部精神文化及其长长的根,都深深扎在这空间里,而且这空间又决非只属于过去。在文物中历史是死的,在这文化中历史却仍然活着。从深远的过去到无限的未来,它血缘相连,一脉相承,形成一种强大和进展的文化与精神。割断历史决不是发展历史,除掉历史更不是真正地创造未来。因此,他们为保卫这空间而努力数十年。如今这些观点已经成了巴黎人的共识⋯⋯"①应当说,冯骥才的这一看法非常具有前瞻性,很多人能够看到文物的价值,却难以理解文化空间的价值。冯骥才拓宽了我们对这一问题的认识,他反复说:"只认为北京文化的代表是天安门和故宫。其实北京的文化特征不在故宫和天安门上,那只是文化的象征。北京文化的特点在四合院和胡同里。一个地域的文化是在它的民居里的,而不是在它的宫廷或者是皇家建筑的经典里面。我们所讲民族的根、民族的魂、民族的情,都在我们的民居里,在老百姓的生活里面。但很长时间,人们并没有认识到这一点。"②

最后,冯骥才没有把文化当作被珍宝送进博物馆的玻璃罩中,他更强调一种文化延续,希望人们能够生活中切身感受文化气氛,亲身体验文化习俗,而不是遥望它们。最为典型的就是对节日文化的重视,特别对于年文化的强调。他认为节日是让民众亲近民族文化、体验民俗的最好机会,因此抓住这个契机,从节日文化的内涵,到大门上的"福"字该怎么贴事无巨细地推广节日文化。他认为像春节这样的节

---

① 冯骥才:《城市的文物与文化》,《冯骥才分类文集·10·域外手记》,第70页。
② 冯骥才:《古村落是最大的文化遗产》,《灵魂不能下跪》,第63页。

日"这是中华文化最深刻的一部分,是我们民族的至宝!""从文化学和民俗学的角度看,一个民族的情感与精神是要由一系列特定的方式作为载体。这方式就是民俗。民俗不是政令法律,但它是经过一代代认同、接受和传承下来的,是共同遵循的文化规范与仪式。"[①]如果节日失去了民俗的内容,变成没有特定内涵的假日,或只有消费的假日,那么这个民族很容易导向精神的贫乏。故此,他警告"年,不能再淡化了":"年,是中华民族最大的风俗性节日。……历时五千年以上的中华民族生生不息,显然与这最大的年文化有着密切关系。不信,就去听听大年夜里中国人相互间越洋跨洲的拜年电话。中国人的年,是老百姓自我增加民族凝聚力和亲和力的日子。对于年,我们只能加强它,而不是简化和淡化它;那种对年俗的人为地去简化与淡化,是一种在文化上的无知!"他还说:"中国人过年最大的特点是参与性。每个人的主动努力都能增加年的氛围与温度。这也体现中国人积极主动的生活观。"[②]在提倡年化上,他也身体力行,实践着自己的行动哲学:"跑了三趟娘娘宫,又到西郊静海、独流、杨柳青等地的年集上采风,选购民间民俗用品,在那些兴致勃勃预备过年的老乡中间一挤,年意就来了。""我把自己的画也统统摘下,换上珍藏的古版杨柳青年画。我想从中重温祖祖辈辈的生活方式,体验他们对生活独有而浑挚的情感,感受深藏在中华大地上深厚的文化底蕴与朗朗精神。"[③]

启蒙,在当今并不是一个受欢迎的字眼,有很多知识分子主动地放弃了他,生怕有"启蒙心态",制造"新神话",这样倒是民众大肆来改变知识分子,知识分子媚俗媚众,丧失了独立性,也放弃了自身的文化承担。这实际上是知识分子精神退化的表现,与这种情况恰成对照

[①] 冯骥才:《谁消解我们的文化》,《灵魂不能下跪》,第125页。
[②] 冯骥才:《年,不能再淡化了》,《灵魂不能下跪》,第131页。
[③] 冯骥才:《淡淡年意深深情》,《冯骥才分类文集·16·思想对话》,第190—191页。

的是冯骥才高调、积极的社会参与。我觉得他不是虚妄地采取高蹈姿态,以自己的所谓"文化霸权"去改变社会,而是社会现实不容他坐在书斋中经营自己的个人世界,或矫情地去谄媚民众和社会,他只有去质疑和批评,以猛药对强症,试想当那么多民间文化不断地遭受破坏、天天都有灭绝危险的状况下,如果连知识分子都不感焦急不知挺身而出,那么还能指望谁?但知识分子单枪匹马,恐怕也常常事倍功半,所以,知识分子利用他的所长在专业领域中建树和创造固然特别重要,而面对民众发言、改变民众意识的盲点、建立一种全新的文化观念则意义更为重大,这也是冯骥才作为一个启蒙者的可贵之处。更何况,中国地域差别大、文化水平不均衡、文化保护意识不普及,文化启蒙也是客观需要。积极面对民众,不是让民众如何做和必须怎样,而是让他们看到更多样更丰富的选择,从而培养出自主的文化意识、审美观念。在这一过程中,知识分子也完成与民众的交流和对话,消融了与民众与更广阔的社会的隔膜和自说自话的状态,丰沛自己的文化生命。启蒙体现了冯骥才的文化责任感,也提升了他的生命境界。我相信,中国文化史将来不仅会记住冯骥才的作品和文化创造,还会以更大的篇幅谈到他的文化言行对于国民文化精神的塑造、对当代文化的纠偏,后者影响可能更深远、巨大。

谈到阮仪三先生,冯骥才掩饰不住自己的内心激动:"从罗振玉、陈寅恪、马寅初、梁思成,到今天的阮仪三教授等人,他们一直信奉知识的真理性,坚守着知识的纯洁与贞操,并深信放弃知识就是抛弃良心。由于有这样的知识分子,衡量社会的是非才有一条客观的标准,文明传统才延续不息,知识界才一直拥有一条骨气昂然的精神的脊梁。"① 在赞扬那样民间文化的守望者时,他带着感情写道:"他们以舍我其谁的精神,把整个民族的文化使命放在自己背上。他们是用身体

---

① 冯骥才:《当代知识分子的文化良心录》,《灵魂不能下跪》,第265页。

做围栏,保护着我们的精神家园。……他们不求闻达,含辛茹苦,坚忍不拔,默默劳作。"冯骥才说把他们推到前台,是"张扬一种为思想而活着的活法,一种对文化的无上尊崇的感情,一种被浅薄的商业化打入冷宫的高贵的奉献精神与使命感"①。这种吾道不孤的感慨,是他与同道之间相互鼓励的话,也未尝不是他的夫子自道。

2009 年 4 月 26 日凌晨

---

① 冯骥才:《沉默的脊梁》,《灵魂不能下跪》,第 510 页。

讲真话
——为当代文学疗伤的《随想录》

"讲真话"如今早已与巴金、《随想录》紧紧地联系在一起[①]。

巴金自称《随想录》是"真话的书"[②],"这五卷书就是用真话建立起来的揭露'文革'的'博物馆'吧"[③]。"讲真话"成了《随想录》的核心内容,它甚至掩盖了人们对这本书的具体内容的了解,也正因为如此,巴金才被誉为当代中国知识分子的良心。

"讲真话"、"说真话"、"写真话"这样的语句在《随想录》中随处可见,"真话"、"假话"也是《随想录》反复辨证的内容。《随想录》中有七篇直接以"真话"为题的文章[④],第三集干脆直接以《真话集》而命名。篇名还仅仅是个表征,在巴金看来,《随想录》的写作从始至终都是一种讲真话的行为。

[①] 2003年新浪网和《北京娱乐信报》联合举办的"说出您心目中的巴金"大型网络调查中:您心目中的巴金是一个什么样的人?841人参与调查,其中50.77%的人选择"一个讲真话的作家";49.70%的人选择"一个重视家庭和友情的人";27.11%的人选择"一个单纯浪漫的人";10.23%的人选择"不清楚"。见刘易《巴金作品的思考方式没有过时》,陈思和、李存光主编《生命的开花——巴金研究集刊卷一》,第298页,文汇出版社,2005年。
[②] 巴金:《〈无题记〉后记》,《巴金全集》第16卷,第758页,人民文学出版社,1991年。
[③] 巴金:《〈随想录〉合订本新记》,《巴金全集》第16卷,第XI页。
[④] 它们是《说真话》、《再论说真话》、《写真话》、《三论讲真话》、《说真话之四》、《未来(说真话之五)》、《卖真货》。

新时期复出文坛之后，巴金第一次明确使用"讲真话"的语句是在给友人杨苡的信中，他解释写作《一封信》的心理动机："好久没有写文章，起初真感到不知从何写起。但是写完我也感到痛快，因为我讲了心里的话。四人帮专讲假话，那么讲真话也是同他们对着干吧。"①此时，巴金尚未开始《随想录》的写作，但对于假话早已深恶痛绝，也不难看出对"讲真话"，他也早有考虑。在1978年12月1日所写的《随想录·总序》中，巴金说他不想"人云亦云"、再说"空话"、"大话"②，虽然没有直接使用"讲真话"的说法，但《随想录》写作伊始，他就打定心思：告别假话，要讲真话。"真话"这个词第一次直接出现在《随想录》中，是在1979年5月22日所写的随想之十六《再访巴黎》中。事隔半个世纪，重访巴黎，巴金向卢梭表达敬意："我从《忏悔录》的作者这里得到了安慰，学到了说真话。五十年中间我常常记起他，谈论他，现在我来到像前，表达我的谢意。"③这似乎在交代《随想录》的师承。接下来，巴金谈到访问法国跟外国友人和记者交流，谈到某些问题："我表示了自己的立场，说了真话……"④"说了真话"，如释重负，也能看出作家道德感和独立意识的复苏。在《随想录》第一集的后记中，巴金直接表明了《随想录》写作的核心诉求：要表达自己的"真实思想和真挚感情"，"我愿意向读者们讲真话。《随想录》其实

---

① 巴金1977年5月29日致杨苡，《雪泥集》新版，第28页，上海远东出版社，2010年。
② 巴金：《〈随想录〉总序》，《巴金全集》第16卷，第I页。
③ 巴金：《再访巴黎》，《巴金全集》第16卷，第73页。在其后的文章中，他又说："一九二七年春天我在巴黎开始写小说，我的启蒙老师是《忏悔录》的作者卢骚（梭），我当时一天几次走过他的铜像前，我从他那里学到的是：讲真话，讲自己心里的话。最近我以中国作家的身份访问日本，同日本朋友交谈起来，我讲的仍然是这样几句话。日本朋友要我谈我五十年的文学生活，我的经验很简单，很平常，一句话：不说谎，把心交给读者。"见《春蚕》，《巴金全集》第16卷，第194页。
④ 巴金：《〈随想录〉合订本新记》，《巴金全集》第16卷，第XI页。

是我自愿写的真实的'思想汇报'。"①接下来,《随想录》第二集的开篇便是《"豪言壮语"》,巴金开始揭穿"语言乌托邦"的秘密,越来越深入地思考"讲真话"的问题……

一 什么是"真话"

重获写作自由之后,巴金为什么把讲真话的问题看得如此重要?正如有人质疑的那样:难道连小学生都懂得的问题却要一位作家翻来覆去地去讲?回答虽然很简单,但是却包含着不知多少血和泪:是因为在谎言成风的岁月中巴金讲过、传播过假话,并因此遭到了良知和现实的惩罚;还因为假话、空话、大话、套话并未随那段岁月而消失②。"文革"后,巴金打算写两部长篇小说,翻译完赫尔岑的《往事与随想》,在他的最初设计中,《随想录》只是翻译工作的副产品,然而很快它就成为最主要甚至唯一的写作了,除了身体和精力的原因之外,还在于巴金意识到历史反思、讲真话的提出对于他这样一个作家的重要性。"讲真话"的提出,还有一个大背景:思想解放运动,特别是当时实践是检验真理的唯一标准的讨论中,官方对于"实事求是"思想路线的重新确认和强调,拨乱反正——将过去被颠倒的东西纠正过来,冤假错案的平反等,都是《随想录》中鲜明地提出"讲真话"主张的思想背景。邓小平在当时屡次强调"实事求是"的重要性:"在延安中央党

---

① 巴金:《〈随想录〉第一集后记》,《巴金全集》第 16 卷,第 XI 页。
② 说假话至今仍是最为恶劣的社会风气和顽疾之一,2010 年 12 月 30 日《南方周末》一篇题为《钟南山:敢说真话不孤独》(方可成等)中,报道了自 2003 年 SARS 流行以来一直在公众视界中被视为说真话的英雄钟南山的事情,其中说到:"钟南山提倡大家说心里话,但显然,说心里话还没有成为社会的常态。所以,他不过是说了些心里话,就被媒体封为'炮手'。"有人是这样称赞钟南山:"他很纯真、正直,说白了就像那个点出皇帝没穿衣服的孩子一样,说话不会顾着什么人的情面和脸色。"这些从另外一面证明说真话没有成为常态,以及讲真话的人的孤独。

校,毛泽东同志亲笔题的四个大字,叫'实事求是'。我看大庆讲'三老',做老实人,说老实话,干老实事,就是实事求是。我认为,毛泽东同志倡导的作风,群众路线和实事求是这两条是最根本的东西。""我为什么说实事求是在目前重要呢?要搞好我们的党风、军风、民风,关键是要搞好党风。现在,'四人帮'确实把我们的风气搞坏了。……他们弄得我们党内同志不敢讲话,尤其不敢讲老实话,弄虚作假。"①在另外的场合,他还讲过:"现在,摆在我们各级党组织面前的事情,就是要鼓实劲,要切实解决问题,要踏踏实实地工作。一句话,就是要落在实处。追求表面文章,不讲实际效果、实际效率、实际速度、实际质量、实际成本的形式主义必须制止。说大话、说假话的恶习必须杜绝。"②"文革"结束后,知识分子与官方在很多问题上有着一致的追求和互动,邓小平的讲话与巴金的主张可以相互印证,也可看出,提倡讲真话并非空穴来风,它是根治历史顽疾和扭转社会风气的需要。

那么,什么是巴金所说的"真话"?巴金说:"我想起了安徒生的有名的童话《皇帝的新衣》。大家都说:'皇帝陛下的新衣真漂亮。'只有一个小孩子讲出真话来:'他什么衣服也没有穿。'"③巴金一针见血点破"说真话"的秘密,它不需要多高的门槛,连个小孩都能做到:只要有孩子那样纯洁的心,只要把自己看到的直接讲出来。如此说来,"讲"真话往往要比真话本身还要重要。"我所谓'讲真话'不过是'把心交给读者',讲自己心里的话,讲自己相信的话,讲自己思考过的话。我从未说,也不想说,我的'真话'就是'真理'。我也不认为我讲话、写文章经常'正确'。"④"我所谓真话不是指真理,也不是指正确的话。

---

① 邓小平:《完整地准确地理解毛泽东思想》,《邓小平文选》第2卷,第45、46页,人民出版社,1994年。
② 邓小平:《在全国科学大会开幕式上的讲话》,《邓小平文选》第2卷,第99—100页。
③ 巴金:《〈真话集〉后记》,《巴金全集》第16卷,第429页。
④ 同上。

自己想什么就讲什么；自己怎么想就怎么说——这就是说真话。你有什么想法，有什么意见，讲出来让大家了解你。倘使意见相同，那就在一起作进一步的研究；倘使意见不同，就进行认真讨论，探求一个是非。这样做有什么不好？"① 真实地表达自己所看所思，这是巴金所说的"讲真话"的第一层意思。表面上看，这是再容易不过的事情了，但有个词叫"世故"，指待人接物的处世经验，有了这个"经验"，人们便学会话到嘴边留半句，更何况经历过一次次政治运动之后，有些事情足以让很多人成为惊弓之鸟。何况，用尽手段，不是追究事实，仅凭一些捕风捉影的几句话就将人定罪的事情屡见不鲜，飞蛾扑火固然可贵，但人人自危、明哲保身也不无现实根据。那么，在这个人人自危的环境中，很多人为自保不得不有《1984》里所说的"双重思想"，心底的话与说出来的话不一致，或索性三缄其口，这是处世之道，倘使连沉默的权利都没有的情况下，自我保护的策略只能是跟着讲假话。巴金在文章中也提到：

> 现在回想，我也很难说出是什么时候开始的，可能是一九五七年以后吧。总之，我们常常是这样：朋友从远方来，高兴地会见，坐下来总要谈一阵大好形势和光明前途，他谈我也谈。这样地进行了一番歌功颂德之后，才敢开心来谈真话。这些年我写小说写得很少，但是我探索人心的习惯却没有给完全忘掉。运动一个接着一个没完没了，每次运动过后我就发现人的心更往内缩，我越来越接触不到别人的心，越来越听不到真话。我自己也把心藏起来藏得很深，仿佛人已经走到深渊边缘，脚已经踏在薄冰上面，战战兢兢，只想怎样

---

① 巴金：《说真话之四》，《巴金全集》第16卷，第387页。

保全自己。①

《随想录》不是理论著作，巴金借鉴赫尔岑的写法，叙事、回忆、议论融于一炉，这是一个经验性的、叙述性的文本，巴金惯用自己的经历、见闻来表述他的看法，从今天看来，这些描述都将成为历史的一份见证。他强烈感觉到，人与人之间"越来越接触不到别人的心"，人们如履薄冰都把自己的心"藏得很深"。巴金还提到：这种"内缩"也有一个过程的，那是在"每次运动过后"，这似乎在提醒我们注意是什么造成了人们见面不敢吐真言的情况。无独有偶，曾经担任文化部门领导的夏衍也表达过他的困惑："进入新社会，碰到了许多新事物，我深深感到要不惑是很不容易的。""党的制度和社会风尚是难于违抗的，我努力克制自己，适应新风，后来也就渐渐地习惯了。我学会了写应景和表态的文章，学会了在大庭广众之间作'报告'，久而久之，习以为常，也就惑而'不惑'了。"②消除"困惑"等于是适应了言不由衷的语言习气，学会"表态"和"应景"，等于学会如何说假话、套话应付上面。

巴金所说的"讲真话"的第二个层次是不讳疾忌医，而要直面真相。《随想录》中有四篇谈"小骗子"的文章，话题是由话剧《假如我是真的》③引起的，关于此剧是否应当广泛公演当时争论很大，巴金的态度是："关于话剧能不能公演的问题，倘使要我回答，我还是说：我没有发言权。不过有人说话剧给干部脸上抹黑，给社会主义脸上抹黑，

---

① 巴金：《说真话》，《巴金全集》第 16 卷，第 230 页。
② 夏衍：《懒寻旧梦录》，第 427、430 页，生活·读书·新知三联书店，2006 年。
③ 《假如我是真的》，沙叶新、李守成、姚明德编剧的话剧剧本，该剧以发生在上海的冒充高干子弟行骗的现实事件为原型而创作。写一农场知青冒充高干子弟，为上调回城蒙骗一批别有所图的基层官员最后被戳穿的故事。法庭上，该青年说：我错就错在是个假的，假如我是真的，那我所做的一切就将会是完全合法的。1979 年 10 月该剧由上海人民艺术剧院上演，上演后引起广泛争论。

我看倒不见得。骗子的出现不限于上海一地，别省也有，他是从天上掉下来的吗？倘使没有产生他的土壤和气候，他就出来不了。倘使在我们今天的社会风气中他钻不到空子，也就不会有人受骗。把他揭露出来，谴责他，这是一件好事，也就是为了消除产生他的气候，铲除产生他的土壤。如果有病不治，有疮不上药，连开后门，仗权势等等也给装扮得如何'美好'，拿'家丑不可外扬'这句封建古话当做处世格言，不让人揭自己的疮疤，这样下去，不但是给社会主义抹黑，而且是在挖社会主义的墙脚。"①他似乎避开公演的问题，却又毫不隐讳地肯定了剧作，更重要的是，超越这个具体的争论，他提到剧本后面的现实问题：不要掩盖不良社会风气，而要谴责一切丑恶的社会现象。巴金要谈的更深层的问题是本着对历史负责的精神，揭开"文革"的伤疤，不遮掩、不粉饰，不讳疾忌医。——这才是巴金反复谈"骗子"问题的根本用意。对于一些人对"伤痕文学"的非议，巴金同样认为："两三年来我经常在考虑一个问题：讳疾忌医究竟好不好？我的回答是：不好。""我们始终纠缠在'家丑'、'面子'、'伤痕'等等之间的时候……不写，不演，并不能解决问题。"②"家丑"、"面子"除了怯懦，无非还要表明自己一贯正确③，巴金认为必须破除这层心理屏障。"不隐瞒，不掩饰，不化妆，不赖账，把心赤裸裸地掏了出来。不怕幼稚，不怕矛盾，也不怕自己反对自己。"④"据我看，最好是讲真话。有病治病；无病就不要吃药。"⑤因此，"讲真话"在巴金还意味着：要勇敢地承认自

---

① 巴金：《小骗子》，《巴金全集》第16卷，第148—149页。
② 巴金：《再说小骗子》，《巴金全集》第16卷，第246、247页。
③ 鲁迅在《说"面子"》中说："中国人要'面子'，是好的，可惜的是这'面子'是'圆机活法'，善于变化，于是就和'不要脸'混起来了。长谷川如是闲说'盗泉'云：'古之君子，恶其名而不饮，今之君子，改其名而饮之。'也说穿了'今之君子'的'面子'的秘密。"见《鲁迅全集》第6卷，第128页。
④ 巴金：《〈序跋集〉跋》，《巴金全集》第16卷，第337页。
⑤ 巴金：《未来》，《巴金全集》第16卷，第392页。

己的错误;保持自己的本来面目,比涂脂抹粉要好。"今天对人谈起'十年'的经历,我仍然无法掩盖自己的污点。花言巧语给谁也增添不了光彩。过去的事是改变不了的。良心的责备比什么都痛苦。想忘记却永远忘不了。只有把心上的伤疤露出来,我才有可能得到一点安慰。所以我应当承认,我提倡讲真话还是为了自己。""说真话,也就是'保持自己的本来面目'吧。"①

"讲真话"的第三个层次是讲独立思考过的话。许多人并非刻意说谎,却充当了假话的传播者,还有人把假话当作真理,这种盲目性反映了当事者缺乏独立思考,否则不会轻易人云亦云。巴金说:"过去我写过多少豪言壮语,我当时是那样欢欣鼓舞,现在才知道我受了骗,把谎言当做了真话。""其实我自己也有更加惨痛的教训。一九五八年大刮浮夸风的时候我不但相信各种'豪言壮语',而且我也跟着别人说谎吹牛。我在一九五六年也曾发表杂文,鼓励人'独立思考',可是第二年运动一来,几个熟人摔倒在地上,我也弃甲丢盔自己缴了械,一直把那些杂感作为不可赦的罪行;从此就不以说假话为可耻了。"②缺乏独立思考,头脑空空,填满它的只是别人灌输给你的套话,讲套话和谎话成为一种常态,头脑就会更僵化,"独立思考"反倒成为不安全的异端。巴金讲到1980年访问日本时,他希望代表团成员各抒己见,讲心里话,可是同行的一位朋友却有不同的看法,他特别担心有谁多讲一句出格的话。巴金说他当夜做了一个奇怪的梦:"十二张嘴讲了同样的话。"无法考证,这是不是巴金的小说家言,但他显然不喜欢也不赞同这种"统一":"要是十二个作家都说同样的话,发同样的声音,那么日本朋友将怎样看待我们?他们会赞赏我们的'纪律性'吗?他们会称赞我们的文艺工作吗?我看,不会。""每个作家有他自己的生活感受,有他

---

① 巴金:《"保持自己的本来面目"》,《巴金全集》第16卷,第500页。
② 巴金:《再论说真话》,《巴金全集》第16卷,第235、237页。

自己的思想感情。"①

"讲真话"的第四个层次是言行一致。这是巴金晚年孜孜以求的目标,也是"讲真话"的最高境界。言行一致,意味着坚持所信、捍卫真理的勇气、信心和行动;意味着语言不是终结,行动才是检验语言价值的最终标准。巴金赞赏高尔基笔下的勇士丹柯:"我不是用文学技巧,只是用作者的精神世界和真实感情打动读者,鼓舞他们前进。我的写作的最高境界、我的理想决不是完美的技巧,而是高尔基草原故事中的'勇士丹柯'——'他用手抓开自己的胸膛,拿出自己的心来,高高地举在头上'。"②他赞赏托尔斯泰"力求做到言行一致,照他所宣传的去行动,按照他的主张生活","我也在追求他后半生全力追求的目标:说真话,做到言行一致。"③巴金不是随便做高调的表态,他深知说真话之难、做到言行一致更难,在晚年并没有表过态就心安理得、完事大吉,而是苦苦地向着自己确定的目标努力。他说:"我不寻求桂冠,也不追求荣誉。我写作一生,只想摒弃一切谎言,做到言行一致。可是一直到今天我还不曾达到这个目标,我还不是一个言行一致的人。可悲的是,我越是觉得应当对自己要求严格,越是明白做到这个有多大的困难。"④在晚年,他从未因有多少读者的喜爱、获得多少荣誉而沾沾自喜,反而不时为未能做到言行一致而痛苦不已,"真话"在他不仅仅是语言,而是一种内心的道德律令。

巴金提倡讲真话,誉之者看作切中时弊的救世良方,毁之者则认为是小题大做而嗤之以鼻,我认为这之中难免有望文生义、断章取义,甚至以己意强加于巴金等问题,因此对一些问题也有必要梳理和澄清:

一是真话的有限性。首先要看到语言的有限性,语言有边界而不

---

① 巴金:《长崎的梦》,《巴金全集》第 16 卷,第 260—262 页。
② 巴金:《〈探索集〉后记》,《巴金全集》第 16 卷,第 273 页。
③ 巴金:《"再认识托尔斯泰"》,《巴金全集》第 16 卷,第 608、612 页。
④ 巴金:《〈全集〉自序》,《巴金全集》第 1 卷,第 II 页。

是无所不包，叙述的只能是在它的视阈中的内容，而不是世界的本身和全部。这之中，其一，可能叙述了 A，却无法叙述 B，或者说，它完成了对 A 的叙述，就有可能无法兼顾和同时完成对 B 的叙述。其二，叙述者主观因素的限制，使得哪怕同样是叙述 A，也可能只是 A 的一个方面，而不是穷尽 A；或者因为不同个体主观感受的差别，他叙述的 A 与另外一个人的叙述有很大的差别。在这个前提下，我们再看巴金所说的讲真话会更客观，对于巴金而言，这既是他的出发点，又是他追求的目标，但不能因为这样真话就被巴金承包了，都要由他来说。一些批评者似乎要用巴金自己的话来绑架巴金：你不是提倡讲真话吗，某某事情你怎么没有出来讲话呢？某某事情你怎么就讲了其一而没有讲其二呢？①——这就证明你没有完全讲真话嘛！似乎提倡讲真话的人，就不能有沉默的权利，似乎巴金是新闻发言人，必须要为每一个批评者认为重要的事件出来讲话、澄清，这不但是四十多万字的《随想录》所做不到，就是巴金一生写下的文字也不能穷尽"真话"、穷尽他的个人经历啊。看到话语的有限性就不会有这么愚蠢又霸道的绑架，因为这样的有限性，我们至少应当明白，进入我们的视界和意识中的世界，仅仅是大千世界的一小部分，而语言所表达出来的又是我们内心所想的一部分而已，这是谁都无法超越的客观。判断是否讲真话，

---

① 张放在《关于〈随想录〉评价的思考》一文中说："从爱心出发，我们多么希望巴老重现青春，写出那又亲切又有气势的文学作品啊！'大胆地讲真话'，我们也急切欢迎，讲'文革'自然应该，但倘能听到作为作协主席的巴老讲一讲目前最现实的是非风云，及那些最不能使一般青年明白的现象，哪怕发表点滴'真话'，读者都该是多么受益解惑，有立竿见影效应啊！"刊《文学自由谈》，1988 年第 6 期。邵燕祥在《为巴金一辩》中认为："这是点将，还是叫阵？是明知巴金高龄带病，写作困难，而故意'站着说话不腰疼'，将一军，要个'好看'？或者，不过是出一个'文革后'的题目，来封谈论'文革'之口？""读了张放的高论，先以为论者是执着于'纯文学的标尺'，但是联系'最现实的是非风云'想一想，发现也不过是说了社会上某些人未曾完全形诸文字的话——这些话其实与文学无关。"原刊 1989 年 1 月 1 日香港《大公报》，此据陈思和、周立民编《解读巴金》，第 370 页，春风文艺出版社，2002 年。

第一位的不应当是他还有多少话没有讲①,而是他讲出来的话是真话还是假话。

二是真话与"真理"的关系。这也是一个看似简单又纠结的问题。真话的有限性连带而来的问题还有,即使出于良好的动机、抱着讲真话的目的,是否可能讲出假话?还有一个真话的时效和时机的问题,比如当面临重大威胁时,不计较个人得失而为了公众利益讲出的事实,与风平浪静之时所讲,都是同一个道理和事实,这个时候的真话价值是一样的吗?很显然,不会是一样②,那么,讲真话不仅仅是表达一种感受和见闻,背后还存在着对于真理的捍卫、正义的追求和道义的承担等问题。这也意味着真话可能受到一时一地的限制,有局限性,但不妨碍讲话者有更高的精神追求,那就是对于真理的追求。从另外一方面讲,正是有对真理追求的终极目标存在,一个人才可能不顾利害发表自己的独立见解,大胆地说出真话来,这两者是相辅相成的。一个热爱真理的人,不但勇于坚持正确的意见,求真之心也会让他勇于修正错误。巴金很清醒地谈到:"我提倡讲真话,并非自我吹嘘我在传播真理。正相反,我想说明过去我也讲过假话欺骗读者,欠下还不清的债。我讲的只是我自己相信的,我要是发现错误,可以改正。我不

---

① 我非常不理解,一些手持真理的人简直是以逼供的方式来指责别人,哪些哪些没有讲,什么什么该讲。这种霸道,无异于审判。但《随想录》不是威逼下的思想汇报,巴金不是被逼着去反思、讲话的,这是他主动的思考和检讨。

② 值得研究的例子是纪德和罗曼·罗兰的苏联观感。罗曼·罗兰于1935年访问苏联,并写下《莫斯科日记》一书,但作者并不想马上公布真实的感受,而是宣布:"未经我特别允许,在自1935年10月1日起的五十年期限满期之前,不能发表这本日记。"随后访问苏联的纪德,却毫不犹豫地发表了他的观感,在书中他写道:"苏联社会中的当权者,不进行自我修正,又形成了新的特权阶层,他们打着革命的旗号,蒙蔽了人民,攫取了革命果实……"。可以想象在所谓"红色的三十年代"发表这样的言论所引起的轰动和纪德要承受的压力,他甚至遭到罗曼·罗兰等人的强烈批评。但纪德也表示这样的质问:"你们迟早会睁开眼睛,你们将不得不睁开眼睛,那时你们会扪心自问,你们这些老实人,怎么会长久的闭着眼睛不看事实呢?"

坚持错误，骗人骗己。"①

　　对巴金的批评还来自另外一方面，就是对于《随想录》的"真理性"要求，他们认为，《随想录》对历史的反思，既不系统，也不高明，还不"文学"，用一位学者的话说是"这种真话用的是记叙文的方式，说的大抵是关于个人的事情，一点回忆，一点感悟"②。这种轻薄的口吻、皮相之论，甚至用主观代替对事实的正视，暴露出的是时代的通病，用这位作者的话讲："只是说明我们的程度更低……"我曾经说过：《随想录》是一位作家的伤痛记忆，不是一部历史研究著作，因此它对历史反思的路径、方法与历史学家、社会学家迥然不同，它是一部文学作品，除了直抒胸臆之外，它还塑造了一个饱经沧桑、遍体鳞伤的知识分子形象（《随想录》中的"我"），然而它更重要的价值也正在于此：它为我们保存了历史的伤痛记忆和现场感。由此而言，它的价值也并不低于那些系统的研究或某些高明的结论③。我还想补充的是，我们认识《随想录》的这种价值，可能有助于对于形而上的"真理"的认识和祛魅。从尼采开始其实已经在怀疑这种既系统又高明的"真理"了，尼采认为崇尚科学，打压神话与艺术，以概念抹杀差异，这种真理的体系已经散发着冰冷的尸臭，相反艺术中葆有更鲜活的"真"，故此，他认为："我们有艺术，这是为了我们不因真理而招致毁灭。"④海德格尔在阐释尼采时认为："针对艺术与真理的关系，尼采能够解释说：'艺术比真理更有价值'（《强力意志》，第853条；第4段）。这就是说，感性领域比超感性领域更高级，并且更本真地存在。因此之故，尼采说：

---

① 巴金：《我要用行动来补写》，《再思录》（赠补本），第46页。
② 林贤治：《纪念李慎之先生》，《旷代的忧伤》，第223页，江苏人民出版社，2009年。
③ 请参见周立民《痛切的情感记忆与不能对象化的〈随想录〉》，上海巴金文学研究会编《细读〈随想录〉》，上海社会科学院出版社，2008年。
④ 尼采：《权力意志——重估一切价值的尝试》，第599页，张念东、凌素心译，商务印书馆，1998年。

'我们拥有艺术,是为了我们不因真理而招致毁灭'。(《强力意志》,第822条)在这里,'真理'还是指超越感性领域的'真实世界';它自身中包含着使生命毁灭的危险,而生命在尼采意义上始终是:上升的生命。超越性领域把生命从充满力量的感性状态中拉出来,取消生命的力量,使生命变得虚弱不堪。""真理乃是向来已经被固定了的假象,这种假象使生命确定和保存在某个特定视角中。作为这样一种固定,'真理'乃是生命的一种停滞,因而就是对生命的阻碍和摧毁。"① 他们对艺术的看重,有助于我们探讨历史反思中艺术的作用和价值,因为在以往艺术常常被认为是漂浮不定的、风花雪月、抒情吟弄的文字或其他形式,我们似乎都没有看到,在另外的一个路径上,它更容易让我们一窥真理的内室。由此,那些对于《随想录》的指责,不但没有成为对《随想录》的侮辱,反而有可能从反面礼赞了它。

第三,《随想录》中从来都不是孤立的、抽象地谈论真话,它总是和"假话"作为一对对立物出现的,也就是说巴金没有拿真话来美化自己,相反是用真话当镜子照出自己过去的丑陋,把真话当灯照亮前进的道路。因为有了讲假话的良心负债,才有他《随想录》时代讲真话的强大执著。同时,还应当看到,巴金提倡讲真话,从来不是强加于人,而更在于严于律己。很多人总是将自己排除在外,而不断地去质问别人是否讲了真话。面对这样的质疑,我不禁要问:谁给了我们要求别人的权力?特别是将自己排除在外的时候。很多人还不明白,巴金为什么总是"絮絮叨叨"地谈了那么多自己的事情,这不是空谈,而是以自身经历告诉我们他讲了什么假话,又为什么讲的,他是把自己当作一个标本,但不止于个人的反思,而有更深层次的社会批判。

---

① 海德格尔:《尼采》,第80—81、239页,孙周兴译,商务印书馆,2003年。

二　真话何以不兴

"真话"与"假话",大多数情况下并不难判断。比如大跃进时代的亩产千斤、万斤的"奇迹",稍有农业常识的人都不会相信,可为什么报纸上还在堂而皇之地宣传呢?当时报纸曾报道:"新疆维吾尔自治区鄯善县前进农业社一个由45名维吾尔族男女青年组成的青年生产队,1957年在八亩五分的试验田上,创造了每亩产子棉2080.75斤的'惊人纪录'。这个产量相当于新疆1957年棉花平均单位面积产量的十一倍。"[①] 更为离谱的是1958年9月18日的《人民日报》报道广西环江县红旗人民公社中稻的平均亩产130434斤!这样有悖常理的"奇迹",难道当年举国上下都信以为真?罗平汉在著作中分析了当政者另外一番心理:"从毛泽东的这一系列讲话中可以看出,其实他对于'大跃进'中的虚报、空喊并非不清楚,但他对这种现象却没有加以制止。他认为,好不容易通过反冒进,调动了干部群众的积极性,激发了他们的生产工作热情,如果因为有些过高的指标,有些虚报浮夸的成分,又来一次1956年那样的反冒进,就会压抑他们的积极性和创造性,就会给'大跃进'泼冷水,就会出现如同1957年那样的'马鞍形'。……所以,不论是对各地反射出的各种高产'卫星',还是对粮食产量成倍增加的汇报,他都采取了默许和容忍的态度。"[②] 可见,"真话"与"假话"不是单纯的语言问题、认知问题,而是牵动着各种目的,牵涉了各种利益。究竟讲真话还是假话,讲三分真话还是七分真话,取决于讲述者对于社会需要的判断和个人意图的达成程度。语言作为实现个人目的的交流工具,每个讲话者不可能不权衡利弊、评估结果而信口开河,趋利避害又是人的本性之一,因此讲话者讲述时会很本能地选择那些

---

① 《新疆创造每亩产子棉2080斤的惊人记录》,《今日新闻》,1958年3月10日。此据罗平汉《"大跃进"的发动》,第199页,人民出版社,2009年。
② 罗平汉:《"大跃进"的发动》,第214—215页。

有利于自己目的达成的话，又回避那些不利于己的话。当然，其中的利弊不一定都是现实的生存选择，也可能是道义和精神上的选择，所谓舍生取义，就是后一种选择。不管怎样，有一点是明确的，讲真话还是讲假话往往不是个人的事情，而牵涉到自我与他人、个人世界与周遭世界的关系，在后者赋予前者充分自由的时候，个人主动性就大，相反，个人受制于他人的成分就多。

在《随想录》中，巴金用亲身体验谈到：讲假话会给人带来道德上的"罪感"，但他却又是怎样一步步消解罪感走上假话的歧途，同时，又是怎样在这种罪感和现实利益中间备受煎熬：

> 运动一个接着一个没完没了，每次运动过后我就发现人的心更往内缩，我越来越接触不到别人的心，越来越听不到真话。我自己也把心藏起来藏得很深，仿佛人已经走到深渊边缘，脚已经踏在薄冰上面，战战兢兢，只想怎样保全自己。"十年浩劫"刚刚开始，为了让自己安全过关，一位三十多年的老朋友居然编造了一本假账揭发我。在那荒唐而又可怕的十年中间，说谎的艺术发展到了登峰造极的地步，谎言变成了真理，说真话倒犯了大罪。我挨过好几十次的批斗，把数不清的假话全吃进肚里。起初我真心认罪服罪，严肃对待；后来我只好人云亦云，挖空心思编写了百份以上的"思想汇报"。保护自己我倒并不在乎，我念念不忘的是我的妻子、儿女，我不能连累他们，对他们我还保留着一颗真心，在他们面前我还可以讲几句真话。在批判会上，我渐渐看清造反派的面目，他们一层又一层地剥掉自己的面具。一九六八年秋天一个下午他们把我拉到田头开批斗会，向农民揭发我的罪行；一位造反派的年轻诗人站出来发言，揭露我每月领取上海作家协会一百元的房租津贴。他知道这是假话，我也知道他在

说谎,可是我看见他装模作样毫不红脸,我心里真不好受。①

巴金直言不讳道及外界环境与真话的互动:"运动一个接着一个没完没了","谎言变成了真理,说真话倒犯了大罪",在这样的情势下,人们为了"保全自己"而不得不撒谎。这里有一点看似无关紧要,却值得注意,巴金虽然提到老朋友编造谎言"揭发"他,可显然没有过多地谴责哪一个人的意思,可见,谈论"真话"与"假话"目的不是算旧账、搞个人清算,重点在于挖掘造成假话流行、是非颠倒的社会根源。在另外一篇文章中,他用自己小时候,在宽容的父母面前很少说假话,而对严厉的老师常说假话的例子,来说明假话流行与上有好之、下必与焉的习气有关:"对私塾老师我很少讲真话。因为一,他们经常用板子打学生;二,他们只要听他们爱听的话。你要听什么,我们就讲什么。编造假话容易讨老师喜欢,讨好老师容易得到表扬。对不懂事的孩子来说,这样混日子比较轻松愉快。我不断地探索讲假话的根源,根据个人的经验,假话就是从板子下面出来的。""古语说,屈打成招,酷刑之下有冤屈,那么压迫下面哪里会有真话?"巴金又在责问当年的那些"造反派":"讲假话是我自己的羞耻,即使是在说谎成为风气的时候我自己也有错误,但是逼着人讲假话的造反派应该负的责任更大……封建官僚还只是用压力、用体刑求真言,而他们却是用压力、用体刑推广假话。"②用体刑推广假话,这样的例子古今中外数不胜数。不妨举一个例子,被称为共和国最大的冤案的"刘少奇叛徒案",就是靠威逼制造出来的。该专案组副组长巫中后来交代:"一到现场摆好阵势,气氛紧张,我就按照事先拟好的提纲一一提问。孟用潜同志(被调查者——引者)有的讲不出来,或者讲的不合专案的需要,大家就打他的态度,说

---

① 巴金:《说真话》,《巴金全集》第16卷,第230—231页。
② 巴金:《说真话之四》,《巴金全集》第16卷,第388—389页。

他不老实，威吓他不交代就要升级（逮捕），漫骂他老顽固，还拍桌子，总之采用了各种手段，对他施加压力，逼他交代问题。这个会整整搞了一天，中午也未休息。但孟用潜同志还是不承认有自首叛变的问题。后来，一连搞了七天……在这种情况下，孟用潜同志违心地讲了被捕叛变的话，但过后就写申诉翻案了。""他们制造伪证所采用的手段，还有更离奇、骇人听闻的。北京市副市长崔月犁……他们审问崔月犁，美国在北平的特务机关所在地，他不知道；审问他东四六条门牌多少号，他也不知道。于是，审问者逼他数数字，从1、2、3、4数到38，这群人扑上来就是一顿毒打：'你早知道，为什么不说？'崔月犁根本不认识杨承祚，连名字也没听说过。审问人又逼他背'百家姓'，背诵到'蒋沈韩杨'，又是一顿打……就这样，崔月犁就成了杨承祚介绍王光美作'特务'的'证人'；也成了他自己介绍王光美'打入'我方代表团的'证据'。"①

巴金对假话的谴责，实质上是对于专制权威的批判，这也是他从年轻时代就不断反抗和批判的目标，在《随想录》中，借真话与假话问题再次提出来。在他的叙述中，无论是老师、官老爷，还是造反派，他们与"我"（个人）不是一种平等的关系，前者是权势者，而后者是弱势的一方，在这种不平等的相互关系中，因为前者掌握着后者的自由和生存需要，让后者不顾及前者完全真实地表达个人的心声注定是不现实的。自由、民主的呼求是五四一代知识分子心血所系，自然也是承继其骨血的巴金十分看重的目标，他对于真话的呼吁，无疑是对于民主、自由的招魂，民主的设计至少是一种保证每个人有讲话的权利；在一个没有民主保障的社会环境中，再要求自由发言，特别是讲真话那无异于缘木求鱼、水中捞月。所以，他在《随想录》中还在痛陈：

---

① 李耐因：《伪证是怎样制造出来的》，见周明主编《历史在这里沉思》第2卷，第96页，华夏出版社，1986年。

"至于'民主',我们的祖先并没有留下什么遗产,尽管我们叫嚷了几十年,我抓住童年的回忆寻根,顺藤摸去,也只摸到那些'下跪、挨打、谢恩'的场面,此外就是说不完的空话。我们找不到民主的传统,因为我们就不曾有过这个传统。'五四'的愿望到今天并不曾完全实现,'五四'的目标到今天也没有完全达到。"①

中国士大夫不是自古就有"威武不能屈"的气节吗?"压力"、"体刑"就让知识分子屈服了吗?置身事外者容易把巴金的这种谴责理解为推卸个人责任,他们的逻辑是:讲假话完全是个人品质的事情,怎么能推到外部环境上呢?还是个人坚持不够,不够勇敢,甚至他们还能举出某某不屈不挠的例子。我认为用个人道德来解释历史情境中说真话、说假话的问题不足以显示问题的复杂性,将个人的生存环境和更为广阔的历史环境压缩到个人品质上,这不仅是个人道德难以承受的重负,而且往往简化了问题或者反倒避重就轻了②。只有置身其中,才会清楚什么是巴金等人所说的"运动",才会明白仅仅因为几句话就会招来杀身之祸的代价。韦君宜在《思痛录》中说:

> 更重要的是,当年经手划右派的人谁都以为这不过是一场运动,和过去"三反五反"之类差不多,过一段时间就会过去的,划上一个人,委屈他一下,以后就没事了。谁能料想就是这样裁定了一个人的一生?
>
> 而社会风气和干部作风呢?从这时候起唯唯诺诺、明哲保身、落井下石、损人利己等等极坏的作风开始风行。有这些坏作风的人,不但不受批斗,甚至还受表扬、受重用。骨鲠

---

① 巴金:《老化》,《巴金全集》第16卷,第730页。
② 关于胡风集团案的讨论中,一提到"犹大"舒芜时便有各种道德判词和争论,我不是否认道德之于个人的重要性,但不能一叶障目式地看待历史事件和人物。

敢言之士全成了右派,这怎么能不发生后来的文化大革命!①

　　人所称道的顾准,其遭遇也很能说明问题:两次蒙冤,妻离子散,在艰苦的环境中,他没有放弃独立思考,但他也有无法回避内心的耻辱:"精神折磨现在开始了。下午栽菜上粪时,思及生活像泥污,而精神上今天这个人,明天那个人来训一通,卑躬屈节,笑靥迎人已达极度,困苦嫌恶之感,痛烈之至。"顾准自己叹息:"然而又有什么办法呢?""要对得起院领导,还要对得起爱人哪!"②人再坚定,未免有情,一人得祸,累及家庭,个人可以坚强不屈,可是想到家庭有时候又不得不以逢迎求过关,正如巴金念念不忘地不能连累妻儿一样③。顾准1959年12月8日日记更为清醒也更显沉痛:

> 我倒得到了沈的表扬。沈说我"接上头"了。这其实是笑靥迎人政策的结果。我近来每见沈必招呼,他不瞅不睬我也招呼,这合乎他的心愿了。
>
> 而所谓右派分子的摘帽子,无非是一种政治上的勒索。
>
> 北京宣布一百四十余人(摘帽),都是为了照顾政治影响,潘光旦、浦熙修之类都是。对广大的右派分子,是绝不放心的。局势越紧,防范越严。
>
> 所以我的改造表现再好,不过是求苟全性命而已。什么

---

① 韦君宜:《思痛录》[最新修订版],第47页,文化艺术出版社,2003年。
② 顾准1959年11月23日日记,《顾准日记》(顾准文集本),第152页,中国青年出版社,2002年。
③ 巴金在《再论说真话》中又说到:"一九六六年下半年以后的三年中间……虽然中间有过很短时期我曾想到自杀,以为眼睛一闭就毫无知觉,进入安静的永眠的境界,人世的毁誉无损于我。但是想到今后家里人的遭遇,我又不能无动于衷。想了几次我终于认识到自杀是胆小的行为,自己忍受不了就让给亲人忍受,自己种的苦果却叫妻儿吃下,未免太不公道。"见《巴金全集》第16卷,第238页。

摘帽子，摘了帽子能如何改善环境，都是采秀（顾准的妻子）式的空想。①

"苟全性命"，不抱更大的幻想，但还是顾及妻子的"空想"，人在信念与现实之间有着错综复杂的关系，这不是一加一等于二那么清晰和简单。关于《顾准日记》，当年曾经有"两个顾准"的讨论，有论者认为：日记中的语句显示，一方面存在着一个超前的思想家顾准，一方面是歌颂"文革"、俯首听命的时代奴隶，这是两个截然不同的顾准②。其实，如果教条地研究历史、对待活生生的历史人物，极其容易得出这样的结论，他们会把人想象成一个单一的按照某种理念生活的单一体，而全然看不到，人哪怕有执著的信念，他的选择除了受信念影响之外，也受当时的情境、个人的际遇乃至与周遭世界各种关系的影响，而不是泥固于一途。正如梅列日科夫斯基所说："我们都知道，就连最伟大的圣徒和隐修者，也有堕落和软弱的时刻。主的门徒中那最忠诚的，心灵上也有过叛逆。"③"两个顾准"的问题，凡是有共同经历的人，都认为这不是一个问题。曾彦修讲到特定时期，人们用假话来敷衍过关、规避风险的事情。"'文革'中写的检讨也好，日记也好，难道都当得真吗，不是假话是什么？自'文革'不久起，我即每天要交书面的'思想汇报'，记日记及思想检查，其中除坐车、购物、到街边理一毛钱的发等是真的以外，其余当然都是假的（要真也真不起来，因为有三年之久，天天要交此物，怎么"真"得出来？）。我曾长期与饱学的傅东华老人同关在一个牛棚，除书面外，傅也同样天天有口头思想汇报。无话可说了，傅就编造他如何喜欢'样板戏'。有些造反派很狡猾，知道

---

① 顾准 1959 年 12 月 8 日日记，《顾准日记》（顾准文集本），第 166、165 页。
② 林贤治：《两个顾准》，《南方周末》，1998 年 2 月 6 日，见陈敏之、丁东编《顾准寻思录》，作家出版社，1998 年。
③ 梅列日科夫斯基：《托尔斯泰与陀思妥耶夫斯基》，第 46 页，杨德友译，华夏出版社，2009 年。

傅是胡编的,就故意问他有几个样板戏,傅竟一口回答'八个',令人吃惊。又叫他把八个样板戏的名字讲出来,傅讲来讲去只有一个《沙家浜》,其余全讲不出,自然挨斗挨骂不已。这证明傅大谈喜欢样板戏,其实全是假的。这个例子也是说明,'文革'时的思想汇报与日记等,是备造反派检查的,有什么真话?尤其是歌颂'文革'的,更可判断为全是假话。"①李慎之分析:"《顾准日记》里的商城日记与息县日记时间相隔十年。历史背景的差别就在于:十年以前顾准还能自己对自己写真话,十年以后连这点儿余地也没有了。""我自己的经验,写思想汇报是很艰难的事,真可谓绞尽脑汁,想来顾准也不会两样。所以我敢于认定所谓《新生日记》就是他的'思想汇报'或'改造收获'的底本。""如果把一个人思想汇报里的思想当作他的真实思想,那么在'文化大革命'中,可以说几乎每一个人都可以看成是两个人。""这使我想起叶浅予的一句名言。他在回忆录中说:思想改造的目的就是要改造到人人都能自觉地说假话。许许多多人(包括我自己)都是靠说假话活过来的。""我在《新生日记》中看到一些与顾准一起下放在息县的人的名字……我向他们一一打听了顾准在息县的表现同以前或以后相比有无异常。他们的答复是一样的:顾准就是顾准,没有什么异常。赵人伟同志还告诉我,就在息县,顾准还根据边际效用的原理向他解释当时十分响亮的口号——'颗粒还家'之错误。顾准就是这样一个执著探索不停的人,其实他们当时都听过顾准'沉痛的'认罪服罪的检查,听过他'热情地'颂扬毛主席革命路线的赞歌的。这肯定要比《新生日记》里写得强烈,但是他们谁都没有把那当做一回事,甚至没有留下印象。谁又能记得那些假检讨呢?所谓'无产阶级文化大革命'的伟大,并不在于它真能改造好人们(不仅顾准)的思想上,而

---

① 曾彦修:《顾准无"谜",惟人自造》,见陈敏之、丁东编《顾准寻思录》,第274—275页。

在于它居然能把八亿人口的大国改造成一个普遍说假话的大国。"①陈敏之先生也谈到一个客观的情况："这是一个空气弥漫着恐怖，朝不保夕，人人自危的时代，也是人人都说假话，只有说假话才能活下去的时代。日记本来都是给自己看的，但是在'文化大革命'这个时期，你得随时准备应付不知道什么时候会降临到你头上的突然袭击，因此不能不穿上一身迷彩服来保护自己，这恐怕是读息县日记时必须戴上的一副眼镜。"他还引述吴敬琏在《顾准日记》中提到的事情："文化大革命开始，他的子女受到'左'的思想的毒害和为形势所迫，同他断绝往来，'划清界线'。顾准对此深感痛心。然而他还是处处为他们着想，甚至不惜牺牲自己最珍惜、准备以死来捍卫的东西。在他的病已经宣告不治的时候，经济研究所'连队'的领导考虑给他'摘去右派帽子'，但是有一个条件，就是顾准在一份文字报告中作出'承认错误'的表示，这是顾准万万不能接受的。但他最后还是签了字。签字时顾准哭了。他对我说，在认错书上签字，对他来说是一个奇耻大辱，但他要这样做，因为这也许能够多少改善一点子女们的处境。"②吴敬琏提到的事情显示扭曲的时代对人性的扭曲，也暴露了顾准未能忘情的一面，他是真实的人，思想界战士为了改善子女的处境违心地承认错误，这不是难以理解的事情，是环境复杂造成人的选择的复杂。可见，说假话、违心的话，不单单是个人道德问题，还有着非常复杂的社会机制在操控着讲话者，巴金在《随想录》中其实就是想弄清楚背后这只看不见的手。

---

① 李慎之：《只有一个顾准》，见陈敏之、丁东编《顾准寻思录》，第256—264页。巴金也不同意将在没有身心自由的条件下写出的文字作为判断作者可靠的思想材料的做法，在《纪念雪峰》中他说："前些时候刊物上发表了雪峰的遗作，我找来一看，原来是他作为《交代》写下的什么东西。我读了十分难过，再没有比这更不尊重作者的了。……雪峰长期遭受迫害，没有能留下他应当留下的东西，因此连一九七二年别人找他谈话的记录也给发表了。总之，一直到现在，雪峰并未受到对他应有的尊重。"见《巴金全集》第16卷，第136页。

② 陈敏之：《关于〈顾准日记〉的一点说明》，见陈敏之、丁东编《顾准寻思录》，第266、268页。

除了针对个人的控制之外，那只看不见的手还在控制言论流通渠道，剔除杂音，高扬符合其要求的单一声音。有学者分析前苏联的意识形态管理时，提到"对真理的垄断"："所谓垄断真理，实际上是一种对思想的钳制，它的最初表现形态就是宣称，只有党的理论、理想、文件才是真理（进而又发展为凡是党的领导者的思想、言论、指示都是真理），必须无条件绝对服从，它是一切媒体、言论的导向。'朕即真理'，一切真理都在我手中，我说的就是对的，凡有任何一点怀疑，或不同看法，就是违反真理，就是'阶级敌人'，予以镇压，甚至肉体消灭。"① 陈寅恪曾赋诗讽刺过解放初知识分子言必称马列的情况："八股文章试帖诗，宗朱颂圣有成规。白头宫女哈哈笑，眉样如今又入时。"② 知识分子趋时不过是问题的一面，另一面是国家对舆论空间的控制，那些言不称马列的作品根本或少有发表的机会，而倘若言必称马列形成一种风气，立即招募新的追随者，因为所有的舆论空间都是被统一的思想所管制，那么，久而久之，人们的头脑中已经不知道在红花之外，还有蓝花、白花了。这个机制在建立、巩固和推广的同时，还在做破坏、打击和删除的工作。"苏共对文化意识形态的管制采取了两种方式：一是监控书报文献信息的传播；二是采取意识形态批判，这就是我们常说的'思想批判运动'，或者叫'大批判'、思想清洗等。"③ 翻看中国20世纪五六十年代出版的《文艺报》连篇累牍的不也是"运动"和"大批判"吗？规定了一种主导声音，意味着其他有个性的声音不具备合法性随时可能被拒绝，此时，人云亦云的套话反而成为最为安全的避风港，再想一想，连最需要个性的文学创作都如此千人一腔，套话在社会

---

① 李凌：《究竟是何种制度性因素导致苏共垮台？》，见陆南泉等主编《苏联真相：对101个重要问题的思考》，第1197页，新华出版社，2010年。
② 陈寅恪：《文章》，《陈寅恪集·诗集》，第78页，生活·读书·新知三联书店，2009年。
③ 马龙闪：《为什么说"文化统制主义"是苏联剧变的原因之一？》，见陆南泉等主编《苏联真相：对101个重要问题的思考》，第1217页，新华出版社，2010年。

上的泛滥更是不可阻挡。郑重在《毛泽东与〈文汇报〉》一书中,谈到1949年《文汇报》所面临的尴尬:民间报纸在以往是以自由、独立、公正的面目受到读者欢迎的,然而在1949年后,很多重要新闻、言论必须用"统发稿",这等于取消各报纸的个性和特点,《文汇报》后来就因抢发了独家新闻遭到严厉批评,"这也是徐铸成办报以来,第一次听到'统一发稿'这个名词,他万分困惑,如果报纸都刊登新华社的统发稿,报纸的特色安在?向来以'独家新闻'著称报界的《文汇报》如何生存下去?"① 过于受到瞩目的"独家新闻",现在居然成为批评的对象。在1949年9月25日的日记中,徐铸成写下了他的困惑和谨慎:"数月以来,我写文章很少,主要不善于人云亦云,照抄照搬,写时下标语口号式文章,而对有些问题,确无深入研究。"② 所以,光有不要"人云亦云,照抄照搬"的心愿还是不够,还要看到是否有容纳真话的空间,忽视了这个空间的建设,尤其在体制上的保障和个人权利的重视,真话的渠道依旧无法畅通。再想一想,现在被认为是"文革"中思想磷火的文字,无论是张中晓的《无梦楼随笔》,还是顾准的《从理想主义到经验主义》,或者是朦胧诗等写作,无不是地下写作,是在非正式的渠道中传播③,因为公开发表对这样的写作显然是不可能,相比之下,同时代

---

① 郑重:《毛泽东与〈文汇报〉》,第13页,香港中文大学出版社,2010年。
② 转引自郑重《毛泽东与〈文汇报〉》,第22页。
③ 在那个时代中,稍微有异见便会遭到惨重打击。印红标在《失踪者的足迹》一书中曾记下很多例子,不妨略举一例:宁夏"共产主义自修大学"是由13名青年组成的自学小组,主要是阅读马、列、毛的原著,思考和研究现实问题,1970年3月,其成员先后被捕,其中3名被以"反革命"罪判处死刑,1名被判无期徒刑,3名被分别判处3—15年徒刑,其余6人受到拘捕、关押、隔离审查,这之中有位22岁的女青年被逼含恨自杀。因此,该书作者评述:"由于文革期间严酷的思想专制政策,青年的读书活动和思想村落是半公开或者是秘密的,大多数'沙龙'或者'思想村落'没有明确的组织形式,并且多是分散和互相隔绝的,其思想影响的辐射范围也是十分有限的。"以上见印红标《失踪者的足迹——文化大革命期间的青年思潮》第四章第三节"思想活动的存在方式:思想村落"一节,该书由香港中文大学出版社,2009年。

的公开写作,大多数只能随风流转,要么是千人一腔,要么谎话连篇。"一切宣传都为同一目标服务,所有宣传工具都被协调起来朝着一个方向影响个人,并造成了特有的全体人民的思想'一体化'。……如果所有时事新闻的来源都被唯一一个控制者有效地掌握,那就不再是一个仅仅说服人民这样或那样的问题。灵巧的宣传家于是就有力量照自己的选择来塑造人们的思想趋向。而且,连最明智的和最独立的人民也不能完全逃脱这种影响,如果他们被长期地和其他一切信息来源隔绝的话。"①这种"塑造"就是巴金讲的"我已经在不知不觉中给改造过来了"。它的结果就是某些人要的驯服者,会同他们一起讲假话的人:"先讲空话,然后讲假话,反正大家讲一样的话……"

推动假话、空话产生和传播的机制非常复杂,包裹它外表的可能是强权的威慑力,但在它的内里还有很多具体的运作手段,福柯曾经这样谈到"对活人的治理":"无条件的服从,持续不断的审察,以及事无巨遗的忏悔形成了一个统一的整体,每一个部分都暗示着另外两个部分。……这种表达并非是为了确立个体对自我的绝对主权;相反,它所期望的是谦卑和克制、是对自我的摆脱,是去建构一种自我关系从而将自我的形式摧毁。"②福柯点到了问题的核心,那就是一切手段都是要承受者"对自我的摆脱",只有这样,才会接受一切的"灌输"和操纵。巴金也谈到:

> 我现在完全明白"四人帮"为什么那样仇恨"知识"了。哪怕只有那么一点"知识",也会看出"我"的"破绽"来。何况是"知识分子",何况还有文化!"你"有了对付"我"的武器,不行!非缴械不可。其实武器也可以用来为"你"服务嘛。

---

① 弗·奥·哈耶克:《通往奴役之路》,第147页,王明毅等译,中国社会科学出版社,1997年。
② 米歇尔·福柯:《对活人的治理》,见汪民安主编《福柯读本》,第228页,北京大学出版社,2010年。

不，不放心!"你"有了武器，"我"就不能安枕。必须把"你"的"知识"消除干净。①

操纵者还会利用人的盲从、惰性和习惯性的心理，通过很多集体化的仪式和程式来实现它的目的。这些在《随想录》中也写到了：

> 关于学习、批判会，我没有做过调查研究，但是我也有三十多年的经验。我说不出我头几年参加的会是什么样的内容，总不是表态，不是整人，也不是自己挨整吧。不过以后参加的许多大会小会中整人被整的事就在所难免了。但有一点是可以确定的：表态，说空话，说假话。起初听别人说，后来自己跟着别人说，再后是自己同别人一起说。起初自己还怀疑这可能是假话、那可能是误传，这样说可能不符合事实等等、等等。起初我听见别人说假话，自己还不满意，不肯发言表态。但是一个会接一个会地开下去，我终于感觉到必须甩掉"独立思考"这个包袱，才能"轻装前进"，因为我已经在不知不觉中给改造过来了。于是叫我表态就表态。先讲空话，然后讲假话，反正大家讲一样的话，反正可以照抄报纸，照抄文件。②

这段话描述了一个人的心理过程：起初是盲从，接下来是参与，但这个时候还有道德上的罪感，到后来是主动讲假话，罪感也不存在了，于是得到的结果是："每次学习都能做到'要啥有啥'，取得预期的效果。大家都'受到深刻的教育，在认识上提高了一步'。……只是在混时间。但是我学会了说空话，说假话。有时我也会为自己的假话红脸，

---

① 巴金：《十年一梦》，《巴金全集》第16卷，第326—327页。
② 巴金：《三论讲真话》，《巴金全集》第16卷，第372—373页。

不过我不用为它担心，因为我同时知道谁也不会相信这些假话。至于空话，大家都把它当做护身符，在日常生活里用它揩揩桌子、擦擦门窗。人们想，把屋子打扫干净，就不怕'运动'的大神进来检查卫生。"谎话连篇，空话四溢，而且彼此心知肚明，大家像演戏一样，虽然滑稽，但也要战战兢兢庄严地演出着。如巴金所说："我不想多提十年的浩劫，但是在那段黑暗的时期中我们染上了不少的坏习惯，'不讲真话'就是其中之一。在当时谁敢说这是'坏习惯'?！人们理直气壮地打着'维护真理'的招牌贩卖谎言。我经常有这样的感觉：在街上，在单位里，在会场内，人们全戴着假面具，我也一样。"当巴金还在唯唯诺诺地接受改造的时候，他就明白："……但是开了一次会，我听见的全是空话和假话，我的胆子自然而然地大了起来，我明白连讲话的人也不相信他们自己的话，何况听众？以后我也就不害怕了。用开会的形式推广空话、假话，不可能把什么人搞臭，只是扩大空话、假话的市场，鼓励人们互相欺骗。好像有个西方的什么宣传家说过：假话讲了多少次就成了真话。"①

话语对人的道德约束彻底被解除了，人丧失理性、良知，加入了集体的谎言狂欢中。巴金说的情况，让人联想到鲁迅说的"瞒"和"骗"，上面瞒着下面，下面骗着上面，还有自己骗着自己，"万事闭眼睛，聊以自欺，而且欺人，那方法是：瞒和骗。"②这种闭着眼睛的办法其根本在于避祸、求自存。这是在权势压迫下人精神的退化，屈服于权势，只有现实利益的需求，没有精神的超越，没有终极的追求，这是一种最可怕的毒素，它让人们对于真理丧失了热情和信心，这样对待是/非、真/假的问题时，整个社会从伦理道德、思想信仰和知识责任都错位了。这也类似葛兆光在论述唐代科举推进，一些作为信仰的礼仪和经典被

---

① 巴金：《三论讲真话》，《巴金全集》第16卷，第373—376页。
② 鲁迅：《论睁了眼看》，《鲁迅全集》第1卷，第238页。

化为谋求功名和利益的知识和教条之后的情况，它们不再对心灵有强大的约束力，整个社会变得平庸、思想无力。"当主流的知识和思想逐渐失去了对当时社会问题的诊断和疗救能力，也失去了对宇宙和人生问题的解释和批判能力的时候，往往出现很奇怪的现象：它一方面被提升为笼罩一切、不容置疑的意识形态，一方面逐渐沦落为一种无须思考、失去思想的记诵知识，它只是凭借着政治权力和世俗利益，维持着它对知识阶层的吸引力……""这些知识与思想虽然都精确地采自最重要的经典，却已经成了背诵和应急的文本，它缺乏内在信仰力量，缺乏实际生活意义，成为徒具装饰性的条文，它失去了与之相符的社会秩序与结构，于是，它成为悬浮在生活世界之上的文字形式，失去了诊断和批判社会问题的能力。"① 话语丧失了自身的思想力量，成为空话、套话，长此以往，接受和传播它的人也丧失思想的能力，变成平庸、驯化的无头脑者。这样就可以乖乖地"信神"了②。

值得注意的是，巴金在这里提到的"学习、批判会"，这是人们"表演"的一个平台。这样的会可以假借"群众""人民"的意志来行使主导者的想法，它是伪装的集体意志。有心人如果去翻一下《郭小川1957年日记》，便不难看出，1957年中国作协的反右斗争会是怎样组织和运作起来的。这样的会在形式上很容易给人造成"民主"、"自由"、

---

① 葛兆光：《中国思想史第2卷：七世纪至十九世纪中国的知识、思想与信仰》，第85、91页，复旦大学出版社，2000年。
② 巴金在《随想录》中多次讲到"信神"的问题，例如在《灌输和宣传》中："一个作家对自己的作品竟然没有一点个人的看法，一个作家竟然甘心做录音机而且以做录音机为光荣，在读者的眼里这算是什么作家呢？我写作了几十年，对自己的作品不能做起码的评价，却在姚文元的棍子下面低头，甚至迎合造反派的意思称姚文元做'无产阶级的金棍子'，为什么？为什么？今天回想起来，觉得可笑，不可思议。反复思索，我有些省悟了：这难道不是信神的结果？"(《巴金全集》第16卷，第216页) 在《再论说真话》中说："那时我信神拜神，也迷信各种符咒。造反派批斗我的时候经常骂一句：'休想捞稻草！'我抓住的惟一的'稻草'就是'改造'。我不仅把这个符咒挂在门上，还贴在我的心上。我决心认认真真地改造自己。"(《巴金全集》第16卷，第238页)

群众有机会挑战权威的假象，在效果上也最终是对批判对象的"同仇敌忾"中收场，但实际上"民主"是没有平等的民主，因为在开会之前，被批判者早已被定罪，早已是有了结果的审判。他的所有的解释、申辩不但是无效的，而且还有可能招致更大的罪名；参与会议的批判者都是以揭发、控诉的姿态，激昂的情绪和上纲上线的提法而现身的。在这样的会议上，没有人关注事实，人们更关注的是态度、气氛、效果。胡愈之在他的回忆录中曾经谈到过这样一个细节："这里要特别说明一个问题：一九五七年'反右派'运动中，对冯雪峰进行了批判。其中揭发的一条罪状是，冯雪峰从陕北到上海，不先去找党员，而是先去找鲁迅和胡愈之这两个党外的人士。当时我和冯雪峰都不好作解释说明，冯雪峰只好忍受着委屈，现在冯雪峰同志已经去世，我有责任把这事情说清楚。我想中央所以叫冯雪峰先来找我，这是因为中央知道我是特别党员，一直在上海活动，没有暴露。而对其他留在上海的党员，因与中央久失联络，是否有变化，中央不大清楚，所以要冯雪峰先找我了解情况，然后才决定是否联络这些同志。"① 胡愈之轻描淡写的"一个问题"在1957年批判冯雪峰的会上，却产生了"爆炸性"的效果。知情者回忆：

> 8月14日第十七次会议批判冯雪峰，这是最紧张的一次会议。会上，夏衍发言时，有人喊"冯雪峰站起来！"紧跟着有人喊"丁玲站起来！""站起来！""快站起来！"喊声震撼整个会场，冯雪峰低头站立，泣而无泪；丁玲屹立哽咽，泪如泉涌。夏衍说到"雪峰同志用鲁迅先生的名义，写下了这篇与事实不符的文章"，"究竟是什么居心？"这时，许广平忽然站起来，指着冯雪峰，大声责斥："冯雪峰，看你把鲁迅搞成

---

① 胡愈之：《我的回忆》，《胡愈之文集》第6卷，第359页，生活·读书·新知三联书店，1996年。

什么样子了?！骗子！你是一个大骗子！"这一棍劈头盖脑的打过来，打得冯雪峰晕了，蒙了，呆然木立，不知所措。丁玲也不再咽泣，默默静听。会场的空气紧张而寂静，那极度的寂静连一根针掉地的微响也能听见。爆炸性的插言，如炮弹一发接一发，周扬也插言，他站起来质问冯雪峰，是对他们进行"政治陷害"。接着，许多位作家也站起来插言、提问、表示气忿。①

会上还闹出楼适夷"嚎啕大哭"这样富于戏剧性的一幕。想象一下，在这样的环境中，即便胡愈之、冯雪峰不顾保密纪律，站出来澄清问题，会场上会有人认真听吗？显然，除了这种声情并茂的声讨和随风逐浪的表态之外，还能做什么？当代最著名的一个事件，发生在1955年5月25日批判胡风的大会上，当天有二十多位代表发言声讨胡风，唯有吕荧毫不含糊地说："胡风不是政治问题是认识问题，不能说是反……"他的话没有说完，就引起全场的斥责、咒骂，"不等吕荧再往下说，便有人跑了过来，将他一把拉开。在七百多人的斥责声中吕荧被带下台去"②。从此，他被软禁一年，"文革"中死在监狱中。有学者早就指出这种群体氛围所造成的人们的偏执和专横的共同心理："个人可以接受矛盾，进行讨论，群体是绝对不会这样做的。在公众集会上，演说者哪怕做出最轻微的反驳，立刻就会招来怒吼和粗野的叫骂。在一片嘘声和驱逐声中，演说者很快就会败下阵来。当然，假如现场缺少当权者的代表这种约束性因素，反驳者往往会被打死。"③所有都是一边倒的批判，是被批判者的罪行展示会，这像一出戏，主持者要

---

① 黎辛：《我也说说"不应该发生的故事"》，《新文学史料》，1995年第1期。
② 李辉：《胡风集团冤案始末》，第232页，湖北人民出版社，2003年。
③ 古斯塔夫·勒庞：《乌合之众——大众心理研究》，第36页；冯克利译，中央编译出版社，2005年。

的也是现场的戏剧效果，这不但对被批判者有效用，而且还起到震慑、警示他的同情者、同路人的作用。

说真话，要求说话者是一个独立自主的个体，而不是依附者、盲从者，但是长期以来，中国的社会环境强调更多是集体而非个体，在集体的场域中，个体的声音很自然就被湮没。哈耶克曾认为："如果'社会'或国家比个人更重要，如果它们自己的目标独立于个人的目标并超越于个人目标的话，那么，只有那些为社会所具有共同目标而努力的个人才被视为该社会成员。这种见解的必然结果就是：一个人只因为他是那个集团的成员才受到尊敬……"①这里有一个可怕的陷阱，一旦某一个声音不属于一个团体，那么他就无法获得必要的尊严和安全感；换言之，这也是要挟那些独立发言者的良策，让他们缄口不言。

三　语言的乌托邦

《随想录》对于那个谎话连篇的时代反思中，有一个不能忽略的关键词，那就是"豪言壮语"，巴金通过对它具体分析来揭穿语言乌托邦的空洞和虚伪：

> 譬如二十年前我引用过的豪言壮语："叫钢铁听话，叫某国落后"，当时的确使我的心十分激动。但是它是不是有助于"叫某国落后"呢？实践的结果证明说空话没有用，某国并未落后。倘使真的要"叫某国落后"，还得另想办法。无论如何，把梦想代替现实，拿未来当做现在，好话说尽，好梦做全，睁开眼睛，还不是一场大梦！②

---

① 弗·奥·哈耶克：《通往奴役之路》，第136页，王明毅等译，中国社会科学出版社，1997年。
② 巴金：《"豪言壮语"》，《巴金全集》第16卷，第144页。

乌托邦标示所宣称的目标与现实有着不可弥补的遥远距离，"好梦"是语言乌托邦的重要特点，用巴金的话讲就是"把梦想代替现实，拿未来当做现在"。它一方面遮蔽真相、塞人耳目；另一方面又有催眠民众的致幻剂功能。巴金说自己在五六十年代的文章中充满豪言壮语："单单举出几个标题吧：《大欢乐的日子》、《我们要在地上建立天堂》、《最大的幸福》、《无上的光荣》……"他还提醒我们注意：写下这些话的时候，他的情感是真挚的："我并不是在吹牛，我当时的感情是真挚的，我确实生活在那样的气氛中。……我当初的确认为'歌德'可以鼓舞人们前进，多讲成绩可以振奋人心，却没有想到好听的话越讲越多，一旦过了头，就不可收拾；一旦成了习惯，就上了瘾，不说空话，反而日子难过。"①说大话会成为习惯、会上瘾，会麻醉自己看不清实际、不能理性地判断事物，语言这种心理的暗示和蛊惑力量，它一方面作用它的接受者，一方面对于言说者本身也可能产生自我麻醉的作用。巴金说的"豪言壮语"不是普通的大话、套话，而是已经意识形态化的一种话语，从报刊、广播、电影等不同媒介，到专门机构形形色色的专业人员，从报刊社论到文艺作品等各种形式，它既是高度一体化的，又有不留余地的立体性，它有着系统的组织程序和运行规范，而且是动用国家力量来传播和推行，所以，它对社会及其成员的影响是系统和全面的。奥威尔在分析思想控制时认为："它的思想控制不仅是被动的，而且是主动的。它不仅不许你表达——甚至具有——一定的思想，而且它规定你应该怎么思想，它为你创造一种意识形态，它除了为你规定行为准则以外，还想管制你的感情生活。它尽可能把你与外面的世界隔绝起来，它把你关在一个人造的宇宙里，你没有比较的标准。"②"一个人造的宇宙"就是用语言建立起来的乌托邦。

---

① 巴金：《"豪言壮语"》，《巴金全集》第 16 卷，第 144 页。
② 乔治·奥威尔：《文学和极权主义》，《奥威尔文集》，第 295 页，董乐山译，中央编译出版社，2010 年。

巴金等人可以说是这种语言乌托邦的参与制造者，然而他们的自主权和选择权其实是非常有限，对此，奥威尔用了"不许"、"规定"等词。晚年巴金强调不再做机器人，呼吁讲真话、独立思考，正是因为他发现自己曾经的工具角色。作家是"传声筒"，传出的声音常常是按照指令粉饰太平的假话。50年代初，有作家"赶任务"一说："一个为人民服务的作家，应该时时刻刻把他的写作作为一种宣传教育的工作。这样的赶任务是完全应该的。"①这是令作家不容置疑的要求："人民的文艺作家，应该自觉地使自己的写作与政治任务紧密结合……好些写作者不是热烈地去迎接政治任务，而多少是逃避、推卸政治任务，对领导机构交给自己的创作任务当作负担，感到厌烦。应该说这是一种不正常的现象。"②这种作法，实际上是把作家创作这种非常个体化的工作不容商量地纳入到集体甚至国家行为之中，在以往，作为自由职业者的作家，在新中国大多数已经被纳入国家工作人员的序列中，他们也只有在这之中才能获取基本生活条件、才有发表文章的权利，这种变化使得当作家被等同于宣传员时，作家丧失了反抗的条件。如此而言，且不论是否混淆了文学与宣传的不同功能，仅一点就让作家为难：宣传都是有预定目的和倾向性的，这常常是事先就预设好的，而创作即使有倾向性也是在具体的创作过程展现出来的。矛盾也由此产生：在宣传中，对于它的目的、倾向性的强调远甚于对于真实性的追求，但真实应当是一个作家和作品生存的底线。——奥威尔曾说过："我们对作家的第一个要求是，他不应该说假话，他应该说他真实的思想，他真实的感觉。我们对一件艺术品能够说的最糟糕的话就是说它不真诚。""它要不是真实表达一个人的思想和感情，就毫无价值……"③那么，作为

---

① 荃麟：《论文艺创作与政策和任务相结合》，《文艺报》，1950年第3卷第1期。
② 萧殷：《论"赶任务"》，《文艺报》，1951年第4卷第5期。
③ 乔治·奥威尔：《文学和极权主义》，《奥威尔文集》，第294—295页。

国家宣传机器中的一个零件,作家有可能守住这个底线吗?这个最基本的要求,在巴金一代作家的遭遇中反而成为要誓死捍卫的权利。黄秋芸曾撰文批评一些作家:"不要在人民的疾苦面前闭上眼睛",这是针对有人说"十二年以后"在这个土地上没有忧愁和眼泪而写下的杂感,他批评:"有些艺术家却过分天真地把这样的幻想当成现实,而且在艺术作品中反映出来。"他呼吁:"作为一个有着正直良心和清明理智的艺术家,是不应该在现实生活面前,在人民的疾苦面前心安理得地闭上眼睛,保持缄默的。"① 没有忧愁和眼泪,这话如同梦呓,而本来天经地义的事情却成了作家们头上紧箍咒,"写真实"因为有了与立场、观点的冲突而成了烫手的山芋。周扬曾经这样阐释他们所提倡的"社会主义现实主义":"判断一个作品是否社会主义现实主义的,主要不在它所描写的内容是否社会主义的现实生活,而是在于以社会主义的观点、立场来表现革命发展中的生活的真实。"② 这是否意味着必须要先有"社会主义的观点、立场",否则生活的真实便不是真实?那么为了观点、立场的正确可以不要现实的真实?事实上这样的戒律曾经作为棍棒打向许多当时的优秀作家,使得大家不敢越雷池一步。当时就有人对于这种流毒深广的观点提出质疑:"首先,如果认为'艺术描写的真实性和历史具体性'里没有'社会主义精神',因而不能起教育人民的作用,而必须要另外去'结合',那么,所谓'社会主义精神'到底是什么呢?它一定是不存在于生活的真实和艺术的真实之中,而只是作家脑子里的一种抽象的概念式的东西,是必须硬加到作品里去的某种抽象的观念。这就无异于说,客观真实并不是绝对地值得重视,更重要的是作家脑子里某种固定的抽象的'社会主义精神'和愿望,必要时必须让血肉生动的客观真实去服从这种抽象的固定的主观上的东

---

① 黄秋耘:《不要在人民的疾苦面前闭上眼睛》,《人民文学》,1956 年第 9 期。
② 周扬:《社会主义现实主义——中国文学前进的道路》,《人民日报》,1953 年 1 月 11 日。

西;那结果,就很可能使得文学作品脱离客观真实,甚至成为某种政治概念的传声筒。"① 这些观点现在毋需多言,当年却因离经叛道而被定为修正主义文艺思想的理论纲领,作者也被划为右派;后来在江青所主持的《部队文艺工作座谈会纪要》中,"现实主义广阔道路论"被列为"文艺黑线"的"黑八论"之一,又成为罪不可赦的观点。

这种机制让立场、观点的利剑高悬,首先是取消了作家主体的见闻和感受,要作家的写作服务于一种公共的目的,而不是个人的"心"、"情",我们历来强调"言为心声",这时言与心就被强迫分开。久而久之,"言不由衷"也可以成为"习惯"、会"上了瘾",空话和套话在传播者毫无抵抗意识中就传播开了。五四先辈们曾批判的文言中的"死文字"和旧小说的"滥调",实际上就是语言上的文—言—心彼此分裂的问题。胡适在《寄陈独秀》中言:"综观文学堕落之因,盖可以'文胜质'一语包之。文胜质者,有形式而无精神,貌似而神亏之谓也。欲救此文胜质之弊,当注重言中之意,文中之质,躯壳内之精神。"② 在《文学改良刍议》中,他认为:"吾国近世文学之大病,在于言之无物。"③ "物",指情感和思想,无病呻吟和滥调套语是言之无物的表现。"今之学者,胸中记得几个文学的套语,便称诗人。其所为诗文处处是陈言滥调……其流弊所至,遂令国中生出许多似是而非,貌似而实非之诗文。""吾所谓去滥调套语者,别无他法,惟在人人以其耳目所亲见亲闻所亲身阅历之事物,一一自己铸词以形容描写之;但求其不失真,但求能达其状物写意之目的……"④ 这里说的是语言病,但新文化运动是从语言解决思想问题,实质上也点出了中国人的劣根性和思想病,这种病症在"五四"之后,并没有消失,遂诞生了各种各样的"新

---

① 何直(秦兆阳):《现实主义——广阔的道路》,《人民文学》,1956年第9期。
② 胡适:《寄陈独秀》,《中国新文学大系·建设理论集》,第32页,良友图书公司,1935年。
③ 胡适:《文学改良刍议》,《中国新文学大系·建设理论集》,第34页。
④ 同上,第37、38页。

八股"。语言乌托邦就暗合了这种语言心理，同时辅之以政治的需要，便形成以豪言壮语代替现实境况的情况。

　　语言乌托邦的复杂性在于，作家们虽然处于工具的角色上，但并非都是屈辱、被迫去"赶任务"，相反，他们中不少人是争先恐后、绞尽脑汁、满怀热情地去配合、参与这样的工作，这也是巴金一再说到的"感情是真挚的"。我们今天可以说他们"软弱"、"逢迎"，或者"上当受骗"，但事情没有这么简单，语言乌托邦当年不知令多少人心醉神迷，绝不是一捅就破的窗户纸，哪怕不相信它的人也无法完全逃脱它的魔咒，这是因为它得以传播、产生效用乃是背后有一套完整的运作机制，支持着它通过道道关隘。语言乌托邦对人的掌控，有着福柯所说的"自我技术"的特点："它使个体能够通过自己的力量，或者他人的帮助，进行一系列对他们自身的身体及灵魂、思想、行为、存在方式的操控，以此达成自我的转变，以求获得某种幸福、纯洁、智慧、完美或不朽的状态。"同时，福柯还谈到："权力技术：它决定个体的行为，并使他们屈从于某种特定的目的或支配权，也就是使主体客体化。"他认为："这种支配他人的技术与支配自我的技术之间的接触，我称之为治理术（govermentality）。"[1] 在谈到规训的时候，福柯发现"纪律"中蕴藏着一种权力力学，"它规定了人们如何控制其他人的肉体，通过所选择的技术，按照预定的速度和效果，使后者不仅在'做什么'方面，而且在'怎么做'方面都符合前者的愿望。这样，纪律就制造出驯服的、训练有素的肉体，'驯服的'肉体。"[2] 那么，对于一个具体的个体而言，它为什么会自动地接受这样的"规训"呢？勒庞的大众心理研究或许对我们有所启示。他认为"聚集成群的人，他们的感情和思想全

---

[1] 米歇尔·福柯：《自我技术》，见汪民安主编《福柯读本》，第241页，北京大学出版社，2010年。

[2] 米歇尔·福柯：《规训与惩罚》，第156页，刘北成、杨远婴译，生活·读书·新知三联书店，2007年。

都转到同一个方向,他们自觉的个性消失了,形成了一种集体心理。"①在谈到群体的心理时,他特别谈到了几个特点:1. 自觉的个性的消失,"个人可以被带入一种完全失去人格意识的状态,他对使自己失去人格意识的暗示者惟命是从,会做出一些同他的性格和习惯极为矛盾的举动……它类似于被催眠的人在催眠师的操纵下进入的迷幻状态……一切感情和思想都受着催眠师的左右。""孤立的个人具有主宰自己的反应行为的能力,群体则缺乏这种能力。"② 2. 群体使得个人应当苛守的伦理道德在一种法不责众的不负责的状态下丧失。"群体是个无名氏,因此也不必承担责任。这样一来,总是约束着个人的责任感彻底消失了"。"当他加入一个不负责任的群体时,因为很清楚不会受到惩罚,他便会彻底放纵这种本能。""群体可以杀人放火,无恶不作,但是也能表现出极崇高的献身、牺牲和不计名利的举动,即孤立的个人根本做不到的极崇高的行为。……群体为了自己只有一知半解的信仰、观念和只言片语,便英勇地面对死亡,这样的事例何止千万!"③ 3. 群体有一种狂暴的、专横的爆发力量,具有相当的破坏性。"即使仅从数量上考虑,形成群体的个人也会感觉到一种势不可挡的力量,这使他敢于发泄出自本能的欲望……""群体很容易做出刽子手的举动,同样也很容易慷慨就义。正是群体,为每一种信仰的胜利而不惜血流成河。""专横和偏执是一切类型的群体的共性……""孤立的他可能是个有教养的个人,但在群体中他却变成了野蛮人——即一个行为受本能支配的动物。他表现得身不由己,残暴而狂热,也表现出原始人的热情和英雄主义"④ 4. 群体有一种简单的、可以相互迅速传染,并且经常为情感性因素所刺激的不稳定的心理。"群体永远漫游在无意识的领地,会随时

---

① 古斯塔夫·勒庞:《乌合之众——大众心理研究》,第 12 页。
② 同上,第 17、21 页。
③ 同上,第 16、39 页。
④ 同上,第 16、22、36、18 页。

听命于一切暗示，表现出对理性的影响无动于衷的生物所特有的激情，它们失去了一切批判能力，除了极端轻信外再无别的可能。""群体表现出来的感情不管是好是坏，其突出的特点就是极为简单而夸张。""群体因为夸大自己的感情，因此它只会被极端感情所打动。希望感动群体的演说家，必须出言不逊，信誓旦旦。夸大其辞、言之凿凿、不断重复、绝对不以说理的方式证明任何事情——这些都是公众集会上的演说家惯用的论说技巧。""群体的信念有着盲目服从、残忍的偏执以及要求狂热的宣传等等这些宗教感情所固有的特点，因此可以说，他们的一切信念都具有宗教的形式。"① 语言乌托邦是一种针对大众的集体话语，上述群体的心理特征，都是语言乌托邦指向的结果和要达到的目的。

较为集中地体现语言乌托邦对大众的致幻作用的是"文革"中的造神运动及亿万人狂热的追逐。个人崇拜是蛊惑群众的致幻剂，但它的核心内容又非常简单，简单的言语塑造着简单的思维。"文革"前，林彪振振有辞地说："毛主席所经历的事情，比马克思、恩格斯、列宁都多得多，当然，马克思、恩格斯、列宁是伟大的人物。马克思活了六十四岁，恩格斯活了七十五岁，他们有很高的预见。他们继承了人类先进的思想，预见到人类社会的发展。可是他们没有亲身领导过无产阶级革命，没有像毛主席那样，亲临前线指挥那么多的重大的政治战役，特别是军事战役。列宁只活了五十四岁，十月革命胜利以后六年就去世了。他也没有经历过像毛主席那样长期、那样复杂、那样激烈、那样多方面的斗争。中国人口比德国多十倍，比俄国多三倍，革命经验之丰富，没有哪一个能超过。毛主席在全国、在全世界有最高的威望，是最卓越、最伟大的人物。毛主席的言论、文章和革命实践都表现出他的伟大的无产阶级的天才。有些人不承认天才，这不是马克思

---

① 古斯塔夫·勒庞：《乌合之众——大众心理研究》，第24、33、34、53页。

主义。不能不承认天才。……毛主席是天才。我们同毛主席哪一点不同？一起搞斗争，有些人年龄比他老，我们没有他老，但经历的事也不少。书我们也读，但我们读不懂，或者不很懂，毛主席读懂了。我看到很多人读书圈圈点点，把书都圈满了，证明他没有读懂，不知甚么是中心，甚么是主次。辩证法的核心，毛主席在几十年前就懂了，我们没有懂。他不但懂了，而且还会熟练地运用。……毛主席广泛运用和发展了马克思列宁主义理论，在当代世界上没有第二个人。十九世纪的天才是马克思、恩格斯、二十世纪的天才是列宁和毛泽东同志。不要不服气，不行就不行。不承认这一点，我们就会犯大错误，不看到这一点，就不晓得把无产阶级最伟大的天才舵手选为我们的领袖。""毛主席活到哪一天，九十岁，一百多岁，都是我们党的最高领袖，他的话都是我们行动的准则。谁反对他，全党共诛之，全国共讨之。""毛主席的话，句句是真理，一句超过我们一万句。"① 这种赤裸裸的吹捧后来竟然成为谁都不能怀疑的律条，在全国掀起狂热的个人崇拜的狂潮。这正是勒庞所说的："读读某些演说词，其中的弱点经常让人感到惊讶，但是它们对听众却有巨大的影响。""群众没有推理能力，因此它也无法表现出任何批判精神，也就是说，它不能辨别真伪或对任何事物形成正确的判断。群体所接受的判断，仅仅是强加给他们的判断，而绝不是经过讨论后得到采纳的判断。"② 一时间所谓的"红海洋"就是语言乌托邦的一个典型图景：1966 年 8 月 14 日，被称为小红宝书的《毛主席语录》公开发行，至 1968 年就发行七亿多册，也有说整个"文革"期间总发行量高达 50 亿册。与此同时，还有大量制作的毛主席像章，各个城市树立的毛主席像，更不要说遍布张贴的毛泽东画像。"文革"期

---

① 林彪：《在中央政治局扩大会议上的讲话》（一九六六年五月十八日上午），转引自周良宵、顾菊英《十年文革大事记》，第 66—67 页，新大陆出版社有限公司，2008 年。
② 古斯塔夫·勒庞：《乌合之众——大众心理研究》，第 47、48 页。

间，毛泽东常常发布一两句的"最高指示"，每逢有新指示，全社会敲锣打鼓，结队报喜，并且传达不能过夜。更为不可思议的是一批宣称信奉无神论的人，竟然对着毛泽东像，每天搞起"早请示"、"晚汇报"的一套，在集会上大跳"忠字舞"，而所有这一切无非是要完成一个造神的运动。对于这样一套做法，勒庞的分析也很精彩："说理与论证战胜不了一些词语和套话。它们是和群体一起隆重上市的。只要一听到它们，人人都会肃然起敬，俯首而立。许多人把它们当作自然的力量，甚至是超自然的力量。它们在人们心中唤起宏伟壮丽的幻象，也正是它们含糊不清，使它们有了神秘的力量。它们是藏在圣坛背后的神灵，信众只能诚惶诚恐地来到它们面前。"① 领袖崇高的声望更加深了群众的狂热，"名望的特点就是阻止我们看到事物的本来面目，让我们的判断力彻底麻木"②。此时，正如阿多诺所言："在于迫使个人倒退到仅仅是某集团成员的地位。"③ 个人不仅没有思考的能力，而且在集团中还会感到自己的渺小，他只有不断地求助于"神"，对"神"的依赖也会不断加强。

与此同时，个人被压抑的力量又会在群体中通过另外的方式释放出去，不要低估这种狂热的崇拜之破坏功能，"文革"初期已经完全显露出来，在语言乌托邦的蛊惑下，人完全丧失理性和良知，成为巴金所说的"兽"。据统计，1966 年 8、9 两月，北京打死人有一千多人；最为骇为听闻的是北京大兴县自 8 月 27 日至 9 月 1 日，先后杀害"四类分子"及其家属 325 人，最大的 80 岁，最小的仅 38 天。北京 1958 年第一次文物普查保存下来的 6843 处文物古迹中，有 4922 处被毁，大

---

① 古斯塔夫·勒庞：《乌合之众——大众心理研究》，第 83 页。
② 同上，第 109 页。
③ 特奥多尔·W. 阿多诺：《弗洛伊德理论和法西斯主义宣传的程式》，张明、张伟译，见上海社会科学院哲学研究所外国哲学研究室编《法兰克福学派论著选辑》上卷，第 190 页，商务印书馆，1998 年。

多是发生在这两个月的破"四旧"（旧思想、旧文化、旧风俗、旧习惯）中。据不完全统计，北京仅从各个炼铜厂抢救出各类金属文物 117 吨；从造纸厂抢救出图书资料 320 多万吨；从各个查抄物资的集中点挑拣字画 18.5 万卷，古旧图书 235.7 万册，其他各类杂项文物 53.8 万件。1966 年 8、9 月间，北京市被抄家的有 33695 户；从 8 月 23 日至 9 月 8 日，上海红卫兵在全市共抄家 84222 户，其中高级知识分子、教师 1231 户。①

"文革"结束后，官方曾经这样反思这段造神的历史："党在面临着工作重心转向社会主义建设这一新任务因而需要特别谨慎的时候，毛泽东同志的威望也达到高峰。他逐渐骄傲起来，逐渐脱离实际和脱离群众，主观主义和个人专断作风日益严重，日益凌驾于党中央之上，使党和国家政治生活中的集体领导原则和民主集中制不断受到削弱以至破坏。……中国是一个封建历史很长的国家，我们党对封建主义特别是对封建土地制度和豪绅恶霸进行了最坚决最彻底的斗争，在反封建斗争中养成了优良的民主传统；但是长期封建专制主义在思想政治方面的遗毒仍然不是很容易肃清的，种种历史原因又使我们没有能把党内民主和国家政治社会生活的民主加以制度化，法律化，或者虽然制定了法律，却没有应有的权威。这就提供了一种条件，使党的权力过分集中于个人，党内个人专断和个人崇拜现象滋长起来，也就使党和国家难于防止和制止'文化大革命'的发动和发展。"②这是在政治、体制框架下的反思，同时它也追溯了"拜神"的历史根源。巴金则从个体的心理状态出发进行反思，他认为这一切都是谎言、骗局和语言游戏。"那些魔法都是从文字游戏开始的"："我们好好地想一想、看一

---

① 以上统计引自王年一：《大动乱的年代》，第 54—55 页，人民出版社，2009 年。
② 中国共产党中央委员会：《关于若干历史问题的决议》和《关于建国以来党的若干历史问题的决议》，第 40 页，中共党史出版社，2010 年。

看,那些变化,那些过程,那些谎言,那些骗局,那些血淋淋的惨剧,那些伤心断肠的悲剧,那些钩心斗角的丑剧,那些残酷无情的斗争……为了那一切的文字游戏!……为了那可怕的十年,我们也应该对中华民族子孙后代有一个交代。""你瞧,明明是在玩弄文字游戏,大家却这样给摆弄了这么些年。多大的浪费!……各种各样的人都成了这场'文字游戏'的受害者。以反对知识开始的这场'大革命'证明了一件事情:消灭知识不过是让大家靠一根绳子走进天堂。"[①] 把这样一场灾难概括为一场闹剧,已经见诸很多文字,巴金再进一步把它概括为"文字游戏",是否夸大了"文字"的力量和游戏的效果?其实不然,整个"文革"以对新编历史剧《海瑞罢官》的批判开锣,接下来发动者动用大量的宣传机器,成立诸多写作组,以两报一刊的社论、样板戏乃至最高指示等多种文字形式,制造弥天大谎,置事实于完全不顾,陷害忠良、颠倒是非,这难道不是一种文字游戏么?而这场闹剧的结束,正如巴金在文章中所写过的,是大家对于这样的文字游戏、语言风格有了生理上的厌恶,所以,摈弃这种文风的同样是文字,是北岛等人以朦胧诗所表达出来的"我不相信",是刘心武、卢新华等人用小说写出的"伤痕",是宗福先等人用戏剧表达出来"于无声处听惊雷"的愤怒和控诉。语言不仅仅是言辞,是一种乌托邦和意识形态的编织物,阿多诺在分析领袖的特点时特意点出了这种语言的重要作用:"领袖一般都是动嘴巴的性格典型,具有口若悬河和蛊惑人心的动人力量。他们施加于追随者的著名魔力,主要是依靠他们的口才:语言本身。缺乏其理性意义,以一种神奇的方式起作用,并且推进原始的倒退,使个体仅仅作为群体的成员而存在。"[②] 所以,"语言"问题、"真话"与"假话"问题常

[①] 巴金:《纪念》,《巴金全集》第 16 卷,第 662、658—659 页。
[②] 特奥多尔·W. 阿多诺:《弗洛伊德理论和法西斯主义宣传的程式》,《法兰克福学派论著选辑》上卷,第 202 页。

常关乎大事。巴金的老友萧乾认为：巴金提出的讲真话问题"关系着民族的兴衰存亡"，他进一步说："巴金的说真话有它特定的时代含义。他实际上是提出一种挑战：在尖锐剧烈的阶级斗争中，人究竟是先顾个人利害还是先顾是非。"《随想录》问世已十载有余，可至今它仍是唯一的一本。这说明自我否定要比把文章写得红宝石那么漂亮要难得多了。也正因此，我认为说真话的《随想录》比《家·春·秋》的时代意义更为伟大，因为一个国家，一个民族，一旦真话畅通，假话失灵，那就会把基础建在磐石之上。那样，国家就能大治，社会才能真正安宁，百业才能俱兴，民族才能立于不败之地。"① 这种说法并非凭空夸张，正是蛊惑人心、蒙蔽真相的"语言乌托邦"，它在人们思想中长期铺垫使"文革"得以顺利发动和推进。

作为曾经的语言乌托邦的参与制造者，当有朝一日巴金被排除在外的时候，他最先是恐惧，寻求个人的出路；当这些都无效，他处在绝望的边缘时，反倒清醒面对现实和自我，他也会冷眼旁观乌托邦语言的制造者、使用者与这种语言的关系，这才有机会识破语言乌托邦的秘密。巴金吃惊地发现，那些成员虽然借此教训、打击他人，然而对这一套他们自己也不相信。"我忽然发现在我周围进行着一场大骗局。我吃惊，我痛苦，我不相信，我感到幻灭。我浪费了多么宝贵的时光啊！但是我更加小心谨慎，因为我害怕。当我向神明的使者虔诚跪拜的时候，我倒有信心。等到我看出了虚伪，我的恐怖增加了，爱说假话的人什么事都做得出来！无论如何我要保全自己。我不再相信通过苦行的自我改造了……"② 被骗的感觉使得人们出现信仰危机，再也没有比这更"神圣"的戏弄了，经过这番，人们还能相信什么？——这是

---

① 萧乾：《更重大的贡献》，巴金与二十世纪学术研讨会编《世纪的良心》，第10—11页，上海文艺出版社，1996年。
② 巴金：《十年一梦》，《巴金全集》第16卷，第327—328页。

"文革"留给中国社会最大的毒瘤①。"做戏的虚无党",先是对空话、套话的不相信,但又要做出相信的样子;接下来,对什么都不相信;再发展下去,不相信也罢,但还要参与表演或煞有介事地观看。"向来,我总不相信国粹家道德家之类的痛哭流涕是真心,即使眼角上确有珠泪横流,也须检查他手巾上可浸着辣椒水或生姜汁。什么保存国故,什么振兴道德,什么维持公理,什么整顿学风……心里可真是这样想?一做戏,则前台的架子,总与在后台的面目不相同。但看客虽然明知是戏,只要做得像,也仍然能够为它悲喜,于是这出戏就做下去了;有谁来揭穿的,他们反以为扫兴。""然而看看中国的一些人,至少是上等人,他们的对于神,宗教,传统的权威,是'信'和'从'呢,还是'怕'和'利用'?只要看他们的善于变化,毫无特操,是什么也不信从的,但总要摆出和内心两样的架子来……我们的确虽然这么想,却是那么说,在后台这么做,到前台又那么做。"②"做戏"会造成集体的精神危机,真理不再被崇奉,信仰动摇,人们都在庄严地演出着闹剧,都

---

① "文革"之后,由于信仰缺失所造成的对于整个中国社会的精神伤害仍然在蔓延着,1980年《中国青年》第5期刊登署名"潘晓"(为潘祎和黄晓菊合用笔名)的读者来信《人生的路呵,怎么越走越窄……》,遂在当年引发了"潘晓讨论",他们在该信中说了对于生活的空虚和无望的人生感受:"人生的路呵,怎么越走越窄,可我一个人已经很累了呀,仿佛只要松出一口气,就意味着彻底灭亡。真的,我偷偷地去看过天主教堂的礼拜,我曾冒出过削发为尼的念头,甚至,我想到过去死……心里真是乱极了,矛盾极了。"他们的心声引发全国青年的呼应。据当年6月9日统计,不足一个月杂志社就收到了两万多件读者来信。有读者说:"一个诚实人的心声,能唤起一大群诚实人的共鸣!"在中国进入商品经济社会之后,假货泛滥的趋势、诚信的社会问题,至今还困扰着人们,成为极其严重的社会问题。近年来,某些官员的官话和套话,又引起民众的反感,成为喊打的对象,从另外一方面也表明,"真话"与"假话"没有得到彻底的解决。
② 鲁迅:《马上支日记》,《鲁迅全集》第3卷,第327、328页。

在学着做一名合格的演员①。

　　由空话、套话、大话所组成的豪言壮语，实际上是一种没有主体的奴隶语言，它并不由说话者所掌握，甚至在某种程度上它反而掌握了说话者。奥威尔说得很精辟："不诚实乃是语言明白的大敌。在一个人的真正意图和公开宣称的意图之间有距离时，他就会出于本能求助于大话和空话，就像墨鱼放墨汁。""不论什么色彩，凡是正统，似乎都要求你采取一种没有生气的、鹦鹉学舌的文风。……你看到的不是一个活人，而是一个假人。……使用这种词汇的演讲者已在某种程度上把自己变成了一台机器。……如果他发表的讲话是他一遍又一遍讲惯了的话，他很可能根本不知道自己在说些什么，就像我们在教堂里对应唱圣歌时口中念念有词一样。"② 由此反观言说者与语言的关系，是"从"而不是"信"，是虚拟的主体在说③，这样就可以实现"将群众关闭在真实世界之外"，"对于运动的成员们而言，（宣传的内容）不再是一种人们有可能产生意见的客观问题，而是像数学定律一样，变成了他们生活中真实的、而又不可触及的成分。"④ 这是一个不容质疑的话语系统，语言在这里不具备平等交互性，而是以灌输的形式强制性甚至带有暴力性质地推行⑤。第二，为了使这种灌输能够达到预期效果，它要求纯

---

① 巴金在"文革"中也有这样的表现："当时我的思想好像很复杂，其实十分简单，最可笑的是，有个短时期我偷偷地练习低头弯腰、接受批斗的姿势，这说明我是心甘情愿地接受批斗，而且想在台上表现得好。后来我真的上了台，受到一次接一次的批斗，我的确受到了'教育'：人们都在演戏，我不是演员，怎么能有好的表现呢？"（巴金：《怀念丰先生》，《巴金全集》第16卷，第317页。）
② 乔治·奥威尔：《政治与英语》，《奥威尔文集》，第311页。
③ 比较典型的是为了配合某个大的运动，报刊上刊发的"读者来信"或"群众中来"，都是没有名字的"一工人"、"一农民"或"一学生"。
④ 汉娜·阿伦特：《极权主义的起源》，第441、450、454、465页，林骧华译，生活·读书·新知三联书店，2008年。
⑤ 如今的某些网络语言又让我看到语言暴力的死灰复燃，当年的语言暴力是强迫你必须相信什么，现在则是强迫你必须怀疑一切。

粹性、统一性，那么，就会按照预定目标剔除杂音、不谐和的声音。这种不谐和的消除甚至可以篡改历史、剥夺人们的记忆。这一点苏联的斯大林时代编写的《联共（布）党史简明教程》就是典型的例子。这部书是 1938 年联共（布）中央特设委员会编写，由斯大林本人亲自审定（也有材料说这就是斯大林本人的著作），"此书一出，唯我独尊，其他所有关于联共党史的著作统统被封存或烧毁，关于联共历史上的各种事件、人物的写法、评价统统按照《简明教程》改写，斯大林成了党史中的主角"。"在苏联时期，苏联历史学家动辄指责西方史学家伪造苏联历史。实际上，只要稍微认真读一下《简明教程》，不难得出结论：《简明教程》乃伪造历史之大成。""编辑出版《简明教程》的根本目的是要推广斯大林模式，把斯大林的做法当成供全世界效法的样板。"[①] 有研究者指出："特别是 30 年代通过编定《联共（布）党史简明教程》，伪造俄国革命的所谓'两个中心'、'两个领袖'的理论，把斯大林神化到党和苏维埃创建者的地步。"[②] "文革"中一些人也娴熟此技，不断修改和伪造历史，把人们的思想"统一"到这些既定的轨道上，其实是钳制思想、控制舆论，这都是奥威尔《1984》中"真理部"所做的勾当。这种控制在制造内部统一的基础上，不断地打击乃至消灭异己者，"它不断地并且有时是相当迂回地暗示，信徒仅仅由于属于这个集团就比排斥在外那些人更好、更高尚、更纯洁"[③]。语言乌托邦就这样维持着与

---

① 郑异凡：《〈联共（布）党史简明教程〉是一本什么样的书？》，见陆南泉等主编《苏联真相：对 101 个重要问题的思考》，第 344、345、347 页，新华出版社，2010 年。
② 马龙闪：《为什么说"文化统制主义"是苏联剧变的原因之一？》，见陆南泉等主编《苏联真相：对 101 个重要问题的思考》，第 1221 页。原文注释：所谓俄国革命的"两个中心"，就是以列宁为首的"国外中心"和以斯大林为首的"俄罗斯国内中心"。所谓"两个领袖"，就是列宁与斯大林，事实上，斯大林在 1912 年的布拉格会议上才刚刚成为中央委员，进入党中央。也正是这个缘故，斯大林才把布拉格会议夸大到极为重要的地位。
③ 特奥多尔·W. 阿多诺：《弗洛伊德理论和法西斯主义宣传的程式》，《法兰克福学派论著选辑》上卷，第 199 页。

接受者、传播者的关系。

巴金参与语言乌托邦的制造，同时也是它的受害者，这似乎都逃不出鲁迅那吃人的筵席的诅咒①。痛定思痛，他猛醒：

> 我听过数不清的豪言壮语，我看过数不清的万紫千红的图画。初听初看时我感到精神振奋，可是多了，久了，我也就无动于衷了。我看，别人也是如此。谁也不希罕不兑现的支票。我不久前编自己的选集，翻看了大部分的旧作，使我感到惊奇的是从一九五〇到一九六六年十六年中间，我也写了那么多的豪言壮语，我也绘了那么多的美丽图画，可是它们却迎来十年的浩劫，弄得我遍体鳞伤。我更加惊奇的是大家都在豪言壮语和万紫千红中生活过来，怎么那么多的人一夜之间就由人变为兽，抓住自己的同胞"食肉寝皮"。②

"空话"的"美好"，与"现实"的"浩劫"对比，实在是戳穿语言乌托邦最有力的武器。"豪言壮语"带来的不是"美丽的图画"，而是遍体鳞伤，是一夜之间由人变成"兽"，这使巴金不能不沉痛地说：

> 通过我长期的生活经验和创作实践，我认为即使不写满园春色的美景，也能鼓舞人心；反过来说，纵然成天大做一切

---

① 鲁迅在《灯下漫笔》中曾说："并且因为自己各有奴使别人，吃掉别人的希望，便也就忘却自己同有被奴使被吃掉的将来。于是大小无数的人肉的筵席，即从有文明以来一直排到现在，人们就在这会场中吃人，被吃，以凶人的愚妄的欢呼，将悲惨的弱者的呼号遮掩，更不消说女人和小儿。"（见《鲁迅全集》第 1 卷，第 217 页，人民文学出版社，1981 年。）俄国学者认为："不仅在苏联，而且在国外，许多著名的文化活动家成了斯大林的拥护者，是他们自己制造了斯大林的个人崇拜。"（别索诺夫、普罗多吉扬科诺夫《斯大林的思维和行为方法论》，见李慎明主编《历史的风》，第 86 页，人民出版社，2009 年）知识分子有必要反思在类似事件中自己的角色和作用。
② 巴金：《未来（说真话之五）》，《巴金全集》第 16 卷，第 393 页。

都好的美梦,也产生不了良好的效果。

据我看,最好是讲真话。有病治病;无病就不要吃药。①

四 "讲真话"的精神源头

巴金提倡"讲真话"与他的人生经历、教育背景和精神渊源有着密切的联系。从巴金个性气质而言,他是一个率真、坦诚的人,走上写作道路之后,特别是30年代,巴金一直与读者保持着密切的交流,讲真话,诉真情,是他创作的重要基调。追溯巴金讲真话的精神源头,不能不提到他的几位"老师"。比如鲁迅,一生斥责各种各样的"伪",追求"真",是巴金自觉学习的榜样。"我开始写作的时候,拿起笔并不感到它有多么重,我写只是为了倾吐个人的爱憎。可是走上这个工作岗位,我才逐渐明白:用笔作战不是简单的事情。鲁迅先生给我树立了一个榜样。我仰慕高尔基的英雄'勇士丹柯',他掏出燃烧的心,给人们带路,我把这幅图画作为写作的最高境界,这也是从先生那里得到启发的。我勉励自己讲真话,卢骚(梭)是我的第一个老师,但是几十年中间用自己的燃烧的心给我照亮道路的还是鲁迅先生。我看得很清楚:在他,写作和生活是一致的,作家和人是一致的,人品和文品是分不开的。他写的全是讲真话的书。他一生探索真理,追求进步。他勇于解剖社会,更勇于解剖自己;他不怕承认错误,更不怕改正错误。""为了真理,敢爱,敢恨,敢说,敢做,敢追求。"②鲁迅是巴金自觉地与他所接受教育的新文学传统之间的重要精神血脉,而在支撑新文学的重要观念中,我手写我心、言为心声、做真人不做伪士等,无疑对巴金有着重要的影响。

---

① 巴金:《未来(说真话之五)》,《巴金全集》第16卷,第392页。
② 巴金:《怀念鲁迅先生》,《巴金全集》第16卷,第341、342页。

巴金曾多次提到过"卢骚（梭）是我的第一个老师"："我从《忏悔录》的作者这里得到了安慰，学到了说真话。"①"一九二七年春天我在巴黎开始写小说，我的启蒙老师是《忏悔录》的作者卢骚（梭），我当时一天几次走过他的铜像前，我从他那里学到的是：讲真话，讲自己心里的话。"②很多人把《随想录》与《忏悔录》自然而然地联系起来，具体而言，它们都是以揭自己的短为出发点，但指向和目的却不尽相同，卢梭的《忏悔录》"带有明显的自辩性质，他要以此来控诉不合理的社会，讨回自己的公道"。"尽管《忏悔录》在一定程度上可视为作者生平的纪实，但它更是一篇雄辩的辩护词。"③通过对自我的叙述最终指向了对社会的批判，在这一点上《随想录》与《忏悔录》倒不谋而合。但巴金不是要证明自己的道德纯洁、灵魂的高尚，他展示自己的丑陋，是为了洗刷良心上的污点，试图卸下内心的道德负担。他也没有把所有责任都推给社会、历史，不断地追究个人的责任，所以，《随想录》完全没有《忏悔录》那么雄辩和自信。巴金还提到了几位法国作家，他们都是坚持真理、仗义执言的知识分子，给巴金不畏压力坚持说真话以很大的精神鼓励："对伏尔泰我所知较少，但是他为卡拉斯老人的冤案、为西尔文的冤案、为拉·巴尔的冤案、为拉里－托伦达尔的冤案奋斗，终于平反了冤狱，使惨死者恢复名誉，幸存者免于刑戮，像这样维护真理、维护正义的行为我是知道的，我是钦佩的。还有两位伟大的作家葬在先贤祠内，他们是雨果和左拉。左拉为德莱斐斯上尉的冤案斗争，冒着生命危险替受害人辩护，终于推倒诬陷不实的判决，让人间地狱中的含冤者重见光明。"④巴金由此联系到"干预生活"的问题："'作家干预生活'曾经被批判为右派言论，有少数人因此二十年抬不

---

① 巴金：《再访巴黎》，《巴金全集》第16卷，第73页。
② 巴金：《春蚕》，《巴金全集》第16卷，第194页。
③ 李赋宁总主编：《欧洲文学史》第1卷，第400页，商务印书馆，1999年。
④ 巴金：《把心交给读者》，《巴金全集》第16卷，第48—49页。

起头。我不曾提倡过'作家干预生活',因为那一阵子我还没有时间考虑。但是我给关进'牛棚'以后,看见有些熟人在大字报上揭露'巴金的反革命真面目',我朝夕盼望有一两位作家出来'干预生活',替我雪冤。""左拉死后改葬在先贤祠,我看主要原因还是在于他对平反德莱斐斯冤狱的贡献,人们说他'挽救了法兰西的荣誉'。至今不见有人把他从先贤祠里搬出来。那么法国读者也是赞成作家'干预生活'的了。"① 伏尔泰也好,左拉也罢,他们的仗义执言,已经超越了他们的专业本身,而由思想家、作家成为知识分子,事实上,在西方他们也是被视为"知识分子"的代表性人物,特别是德雷福斯事件更具有标志性意义。"'知识分子'一词是 1898 年,即德雷福斯事件期间开始在法国使用的;德雷福斯事件使法国舆论产生了分裂,并成为一场危机的根源。小说家左拉深信,1894 年军事法庭将法国犹太军官阿尔弗雷德·德雷福斯定为德国间谍的判决是错误的。1898 年 1 月 13 日,左拉在《震旦报》上发表了后来被称为'我控诉'的著名文章。几天之后,一批文学艺术界和大学界的知名人士发表了一份请愿书,要求重审 1894 年的判决。未来的政府首脑、当时身为记者的乔治·克列孟梭十分赞赏这些文人和艺术家的行动,并称他们为'知识分子'。这个直到那时始终被当做形容词使用的词汇,从此变成一个名词。人们可以给予它下列定义:知识分子,指在思想界或艺术创作领域取得一定声誉,并利用这种声誉,从某种世界观或某些道德伦理的角度出发,参与社会事物的人士。"② "我控诉"是巴金年轻时代常常表达的写作观念:"我要拿起我的笔做武器,为他们冲锋,向着这垂死的社会发出我的坚决的呼声 J'accuse(我控诉)。"③ 但我认为晚年重提左拉,以控诉的基调写作《随

---

① 巴金:《把心交给读者》,《巴金全集》第 16 卷,第 49 页。
② 米歇尔·维诺克:《法国知识分子的世纪——巴雷斯时代》,第 1 页,孙桂荣、逸风译,江苏教育出版社,2006 年。
③ 巴金:《春天里的秋天·序》,《巴金全集》第 5 卷,第 97 页。

想录》时巴金的体验、心境已与青年时代大为不同，晚年他赞成"干预"生活，实际上已经在强调从书斋中走出来，超越各自的专业范围，做一名知识分子。讲真话，是知识分子为社会最为直接的贡献，《随想录》超越了文学本身，那是因为他是一个知识分子思想探索的忠实记录。有人评价："《我控诉》在人类良知的历史上将永远是一个壮举。"法朗士在左拉的葬礼上这样评价左拉："他的命运和他的心肠给他创造了最伟大的机遇：在一段时间里，他成了人类良知的化身。"①巴金可能不需要这些荣誉，但他从前贤的言行中显然清楚地领会到了什么是正义、良知，什么是讲真话。

还有一位知识分子，他的思考与探索引起晚年巴金的强大共鸣，他就是托尔斯泰。巴金写过几篇谈托尔斯泰的文章，决心"向老托尔斯泰学习"，坚持讲真话，做到言行一致。巴金一生都与这位伟大的作家保持着情感"沟通"。晚年，他更是高度评价了托尔斯泰：

> 他是十九世纪世界文学的高峰。他是十九世纪全世界的良心。他和我有天渊之隔，然而我也在追求他后半生全力追求的目标：说真话，做到言行一致。我知道即使在今天这也还是一条荆棘丛生的羊肠小道。但路总是人走出来的，有人走了，就有了路。托尔斯泰虽然走得很苦，而且付出那样高昂的代价，他却实现了自己多年的心愿。我觉得好像他在路旁树枝上挂起了一盏灯，给我照路，鼓励我向前走，一直走下去。
>
> 我想，人不能靠说大话、说空话、说假话、说套话过一辈子。还是把托尔斯泰当做一面镜子来照照自己吧。②

这也是巴金表达自己心志的文字，直到《再思录》中，巴金还是一

---

① 米歇尔·维诺克：《法国知识分子的世纪——巴雷斯时代》，第60、82页。
② 巴金：《"再认识托尔斯泰"？》，《巴金全集》第16卷，第612页，人民文学出版社，1991年。

再提到托尔斯泰，千言万语都集中在：讲真话，追求言行一致。在题为《最后的话》的《巴金全集》的后记中，他写道：

> 这是俄罗斯大作家给我指出一条路。改变自己的生活，消除言行的矛盾，这就是讲真话。
>
> 现在我看清楚了这样一条路，我要走下去，不回头。①

晚年巴金，一直处在舆论的风头浪尖，常常为得不到人们的理解而苦恼，他分明感受到托尔斯泰晚年的那种压力和苦恼，所以在他精神探索的路途上不断地在向这位文学大师寻求力量。托尔斯泰在他的世界观"新生"之际曾写过《忏悔录》，他对过去的生活也做了否定性的反思，叙述了自己的社会、道德立场的转变过程，无情地斥责自己的"虚伪"，屠格涅夫称这部书是一部"就诚恳、真实和说服力而言都十分出色的作品。"②在这部作品中，托尔斯泰看到了自己的生活与信仰的不一致，进而动摇了对以往信仰的看法，他写出痛苦、执著地追求真理的艰难过程："想到这几年，我不能不感到可怕、厌恶和内心的痛苦。""当时我出于虚荣、自私和骄傲开始写作。在写作中我的所作所为与生活中完全相同。为了猎取名利（这是我写作的目的），我必须把美隐蔽起来，而去表现丑。我就是这样做的。"③他重新思考了生命和艺术的意义："我很明白，艺术是生命的装饰品，是生命的诱惑。但生命对于我已失去吸引力，我怎么能去吸引别人呢？当我没有独立的生命、而是别人的生命带着我随波逐流的时候，当我相信生命有意义（虽然我不会表达这意义）的时候，任何一种生命在诗和艺术中的反映都给我以欢乐，看到这面艺术之镜中的生命我感到高兴。"但这个找寻的过

---

① 巴金：《最后的话》，《再思录》（增补本），第145页，广西师范大学出版社，2004年。
② 转引自《列夫·托尔斯泰文集》第15卷，第615页，人民文学出版社，2000年。
③ 托尔斯泰：《忏悔录》，《列夫·托尔斯泰文集》第15卷，第8页。

程如同迷途的人急于走出森林:"如果我是生活在森林中的人,知道走不出这座森林,那么我还能够生活下去。但我像一个在森林中迷了路的人,因为迷路而感到恐怖,到处乱转,希望走到正道上,知道每走一步无非是更加糊涂,但又不能不来回折腾。"① 这种"来回折腾"是托尔斯泰追求真理和探究生命意义中的努力,它与巴金在《随想录》中的"探索"、如同下油锅煎熬处于同样的状态。托尔斯泰最终在民众中找到了自己新的力量源泉,反观自身,虚伪、言行不一,甚至信仰与生活的分离是他最不能接受的:"我的圈子里信教的人的迷信是他们根本不需要的,与他们的生活不能结合起来,而只是一种特殊的伊壁鸠鲁式的娱乐;劳动人民中信教的人的迷信和他们的生活却结合得十分紧密,甚至很难想象他们的生活可以没有迷信,因为迷信是这种生活的必要条件。我的圈子里信教的人的全部生活是与他们的宗教信仰相矛盾的,而信教的劳动者的全部生活是对宗教信仰的认识赋予生命的意义的一种肯定。"在这样的认识前提下,他的生活发生了"激变":"我的圈子——富人和有学问的人的生活,不仅使我感到厌恶,而且丧失了任何意义。我的一切行为、议论、科学、艺术在我看来都是胡闹。我明白了,从这方面去寻找生命的意义是不行的。创造生活的劳动人民的行动在我看来是唯一真正的事业。我明白了,这种生活所具有的意义是真理,所以我就接受了它。"② 而在另外一篇文章中,对于贫富悬殊的社会现实,托尔斯泰一面提问到底该怎么办,一面又似乎感到终究没有办法解决,托尔斯泰申说了面对现实、不说假话和坚持真理的决心,尤其是面对自我的良心不说谎的决心:"首先,我对应该怎么办的问题是这样回答自己的:无论对人对己都不要说谎,不要害怕真理,无论它会把我引向哪里。""我们大家都知道对人说谎意味着什么,但我们并

---

① 托尔斯泰:《忏悔录》,《列夫·托尔斯泰文集》第15卷,第19、20页。
② 同上,第47、48—49页。

不担心对自己说谎。然而,在人前说的谎话就是再恶劣,再直接,骗人骗得再厉害,比起我们说给自己听的,我们借以安排自己生活的那种谎话来,后果还算不了什么。""要能够回答应该怎么办的问题,就不要说这样一种谎话。事实上,当我所做的一切,我的全部生活都建筑在谎话上,而我还想方设法在别人和自己面前用这谎话冒充真理的时候,怎么能回答应该怎么办的问题呢?在这个意义上,不说谎就意味着不害怕真理,不为使自己听不见理性和良心的结论而支吾……"[1]

"讲真话"、消除良知上的焦虑和不安,这是巴金与托尔斯泰晚年追求的共同目标,而《随想录》之于托尔斯泰的《忏悔录》及其后的著作,也有很多可以比较之处:首先,在"文革"之后,巴金的思想也经历了一次"激变",他不是沿着过去的轨道走下去了;其次,这种激变的结果就是彻底地否定了他自己1949年以后走过的道路和创作,虽然巴金的言辞比老托尔斯泰温和得多,但这个否定之激烈却也不容否认,对比一下与巴金同时代作家就明白了——他们也不排除在心理或行为上不再认同自己的这段创作,但都没有做到这么激烈的否认,更不会拿自己做靶子来解剖给大家看,而不少人选择了回避和沉默的办法。像巴金这样旗帜鲜明地否定则需要相当的勇气和力量的。因为巴金否定的不仅仅是他个人的创作,作为近半个世纪以来文坛上举足轻重的人物,他彻底否定了自己,也等于否定了一段历史。最后,他们所追求的目标是一致的,不但是讲真话,还要做到言行一致。就这一点而言,两位文学家为了实践它,经历了无数的痛苦和内心折磨。这种内心强烈的不安,"煎熬"的精神状态使两位老人的心紧紧地连在一起了。当然,两个人也有不同的地方,托尔斯泰通过激变获得了新生,找到了属于自己的信仰,巴金呢?在《随想录》中,他不像年轻时代"信仰"不离口,那么,他的晚年是否有信仰呢?它又是什么呢?与其说巴金对

---

[1] 托尔斯泰:《那么我们应该怎么办》,《列夫·托尔斯泰文集》第15卷,第248—249页。

于信仰问题的缄默是他已经没有信仰，那还不如说他信仰的特殊性；如果是他没有信仰，在《随想录》中，他一直追求独立思考、表达个人的看法，他的价值标准是什么？细读《随想录》不难发现，巴金不是找到了新的信仰，而是一种信仰的回归，在一段时间中被他抛弃或搁置的信仰重新回到他的心中和笔下，但我想这个信仰不能简单的是当年的无政府主义，它包括了无政府主义的核心理念——我认为巴金并没有完全放弃它，但有所扩大，这种扩大使他跳出了无政府主义自身的封闭，特别是他对五四的新文学的传统的自觉续接，比如他对于鲁迅传统的认同和自觉追随，这些都是它的精神源泉和动力，让他在垂暮之年虽步履蹒跚，但在讲真话的路途上越走越远。

2010 年 7 月 5 日凌晨写完于花城竹笑居
2011 年 2 月 25 日至 4 月 5 日晚五改。

下

岁月碎片

纯文学：李陀的假想敌

十几年前，一本争鸣小说选中的《自由落体》等小说培养了我对李陀的敬意，时光匆匆，如今看到李陀与李静的对谈《漫说"纯文学"》①有一种久违了的惊喜，然而在认真拜读之后，又无法不让我生出一种廉颇老矣的感叹。一个人的衰老首先表现在他对自己年轻时的行为宽容又轻易地否定上，比如谈到当年鼓吹现代派小说，李陀幡然悔悟似的说："那时真是很幼稚，对20世纪这一非常复杂的社会文化现象可以说了解很少。"（引自《漫说"纯文学"》，本文引文未注明出处的均出自此文）不再幼稚的李陀于是选定了一个假想敌，那就是"纯文学"，在这篇谈话中他从这个概念出发对1980年代到1990年代的文学进程做出了反思，尤其是将"纯文学"对1990年代文学创作的负面影响进行了清理。但是，李陀先生的这番努力总让我感觉到他是以自己预设的观念来分割1990年代文学，特别是他有意无意地在扩大这个概念（或这种观念）对作家创作实践的影响，而不是从1990年代文学的真实状况出发来进行反思，这使他的清理和反思未免给人以落空之感。虽然，他已觉今是而昨非，可是1980年代的旧梦仍未散去，面对着1990年代日益复杂的文学现象，他的手中还操着昔日的钝刀和旧标准，这种恋旧又使他的反思和清理处处充满着过来人的感叹，而缺少建设性的活力和热情。

---

① 李陀：《漫说"纯文学"——李陀访谈录》，《上海文学》，2001年第3期。

"纯文学"是一成不变的吗？

正本清源，还得从"纯文学"这个概念出发。李陀先生认为它的最初提出是对于文学作为政治附属品这一观念的反抗，欲将那些附加在文学身上不必要的承担去掉，让它"纯"起来。这本身有一种反抗体制霸权的思想意义，可是进入1990年代以后，"纯文学"则丧失对社会关注热情演变成一种语言的形式表演，李陀先生说："很多人看不到，随着社会和文学观念的变化与发展，'纯文学'这个概念原来所指向、所反对的那些对立物已经不存在了，因而使得'纯文学'观念产生意义的条件也不存在了，它不再具有抗议性和批判性……"因此已经到了宣判"纯文学"死刑的时候了。事实如此吗？恐怕不能如此轻率地下结论，像"纯文学"这样一个内在规定性不是十分严格的概念，它的内涵和意义不是封闭的、一成不变的，它完全可以随着外界社会变化和接受者对其不同层面的强调而出现新的内涵。

我们应当弄清，进入1990年代，纯文学何以被强调，以致成为许多作家"道德与精神的支持"？许多作家在一个旧的意识形态被打破之后还能够认同"纯文学"这个概念，并非他们有怀旧情结，而恰恰是因为这一概念已经有了新的内涵。进入90年代以来，社会发生了重要变化，对知识分子也产生了极大影响，对于文学而言，一大批休闲、消费式的读物的出现，作家们商业化写作倾向日益严重，使得一些对文学抱有精神性承担的作家们不得不强调"纯文学"，以护持他们的精神家园不受污染。如果说"纯文学"1980年代是在与政治对抗中被提出的话，1990年代它则在与商业原则的对抗中再次被强调，这就绝不是一个单单"强调文学形式"的问题，这里面同样有着精神内涵和思想意义。它是作家为了维护自己的精神独立性，为了维护自己个人表达不致湮没在商业操作和批量式的文化生产中所发出的呼喊。无论是对抗政治还是对抗商业，这里面都有着它的一致性，那就是回到文学本身，它让文学以特有的方式为人类丰富的情感和精神葆真。很显然，李陀对"纯文学"的认识起初就存在着偏差，它将一个概念当做一个封闭而永远不能变化的词语，他虽然也轻描淡写地谈到纯文学对抵抗商业文化和大众文化的侵蚀的作用，但是完全低估了这种作用，进而沿着偏差的道路他越走越远。

"纯文学"是一条可怕的绳索吗？

诚如李陀自己也承认的那样："……无论在80年代还是90年代，很难找到一份权威的文献（比如宣言之类）能够完整表达'纯文学'的理念，也很难弄清到底有多少作家、艺术家和批评家没有保留地认同这种艺术追求。"同时，他却认为："就文学的'主流'而言，'纯文学'很像一种'魂'一样的东西，尽管它难以找到一个具体的物质性的躯壳，可它无处不在，支配着成千上百的作家的写作。"我觉得这个"魂"倒是歪打正着，非常准确，纯文学不但没有技术性的表述和规范，实际上也不需要什么规范，因为它根本就不同于浪漫主义、现实主义，甚至现代主义等等这些创作思潮和创作方法，它只是一个宽泛的概念，是一个需要在具体语境下才能界定的概念，或者说只是作家在精神取向上的一致，它本身没有具体要求。这个"魂"如同一群气味相投的人，没有人规定他们的身高必须都是一米六五，还是一米七四，也并非要求他们做同样的事情，只不过在价值取向上他们趋同而已。就文学创作而言，坚持纯文学创作的作家，更强调作家的原创性、独特性，更强调作品的精神意义和知识分子的社会承担，而拒绝消费文化对文学的改变。至于他们的创作方法、题材，以至他们完成的作品则是人人各异丰富多彩。这是作家不同的人生经历，对生命的体验不同和认识不同所产生的必然结果。尽管，同样是坚持纯文学创作，可是两个人的作品和思想倾向完全可能差之千里，像李陀先生所举出的张承志、韩少功、莫言、王安忆几位作家，他们哪一个不是拥有自己的世界？当然这份名单还可以继续开下去。

在谈到纯文学负面作用时，我感觉李陀先生是在夸大"纯文学"对作家的影响，好像它是一条可怕的绳索能将所有的作家都捆在一起似的。我倒认为，这样一个宽泛，甚至未必很科学的一个概念，它在具体写作中对作家的影响是开放的，而不是封闭和单一的，它并非狭隘的教条，相反，留给作家的思想空间是十分广阔的。当然，对于拙劣的创作，不论是纯文学的，还是非纯文学的，都同样的是拙劣的，同样是模式化的、没有活力的。大约李陀担忧的也正是当代文学的这一部分，可是把罪过完全推到"纯文学"身上似乎有点找错了方向。

"纯文学"与"批判性"互不兼容吗？

从李陀先生频频强调主流、中心和社会现实的呼应等等，我觉得他对纯文学的认识，跟他对90年代文学的基本看法息息相关，在这一点上，不能不说他的头脑中还保留着80年代的思想残渣，还是按照那份老地图来走已经变化了的路。他对90年代文学格局的判断，不是基于90年代文学作品本身（我有一个可能不太准确的感觉，我感到李陀先生对90年代文学创作很生疏，起码远远不如他对80年代文学更了解），而是基于对80年代文学的一个逻辑推断，从伤痕文学、反思文学、改革文学、寻根文学等等推过来，80年代文学每个时期都有不同的主潮，都有一个可以为大家所共同关注的中心。而90年代，文学进入多元化时代以后，李陀先生仍试图用一个中心的原则来判断这种文学格局，未免扑空。要么就是嫁祸于"纯文学"，好像作家坚持纯文学创作，就是像80年代一样，都在写伤痕文学（其实伤痕文学因不同的作家自身也有区别），其实这完全是两回事的。在一个多元的时代中，企图或者梦想建立一个中心那是徒劳无益的，我们还应当看到，对于

"纯文学"这个概念的认同在80年代和90年代对于作家本人来说是不一样的,李陀先生所强调的那种抗议性和批判性,在80年代作家是在二元对峙中选择了"纯文学",这其中有不得已而为之的因素,可是90年代坚持纯文学创作,则是作家的自觉选择,因为这个时代中,已经有作家放弃了文学下海经商,为商业写作也会有极大的成功而不会被人轻视,对于一个写作者来说,完全可以有另外的选择。而他们的这种自觉的选择也恰恰是多元时代中的一个特征,多元而不是二元,即使有对峙,"纯文学"与"批判性"互不兼容也未必是李陀先生所强调的那种对抗。

那么,是否像李陀先生所说的那样90年代至今的文学丧失了批判性,"由于对'纯文学'的坚持,作家和批评家没有及时调整自己的写作,没有和90年代急剧变化的社会找到一种更适应的关系","使文学与现实严重脱节","在这么剧烈的社会变迁中,当中国改革出现新的非常复杂和尖锐的社会问题的时候;当社会各个阶层在复杂的社会现实面前,都在进行激烈的、充满激情的思考的时候,90年代的大多数作家并没有把自己的写作介入到这些思考和激动当中,反而是陷入到'纯文学'这样一个固定的观念里,越来越拒绝了解社会,越来越拒绝与社会以文学的方式进行互动,更不必说以文学的方式(我愿意在这里再强调一下,一定是以文学的方式)参与当前的社会变革"。我不清楚李陀先生一再强调的"以文学的方式参与当前的社会变革"具体指什么?不明白为什么强调了"纯文学"就一定是排斥了社会批判性,更不知道他所要求的作家与现实的关系是什么样子?是大家都以社会政治问题为中心进行写作?这样的作家我们有,但是在多元的时代中不可能也不必要所有的作家都这样,因为在人们的日常生活中,社会的变革有着多个层面,社会政治层面的变革,只是其中的一个层面。未必非得关注这个层面的事情才算关注现实吧?

况且,90年代的作家也不是白吃干饭的,他们同样以各自的方式在关注着更复杂更丰富更广阔的社会现实,虽然他们并没有再努力将政治文件变成文学传单,未必在中央的每一次全会过后都要写一篇文章进行表态,但是这并不表明他们就没有社会承担,只不过每个人的承担方式表达方式不同而已,不能因为这种差异,更不能因为多元时代中的这种个人性与李陀先生所想象的干预方式的不同就来否定90年代作家们所做出的努力。更何况,李陀先生不也是列出了一些名单吗?他认为这些写作"所代表的倾向在90年代的文学批评中并不被看好",我觉得恰恰相反,这都是人们无比熟悉的名字和作品,它们并不是李陀先生的发现,而为李陀先生所提起,恰恰是这些作品为90年代批评界屡屡叫好。像余华的一些作品甚至还获得了李陀先生一再强调的"社会影响",拥有很多文学圈以外的读者。当然,这与当年《班主任》的影响相比恐怕还差得很远,可是,非得是那样的作品才叫参与社会干预生活吗?谈到90年代文学创作,除了李陀先生所列的这"少数"几位作家之外,我想还可以将名单拉得更长,比如诗人于坚的《零档案》,对一个荒诞的却又无比庄严的现实的模拟,所表现出来的批判力量是空前的;比如诗人王小妮《我看见大风雪》,那种悲天悯人的情怀同样是一种人间关怀;比如一批批学者以文化随笔、回忆录等方式,以现实的眼光对历史进行重梳,其中充满了现实批判的力量;比如小说家尤凤伟,在他的《生存》、《五月乡战》、《生命通道》等抗战系列的作品,对人性的深入解剖,在晚近的《中国一九五七》中对历史的反思,尖锐的抗议令人震颤……当我们谈论这一时期文学创作时,怎么能离开这些活生生的具体作品,而以一个概念就给一个时代下了结语呢?当我们谈论张承志、张炜、史铁生等这些作家时,能够轻易以"缺少思想和政治激情"而否定他们的信仰和理想吗?这些作品不是在以文学的方式参与社会变革吗?李陀先生到底要求的是什么样的作品呢?像炸弹一样一声轰响让天下皆惊?这将文学当作什么了,是不是李陀头脑中的庙堂梦仍未散去,总是企图将文学作为跳板,或者用喇叭来放大那些简单、肤浅的口号？文学参与社会变革，注入其中的是思想的力量，精神的力量，而不是充当某个社会炮弹去打开哪扇具体的门。或许李陀是希望写当下重大社会主题，比如反腐败等等，这样的作品也有，但是大家都对它们摇头，什么原因？恐怕"以非文学"的方式来创作的吧？恐怕它们表面上是在反映现实，其实抓到的是现实的影子，甚至是在粉饰现实。

考察文学史，鲁迅写辛亥革命，也不是从孙中山、武昌起义写起，而是写了长着癞头的阿Q，写了小得不起眼的未庄，可谁说《阿Q正传》不是描写这场革命的经典之作，谁又说这部小说写的不是最直接的现实？作家未必写WTO和因特网就算进入了21世纪，就算"调整"好了"与现实的关系"。正如胡风所说的"处处有生活"那样，作家是这个时代中的人，生活在地球上而不是月球上，他与现实的关系是在潜移默化中产生的，而不是外在强加给他的。过去讲"时代的局限"，这起码从另外一个方面就说了时代与个人之间的互动关系，而不是说谁脱离了时代就脱离得了的。因此，我有理由怀疑，要么李陀先生对90年代文学只是盲人摸象式地以部分代整体进行了评价，要么就是他的评价标准出了问题，即他简单化地理解了作家与社会现实的关系，他还是希望文学作品以图解的方式对应社会变化。

不知李陀注意到没有，在90年代，文学上真正有分量、能够体现出社会批判性的声音，恰恰都是从所谓坚持"纯文学"创作的作家这里发出来的。韩少功曾用"进步的回退"在评价当代作家的一些创作，他认为："余华先生的长篇小说《活着》，李锐先生的长篇小说《无风之树》，让我们关切一些中国当代下层贫民的伤痛，延续了中国从屈原到杜甫、到鲁迅的人道主义悲怀。我在这里还没有提到张承志的《心灵史》和张炜的《九月寓言》，这两部长篇小说在更早的时候，在中国90年代卷入经济全球化的初期，就坚守着文学的民间品格和批判精神，构成了中国现代文学在一个迷茫时期最早的思想闪电和美学突围。"①比如张炜在《家族》中对革命神话的揭穿,那令人触目惊心的往事无一不在直指潜伏在当今社会和人们思想深处的病根。而一些商业化的或者是世俗倾向很重的写作,常常是不痛不痒地触及一点社会的不公平,发泄一下人们的不满情绪,并且仅仅将这些作为衬托成功人士是怎样走向成功的背景而已。成功神话的不断营造,中产阶级生活的垂涎之情,都是来自这些作品。它们总是在有意无意地消解现实的痛苦和沉重,这里面哪还找得到社会批判性?我想,这些都从另外一面在证明"纯文学"存在的意义,起码它与社会批判性不是不可相容。至于李陀举出纪录片等例子,倒让我感到,他总希望文学作品不仅是一部作品,而且还应当成为一个社会事件,甚至,他认为只有这样文学作品才算有意义。我觉得,这真是"二十年一个轮回"。绕了半天又绕了回去,又让文学去承担它不该也无法承担的东西。

"个人化写作"一统天下了吗?

让李陀感到忿忿不平的是 70 年代后写作群体的出现和评论家们对他们的关注和肯定:"这一文学现象中最值得注意的就是'个人化写作'这个主张,包含在这一概念中的种种写作追求,不仅使文学与社会的脱节进一步加剧,而且,公开宣扬写作就是要脱离社会现实,脱离现实冲突……""虽然'个人化'写作只不过是 90 年代'纯文学'的一种形式,是其中的一个类型,但由于批评所给予的特殊荣誉和地位,它对'纯文学'的整体生存和发展有了特定的意义——尽管很多作家并不赞成其中所包含的文学写作要'纯',要从个人经验出发考虑自己对写作的态度这种文学倾向。"我觉得李陀在这里再一次将 90 年代的文学

---

① 韩少功:《进步的回退》,《进步的回退》,第 7—8 页,春风文艺出版社,2002 年。

性质做了错误的判断，他以为批评家的一声吼，所有的作家都会跟着动，如前所述，在90年代已经找不到这样一个让所有人都认同的声音，文学已经趋于多元化，作为新生的一代，他们自然可以选择自己的表达方式，而且对于个人化主张的热情肯定的声音，也是基于对文学规律的尊重，有巴尔扎克和托尔斯泰式的作家，为什么就不能有王尔德、波德莱尔式的作家呢？对他们的肯定，并不就意味着让所有人都这么写，就如同肯定了余秋雨并非都要天下人都去写"文化大散文"。

至于李陀感觉全天下似乎都在强调个人化写作似的，这又是一个错觉，是他对个人化写作及其传播不加分析的皮相看法。个人化写作，特别是70年代写作的一群，他们的自我表达方式，张扬的个性和内心欲望大胆表白，使得他们的写作不仅具有为批评家所看好的性质，也有了与商业、媒体相沟通的因素，关于他们的许多声音恰恰是媒体发出来的，我们要审慎地分析媒体的动机和蕴含在这里面的意义，而不能把这当作学术批评来推断什么，李陀先生恰恰相反，把这些声音作为判断90年代文坛，尤其是纯文学的唯一声音似的，可是，在这些人之外，我们的文坛不是还有"各式各样的小说"吗？而且就是这一批人中，不也"各式各样"吗？

那些坚持"个人化"写作的人，我想他们只要忠实于个人生命体验，同样会从另外一条道路上通向这个时代的精神顶点。一个正常的社会没有定于一尊的事情，写作也一样，可以有不同的观点、立场和表现方式，他们也未必不能殊途同归。我无意为"纯文学"声辩什么，我甚至觉得针对"纯文学"这样一个宽泛的划分大做文章，是小题大做，用它来反思这一时期的文学，真真是难为了它，也太夸大它的作用了。而我宁愿从具体的作品来分析文学的走向，而不是从这样一个谁都能看到却谁也去抓不住的概念入手。

2001年4月23日　泡崖　一稿

新的希望，还是新的失望

——谈新体验小说

一

1993年的中国文坛，吵吵嚷嚷，似乎并不冷清。特别是北京的几家出版社先后出版陕西几位作家的长篇小说，一时间，陕军东征，来势凶猛。北京，毕竟是文化中心，毕竟是作家成堆的地方，眼看着别人家在自己的一亩三分地里闹腾得挺火爆，自家里没戏，似乎太对不住这个喧嚣的文艺大舞台。于是，在1993年秋，刊物征订之前，《北京文学》在筹划着新的举措：它联合在京的部分中青年作家推出"新体验小说"创作大联展。

1993年9月25日，陈建功、赵大年、母国政、郑万隆、刘恒、刘震云、刘庆邦、许谋清、王祥夫等作家联合发起这次创作大联展，并为尚未出笼的"新体验小说"的创作定下了基调。当年11月9日，《北京文学》又邀请在京的李功达、沙青、刘毅然、毕淑敏、徐小斌、吕晓明等10位青年作家举行组稿会。经过一番精心酝酿，1994年第1期《北京文学》扛着"新体验小说"的招牌，陈建功的《半日跟踪》和许谋清的《富起来需要多少时间》作为第一批作品推到读者面前。同时《北京文学》颇富豪气地宣称："本刊曾坚定地认为要继承和发展新时期文学的成果，团结新老作家，特别是那些新时期成长起来的中青年作家们，在文学的天地里，扑打属于自己的翅膀。"

到目前为止,《北京文学》已刊出陈建功、许谋清、赵大年、母国政、毕淑敏、李功达、杨屏等7位作家的中短篇小说,从第2期起,又开设"新体验小说笔谈"专栏,几位执笔创作的作家谈了自己对新体验小说的认识及创作体会。4月,北京市文联研究部与《北京文学》联合为这项有组织有预谋的集体行动举办研讨会,三十余位批评家和作家参加了研讨,他们认为"新体验小说"的提出相当及时,对其欢迎、赞赏乃至于寄予厚望的态度毫不掩饰。《作家报》也以"94文坛新风景"为题报道了这项活动。可是,上海的评论家们却以《迎合的悲哀,世俗的胜利》①为题评论"新体验小说"在其"亲历性"等主张背后隐匿着的迎合倾向。一些评论家还发出"文学实验,还是商业行为"的质问(见《文学报》684期)。面对这样截然不同的反应,我们也不禁要问:来头不小的"新体验小说"到底给文坛带来了什么呢?

二

"新体验小说"的发起者们没有为"新体验小说"做出严格的理论界定,他们只纷纷表示将率先深入社会的各个层面,躬行实践,通过自己的观察和深切体验,以"新体验小说"的创作形式,迅速逼真地反映新时期社会生活的变幻,表现当代人的生存状态和思想情感。他们甚至强调作家的个性表达和主观体验,可以"按着各自不尽相同的理解去写""新体验小说"。但作为集聚在同一面旗号下的作家们,毕竟有共同遵循的主张,这些可以为我们勾画出"新体验小说"的基本面目。据称,"新体验小说"主要特征在于,它要求作品具有现实性和亲历性,强调作家主观特性。在内容上,强调关注社会层面化行为,展示和描写比一般小说单个主角所提供的更为广阔的社会场景。所谓"新体验

---

① 作者阿刚,《文学报》,1994年第679期。

就是要摆脱作家本人以往对生活的成见，要在尊重亲身体验的基础上进行创作。无论在选材还是叙事上，"新体验小说"都把"亲历性"放在首要地位，参与创作的作家，不论是陈建功还是赵大年，几乎异口同声地说"亲历性将是这类作品的魅力所在"。

强调作品的现实性和亲历性，强调作家的主观参与，这与"新写实小说"截然相反的态度，对于当下文学创作不无裨益。很长一段时间，作家们似乎更喜欢讲"1934 年的故事"，更留恋于"妻妾成群"的时代。正如"新体验小说"发起者所认为的那样，进入 90 年代，随着经济的发展，势必导致社会生活和私人生活的变化，而文学作品在活生生的生活面前似乎显得苍白无力，那些遥远的故事当然也表达了作家的生命体验，然而迅速、逼真地反映当前生活变幻、表现当代人的生存状态和思想情感，也是作家们不应逃避的责任。同时，退化为写作动物的作家，的确需要走出狭小的沙龙，去感受一下远非想象的生活。不论对体验生活，人们做何理解，尽管有主观能动性供作家发挥，但视界的狭小和封闭，不能说是一个作家值得自豪的事情，特别在这个五光十色的时代。从这一点说，"新体验小说"的主张对作家的生活方式等可能带来非常有益的冲击。

然而，另外的疑问也必然会随之而来，作家的亲历性对于读者真的是那么重要吗？如果这种"亲历"只是向读者证明确有其事而且作家本人确乎经历过此事，把它视为"新体验小说"的魅力所在，似乎是把石头当玉石。从小说本身来讲，它是虚构的艺术，完全没有必要承担新闻的功能，正如米兰·昆德拉所说："小说不研究现实，而是研究存在。存在并不是已经发生的，存在是人的可能的场所，是一切人可能成为的，一切人所能够的。小说家发现人们这种或那种可能，画出'存在的图'。"[①] 而把亲历性强加给小说，实际是让作家带着框子去

[①] 米兰·昆德拉：《小说的艺术》，第 42 页，孟湄译，生活·读书·新知三联书店，1992 年。

写作,在束缚小说。文学的真实性并不能等同于"亲历",写出那些印象式的东西,远不如对日常生活作以深层的思考写出来的东西更真切、感人。同时,这种作家的亲历性对读者的意义到底在哪里也值得思考。作家与读者发生联系最主要的纽带是作品本身,无论作家的阅历如何丰富,亲历面又如何广阔,如果不能借助于文字真切地传达出自己的体验并使之与读者的情感和体验发生关系,那么作家个人的体验,就不具有社会价值,作家无非是告诉人们的确发生过什么事情,这不是文学承担的责任,读者也没有必要从小说中去验证生活中的某事存在与否。从另一个角度说,一个作家与一位阅历丰富而非作家的人最大差别,恰恰在于作家能够借助完美的形式把他的阅历和体验表达出来,后者则缺乏这种能力。因此,强调作家的亲历性,并不等于作品本身就能带给读者以新的感受,如同过了河才可以摘到鲜花一样,亲历性本身并不能替作品增加什么魅力。

"新体验小说"已经发表出来的作品更能印证这一点。陈建功的《半日跟踪》,写的是作家跟踪一位神经质的"农民作家"的半日经历,作者自称这是"一次很典型的亲历",可是这种亲历带给读者的又能是什么呢?一位自称"农民作家"的人上京,自认为许多人在打击他压迫他,作家又不得不"残忍"地击碎他的文学梦……或许事情真的感动过作者,但它又能让读者读出什么?是作家对文学对自身的自嘲,还是其他?不是让你没法琢磨,而是引不起你琢磨的兴趣。仅此而已,读完作品只有这一个想法。毕淑敏的《预约死亡》,写到了她在临终关怀医院所见闻的一切。"死"作为人类自身所面临的共同问题,作为一个对"生"着的人显得神秘又可怖的字眼,势必会引起读者的关注;而这种新一类型的医院,为临终安慰这一人道事业而奉献的人们,在作者的笔下得到了情景式的展示,毕淑敏不是在简单叙述自己的体验过程,而是试图用自己的笔带着读者去体验,她要营造一种氛围。她的目光也不仅仅停留在亲历上,不仅仅为自己走出狭小书斋而亲历一次就沾沾自喜，她有自己更深层的思索："个人的情感只有同人类共同的精神相通时，我以为它才有资格进入创作视野，否则只不过是隐私。"因为这些，使得她这篇小说虽称不上优秀，但在这批"新体验小说"中也可算是羊群中的骆驼了。

毕淑敏谈到她这篇《预约死亡》时，曾说："在付出了和一个报告文学家不敢说超过起码可以说相仿的劳动之后，我用它们做了一篇小说。"说这话的她，没有自豪，至少也是在得意自己的选择，可看过小说后，我的直觉在提醒：何不直接写成报告文学？小说以"我"为穿线人物，分别通过与院长、医生、护理者、病人家属等的接触和采访，让不同的故事在同一场景和氛围中展开，这样写反倒不如纪实或报告文学揭开窗纱，一目了然，相反用小说的形式反倒是忸忸怩怩地处理了这宝贵的题材。有人在1994年3月19日的《作家报》上撰文认为："纪实——1994年的文学主旋"，并说："就连小说创作界，也在向纪实靠拢"，例证就是北京的"新体验小说"。欲以加重小说的纪实成分来争取更多的所谓纯文学读者，我认为这一不明智之举除了更迅速地使小说丧失自身之外，一无所获。"新体验小说"强调关注社会层面化行为，展现更为广阔的社会场景，从已发表的作品看似乎各个层面反映的也不少，但如同作画不一定谁都能做得百米长卷一样，"新体验小说"未必优势尽在于此，反过来说，那些"社会大扫描"式的作品不比这小说更全面更迅速地表现社会的新变化吗？谁再去费时读小说干什么？"新体验小说"的发起者也意识到这一点，他们强调作家主观个性的表达，可是从发出的作品来看，作家的个性被现实绑得死死的，使整个小说虚弱无力。一种文学主张如果不是站在坚实的文学作品之后，那它再美丽也会转瞬即逝。当理论家在标贴"新写实小说"的时候，"新写实小说"的作家已纷纷拿出了得到读者承认的力作，而"新体验小说"，迄今为止所产生的作品，只能在预约人们的希望，其实已给了人失望。

似乎不应当过早地妄下断语,因为创作毕竟在继续。但从已发出的 4 期作品看,这"新体验小说"除了在主张之外,让我们难见新意在哪里。他们声称要摆脱作家本人以往对生活的成见和所固守的叙事方式来进行创作,可是无论从赵大年的《大虾米直腰》,还是母国政的《在小酒馆里》都难寻新鲜面孔,甚至相对他们自己过去的创作也谈不上新的突破。许谋清在煞有介事地求证"富起来需要多少时间",其实只不过在玩弄一个花里胡哨的形式,甚至给人华而不实、哗众取宠之感。读者看的是作品,不是看谁喊得响不响,但愿这样的失望不要再继续下去。

三

如果说韩少功在 1985 年发表《文学的"根"》一文,扯起文学寻根的大旗,是出于对光大民族文化的忠诚之心的话,我们却不能依此类推来评断"新体验小说"的发起者们。随着时间的推移,社会文化环境已今非昔比。在当今文坛上,包装作品包装作家已不再是新闻,一部作品尚未露面,先咋咋呼呼地评说一气,或者随同作品出现的是一张张标着什么"世界级文学作品"的名头招贴画,或者故意放大书中某些内容而诱惑读者,这些可以说是新的经济体制使文化产生了新的传播途径和存在方式,也可以说是文学为了便于销售,不得不用其他手段来帮忙。"新体验小说"的发起者们扯起大旗,到底是为了开辟小说创作的新途径,使小说沿多声调多样化的道路繁荣发展呢,还是挂着羊头卖狗肉干别的营生呢?

"新体验小说"发起者们的表述似乎道出了他们的目的。陈建功说:"因为叙事者的亲历,将使'新体验小说'吸取了很多新闻的特点,所以它将有较强的可读性。"赵大年说:"这种作品的魅力在于作家的亲历性……唯其真实可信,就缩短了与读者的距离。""它是写给大多数读者的纯文学作品。"母国政干脆宣称"回避深刻"。我们的文学终于走出了冷漠、拒绝读者的阶段，获得读者，成了作家们最迫切的想法，强调贴近生活强调亲历性，在这背后，讨好、迎合读者的倾向显而易见，为此不惜放弃小说本身的特长，而标之曰"探索"，这令我想起米兰·昆德拉关于"媚俗"一词的解释："媚俗就是把流行观念的愚昧翻译成美丽而富于感情的语言。"这本身可能是"新体验小说"作家们不愿听到的。他们其实想搞一件名利双收的买卖，既可谓之为文学发展做了尝试和探索，又招来一大批读者，于是乎赶紧扯起旗号，匆匆忙忙上阵，集团作战，目标更大，更利于引人注意。难以想象他们是何等仓皇，蜻蜓点水、浮光掠影地转了转，就开始构思他们的"新体验"，甚至不乏带着赶制一篇作品的任务去收集材料。陈建功说："'新体验小说'是在1993年岁末仓皇上阵的，我那篇《半日跟踪》'跟踪'的如此仓皇便是证明。"这种"仓皇"实际包含着在如今浮躁的社会和文坛环境中作家们内心的焦虑，创作也好像得赶紧置办点东西去赶集似的。

　　说千道万，作家的名字毕竟是署在作品上的，对读者来说，作品应是最重要的。因此，不论怎么花样翻新，还是几度沧海桑田，最后大浪淘沙，剩下的惟有作品本身。如此看来，"创新"的焦虑是否能平复几分呢？

1994年春

无知岂能无畏

——质疑王朔批评文字

　　大凡功成名就的人，都志满意得喜欢指点江山，都喜欢酸不酸甜不甜地说几句"一个才尽的老作家对老腕新秀的殷切期望"①。当然，王朔可不像病厌厌的老头子说那些上气不接下气的话，王朔是雷公，到哪里都轰隆隆弄出点响儿来。世纪之交，他的大棒从金庸抡到老舍，并且雄赳赳气昂昂地宣称：下一个是鲁迅……写完了看上去并不美的小说之后，王朔大爷一不留神又成了文化批评家，"点尽古今'圣贤'，品评文化时尚"②，没有他扯不到的问题，连"文学史上谁站得住"仿佛都得经他批准。苍蝇一样跟着起哄的传媒让王朔得意忘形大放厥词：说我是疯狗，我就是疯狗；我的底线是：可以无耻，但不能伪善……睡眼惺忪的人们闻得此语，好像是稀饭里拌了辣椒，精神倍增，不禁大赞王朔，说他的文章"均有的放矢，有感而发，'好处好说，坏处坏说'，比较充分地表达了个人的喜恶与臧否"，"他看着不顺眼的，不管对象是谁，他都不留情，不手软"，"他这种人人平等、直截了当的批评，在很大程度上正切近着批评的本义"③。这么多年了，是王朔同志的教导

---

① 王朔：《无知者无畏》，第94页，春风文艺出版社，2000年。
② 语出《美人赠我蒙汗药》封底，该书由长江文艺出版社2000年出版，封面署"王朔、老霞著"。
③ 见《无知者无畏》的《编者序》。

才让我们懂得什么叫真正的批评,以致有人在网上说"听王朔放屁也比听理论家们论道好听"。似乎,批评已经到了非王朔来拯救不可的地步了。

"流氓无产者"阿Q此时也成了王朔的知音,王朔说:"阿Q讲过:尼姑的光头,和尚摸得,我就摸不得?"①说得好,谁都有发言权,这是民主的进步;但这并不意味着我们就没有是非标准,就要放弃应有的原则,而保持可耻的沉默。至少在民主之外,我们还需要公正,公正是对民主的补充而不是压制,诚然,那种吞吞吐吐、瞻前顾后,除了好话什么都不会说的文字,是人情账本而不是批评,但王朔这样横冲直撞、逮谁灭谁的文字就是"切近着批评的本义"吗?"无知"还能"无畏"恐怕只有在"知识越多越反动"的年月里才会风光无限吧?大字不识的老百姓也知道"有理走遍天下,无理寸步难行",怎么到王朔这里,就可以无畏于天下了呢?批评之所以与泼妇骂街还有着鲜明的区别恰恰是因为它更需要理性。率真、坦诚等等,十分重要,可它们只是批评的前提条件,如果失去了理性的规范,批评也可能会滑向主观臆断、意气用事、不明事理又顽固不化这一面。对于批评来说,光"无畏"是远远不够的,李逵的大斧子在人群中乱砍起来会伤及无辜。无知的话,无理的话,无赖的话,除了给这个世界增加噪音之外,并没有什么实际意义。

而王朔的批评文字最大特点就是认认真真地跟你蛮不讲理,他曾批评过港台文化有四大俗,我看他的批评文字起码也有四大"蛮不讲理":

其一,对批评对象一知半解,就可以说三道四。比如读金庸的《天龙八部》,"这套书是七本,捏着鼻子看完了第一本,第二本怎么努也看不动了"②;读老舍的《骆驼祥子》,"我耐心地看了百十页,始终等不

---

① 王朔:《我看鲁迅》,《收获》,2000年第2期。
② 王朔:《我看金庸》,《无知者无畏》,第75页。

到激动人心的场面出现,就往后翻,翻到最后的残页,也没找到一段吸引我的情节"①;读《四世同堂》,"在不到一半的地方合上书,感到很失望"②。只看看开头,接着就往下翻,后半部分是猜出来的,这些作为个人读书习惯,谁也管不着,可是作为评判别人创作的依据,那可有点玄乎。最令人敬佩的是再玄王朔也从不心虚气短。如有记者问王朔:你说"吹捧张艺谋的人都是拿了钱的",有何证据?他说:"我只是怀疑,没有证据。"那批张又是何动机?王称:"没动机,就是觉得有些别扭。"③不知道这话可否理解为"就是看你不顺眼",如果可以,那王朔幸亏不是金口玉牙的皇帝,否则不知有多少冤魂将丧命于他的刀下。

其二,你说东,我偏说西,诸事唱反调④。这也是王朔往自己脸上贴金表现自己独立性和批判性的得意之处。但凡事要先问个道理,不能像大专辩论赛抽签抽了反题那样,绞尽脑汁费尽机术就为了辩论胜利。唱反调不是什么罪过,可怕的是"诸事",试问到底这世界上有没有你认同的东西,如果有,就不可能是"诸事唱反调";如果没有,那你以什么标准来唱反调?为唱反调而唱反调!这不是耍无赖吗?令人敬佩的是王朔说到做到,当棉棉的《糖》及"用身体写作"的观念受到批评的时候,王朔可不能失了唱反调的大好时机,于是立即写文章"祝棉棉身体好"。

其三,我臭你也别香,搞臭一个算一个。先是自贱,把自己拉到粪坑中,然后贱人,把别人拉下来,弄出个天下老鸦一般黑,从此谁也别说白了。用王朔自己的话说是,"王朔的优势也仅在于抢先一步宣布自

---

① 王朔:《我看老舍》,《无知者无畏》,第64页。
② 同上,第67页。
③ 宁佐勤:《王朔:我骂我存在》,见沈浩波、伊沙编《痞子英雄:王朔再批判》,第365、366页,中华工商联合出版社,2000年。
④ "诸事唱反调"出自王朔《数你最思想》一文,发表于《三联生活周刊》,文中说:"有朋友讲:你别装思想家!你有什么思想啊!……其实谁不知道你那一套,就是诸事唱反调,语不惊人死不休。""我说:诸事唱反调算不算思想?"

己是流氓,先卸去道德包袱,还落个坦诚的口碑,接着就对人家大举揭发,发现一个人小节有污就指其虚伪,就洋洋得意,就得胜还朝。这基本上是文化大革命贴大字报那一套,搞臭一个算一个。"① 王朔的逻辑是:我臭,你也不香,而且也不许你香。比如他在大谈"知识上的诚实与道义上的负责,是一个作家的界限,界限就在这儿,要是守不住哪怕退一步也就完了"②,满口讲仁义道德。可是这些仁义道德仿佛还有专利权似的,如果出自他人之口,就是假崇高,伪善,假正经。而出自王朔自己之口,就是攻击别人的武器、衡量别人的标准。且不问谁给了王朔这个权力,仅仅这套手段,就是封建时代"只许州官放火,不准百姓点灯"的酷吏所惯用的,不知王朔什么时候竟也学会了?

其四,要什么是什么,随心所欲变戏法。至少规则、常识及事物的本相,我都不管,它们也管不着我。比如关于媚俗,王朔说:"媚俗?对了,搞大众文化就是要媚俗,在商言商,俗是什么?是多数人的习惯和约定,我们不把话说得这么难听,我们叫'为人民服务'。学院派知识分子可以从各种角度批判大众文化,就是不要从'人民性'这个立场出发,因为那是大众文化本身的立场。"③ "媚俗"的本义是什么,早让他掉包了,同时,他还搬来"人民性"和"为人民服务"两顶大帽子来压人,大众文化在这里成了一个至高无上不能批评的价值判断,在王朔游刃有余的概念偷换中无往而不胜。我想真是埋没人才,要不然王朔到马戏团一定是变魔术的好把式。

说王朔蛮不讲理还"认认真真",那是因为朔爷现在阔了,不能痞里痞气地说"我是流氓,我怕谁"了,他要装点门面,于是将自己无知加无畏的批评文字,寻宗认祖,认到"革命文化传统"大门上了。"我

---

① 王朔:《我看王朔》,《无知者无畏》,第57—58页。
② 语见《美人赠我蒙汗药》,第101页。
③ 王朔:《我看大众文化港台文化及其他》,《无知者无畏》,第24页。

的心态、做派、思维方式包括语言习惯毋宁说更受一种新文化的影响。暂且权称这文化叫'革命'文化罢。"① "我自认为是新北京文化圈中人，这个文化脱胎于49年以后的革命文化,其精神实质是向西方的。"② "我的'五四'就是和所有传统文化决裂,把所有天经地义都拿来重新审视一遍,越是众口一词集体信以为真的越要怀疑、批判;越是老的,历史上被证明行之有效的,越当作枷锁,当作新生活的绊脚石。"③ 我不知道这是不是"造反有理"和"打倒一切"的另一种说法,反正王朔为红卫兵小将们辩护倒振振有词:"红卫兵是奉旨造反,算不得好汉,加上又把人打了,演变成行为上的暴徒,名声搞臭了,若仅是文化上的造反,思想上的造反,那还正是'五四'传统。"④ 原来思想上造反、破坏一切,正是王朔心仪的"五四传统"。王朔在谈到他喜欢的小说时偶泄天机,原来他崇尚的就是"东拉西扯、言不及义、逮谁灭谁、相当刻薄。'刻薄'在三十年代是上海左翼文人的强项"⑤。"北京文化也不是全培养奴才,也有一股张狂气,见谁灭谁,专拣那大个的灭。"⑥ 这"专拣那大个的灭"怎么有余秋雨所写过的"小人心理",而"逮谁灭谁"倒不乏英雄气概,可是想到"兴无灭资"和姚文元之类的,又让人不寒而栗。由此看来,王朔把左翼文化认作祖宗并不是谬托知己。王元化先生近年在反思"五四"的时候,曾经特别指出,五四时期所流行的四种观念值得注意,其中之一为激进主义,"这是指态度偏激、思想狂热、趋于极端、喜爱暴力的倾向,它成了后来极左思潮的根源"⑦,这难道不

---

① 王朔:《无知者无畏》,第111页。
② 同上,第78页。
③ 同上,第43页。
④ 同上,第43页。
⑤ 同上,第95页。
⑥ 同上,第44页。
⑦ 王元化:《王元化对"五四"的思考》,《清园近思录》,第74页,中国社会科学出版社,1998年。

是与王朔一奶同胞？特别是看看王朔文中"鲁迅，有什么呀"[①]的口气，仿佛当年成仿吾、阿英、郭沫若等人转世。王朔显然还狭隘地理解了"五四"，认为当时是不加区别地打倒一切，泼洗澡水时连孩子都要一起泼掉，其实大胆怀疑如果离开小心求证来支持，不是多疑就是目的可疑。王元化先生在同一篇文章中曾指出：五四是反传统的，但不是全盘反传统，如反儒家，却不反庄、墨、韩；反贵族文学，却提倡民间文学[②]。经历过"文革"之后，对于左翼文化的负面影响人们已经有了足够的认识和警惕，比如说这动不动灭谁，其实是一元思想的一个体现，首先认定自己手握真理，而且是唯一的真理，那就不给其他与你相悖观念生存的空间，就要灭人，而且在"灭"的过程中，还充满着神圣感，口口声声反专制，其实是取消你的专制，建立我的专制。王朔说某某高高在上，压制了他的自由，可是以消灭别人自由为代价所换来的个人的这种自由，血腥味儿是不是太浓了一些？可叹王朔，一世消解体制、权威的英名背后竟藏着建立新专制和独裁的险恶用心。

在这个时代，极端和狂热比理性和思想更能博得鲜花和掌声，本以为知识分子是不会在这个盲目狂热和趋同之列的，谁知我过高地估计了他们，不仅如此，一些人还积极参与到把本来粗鄙化的东西神圣化和合法化的努力中。如果善意地理解，至少有两点迷惑了他们：一个是误认王朔为平民代言人，以"人民"为马首是瞻使他们充满了对王朔的赞赏之情。但早就有人指出王朔身份的可疑，朱学勤说："王朔有意无意地以平民意识为油彩，作为他推销文字作品的有效策略，确实获得了成功。但是如果有一定的历史感，不难看出其社会内容是大院父辈消灭了市民社会，大院子弟再来冒充平民。拿这样的东西偶尔解闷取乐，可以，说这样的东西为平民意识，那真是认错人家，错把荆

[①] 王朔：《我看鲁迅》，《收获》，2000年第2期。
[②] 王元化：《王元化对"五四"的思考》，《清园近思录》，第75页。

州当徐州了。"① 另外,他们还忽略了王朔在媒体时代作为一个媒体英雄的身份,忽略了媒体就需要王朔这种语言效果,为此拼命地放大他的声音,王朔每一句话都激起千层浪,那不是民众对他的真实呼应,那不过是王朔与媒体共谋的结果。而真正民众的声音不是被有意忽略就是被无情剪裁掉。作为社会的一员,王朔怎么发言,那是他的自由,但是值得警惕的是大家对他未加理性分析就默默认同他,甚至胡搅蛮缠地破坏其他价值取向存在的自由。比如关于王朔对于"崇高"的消解,把那些"左"的呆板的体制教条和真正的崇高混在一起,本来就是文不对题,可是,知识分子俨然一个旁观者,居然很少人站出来说:我就崇高,我怕谁?仿佛崇高就是瘟疫,还需要我们来躲避;仿佛坚守它就是伪君子假道学,是一件可耻的事情。这里面除了理性的迷失之外,是不是也透露出知识分子对自己的精神传统和价值标准的一片迷茫,在他们的头顶上,本也没有什么标准和原则,只是投机式地用着什么了就抓一个来。如果是这样,就无怪乎王朔的蛮不讲理也可以横行霸道了,因为王朔起码还有个蛮劲,而他们既无知,又不能无畏,那面对王朔这种无畏只有鼓掌的份儿了。

2000 年 10 月 22 日于泡崖

---

① 朱学勤:《文坛"二王"之争》,《书斋里的革命》,第 149 页,长春出版社,1999 年。

解构与重建
——关于重写文学史

"重写文学史"是陈思和、王晓明在主持《上海文论》"重写文学史"这一专栏所提出的学术主张,这一专栏从1988年《上海文论》第4期推出至1989年第6期结束,共发表关于20世纪中国文学重要现象和作家作品的探讨文章四十余篇。两位主持人在专栏推出时是这样申明讨论宗旨的:他们希望能通过"重新研究、评估中国新文学重要作家、作品和文学思潮、现象","刺激文学批评气氛的活跃,冲击那些似乎已成定论的文学史结论,并且在这个过程中激起人们重新思考昨天的兴趣和热情"。专栏所探讨的问题恰恰是多年来困惑现当代文学研究的症结所在,因此一经推出就引起强烈反响,一时间成为学术界普遍关注的话题。

"重写文学史"的提出和引起关注皆非偶然。进入新时期以来,政治上的思想解放、拨乱反正给学术领域带来了宽松的气氛、活跃的思想。一大批过去被粗暴批评的作家获得了公正对待,因各种原因不能提及的文学思潮、流派也得到了重新评价,大批新文学作品重印,作家的选集、全集的编辑,像《中国现代文学史料汇编》这样规模宏大的资料丛书的出版,都为中国现代文学这门学科发展带来新的生机。与此同时,新的学术气象与旧有的文学史模式之间的矛盾表现得尤为突出。

在特定历史时期产生、发展起来的中国现代文学这门学科,一直缺乏一个平稳发展的学术环境，诸多问题长期困扰着学术研究，它们具体表现在：一、这门学科在设立之初即被纳入国家意识形态领域范畴进行构建，它与哲学、历史等其他学科一样，是用来论证新政权从产生到走向胜利的合理性的，这使学术研究不但要与主流意识形态保持高度一致，而且还要强化它、突出它，并以此来构成学术框架。于是文学史的分期也自然而然地依附在政治历史的分期上，作家和作品也有了主流、支流、逆流之分，突出了中国共产党对文艺运动的领导，突出了文艺界的对敌斗争，突出了左翼文学的历史地位，以这种先验的观点、结论去整合文学史，那必然会损害文学的自身发展规律、消解历史的客观性，也必然会限制学术视野，影响学科的多元发展。二、带有工具色彩的这门学科，无疑要强调它的现实功利性，庸俗社会学原则也因此乘虚而入，这时，再企求相对稳定的学术标准显然是奢望，"政治标准第一，艺术标准第二"成为金科玉律时，一部现代文学史就成了政治气候的晴雨表，被政治的大笔改来涂去，变得千疮百孔。反胡风时，"胡风集团"一拨人就要被去掉，批判"丁陈反党集团"时，丁玲就成了最大的忌讳。处处是禁区、雷区，正常的学术格局被破坏。三、由于受到前面两个因素的直接影响，这门学科丧失了应有的活力，自身的学术个性也被压制，要么变成气势汹汹的大批判稿，要么是充满主流话语毫无个人立场的官方文件，一部部新文学史只是同一个声音的不断重复，1949年以后所产生的两百多部中国现代文学史仅是少数几个通行版本的"复写"。"重写文学史"也正是针对这种现状，为完善和发展这门学科而提出的。

在此之前，1985年，黄子平、陈平原、钱理群提出了"二十世纪中国文学"的概念，对"重写文学史"产生了积极的促动，这一概念的提出，"首先意味着文学史从社会政治史的简单比附中独立出来，意味着把文学自身发生发展的阶段完整性作为研究的主要对象"，它强调整体意识，在时间上打通近代、现代、当代的界限，在部类上打通"文学理论、文学史、文学批评"的割裂①。随后陈思和出版了《中国新文学整体观》②一书,主张研究文学史从文学本体出发,恢复对文学作品的美学评价,并运用"整体观"的视角,梳理了中国新文学史上"前三十年"与"后三十年"、现代主义思潮与现实主义思潮、当代意识与文化传统之间的关系。这些都为"重写文学史"的提出做了坚实的准备工作。

陈思和与王晓明两位主持人,在每期专栏中的《主持人的话》及其他相关文章中,比较系统地阐述了"重写文学史"的主张。首先是"重写文学史的"目的:"要改变这门学科原有的性质,使之从从属于整个革命史传统教育的状态下摆脱出来,成为一门独立的、审美的文学史学科。"③"我们说'重新评价'作家作品,并不仅仅是指给它们一个与以前不同的判断,在某种意义上,更重要的还在于以一种与以前不同的态度去评价它们。……我们今天要冲破原先种种不正常的研究格局……"④"当然'重写'还有另一种比较狭义的理解,我不想否认,它包含着我们对过去那种统一的文学史模式的不满和企图更新的意思。"⑤随之而来的另一个问题是如何重写文学史,亦即,他们到底提倡一种什么样的文学史。他们提出了两个基本原则,一个是多元化、个性化原则,强调研究者的主体精神的介入,呼唤不同观点、写法的文学史多元并存而不是国家意志大一统的学术格局。陈思和认为:"研究者精神世界的丰富性导致了文学史研究必然会出现多元化的状况。在这个意义上说,每一个研究者对文学史的描述都只能是一次'重写',是知识分子通过对文学历史的研究和规律的探讨,综合地抒发他个人面

---

① 黄子平、陈平原、钱理群:《论"二十世纪中国文学"》,《文学评论》,1985年第5期。
② 陈思和:《中国新文学整体观》,上海文艺出版社,1987年。
③ 陈思和:《关于"重写文学史"》,《笔走龙蛇》,第109页,山东友谊出版社,1997年。
④ 陈思和语,见《主持人的话》,《上海文论》,1998年第5期。
⑤ 陈思和:《关于"重写文学史"》,《笔走龙蛇》,第108页。

对人生、对文学、对历史而生的心声。"①另一个是审美的、历史的原则,"那从文学角度进行的现代文学史研究的方法也就必然要和那种政治学的方法不同,它的出发点不再仅是特定的政治理论,而更是文学史家对作家作品的艺术感受,它的分析方法也自然不再仅是那种单纯的政治和阶级分析的方法,而是要深入运用各种不同的方法,尤其是审美的分析方法。""我们现在提出'重写文学史'是希望严格地在历史和审美的标准范围内谈这些问题的。"②由此也引出了一个关于当代性与历史标准的问题,两位主持人认为:"人们对历史的认识,总是在发展变化的,人们总是用批判的眼光去看待历史,这本来就符合历史主义的,关键是在于人们在时间上离历史事件的距离愈远,往往对于历史事件的真实面目看得更客观、更全面,在这个意义上,当代性与历史性是不矛盾的。""有些强调'历史主义'的观点,实际上是把当代性和历史主义看作两个彼此对立的东西,我们所知道的过去的任何一段历史,都不过是前人或我们自己对这历史的一种描述,要完全复原过去的历史现象,在逻辑上是不可能的。因此,那些我们以为是客观历史的东西,实际上都只是前人对历史的主观理解,那些我们以为是与这'客观历史'相符合的'历史主义意识',实际上也只是前人的'当代意识'而已。"③

"重写文学史"的直接成果是《上海文坛》"重写文学史"专栏上所刊发的四十余篇文章。这批文章中,研究者们通过对典型个案的分析,向蕴含于其中的"公论"发起挑战,并总结出一般性规律。王晓明就说过:"在一些似乎最为重要的作家、理论家作品的评价方面,仍然有不少的'公论'程度不同地阻碍着我们,如果不能尽快地清除这些

---

① 陈思和:《关于"重写文学史"》,《笔走龙蛇》,第107页。
② 王晓明、陈思和:《主持人的话》,《上海文论》,1989年第6期。
③ 同上。

阻碍，现当代文学研究恐怕就很难真正回到学术研究的轨道上来，'重写文学史'也就会成为一句空话。"[1] 这样，在"文艺为政治"服务的观念影响下产生的解放区文学，五六十年代一大批被文学史奉为"样本"和"经典"的作品首当其冲成为重新评价的典型。专栏开篇的两篇文章就对准了颇具代表性的"赵树理方向"和"柳青现象"。戴光中在《关于"赵树理方向"的再认识》中，从赵树理在内容上提倡"问题小说论"、艺术上主张"民间文学正统论"入手，重新认识"赵树理方向"。作者认为"赵树理方向"容易使写作沦为赶任务的政治宣传，并且在艺术上存在着民族保守性。宋炳辉在《"柳青现象"的启示——重评长篇小说〈创业史〉》中，通过对小说文本的细致分析，通过"柳青现象"，重新审视作家"深入生活"这一命题，提出了作家深入生活必须是一个具有独立自主性的创作主体，表现生活要贴近生活又要保持相应距离的看法[2]。杨朴在《林花谢了春红，太匆匆》，以《青春之歌》为样本，分析了其在僵硬、偏狭、虚假的外在观念纠葛下，作家生动、丰富、真实的内心感受的丧失的局限，揭示了作家为适应当时流行的政治观念而创作所付出的巨大代价[3]。

着眼于审美角度，排除非文学因素干扰，侧重于文学的自身价值及发展规律，以个人的体验而不是集体的经验对一些富有影响的作品进行再解读，也是这个专栏的重头戏。如对郭小川诗歌、山药蛋派作品的评价，认为离开了当年的政治价值范畴，他们既不曾抓住时代精神，又缺乏审美感召力，存在的价值很有限[4]。王雪瑛在《论丁玲的小说创作》，对《太阳照在桑干河上》重读，她认为："看不到丁玲自己的

---

[1] 王晓明语，见《主持人的话》，《上海文论》，1988年第4期。
[2] 戴光中、宋炳辉两文均见《上海文论》，1988年第4期。
[3] 杨朴文见《上海文论》，1989年第2期。
[4] 两文分别是周志宏、周德芳《"战士诗人"的创作悲剧——郭小川诗歌新论》，《上海文论》，1989年第4期；席扬《"山药蛋派"艺术选择是非论》，《上海文论》，1989年第2期。

独特感受,只有那一个纯粹政治性的主题。"[①] 对被称为"现实主义的巨著"《子夜》也有新的看法:蓝棣之在《一份高级形式的社会文件》一文中,认为《子夜》主题先行,追求宏大叙事模式,作者缺乏主体性体验,缺乏思想力量,没有很好地将素材转化为结构,只是堆砌有关社会问题的调查材料,这并不是真正的现实主义,是不足为训的文学尝试。徐循华在《对中国现当代长篇小说的一个形式考察——关于〈子夜〉模式》中认为《子夜》模式包括:主题先行化的创作、人物观念化的塑造及斗争化的情节结构法。并指出,这些越来越由中国文坛的局部现象上升为影响并制约文学创作(特别是长篇小说创作)的重要因素,它促使了一批伪长篇的产生,也使作家放弃了个人艺术原则,被赶入政治服务的轨道[②]。

与此同时,他们还深入到作家的内心世界,清理他们的思想源头、文化背景、文学观念,尤其是着重分析过去简单化的方法不曾触及或流行声音代替认真思考之处。李振声、喻大翔对早有定评的郭沫若、闻一多两位诗人也进行了细致的再解读(《历史与自我:深隐在〈女神〉诗境中的一种困难》、《论闻一多早期诗歌的狭隘性及其文化根源》),陈思和也认真清理了被一次次大批判所扭曲了的胡风文艺理论的遗产(《胡风文艺理论的遗产》),王彬彬在《良知的限度——作为一种文化现象的何其芳文学道路批判》中认为:何其芳身上"思想进步,创作退步"的现象,缘自他非玩具即工具的文学观念,非出世即入世的人生态度,处在这种二元对立之中,何其芳的悲剧不在于积极入世,而在于积极入世后没有一个真实可靠的价值尺度来衡鉴自己的活动,在文学上,何的失足不在于终于主张文学对现实人生的作用,而在于把文学完全

---

① 见《上海文论》,1989 年第 4 期。
② 两文均见《上海文论》,1989 年第 3 期。

变成某种政治目的的奴仆①。把何其芳的道路作为一种文学现象来考察，这个命题就具有了很广泛的意义，由此带给人们的思考也将是深远的。

更为可贵的是，一些文章打破传统视界，把过去一直未曾触及的课题纳入研究领域，为学科发展开辟了新格局。沈永宝的《革命文学运动中的宗派》一文，将人人心中有但人人笔下无的现象放到台面上，在一系列教训面前，认真分析了宗派主义产生的根源，向我们敲响了警钟②。毛时安对在我国文艺界产生极其恶劣影响的姚文元的文艺批评作了清理，他认为：姚文元的"批评道路"是文艺批评不断为权力意志异化的典型，其批评"无定本现象"从表面上看是为了"跟着社会上跑"，但其实质是文艺批评的工具论，是权利意志对文艺批评性格异化的一种表现。它使文艺批评丧失了自己的独立价值和科学形态③。范伯群则为长期被排斥于新文学之外甚至被认作新文学对立面的鸳鸯蝴蝶派喊冤叫屈，他认为文学功能也未必定于一尊，因此，对他们的评价也不能过于狭隘，在这些小说中有娱乐性、劝俗作用，又兼有民俗性、艺术性，所以他呼吁应当用文学的自身规律对鸳鸯蝴蝶派做出客观的实事求是的评价④。夏中义的《别、车、杜在当代中国的命运》⑤，通过分析三位文艺理论家在中国大起大落的戏剧命运，将中国当代文论的变幻风雨尽收眼底，视界开阔，分析透彻，被认为"开启了从政治文化思想史的角度观察文学批评基本走向的一个新视点"⑥。

一石激起千层浪，"重写文学史"专栏推出后，一时间现代文学领

---

① 见《上海文论》，1989年第5期。
② 见《上海文论》，1989年第1期。
③ 毛时安：《重返中世纪——姚文元"文艺批评"道路批判》，《上海文论》，1988年第6期。
④ 范伯群：《对鸳鸯蝴蝶——〈礼拜六〉派评价之反思》，《上海文论》，1989年第1期。
⑤ 夏文见《上海文论》，1988年第5期。
⑥ 毛时安：《不断深化对文学史的认识》，《上海文论》，1989年第6期。

域里充满着十分活跃的气氛。王瑶、唐弢等一些影响较大的文学史作者发表文章表示对"重写文学史"的欢迎①。1988年11月,《上海文论》邀请王瑶、鲍昌、严家炎、谢冕、何西来、吴福辉、钱理群等多位学者在北京座谈,与会者认为:从发展的眼光看,重写文学史是一件势在必行、理所当然之事,这个专栏的开设,是文艺评论界思想开放活跃的表现,体现了学术思想的自觉。"重写文学史"的意义并不在于给文学史的建设提出了某种新的结论,而是对那种独尊一元的文学史观进行了一次有力的冲击,为今后文学史家的立论开拓了视野,为文学史的多元化格局提供了新的思维材料②。在1989年召开的第四届解放区文学学术讨论会上,"重写文学史与解放区文学的再评价"是会上的重要话题,与会者认为:解放区文学产生于特定的战争年代,历史环境和思想认识的制约使其本身不可避免地带有那个时代的局限;另一方面,庸俗社会学批评在这一研究领域造成的消极影响尚未完全得到彻底清理,一些非科学的观点和结论仍然禁锢着人们的头脑。因此,深入反思,对解放区文学做出进一步的再认识便成为势所必然③。

一些研究者不但热切关注这个讨论,还为学科建设提出了不少有价值的建议。宋延平、刘祥安、汤哲生、陈子平等人认为:"在现行的中国现代文学史专著中,'现代'的内涵是政治的而不是文学的……这一内涵规定了现代文学史学科范围,也制约了其整体结构的建设和标准。'重写'只有突破这一模式,建立起一个系统的更为科学的模式,才能完成自身的任务。"李子云建议重写文学史应将台湾文学的发展纳入其中。王振科认为中国现代文学在海外的延伸与流变也理应受到重视,特别是对新(加坡)马(来西亚)华文文学的影响不应疏漏。谢天

---

① 王瑶:《文学史著作应该后来居上》,《上海文论》,1989年第1期。唐弢:《关于重写文学史》,《求是》,1990年第2期。
② 本刊记者:《"重写文学史"专栏激起热烈反响》(综述),《上海文论》,1989年第1期。
③ 王维国:《评近年的解放区文学研究》,《延安文艺研究》,1990年第1期。

振"为'弃儿'找归宿",建议恢复翻译在文学史中的地位①。这些看法和建议具体和深化了"重写文学史"的探讨。

与此同时,一些人针对"重写文学史"的主张及专栏上发表的文章表示了不同看法,综合起来主要有以下几种主要观点:

1. 针对"重写文学史"这一提法表示不同意见。从本质上说,他们对现存的文学史同样不满意,只是对如何重写和以什么态度重写上有不同看法。有人说:"与其说'重写',不如说'改写'更贴切。因为'改写'包含着对已有研究成果的尊重。已经问世的严肃的文学史书,都有作为一元存在的权利。"②也有人主张"另写文学史":"文学史不需要大一统。中国不能总是只有一本或虽然看上去是很多本实际上仍是一本的作为'定论'的文学史……我们需要做的事也许是鼓励人们都来另写,而原来的文学史也依旧可以存在,只不过它绝不能再以'定论'压制别人"③。也有人认为"重写文学史"只是用另一种标准取代过去的标准,是把翻过去的历史翻过来,要么是一种新的专制,要么是哗众取宠,制造热点④。

2. 强调"历史主义"。有的学者认为专栏上的文章"缺乏文学史研究所应有的历史主义观点和态度,他们既没有理解那个时代,也没有做到具体地分析具体的问题。研究历史必须将问题放在一定的历史范围内来考察,尊重历史发展的辩证法,那种用当前一些颇为流行的思

---

① 以上分别引自《对"重写文学史"问题的几点理解》,《中国现代文学研究丛刊》,1989年第2期;李子云:《重写文学史与台湾文学研究》,《上海文论》,1989年第6期;王振科:《空间的延伸——新马华文学与现代文学史的关系》,《上海文论》,1989年第6期;谢天振:《为"弃儿"找归宿——翻译在文学史中的地位》,《上海文论》,1989年第6期。
② 刘再复:《从"五四"文化精神谈到强化现代文学研究的学术个性》,《中国现代文学研究丛刊》,1989年第2期。
③ 刘心武:《来一回咬文嚼字》,《文艺报》,1988年10月22日。
④ 姜静楠:《"重写文学史"的现象》,《中国现代文学研究丛刊》,1989年第2期。

想意识,如个性解放、人道主义、文化反思、现代人格、世界主义、主体性等来重估解放区文学,拿教科书上一般的文学知识来框限和裁定生动具体的文学现象,是一种从概念出发的教条主义做法。不可否认,历史研究具有当代性,'一切真正的历史都是当代史'(克罗齐),但是特定的时代意识总包含着该时代的认识水平和认识局限,正如历史有其局限性一样,当代性本身也有其局限性"①。

3. 还有人认为"重写文学史"是对革命文艺传统的否定。比如有人认为:"重写文学史"倡言非政治、非典型化,脱离生活、脱离人民群众的倾向,这否定《讲话》,否定毛泽东文艺思想,否定革命文艺运动的历史②。在一篇题为《文学史能这样重写吗?——也谈对赵树理再认识》的文章中,作者认为赵树理接受《讲话》的指引是顺应时代要求,对赵树理方向的贬低否定是对左翼文学、解放区文学以及新中国成立后的革命现实主义文学的贬低和否定组成部分,这不是一个孤立的文学批评现象,实际牵涉到用什么样的标尺来衡量中国现当代文学史和它的发展方向③。在题为《重写文学史要端正指导思想》文中,作者认为:"目前,在'重写文学史'的讨论中,有许多值得肯定的思想和成果。但有些文章的观点,却很离奇,有的还反应了资产阶级自由化思潮的侵蚀。在这种情势下,强调端正指导思想尤有必要。"他还就新文学的性质、文学与政治的关系、文学与人民等方面作了阐述,并对"重写文学史"观点逐一作了反驳,最后的结论是:"创作必须有正确的导向,而不能搞资产阶级自由化。文学史的研究是一门科学,更不容许自由化思想泛滥,而是必须坚持马克思主义的指导思想;指导思

---

① 王维国:《评近年的解放区文学研究》,《延安文艺研究》,1990年第1期。
② 江晓天:《也谈柳青和〈创业史〉》,《文艺理论与批评》,1990年第1期。
③ 罗守让:《文学史能这样重写吗?》,《文艺报》,1990年5月26日。

想乱了,一切皆乱。所以首要问题,还是正本清源,端正指导思想。"①

如果单纯的学术讨论,各种不同观点之间的争论,本是一件好事,但一些非学术因素的参与,却使得空气变得异常清冷,最终使这场讨论在大家余兴未尽之时突然宣布终止,1989年第6期《上海文论》出了一期"重写文学史专辑"之后,便撤消了专栏。毛时安在特定的气氛下,总结了这次讨论,他出语谨慎倒也客观,认为这次讨论注重学术性和科学性,在讨论中强调以建设思维代替破坏性思维,强调以文学实践标准代替抽象的观念标准,强调方法上以多视点代替单视角②。

一个学术命题和其背后蕴含的学术精神,绝不会像一个新闻热点那样昙花一现,在《上海文论》上的"重写文学史"专栏虽然告一段落了,但在海外的《今天》,却接了过来,它从1991年第3、4期开始一直到1996年,几乎每一期都有一两篇文章在此栏目下发表,1999年第4期还推出《重写文学史专辑》③;日本的中国现代文学研究权威刊物《野草》也曾刊发一组关于"重写文学史"的评论④,而国内学术界在90年代则将这一学术命题由提出落实到深入研究的学术实践中。

90年代出现了一批注重个人取向,以多元和审美的眼光编选的有特色的作品汇编和选本,对进一步冲破僵化的研究局面和新的文学

---

① 林志浩:《重写文学史要端正指导思想》,《求是》,1990年第2期。
② 毛时安:《不断深化对文学史的认识》,《上海文论》,1989年第6期。
③ 2012年补注:该专栏止于2001年《今天》夏季号,后来选出部分文章结集为《昨天的故事:关于重写文学史》,该书大陆版由生活·读书·新知三联书店在2011年出版,编者李陀在题为《先锋文学运动与文学史写作》的编者前言中质疑:"到底什么是文学史?难道只有那些枯燥乏味的大学教科书才是文学史吗?为什么不能以回忆录的方式写文学史?为什么不能凭借诗人、作家、编辑的个人经验和经历,并且以他个人的立场和评判来写作文学史?为什么不能以某种文学形式的衰亡写一部文学衰亡史?为什么不能以语言修辞的变迁和变化为线索写一部修辞文学史?为什么不能以作家的交游活动为中心写一部编年文学史?为什么不能以文学期刊的兴衰作经纬写一部期刊文学史?"
④ 见《立志重写文学史的人——访华东师范大学中文系王晓明教授》,殷宋玮访问整理,载1998年10月25日《联合早报》副刊。

史格局的建立是一个有力的促进。如孔范今主编的《中国现代文学补遗书系》(明天出版社,1991年)、钱理群主编的《中国沦陷区文学大系》(广西教育出版社,1998年),以及谢冕主编的《百年中国文学经典》(北京大学出版社,1997年),还有陈思和、李平主编的《二十世纪中国文学精品——现代文学100篇》、《二十世纪中国文学精品——当代文学100篇》(学林出版社,1999年)等。王晓明主编的《二十世纪中国文学史论》(4卷)(东方出版中心,1997年)则是研究论文的选编,从研究方法到具体作家论,汇集了1980年代以来20世纪中国文学研究的最新成果。这些编选者都打破旧论,补足残缺,以新的标准来梳理以往文学作品和构建心中的文学史图景,这都说明了文学史不再是一个国家意志可以统辖的神圣范型,而是在尊重历史的基础上,可以用个人话语进行描述的一段历史进程。所有这些努力,我认为最大的意义在于:开始自觉地摆脱一元化思想的束缚,有意识地开辟多元并存的文学史空间。

进入1990年代以来,许多研究者也不满足于对学科格局的宽泛设计了,他们开始以新的视角对具体文学史进行考察和描述,并从理论上对文学史的构成及构成方法进行探讨,"重新文学史"已由当年的一句口号转化为大批颇具建设性的实际成果。其中范伯群等人正在撰写通俗文学分体史,严家炎主编的由湖南教育出版社1995年推出的"二十世纪中国文学与区域文化丛书",谢冕、钱理群二人主编的《百年中国文学》(山东教育出版社),都是对传统文学史的重写。杨义主笔的《中国新文学图志》(人民文学出版社),以史为经,以图为纬,图文结合,由图说史,"本《图志》是想尝试一种写文学史的新的形式","文学史写作也以有创新追求为贵"[①]。这些"尝试""探索"都是文学史挣脱枷锁独立行走的结果。

尤为值得一提的是"重写文学史"提倡者之一陈思和,他总结了

[①] 杨义:《中国新文学图志·跋》,第659页,人民文学出版社,1996年。

1950年代以来文学发展的规律和经验教训,结合文学史经验,提出以政治权力话语、民间文化形态和知识分子的精英意识为三大板块,重新整合抗战以来的文学史,是近年来文学史研究中比较系统的思考。在《民间的浮沉:从抗战到文革文学史的一个解释》、《民间的还原:文革后文学史某种走向的解释》等篇文章中,陈思和提出了"民间"的概念以民间理论对抗战至新时期的文学史进行了重新梳理。陈思和后来说:"'五四'新文学史原来一向被认为是知识分子独尊的历史,而我提出'三大板块'的理论,特别是民间文化形态的理论,就不能不对原来定于一尊的知识分子传统给以重新认识。"① 在此之后,陈思和在《逼近世纪末小说选(卷二)序》、《无名与共名》等文中还提出了"共名"与"无名"的概念,为风格各异观点不同的作家的多元并存提供了理论上的依据。依据这样的文学史观,陈思和主编的《中国当代文学史教程》(复旦大学出版社,1999年)出版了,虽然作为教材,它没能完全表达作者的全部想法,但作为一个雏形,已经显示出不同于以往的地方。几乎与此同时,洪子诚的《中国当代文学史》由北京大学出版社出版,这两部文学史都着眼于从艺术的角度重估当代文学的成就得失,它们的出版被认为是"'重写文学史'的重要收获"②,在"重写文学史"讨论之后,由新的学术眼光写成、能够为大家所接受的文学史终于浮出水面。

在考察"重新文学史"的学术影响时,我们还看到,它并不局限于20世纪中国文学这一学科范围内,还扩大到中国古代文学史、外国文学研究及中国近代史等领域。更为踏实的收获是陶东风有感于我国文学史研究现状特别是文学史理论贫乏的突出毛病,"为了给重写中国文学史作些探路寻道的工作"而写的《文学史哲学》,这是我国第一

---

① 陈思和:《回顾脚印》,《写在子夜》,第99页,上海人民出版社,1996年。
② 宋遂良语,见《南方文坛》,2000年第1期同题文章。

本文学史构成论及构成方法的论著,它从理论上、在宏观中对文学史及其构成作了反思,是"重写文学史"专栏的一个补充又是一个重要发展。

发生于1988年和1989年的"重写文学史"的讨论还仅仅是一个开端,它要走的路还很长,因此现在为它做出一个恰当的结论还为时尚早,我们只能说:它打破了僵化的研究思维,激活了20世纪中国文学研究的空气,拓宽了研究空间,逐步建立起新的学术格局。用王晓明的话说:"如果'重写文学史'的唯一目的是要把'复写'的文学史的独尊地位打掉的话,我想这至少在学术研究上已经完成了。倘从这个意义上来讲,'重写文学史'运动应该结束了。但另一方面,'重写文学史'运动更重要的意义应该是推动现代文学研究的不断发展;而如果这样来看,后面要做的事情还很多……'重写文学史'运动当初的一个想法是希望能够有多种多样的文学史论述的出现,这才是'重写文学史'最后应该结束的标志。"①

1998年1月14日晚写
2000年4月16日改定于泡崖

---

① 《立志重写文学史的人——访华东师范大学中文系王晓明教授》,殷宋玮访问整理,载1998年10月25日《联合早报》副刊。

谁在流行　为谁流行
——从文化流行语看当代文化状况

2005年年初，文汇新民联合报业集团新闻信息中心推出了中国2004年度流行语报告。该报告统计出中国2004年词频最高的十大流行语，并推出了时政、国际、财政、交通等15个分类的年度流行语。该报告最大的特点是依据统计学的方法对过去一年中流行的语汇进行统计和调查。据称：它由文新集团新闻信息中心依托我国历史时期最长的报刊电子数据库，引进TRS词频统计分析软件，比照新中国成立以来流行语逐年发展的态势，依据北京、上海、广东、重庆等我国最具代表性的报纸作为语料样本，由新闻信息专业工作者按照词频的流通度及流行词语的变化曲线科学筛选而成（详细情况请见本文附件）。相比一些年终由专家或者群众评选的年度重大新闻、年度关键词、年度热词等，这个报告具有相对的客观性，因此，可以成为一份颇有意味的社会学分析样本。

关键词或流行语因为其中蕴涵着大量的社会信息、思想风潮和某种动向性的预示，是了解社会状况和动态的极为重要的载体，解读其背后的社会信息是社会学研究中饶有趣味的课题。按照现代语言学的原理，语言不是世界的派生物，而是语言创造了世界。在当代社会发展中，语言已经不仅仅是情感和思想交流的工具，它揭示了当下的社会存在，同时也在以某种方式引导着社会思潮和流行走向。由此，我想利用这份报告对当代中国社会的一个侧面进行分析，我选取要分析的流行语是与文化有关的，想通过对它们的分析，了解当代中国文化的生存背景、发展状况以及存在的问题。在这15个类别的十大流行语中，直接与文化有关的有两类，一类是出版类，一类是演艺类。至于这两类能否代表当代中国文化，比如为什么没有学术类的流行语，以及为什么选取了这两类，在后文中，将做以分析。

在直接对这两个小的类别进行分析之前，我们不妨先看一下中国2004年度词频最高的十大流行语，它们分别是：科学发展观、执政能力、雅典奥运、禽流感、中超、刘翔、行政许可、三农、F1、印度洋海啸。这十个词中基本上可以分为这样几类：时政类的，占四个，有科学发展观、执政能力、行政许可、三农；体育类，占四个，有雅典奥运、中超、刘翔、F1；重大社会灾害和疫情的，有两个，为禽流感、印度洋海啸。首先令人关注的是这十个词并非分散地代表十个类别，而是大体集中在三大方面上，这似乎更能充分地说明中国当下的主导社会特征，比如说第一，中国仍旧是政治占据主导地位的社会，中国的政党、政府在社会上，或者至少在社会舆论和意识形态上仍旧发挥着巨大影响力。第二，中国社会已经转向消费性的社会，体育是现代人休闲和娱乐的主要手段，也是当代经济提升的重要增长点，体育类的流行语占据这么大的比例，也说明了中国社会向经济型社会转型的事实。第三，对重大社会灾害和疫情的关注，说明人们开始关注自身及其生存的环境，这既暴露出当代社会发展过程中存在的巨大隐患，也反映了作为社会成员的个体利益、权利等越来越受到关注。在这样的分析中，一个最为明显的事实是文化类的流行语在这词频最高的十大流行语中竟然未有一席之地，这倒是反映出文化在当代社会中被边缘化的尴尬境地。即便是强攀亲戚，将体育作为泛文化或者亚文化来看，也反映出文化正在蜕变的实质。

在这样的大背景下来看2004年的文化类的流行语，会发现文化类的流行语与这个整体的社会背景基本上是一体的，它们反映出来的社会信息与上述社会特征是相吻合的。

  2004年度出版类流行语：小平百年、张爱玲、郭敬明、张纯如、民营书业、抄袭、读图、"80后"、手机小说、伪书。

  演艺类流行语：《十面埋伏》、刀郎、《天下无贼》、《功夫》、《2046》、红色经典、《可可西里》、赵忠祥、中法文化年、中国式离婚。

  在出版类流行语中，"小平百年"列为榜首，充分证明了重大政治活动和政治导向对出版的影响。出版业作为意识形态的一个重要的部门，仍旧在发挥着这一部分的功能。但出版业在以前承担着宣传政策和配合政治任务的功能明显在弱化，而商业化和市场化的趋向则非常明显。"民营书业"这个流行语也证明了这一点。近年来民营书业不仅参与了图书的发行和销售等环节的工作，而且大量的文化、出版工作室直接参与了图书的策划、编辑和制作，民营书业也从最初羞答答的存在，到现今被纳入到中国出版体制中的一部分，尤其在2004年有关民营书业的各种讨论一直不断，政府也出台了不少相关的政策，它改变了原来出版业由国家大一统、针插不透的局面，也预示着中国出版格局即将迎来的一些重大变化。其他的流行语中大体可以分为这样几种情况：张爱玲、郭敬明、张纯如，基本是本年度出版业中赢利大户，也体现了读者对出版的需求倾向。作为唯一的一个被写入文学史的"经典作家"，作家张爱玲的入选并非代表高雅的纯文学在社会上的影响和地位，恰恰相反张爱玲不是纯文学的一个符号，而是一个文学被大众化的一个标志。在这个大众化的过程中，张爱玲的作品已经被远离了文学，而是某种文化情调、生活方式的体现，张爱玲也成为小资、白领追求社会地位的成功人士的文化必修课。张爱玲作品的流行与社会上多少年来的怀旧热、上海热有关，而与郭敬明相关的一个流行语是"80

后",它显示了另外一种倾向,那是出版总是需要寻求新的增长点和读者群,在更年轻的一代读者中郭敬明等一批人应运而生,他的读者并不真正关心这些小说是否写得好,而是关心表达了什么新奇的内容和是否传达了他们的心声。而写过《南京大屠杀》的张纯如,单纯从出版业来讲,体现了读者对纪实类作品的关注热度至今不减;深究下去,与近年来中日关系的敏感和中国人的民族情感的增强有关;当然,她在2004年度受到关注,还因为张纯如在社会压力下自杀的事件。随着社会文明程度的提高,读书成为人们的日常习惯,一方面造就了出版业的快速繁荣,一方面也加剧了人们对其出现的问题的关注:读图,可以看作是出版商业化之后,中国图书的最大变革,这个变革是出版改变自身僵化和陈旧的思路,寻求赏心悦目和与读者沟通的重要手段。如果说"读图"算是出版业的一个重要变革的话,"抄袭"、"伪书"则是出版走向市场后产生的毒瘤。它们都是在出版的这个转型期,为了追求利益的最大化而产生的现象。

相对于出版类流行语纷繁复杂,不断多样化的局面,演艺类的则比较单一,它基本集中在当年宣传力度较大的电影、电视剧上,如《十面埋伏》、《天下无贼》、《功夫》、《2046》、《可可西里》、《中国式离婚》。这里除了《可可西里》情况特殊一点外,其余几部影片或电视剧几乎都是名导演名演员,投入大量资金制作和宣传的商业片。《可可西里》能够进入这个圈子,那是因为导演陆川作为新一代电影导演的崛起,还因为该片所反映的话题在社会上受关注的程度,更是因为它所获得的国内外的奖项。两个人物:"刀郎"是本年度的当红歌手,其演唱的歌曲风靡大江南北;"赵忠祥"是中央电视台的著名主持人,这张老面孔突然成为新闻人物是因为涉及与他相关的所谓"绯闻"官司被各大媒体的炒来炒去。他们两个人都是娱乐圈中和传媒中人,本身就处在流行的前沿,但流行的实质内容,未必是对娱乐事业有所推动,像赵忠祥在本年度获得提名便与这些无关。而红色经典、中法文化年是民间与政府媾和的结果，它们既符合意识形态的要求，也体现了民间的文化诉求。

我们不应该满足于对上述流行语中基本信息的阐释，我们在清楚了"流行什么"的同时更应该进一步追问"因何流行"。认真分析，我们首先需要追问的是这些流行语的产生过程。报告的提供者早已声明：从报刊电子数据库中以词频统计分析软件统计出来的，其语料样本是北京、上海、广东、重庆等代表性的报纸。很明确，它们实际上产生于传媒，而且是几个大城市的纸面传媒。那么接下来的问题是这些语汇因为什么成为传媒中流行语，对它们产生决定作用的因素是什么？在当代中国，传媒牢牢地抓在政府的手中，这样我们就不难理解，为什么在中国人的政治热情锐减的情况下，还有很多带有政治色彩的词汇出现在流行语中。其次是与商业利益有关，当代中国文化已经不是纯粹的精神领域的事情了，而完全是个产业，是有着巨额资金投入又需要巨大回报的一个产业。有充足的经济投入，才会营造出更大的宣传机会，甚至炒作已经被认为是理所当然也必不可少的事情。政治是人为的强制力量，而经济是在利益驱动下的欲求，它们的背后都有一种实施者强烈的主导意图和愿望，在政治、商业、媒体的共同作用下，完全可以制造出一个虚幻的世界来。所以，我们更需要质疑的是这些流行语究竟能在多大程度上反映当代中国真实的文化状况和大众的文化需求？媒体在当代文化发展中扮演着举足轻重的角色。出版业和演艺圈需要媒体促销，从业者需要媒体放大他们的声音以吸引更多的阅读者，表面上看，是他们在利用媒体，主动权在他们手中，其实是相互利用，甚至是无形中完全被媒体利用，成为媒体的素材，并被媒体按着它的需要来塑造了。媒体利用和操纵文化的最大法宝是它的选择权，它的选择标准和趣味则直接影响了读者，并间接影响到作者和出版者。媒体关心的是信息、概念或者观念，是文化事件，而绝不是文化本身，但文化本身是不能被这些信息、概念所取代的，否则它只是被抽空的符号,而当代媒体很大程度上就在将丰富、本原的文学抽空、简化,剩下的是一堆信息和概念。什么环保小说、生态小说、绿色小说……它恨不得一天造一百个这样的概念,而且在前面都加上"第一部"这样的字眼,可这些名词究竟与文化有多少实际关系呢?但是它所营造出来的感觉,这就是文化的全部,而且它甚至遮蔽了其他更为丰富的文化形态。

由此反观 2004 年度的流行语,《十面埋伏》、《天下无贼》、《功夫》、《2046》等可能不是本年度最好的电影,但它们却是这个年度投入资金最多的电影,所谓的"大片"更多体现在巨大的制作成本上而不是艺术成就上。这个时代的文化已经无法与商业剥离开来,说得严重点它甚至成为商业的寄生物。比如说手机小说,这个概念完全是因为背后有手机短信发送给电信公司所带来的巨大的利润的产物。而郭敬明和 80 后写作,当然它实现了新一代的梦想,但这个梦想不再是文学上的野心,而是社会的认可和经济利益的诱惑。如此看来,在媒体这样一个被各种利益操纵的虚幻世界中,评选出年度流行语哪怕方法再科学,本身也值得质疑。除了上述理由外,媒体的覆盖面、受众人群都是有着相对范畴的,媒体本身无法取代现实生活。比如,在公共电影院线并不完备的中国广大农村,如果去实际调查一下看看,《十面埋伏》、《天下无贼》、《功夫》、《2046》这些宣传搞得火烧火燎的大片,几乎没有多少人看过,但是新闻媒体的宣传似乎铺天盖地、无人不晓了,这是一种虚假的文化现象,那么这些虚假的信息对当代中国文化工作者有什么样的暗示和引导作用呢?这很难用一句话说得清楚,但的确值得深思。由此连带出来的问题是当代中国文化的含金量有多高?从目前这个流行语状况看,基本上是大众文化统治着当代中国,但它们能够代表当代文化的真实状况吗?这更是令人担忧的问题,如果这样的流行文化对全社会的文化发展具有某种暗示和引导作用,那么这种文化所培养出来的受众以及与这种受众直接相关的生产者所共同打造的文化环境是一个缺乏高度的环境，如果这样，我们不能说是文化对社会的失职，至少也可以说是文化的瘸腿。当然，这是另外需要解决的问题了。

2005 年 1 月

附录：文新集团新闻信息中心选出年度流行语

来源：2005 年 1 月 14 日《东方早报》

"科学发展观、执政能力、雅典奥运、禽流感、中超、刘翔、行政许可、三农、F1、印度洋海啸"——这是文汇新民联合报业集团新闻信息中心在对 55 年来流行语研究的基础上评出的 2004—2005 年度词频最高的十大流行语。此次年度系列流行语是由该中心依托强大的报刊电子数据库，引进 TRS 词频统计分析软件，以各地报纸作为语料样本经科学筛选而成。

早报讯 文新集团新闻信息中心在评出年度词频最高的十大流行语的同时，还以宏大的规模在我国第一次推出 15 个类别的年度系列流行语，它们是：

【时政类流行语】科学发展观、执政能力、行政许可、三农、十六届四中全会、和谐社会、党内监督、任长霞、政绩观、霸王条款；

【国际类流行语】印度洋海啸、费卢杰、虐囚、埃塔、别斯兰、人质危机、联合国改革、中国—东盟自由贸易区、脏弹、橙色革命；

【财经类流行语】加强和改善宏观调控、加息、循环经济、经济普查、李金华、审计风暴、资源节约型、电荒、完全市场经济地位、郎咸平；

【交通类流行语】超载、"治超"、航意险、村村通、公车改革、高速铁路、新交法、庞巴迪、禁摩、包头空难；

【职场类流行语】清欠、熊德明、职业资格证、灰领、金领、托业、民工荒、公务员招考、海待、面霸；

【房产类流行语】豪宅、小户型、低密度、百姓住宅、酒店式公寓、炒房团、严格土地管理、空置率、国际社区、网上房地产；

【汽车类流行语】SUV、4S、汽车召回、汽车文化、两厢车、汽车产业发展政策、汽车降价、欧Ⅲ标准、车内环境、新版车险；

【健康类流行语】禽流感、抗菌药、安全套、肠癌、防艾、民营医院、红丝带、大头娃、阜阳劣质奶粉、副流感；

【出版类流行语】小平百年、张爱玲、郭敬明、张纯如、民营书业、抄袭、读图、"80后"、手机小说、伪书；

【教育类流行语】未成年人思想道德教育、课改、一费制、马骅、马加爵、心理健康教育、校外租房、泄题、校园安全、硕博连读；

【旅游类流行语】欧洲游、农家乐、自驾游、自助游、红色旅游、自由行、驴友、零团费、太空游、背包族；

【体育类流行语】雅典奥运、中超、刘翔、F1、欧锦赛、张怡宁、阎世铎、杜丽、罢赛、"亮晶晶"；

【科技类流行语】"勇气"号、"机遇"号、马祖光、登陆火星、探月、"信使"号、太空船一号、中国芯、曙光4000A、克隆人类胚胎；

【网络通讯类流行语】MSN、黑网吧、电子竞技、电子签名、彩铃、博客、拍照手机、双模手机、下一代互联网、闪客；

【演艺类流行语】《十面埋伏》、刀郎、《天下无贼》、《功夫》、《2046》、红色经典、《可可西里》、梅艳芳、中法文化年、中国式离婚。

以上2004—2005年各流行语还将配以相关典型报道、文章及精彩图片，由文汇出版社结集出版。同时，文新集团主办的新闻网站——文新传媒（www.news365.com.cn）将及时开辟相关专题，并在网上开展"我最喜欢的流行语"活动。

功德无量的文学报刊
——文学的外部观察之一

没有雪的冬天，寒冷变得异常坚硬；一年的尽头又到眼前，纷乱迷离的20世纪也渐渐逼近了它的终点，回首来程，无限萧瑟。在这时，有两件事倒在岁月流逝的怅惘中，带给我几分慰藉，让我觉出历史在沧桑巨变中仍未失掉那份温暖。

这就是最近正在绍兴和北京分别举行的孙伏园和靳以的诞辰纪念活动。我想对现代文学感兴趣的朋友，不会对这两个名字感到陌生。提起孙伏园，人们不由自主地会想到《晨报副刊》、《京报副刊》，还有在他的副刊上连载的《阿Q正传》；提到靳以，人们自然而然地想到《文学季刊》、《文季月刊》、《文丛》，还有今天的文学期刊重镇——《收获》杂志。他们的名字是与这些光辉的报刊与那些文学史上的名著紧密相连的。

在绍兴，人们聚首鲁迅纪念馆纪念当年的"副刊大王"孙伏园的百岁诞辰，人们不会忘记当年孙伏园致力于副刊改革，把报纸上的消闲之地变为播种新文化种子的百花园。人们不会忘记1924年10月，主编《晨报副刊》的孙伏园，因总编辑刘勉己私自抽下鲁迅的打油诗而以辞职来维护文化大师尊严的事情；人们也还会记得他在重庆编《中央日报》副刊时，毅然推出轰动山城的郭沫若历史剧《屈原》。在中国现代文学馆，靳以诞辰85周年、逝世35周年的纪念座谈会也牵动着人们的心，曹禺、罗荪、陈荒煤都表达了他们各自的怀念，年过九十的老友巴金以病弱之躯动情的写到:"他还是一位杰出的编辑,二十几年中间他连续编出了十几种大型期刊和文艺副刊,介绍不少的作家登上文坛。他创刊的文学双月刊《收获》今天还在文艺界中活跃。我永远忘不了他……"①

我们也永远忘不了他们,然而,在做着这样的纪念时,他们工作的自身意义往往退隐到他们工作所显示的一种普遍精神的背后,人们对文学编辑的敬重,更多的是源于他们那种甘为他人作嫁衣的精神,而恰恰忽略了他们的工作,他们的劳动成果——文学报刊对推动文学发展所作出的历史贡献。然而,好多人搬家或清理书籍,首先扫地出门的就是那些旧报旧刊,在他们那里,用过的即成为废纸,就连不少图书馆在这方面收藏也十分贫乏。创刊于1938年5月的中华全国文艺界抗敌协会的会刊《抗战文艺》,过了不到50年待由孔罗荪捐赠出来时,已经成了全国唯一完整的一份。不要说那些战火纷飞的岁月,就在当今,人们对报刊也很少真正正眼看待它们的历史价值。那燃烧的炉火也灼烧了我的心,我真想高呼一声:不要再烧报纸期刊了,大家烧掉的是一部最完整的文学史。

文学史都是后人对前世文坛的剪裁,而文学报刊是不曾被涂饰过的一个时代的文学全景。这里有风格各异的作品,有形形色色的读者反应,字里行间也融进了时代的风云雨色,所有这些到文学史都被简化为仅有的枝干。编辑出版作家的全集文集,都离不开搜集佚文这项工作,除了手稿之外,文学报刊是唯一的依靠,报刊失散了,文章也就失散了,而佚文对我们完整地认识这位作家和他的文学世界有着极为重要的意义。终于有人在郑重其事地对待文学报刊了,评论家王晓明在重识"五四"文学传统时,就是以"一个杂志和一个'社团'"②入手

---

① 巴金:《我永远忘不了他》,《再思录》,第107页,作家出版社,2011年。
② 王晓明:《一份杂志和一个"社团"——重评五四文学传统》,《上海文学》,1993年第4期。

的,杂志是《新青年》,社团是文学研究会,从某种意义上说,它们是那个时代文学发展最合适的代表。

然而,文学报刊在文学发展中的更重要的作用不仅仅是这些,一粒粒种子吸吮着大地的乳汁,在等待着发芽;一朵朵花蕾正含苞待放,终于春风吹拂,东风吹放花千树,大地上下,绿意萌动,万紫千红,在文学发展中文学报刊也恰如这东风,催生了百草,催开了文学,把文学园地争奇斗妍的灿烂图景铺展开来了。

"一支笔折了、废了,仅仅是那一支;一个后方、一个家、一个巢毁掉了,就会有一群人在冷天里徘徊。"作家张炜的这番话,道出了文学刊物对作家创作的重要性:它是一个巩固的后方阵地,一个温暖的家,一个构筑严密的巢。我们不难发现,在文学作品产生过程中文学报刊是一个重要的部件。作家作品的完成,更多属于个人意义上的行为,而使之与社会和广大读者发生关系的却是文学报刊的揭载。创作—发表—结集出版,是文学创作与读者大众接近的一个基本过程,而文学报刊则是作品面向读者的一个灯火辉煌的舞台。从文学史发展看,风格各异的文学报刊往往是一群作家或一个社团的重要旗帜,它高扬着自己的标志,传播着团体的声音,把作家作品送到了读者的眼前。在文学发展史中,一个成熟的作家群或文学社团,不仅为文坛贡献出一部部沉甸甸的作品,更重要的是他们还以一种集体的力量营造了一种文学氛围,掀起了一股文学思潮,这种波及文坛上下、带动文学整体前进的潮流甚至创造了一个辉煌的文学时代,可以说他们不仅仅为这片土地添了哪株草哪棵树,而在营造一片草地和一片树林,而文学报刊就是他们耕耘的土地,也是他们成果的集中显示之处。

1920 年 11 月,一群文人聚首北京,在"为人生"的大旗下宣布成立了文学研究会,这是一个很松散的团体,但它一成立,便具有强大的冲击力,冲击着当时的文坛,我想,这与他们拥有当时一些重要出版媒介有着直接关系。它成立不久就接编了老牌杂志《小说月报》,使它焕然一新，后来又创办了《文学旬刊》，"这两个刊物都是鼓吹着为人生的艺术，标示着写实主义文学的，它们反抗无病呻吟的旧文学，反对以文学为游戏的鸳鸯蝴蝶派的文人们"（郑振铎语）。刊物是联系作家的物质媒介，香港文学史家司马长风干脆认为："在新文学团体中，文学研究会的声势和影响最大，有一个关键性因素，那就是中国资力最雄厚的出版企业——商务印书馆全力支持他们（中华书局也支持他们）。把发行普遍，具有十一年历史的《小说月报》提供为该会的机关刊物，并拥有上海《时事新报》及北京的《晨报》两大副刊，并且都能稳定的长期出版。"[①] 每个社团都注重它们的刊物建设，创造社是以《创造季刊》、《创造周报》和《创造日》为阵地，发表它们激情澎湃的作品，新月社也以自己主办的《新月》月刊等来发表自己的作品，刊物无形之中成为它们的营垒。

更有趣的是新文学的另外一个"流派"只有刊并无组织，这就是《语丝》周刊，以及由此形成的"语丝体"，乃至一些文学史家称作的"语丝社"，其实刊物的主要撰稿人鲁迅、周作人、钱玄同、孙伏园、川岛、冯文炳、许钦文、林语堂思想上并不一致，他们也没有要形成组织的意思，只是刊物比较注重社会批评和文化批评，"提倡自由思想，独立判断和美的生活"，进而形成一种"任意而谈，无所顾忌，要催促新的产生，对于有害的旧物，则竭力加以排击"的鲜明风格，并产生广泛影响，才得此称谓。这个刊物是中国现代小品文走向成熟的温床，为新文学的发展作出了积极的贡献。

这是一块肥沃的土地，它尽心尽力扶植作家，默默地推出作品，对于作家来说，它不但是存储文字的地方，他还是一个精神家园。理解这一点，才会明白，为什么1993年一些纯文学期刊转向市场，许多人忧心忡忡。商业之风冲击着体格并不健全的文坛，文学处在大众化和

[①] 司马长风：《中国新文学史》，第132页，香港昭明出版社，1975年。

世俗化的四面楚歌之中，愈发步履维艰，在这时《收获》杂志却旗帜鲜明地宣布：它仍要坚持自己的风格和追求。在那一年《收获》赔钱了，然而它却为文学争得了尊严。在几十年风风雨雨中，它面不改色，从容走过，在 90 年代，又一次显示了一个成熟杂志的风格和品格。在它创刊 30 周年时，著名作家宗璞曾说："对一个刊物来说，生存三十年，也不是容易的事。在这三十年中，要做到能组稿（发掘各种稿源）、能改稿（提出中肯意见）、能退稿（保持刊物自己面目），更是不容易的。《收获》似乎做到了。"这实质在说，在自身的成长中，《收获》已形成自己的风格，风格是一个刊物的灵魂，孙犁就曾说过刊物"要有个性。要敢于形成一个流派，与兄弟刊物竞争比赛"。树立自己的风格，善于保持、调整自己的风格，是一个刊物在读者中常盛不衰的关键。

曹禺曾说过："我对《收获》是一往情深的。我一直觉得，要写东西给《收获》就要对得起巴金、靳以，对得起读者们。"这位文学大师在言语中流露出的是一种敬仰的心情。在许多读者和作家中《收获》是文学的圣地。谈到这种成功，著名作家谌容认为："其中很重要的一条，就是稳定。她的方针全表现在发表的作品中。《收获》的风格也是稳定的：这就是兼容百家。"从创刊号上发表老舍的《茶馆》时起，它就踏踏实实推出文学作品，特别是新时期以来，它不为风向所动，锲而不舍地推动文学创作，而且兼容并蓄没有门户之见，显示了博大的气度。近年来马原、苏童、格非、陈村、余华等作家重要作品均能在此寻见。它也不断推出一些富有特色的文学专栏：刘心武的《私人照相簿》，介绍海外华人作家作品的《朝花夕拾》，以至近年产生很大影响的《文化苦旅》、《山居笔记》、《沧桑看云》。为刊物的生命和品位，《收获》严把质量关，莫言曾说："我在《收获》发表过《球状闪电》和《红蝗》，都修改过三次。修改后的定稿较之原稿提高很多。这是《收获》编辑部诸位老师们耐心启发诱导的结果。《收获》高度尊重作家又不迁就,《收获》认真负责,每一部都一丝不苟。"①当时莫言的《红高粱》正在全国红得发紫,而《收获》竟让他改稿三遍,可见编辑为自己的刊物的良苦用心。

我并不是在游离主题孤立地去探讨刊物的风格,而我们应当看到:一种优秀报刊它自身的风格对作家作品的塑造,进而也在塑造着一种整体的文学气氛,对于权威文学报刊来说这种影响尤为强烈。巴金曾说过:"一种刊物发表了两三篇好文章,好的作品就像流水一样汇聚到它那里。刊物选择作品,作家也挑选刊物。"②在这种双向选择中,刊物的风格影响着作品分流,发表在某一刊物上的作品自然地体现着刊物的风格,如果这个作品产生了重要影响,它必然会辐射文坛和其他作家创作,而这个过程中,刊物的取舍标准和审美趣味其实已经渗透其中。它正是这样在参与文学的发展。在一篇题为《北京的批评家和上海的批评家》的文章中,作者写到:"我在感受上海的文学批评空气时,总忘不了抬头看一看那个从来,不发文学评论的《收获》杂志。它以它四十年来(特别是近十五年来)坚持一贯的选稿标准,以它雍容大度、甚至有点讳莫如深的风格,在培养和引导一种审美的、多样化的、宽松的批评原则。这个用提倡什么来批评什么的权威杂志,好像成了上海批评界的一面旗帜。"③《收获》和它刊发的作品代表着中国当代文学的追求和尺度。

在今天,不少人谈起新时期文学复苏的景象时仍按捺不住心中的激动,那是在社会大背景和文学自身发展等诸多条件下形成的"井喷",但也不能忘记《人民文学》、《当代》、《十月》、《收获》等几家重要杂志的功劳。在1949至1989年40年间中国文学发展中,《人民文学》一

---

① 以上所引宗璞、曹禺、谌容、莫言对《收获》的评价,均见《祝贺〈收获〉创刊三十周年》,刊于《收获》1987年第6期。
② 巴金:《致〈十月〉》,《巴金全集》第16卷,第330—331页,人民文学出版社,1991年。
③ 宋遂良:《北京的批评家和上海的批评家》,《上海艺术家》,1995年第5期。

直参与了文学主流的发展,在新时期,它更有出类拔萃之势。1977 年 12 月,《人民文学》邀请在京文学工作者一百多人举行座谈,批判"四人帮"的"文学黑线专政"论,当时作协尚未恢复工作,是一份杂志组织了粉碎"四人帮"后作家们的第一次聚会,它起到了拨乱反正、解放思想的作用。与此同时,《人民文学》还奉献出一大批在读者中产生广泛影响的作品:《班主任》、《哥德巴赫猜想》、《乔厂长上任记》、《乡场上》、《陈奂生上城》、《春之声》等,或许今天看来有些作品很稚嫩,但在当时却像声声春雷震醒了冰封已久的大地。《人民文学》用自己的作品为新文学打开了一扇窗户,在思想解放、大胆探索的旗帜下,关心现实,关心国计民生,关怀人本身,《人民文学》的这一风格无疑早已熔铸到新时期文学发展的总体风格中。"历史上任何一个能够让人们记住并且怀念的文学时代,必定会有几个能够让人民记住并且怀念的刊物。"① 这恰恰是因为文学报刊参与了这一文学时代的锻造。

面前一本薄薄的《三叶集》(上海亚东图书馆,1920 年)把我的思绪拉回 70 年前,这是郭沫若、田汉、宗白华三人的通信集,也是他们早年的友情记录。那时宗白华正在主持上海的《时事新报》副刊《学灯》,他在给远在东瀛的郭沫若的信中这样写道:"我很希望《学灯》栏中每天发表你一篇新诗,使《学灯》栏有一种清芬。"郭沫若的新诗络绎不绝地刊登在《学灯》上,有时一首诗连载两天,把整版都占了。都说编辑是催生婆,让一篇篇优秀作品及早问世,这样的鼓舞,郭沫若怎能不意气风发、激情昂扬?他内心如一座火山诗兴大发,迎来了他一生中最辉煌的一次诗歌创作高峰,他说:"《学灯》栏是我最爱读的。我近年几乎要与他相依为命了。"在《自传》里他更直白地说:"但使我的创作欲爆发了的,我应该感谢一位朋友,编辑《学灯》的宗白华先生。"文学报刊的编辑与办刊方针与作家的创作激情乃至于文学

---

① 李陀:《记住,并且怀念》,《收获》,1987 年第 6 期。

发展，这之间的关系也不容忽视。后来宗白华赴德留学，《学灯》风气大变，对郭沫若也不近公平，居然把他的诗附在人家抄袭他的诗后面发表，这使他写诗的欲望大为冷淡，他在1920年8月24日给友人陈建雷的信中说："我看《学灯》中很登了些陈腔腐调的假新诗，所以我对于新诗，近来很起了一种反抗的意趣。"（见《郭沫若书信集》，中国社会科学出版社，1992年）随之而去的是他的诗歌创作高潮。编辑易人，报刊风格转变，这对文学发展也会产生影响，我们无法忽略这样一个事实：某一编辑必然赏识或厌恶某一类稿子，在编辑对作者作品的这种选择中也影响着创作。当年巴金的《家》以《激流》为题连载时，也曾因编辑易人几乎被腰斩，幸亏巴金以放弃稿费为条件才没使新文学失去一部优秀作品。

办刊方向把握在编者的手中，那么，我们在看重《新青年》等刊物对新文化运动的重要作用时，就丝毫不能低估作为刊物编辑的陈独秀等人的重要贡献。1935年，当萧乾接编《大公报》的副刊《小公园》时，《小公园》还是发表消遣性市民口味文章的杂碎副刊，萧乾接手后立即着手改革，只保留了上任编辑的"剧坛"栏，其余都以文学作品为主，还新辟了"读者与编者"栏，《小公园》焕然一新，在读者中引起了强烈反响，报社见《小公园》编的和沈从文编的《文艺副刊》几乎一样，便索性让萧乾一手接编。1935年9月1日，新的《文艺》第一期取代了《文艺副刊》与读者见面了，萧乾主持《大公报·文艺》，团结了大批优秀作家，李健吾以"刘西渭"为笔名收在《咀华集》中颇具特色的文学批评大多发表于此。更为值得一提的是萧乾还致力于发展书评，倡导这种文体，并以此向读者推荐新文学创作的最新收获。曹禺的《日出》、孙毓棠的长诗《宝马》发表后，他组织专版讨论，向读者大力推荐。他还倡议设立"《大公报》文艺奖金"，评选优秀作品，这也是中国现代文坛的一个创举，萧乾勤奋的工作与他大胆探索的精神铸就了《文艺》的灵魂。由此我们也不难看出，一名优秀编辑不仅需要那种奉献精神，还需要一双发现人才的慧眼，一种大胆探索的勇气，一种胸襟和气度，这些同样会对当时的文学发展产生重要影响。

  我想今天对孙伏园和靳以的纪念，是对他们工作精神和工作成绩的双重肯定。他们的工作精神，对当今文坛极具现实意义，他们的工作成绩将长久地留在历史记忆中，光照后人。

  寒气并未消退，但春天也并不遥远，只要我们还有那份盼春的殷殷之心，只要我们还有战胜严寒的勇气和行动，那东风吹放花千树的春景便会出现在我们面前。

1995 年岁首

在金钱与艺术之间挣扎

——文学的外部观察之二

从古至今,"金钱"在文人笔下都没有捞到一个好名声,"雅尚玄远"的人连提"钱"字都怕污了自己的洁唇,干脆造个"阿堵物"这样的词儿来。莎士比亚在讲述泰门的不幸时,毫不留情地道出了金钱的"威力":"金钱!黄黄的,发光的,宝贵的金子!……这东西只这一点点儿,就可以使黑的变成白的,丑的变成美的,错的变成对的,卑劣成高贵,老人成少年,懦夫变成勇士。"而狄更斯笔下的老葛硬更为赤裸裸地宣称:"人从生到死的每一步都应是一种隔着柜台的现金买卖关系。""现金买卖关系",这话里都挂着霜花。深深体味过这个世界冷暖并一直在鞭挞它的巴尔扎克借笔下人物之口也说:"没有一个讽刺作家能写尽隐蔽在金银珠宝下的丑恶。"在文学作品中,金钱几乎就是丑恶、贪婪、嫉妒、仇恨、残酷的代名词,与之相对的是人们用高尚、纯洁、真诚、无私这样的字眼来赞美美好的感情——是那些美好的真情酿造了美妙的艺术之酒,而金钱却无时无刻不在挤兑、侵蚀着神圣的情感,金钱和艺术似乎永远水火不相容。

然而,这个世界的奇怪就在这里:万人恶声诅咒的东西,不仅是须臾不可离之物,而且说不定反而是人们心里忌妒的对象。作家不是神仙,却是口是心非的高手,虽说中国早就有"君子喻于义,小人喻于利"的说法,某某视金银如粪土的美谈历来很多,"名利于我如浮云",

文人真的就这么潇洒地面对金钱吗？

在平日的阅读中，我一直对作家的书信、日记乃至传记保持着浓厚的兴趣，从前辈的生命历程中，我能领悟到许多人生真谛，在那看似琐碎的材料中，我发现了一个个更为真实、完整的人；它们在展示了作家们令人瞩目的成就的同时，也不可避免地涉及柴米油盐的这类俗事，下面这两段就是从一位作家书信中摘录出来的：

> 《迟桂花》我自以为做得很好，不知世评如何耳。但一百元稿费拿到的话，则此来的房饭钱可以付出矣。①

> 此系创作，非十元千字不可也。中华数字，也同商务一样，标点空格，都须除去，必要十元千字才能合算。②

真难说写作对于写信人来说不是仅仅意味着这样一个锁链：稿子—稿费—房饭费；也真难为写信人了，和那些书商们一样也在斤斤计较，连标点和空格都在认真计算，写信人不是别人，是著名作家郁达夫，这是他给妻子王映霞的信。然而，把这个郁达夫与郭沫若所赞的那个人——"他的清新的笔调，在中国的枯槁的社会里面好像吹来了一股春风，立刻吹醒了当时的无数青年的心。他大胆的自我暴露，对于深藏在千年万年的背甲里面的士大夫的虚伪，完全是一种暴风雨的闪击。把一些假道学、假才子们震惊得至于狂怒了"③——我无论如何联系不起来。文学总该是神圣的理想净地而不是房饭钱吧？作家总该有点"清高"而不该混同于小商贩吧？然而读到王映霞1938年10月25日给郁达夫的一封信后，我默然无语了：

---

① 郁达夫：《1932年10月20日致王映霞》，转引自王映霞《我与郁达夫》，第219页，广西教育出版社，1994年。
② 郁达夫：《1932年11月27日致王映霞》，转引自王映霞《我与郁达夫》，第237页。
③ 郭沫若：《论郁达夫》，见陈子善、王自立编《郁达夫研究资料》，第86页，三联书店香港分店，1986年。

唉，在十余年前的王映霞，又何曾想到会有今天这样凄苦的命运！在这十二年中，你假如能够节省一些买书买烟酒的钱，怕我们一家在安全地方亦有一两年好生活了，从前总是苦口婆心的劝告，无奈何习惯已养成，朽木难雕，终于改不转来，专靠我自己节衣节食，甚至变换了衣饰，来作家用，而你又哪里会知道，知我那时欲未雨而绸缪的一点苦心？……如今什么都完了，十年来向你的种种忠心的劝告，都只等于零。请想想，是不是无形中只在使我灰心、使我失望？自己没有明白自己的短处，不望成家立业的短处，还能怪着别人？假如我有女儿，则一定三世都不给她与不治生产的文人结婚！自己一切都完了，壮志雄心尽付东流江水，我对你的希望与苦心，只有天晓得。①

郁、王二位的爱情曾在现代文坛轰动一时，什么"神仙眷侣"的词不知被人堆了多少，而只有他们自己能够体味到柴米油盐才是真真切切的生活。不敢想象郁达夫面对妻子的如此指责将会是怎样的心情。"假如我有女儿，则一定三世都不给她与不治生产的文人结婚"，对于一个男人来说，这是多么严厉的指责！在这一刹那。我理解了郁达夫的苦衷，也理解作家们在笔下纸上对金钱滔滔不绝的诅咒背后也隐含着他们曾深受金钱之害、备受其煎熬的苦衷，我也看到了茅盾实事求是地自述："按现在的眼光，约人写文章先来物质刺激，未免太不尊重作者了；然而在四十年代的重庆，却是十分平常的事，每个卖文为生的作者都要掂量一下，他开夜车熬出来的作品，究竟能换回几升价米。"②

---

① 王映霞：《致郁达夫》，见《我与郁达夫》，第144页。
② 茅盾：《我走过的道路》下册，第289页，三联书店香港有限公司，1989年。

文学对于不少作家来说，有着双重意味：一是他们济世忧民、吞吐情感的理想净地，在这个净地里他们指点江山、激扬文字、自由驰骋；另外，文学还是他们赖以谋生的手段，他们得养家糊口，维持生计，解决衣食。前者直接对社会大众产生关系，所以人们往往容易看到它并常常强调它，而后者表面上看只对作家个体产生作用，往往为人所忽略。但它们并非两条道上的马车，毕竟创作的主体是作家，从这个意义上说，对作家个体发生影响的因素也无不影响着文学整体。"著书都为稻粱谋"，作家也是人，"人们首先必须吃、喝、住、穿，然后才能从事政治、科学、艺术、宗教等等"。如果单纯说为了生存而写作不够高尚的话，但如果写作中剥除了为生存一条，除非有其他经济来源作保障，否则作家将无法自由主宰自己的生活。人毕竟不能脱离物质基础而存在，尽管坚强的意志有时会创造出令人感佩的"神话"，但这种"神话"，不能无边夸大。人们常说失败是成功之母，苦难是人生最好的学校这一类话，这给人的印象是要成功非历经坎坷不可，像唐僧不经九九八十一难就难得正果似的，但是如果能一帆风顺，千里江陵一日还，那我们为什么非得逆水行舟呢？我们为什么不积极创造条件少经一次失败、少遭一些苦难以取得事半功倍的效果呢？应当承认，创作同样是需要条件的，不但需要纸和笔，还需要充裕的时间，安静的环境，自由的气氛。从历史上看，艺术生产的专业化就是脑力劳动和体力劳动的社会分工的结果，这才使得一些人摆脱直接生产劳动，而有了更多的时间和必要的条件去学习和掌握创作手段和技巧并付诸实践。"穷而后工"说的是身世遭际能加深作家对人生和社会的理解，丰富他们的创作，但也不排除另外一种情况，作家们为生存付出大量的时间，损耗了艺术才华，甚至一稿未竟，他们被贫乏的物质条件而夺去生命，因此，在文学研究中，需要我们正视金钱，正视作家的生存环境与创作的关系。

陀思妥耶夫斯基夫人在《回忆录》(《陀思妥耶夫斯基夫人回忆录》，李明滨译，北京大学出版社，1978年）中，对此有过痛心的感叹：

> 我丈夫假如没有承接这些债务，可以从容不迫地写他的小说，进行反复修改，细心润饰，最后才交稿付印，那他的作品，在艺术上肯定会赢得好声誉的！文学界和社会上常常拿陀思妥耶夫斯基的作品和其他有才华的作家的作品作对比，责备陀思妥耶夫斯基的小说过于庞杂，脉络不清，而夸赞别人的作品都是精雕细刻，例如屠格涅夫的作品就如同首饰一样精致。但是很少有人能够想到和对比一下别的作家是什么样的生活条件和工作条件，而我丈夫又是什么样的生活条件和工作条件。他们（托尔斯泰、屠格涅夫、冈察洛夫）几乎全部身体健康、生活富裕、有充足的时间进行构思和修改自己的作品。费·米则患有两种严重的疾病，有一个大家庭和一大堆债务的拖累，他得为明天的生活和今天的面包操心。在这种情况下哪有可能对自己的作品精雕细刻呢？在他一生的最后这十四年里曾多少次出现过这样的情况：头两、三章已经登在杂志上，第四章也发排，第五章刚投邮寄往《俄罗斯导报》，则其余各章还没有写好，才刚刚开始构思呢。费·米有这种情况：他读一遍已经发表的一章自己的小说，忽然发现了自己的错误，他意识到想得好好的一部小说写糟了，但已经无可挽回。"要是可以挽回"，他有时这样说道，"要是可以推倒重来多好！现在我看清了困难在哪里，看清了为什么这部长篇小说我老写不好。我也许会因为这点错误而把自己的'主题'完全枪毙了。"

这才是真正的悲哀呀，是一个艺术家明明看到自己哪儿写错却又没可能改正而感到的悲哀。但是，不幸的是他从来没有机会改正，因为他需要钱来度日、还债，只好不顾身体有病，有时候还是刚发过癫痫病的第二天就写作，仅仅为了按期寄出去，以便尽快得到稿费。费·米毕生没有一部作品（他的第一部中篇小说《穷人》除外）不是匆匆忙忙赶出来的，他不能够从容不迫、周密地拟定小说的提纲，仔细斟酌一切细节。命运从未赐予费·米以那样巨大的幸福，而这一点是他朝思暮想的，尽管是不能实现的理想。

陀氏夫人曾为丈夫作速记，誊清原稿，校阅清样，甚至经营出版丈夫的著作，在相濡以沫的40年中，她是深知丈夫的甘苦，也共同经历了金钱对他们的精神煎熬。大家习惯赞扬托尔斯泰谨严的艺术态度和完美的艺术风格，据说，他写《战争与和平》，仅开头就有15种异文，《安娜·卡列尼娜》开头的异文有11种，写作《复活》他曾六易其稿，一篇叫《梦》的文章，他竟先后改了29次，这真是精益求精，然而正如陀氏夫人指出的那样，托尔斯泰是有庄园和大片土地的丰厚收入为后盾的，他可以衣食无忧。中国通俗小说大家张恨水就曾毫不讳言写道：初到北京时，"我的生活负担很重，老实说，写稿子完全为的是图利。已不是我早两年为发表欲而动笔了。所以没有什么利可图的话，就鼓不起我的写作兴趣"。这无疑使作品的艺术质量大打了折扣，匆匆写出的作品《京尘幻影录》、《斯人记》，连他自己都认为"不够尺寸"。

可能会有个两全其美的想法：作家一心一意写作，尽量下力气把作品写好，好作品不愁无人赏识，这样就能卖个好价钱，艺术与金钱，都毫发未损，作家悠哉悠哉，文坛也热热闹闹。然而事情往往不如此。处在艺术与金钱之间的作家很少有几个能这般游刃有余的。作家笔下未必是佳作连篇，更何况有许多杰作曲高和寡无人赏识。靠写作维生真是一件冒险的事情。清醒的作家甚至不得不做出这样的选择：或者坚持艺术至上而舍弃金钱，舍弃良好的物质保障，说不定也将失去泰然自若创作的良好条件；或者屈就金钱，舍弃艺术标准，让艺术成为个人生存的奴隶。

无形之中，金钱成了可怕的主宰者，它甚至左右创作本身。莫洛亚《巴尔扎克传》中，描述巴尔扎克在为金钱而不得不削损艺术后曾感叹道："1837年，一个作家为贫困所迫，不得不迎合出版商们的口味和需要，这是一条无情的法。……为了使一本书能够摆上书店的货架，作家就得同时进行好几部作品的创作，并且有一部也上不了架的危险。……如果它只写了一半，宛如巴黎的一些尚未完工的墙，请你不必抱怨，那是因为出版商需要一卷，而不是两卷。……如果《电鳗》迟迟未能与读者见面，那是因为报纸对刊登一篇洛莱特（指漂亮风骚的年轻女子）的故事还有顾虑。……一个作家如果没有额外收入，没有国王的津贴，也没有世袭的爵位（影射居斯蒂纳），那么他就得为填饱肚子而创作。"

文学就如此脆弱吗？福克纳不愿相信这些，然而他也尝尽了艺术与金钱之间所受折磨的滋味。在《骚动的一生：福克纳传》（戴维·明特著，顾连理译，上海知识出版社，1994年）中，作者说："《喧哗与骚动》加深了原有的为名利而写作的不安。没有这种见不得人的动机——即不为名更不为利而创作时，他（指福克纳）发现世上确有可以并且必须冠以'艺术'这一寒酸称号的东西。《喧哗与骚动》没有见不得人的污染的动机，所以将永远代表福克纳心目中的艺术。"然而"不幸，小说发行后两星期，美国经济崩溃，书的销路大打折扣。1931年中，初版小量印过两次，到1946年为止，销售总数始终停留在3000册上。"精美的艺术时常与金钱无缘，这真是莫大的不幸，于是他发誓要写一部赚钱小说，他写了《圣殿》并没有赚来大钱，却被人认为是"福克纳笔下最悲凉、最刻薄、最野蛮的一部小说"。但福克纳确实需要钱用，他只好开始写短篇，"着眼商业而构思的作品终于也开始有收益了。像《晚邮报》上发表的第一篇作品《节俭》这么简单的故事，福克纳得到了 750 元稿费,比以前的任何一部长篇小说还多。"对钱的迫不及待的需要使他不得不放弃精雕细刻,无法集中精力专注于一项长期的写作规划。为了挽救家庭财政危机,他不得不与好莱坞电影厂签约,去写那些令他头痛的剧本。钱的苦恼使他笔枯词穷,他对哈尔·史密斯说:"将近 16 个月了,没写出有新意的东西,连新的构思也没有。"这是一个自信自己有不尽创作力的作家最为苦恼的问题。为了艺术,福克纳又从好莱坞出来,他渴望自由写作,但为了生存,他又不得乖乖地回去,把写作出售给商业。"他担忧、挣扎,企图解决经济问题,生怕被迫卖地,创作因之大受影响。1940 年春天工作得还好,到年中便不能甚至不愿提笔。他疲倦、失眠、精力不能集中,又一次觉得谈计划比实际写容易。沮丧日甚一日,1940—1941 年之交,心情益发黯淡。"就这样福克纳几进几出好莱坞,1942 年之后的几年,"他就是挣钱还债,没有出书。直到六年后才写成又一部小说,七年后才有一个短篇发表在重要杂志上。他愁钱,想摆脱好莱坞不成,还为文思枯竭所苦。"

鲁迅一直是很清醒的,在他那篇《娜拉走后怎样》的著名演讲里曾说过:"自由固不是钱所能买到的,但能够为钱而卖掉。人类有一个大缺点,就是常常要饥饿。为补救这缺点起见,为准备不做傀儡起见,在目下的社会里,经济权就见得最要紧了。"在做了这个演讲后的几年里,鲁迅切身体会到金钱带给他的痛苦。"五四"以后的知识分子寻求独立和自由,对于捞个一官半职的事往往不屑一顾,至于腐败无能的北洋政府,更让人唾骂不及。可是鲁迅居然还安安稳稳地做着北洋政府教育部的一个官。我想,并不是官职本身对他有多么重要,重要的是那份官俸,对一个负担一个大家庭生活的人来说并非可有可无。鲁迅在几个学校教书每月的讲课费仅有十几元,而这份官俸却是每月 300 元大洋。真是一笔不小的数目。为此鲁迅还受到论敌陈西滢的讥讽,陈说:"他从民国元年便做了教育部的官,从没脱离过。所以袁世凯称帝,他在教育部,曹锟贿选,他在教育部……甚至于'代表无聊的章士钊'免了他的职后,他还大嚷'佥事这一个官儿倒也并不算怎样的"区区"'……其实一个人做官也不大要紧,做了官再装出这样的面孔来可就叫人有些恶心来了吧。"[①]鲁迅的笔是从不饶人的,对他的指责,向来都有义正辞严的还击,这一回却例外,他只是含糊其辞虚晃一枪,看来也真有他的苦衷。连没有丝毫奴颜和媚骨的鲁迅在金钱面前也不得不让步,更为可怕的是作家因物质而造成精神溃退,金钱在捆绑他们自由独立的精神在侵染他们的神圣的艺术。

难道作家和他的文学只有沦为金钱奴隶的份儿了吗?这其实也是处在社会转型期中国文学界和关心他的人较为困惑的问题。真该强调一下我们身处的时代背景:以往用金钱来衡量艺术的价值似乎是对艺术的亵渎,然而步入经济社会的1990年代的中国,红得让追星族恨不得撕碎的歌星,其荣耀往往不是他们高超的演技获得而是高额出场费挣来的;那些金奖巨片常常是"巨"在巨额的制作和票房收入上;一本畅销书被大家端上神圣的文学课堂,是得意于那个炫目的销售金额而不是惊人的艺术笔墨。很少有人仔细想过艺术价值是否被金钱无形所标示着。因此,我想,许多人在抱怨当今文学的失落或尴尬的时候,是不是更多地在说作家生存状况的不佳呢?这个社会有钱的作家就是骄傲,张贤亮就曾很傲气地说:"论从写作上挣得的稿酬,我可能是中国青年作家中的首富。""我已经可以不为稿费而写,不为工资而写……能够不看任何人的眼色而写,今年出版了我的《我的菩提树》,明年就将出版《钱歌》。"真是财大气粗。可是相形之下,五位风头正健的小说家受雇于张艺谋,为之写电影《武则天》,其中之一的苏童说这是他"自创作以来最殚精竭虑"的作品,然而他们都接下了这份差事,有钱使鬼推磨,连缪斯之神也能弯下她高贵的腰。

一时间不少作家成了困难户,中国文人们在金钱面前表现得异乎

---

① 西滢:《致志摩》,1926年1月30日《晨报副刊》。

寻常的手足无措，无可奈何，商潮一浪高似一浪，文学救赎之路在哪里？是纷纷弃笔从商，或是都改写电视剧？再不写个随笔专栏挣个零花？还是咬紧牙关呕心沥血经营大作？种种议论弥漫文坛。我想，既然各有各的想法，那么就各走各的道儿吧，能挣钱又不再留恋文学的，就别挤在文学的小道上了，人各有志，更有选择自己活法的自由。那些心地善良的人也用不着担心队伍散了，文学走向末路，这种想法让人感觉当初大家集聚到这面旗下只是为了发财，发不了财便顿作鸟兽散，显然不是这样。人类学家马斯洛曾把人的需求分为五个等级，最低级的是衣食等生理需要，而处于最上层的是"自我实现"，马斯洛指出："一位作曲家必须作曲，一位画家必须作画，一位诗人必须写诗，否则他始终都无法安宁。一个人能够成为什么，他就必须成为什么。他必须忠实于自己的本性。这一需要我们就可以称为自我实现的需要。"① 马斯洛同时指出：当低级需要得到充分满足后，高级需要的优势会更强烈。人们的生存需要得到满足后，精神需求会更为强烈，从这点上，经济的发展并不是在促退文化，把市场经济视为洪水猛兽大可不必。人应当有更高的目的和更大的快乐，人类只有超越低级的满足和目的才能是人，才会有人的发展。从这一点看，有人选择文学是必然，对文学带来的满足和欢乐他欣然领受，对文学带来的贫穷和不幸，他也无怨无悔，许多优秀作家和经历早已证明了一切。

文学需要的是坚韧与清寂，需要一颗远离名利的纯净之心，然而并没有谁规定它就意味着贫穷，因此用不着谈钱变色。世界上比我们及早进入市场经济、竞争激烈度比我们强的国家多得很，没听说哪国文学绝了种，也没听说他们的作家都靠领救济金生活。学会生存，是做人的基本准则，作家也并不列外。面对着商潮钱海，中国文人们不必再慌张，不必再抱怨，也不必"抵抗"，大潮势不可挡，只有迎头赶

---

① A. H. 马斯洛：《动机与人格》，第53页，许金声、程朝翔译，华夏出版社，1987年。

上。为此我很欣赏王晓明的一句话:"我的求索的第一步,正在于重建对社会变化的理解,消除对它的陌生感。"[1]调整自己的心态,适应新的变化,踏踏实实重建自己的理想,这是勇敢者的态度。

1994年于大连

---

[1] 王晓明:《〈刺丛里的求索〉序》,《刺丛里的求索》,第10页,上海远东出版社,1995年。

读者不是旁观者

——文学的外部观察之三

回想起有限的几次听京剧的经历,给我留下最深刻印象的场面是:台上演员声情并茂唱至精彩处,台下突然有人扯起嗓子,响亮而干脆地喊一声:好!真的很奇怪,登时你就觉得台上演员更加精神百倍,音腔高亢、情绪饱满……在这样的气氛中,我觉得台上台下的距离缩短了,也感觉到在台下的未必都是旁观者,他们也是演出的参与者。固然是演员的演技让听众叫了好,然而听众的叫好不仅仅是演出成功的一个证明,也是成功演出的很重要的促动力,它对演员在台上的情绪,演出水平的发挥能产生很直接的影响。这时,我也不由自主地想到读者反应与文学创作的关系,作家与读者虽不如台上台下的演员与观众有那么多面对面交流的机会,但是读者的反应对文学创作的影响也不容漠视,在西方,曾有盛极一时的接受美学,它的创始人之一姚斯曾经说过:"一部文学作品的历史生命如果没有接受者的积极参与是不可思议的。"

把读者反应纳入文学研究的范畴中,将会使我们获得许多彼时彼地的鲜活气息和此时此地的历史变化,这比让活生生的历史干瘪在几个抽象名词上要真实得多。提到读者反应,我们似乎不该乖巧地躲开"鸳鸯蝴蝶派",新文学前辈们当年大力笔伐,当今文学教师课堂上的奋力口诛,现在用"臭名昭著"来形容这个派别好像并不为过。在我们学校图书馆的一个沉寂的角落里,堆放着200期鸳鸯蝴蝶派的主要杂志《礼拜六》的影印本，心平气和地翻开它们，不难感受到"卅六鸳鸯同命鸟，一双蝴蝶可怜虫"这样的滥调是无法再吸引当今读者了，街头地摊上比这更情意绵绵更汪洋恣肆更刺激鲜亮的东西多得很，这使得我们现在有些难以体察当年读者的狂热：据回忆，"民初刊物不多，《礼拜六》曾经风行一时，每逢星期六清早，发行《礼拜六》的中华图书馆（在河南路广东路口，旧时扫叶山房的左隔壁）前门，就有许多读者在等候着。门一开，就争先恐后地涌进去购买。这种情况倒像清早争买大饼油条一样"（周瘦鹃：《闲话〈礼拜六〉》）。《礼拜六》周刊共出版200期，影响甚广，以此为格调的小说当年已成滥觞，我们通常所说的鸳鸯蝴蝶派从兴起到衰亡，持续近40年，据有关资料统计：由此派主办编辑的各种杂志及小报和大报副刊，仅上海一地就不少于300种。据不完全统计，他们的作品仅长篇"言情小说"和"社会小说"就有1074部，武侠小说683部，如果把该派作者写的侦探、历史、黑幕小说等全部计算在内，总数在2000部以上，至于短篇小说之多，更是难以计数。"言情鼻祖"徐枕亚的《玉梨魂》曾再版达32次之多，这是不少盛极一时的新文学名著望尘莫及的，把两种性质不同的文学作品放在一起比较或许有失科学性，但这样的对比能够窥出鸳鸯蝴蝶派作品当年流布之众、影响之广。三四十年代是中国新文学群星灿烂、杰作频出的时代，据粗略统计，1937—1949年出现的新文学中长篇小说有400部左右，其中，中篇小说150部以上，长篇则超过200部，这个长篇数量已经是第二个十年（1927—1937年）的两倍半。如果单从数量看，新文学作品比之鸳鸯蝴蝶派的单薄得多。事情本身往往要比我们想象得要复杂，通过残缺不全的文学史给人的印象往往是：新文学的先驱们大笔一挥，就扫清一切，让新文学走上康庄大道，而其实不然，如今看来光芒四射的现代文学也是在沉寂中坚韧地成长着的，萧乾主持《大公报》文艺副刊时（1935年开始），正是新文学走出幼稚园而生机勃勃迈步成长之时，他在报上开设了"文艺新闻"一栏，报道各地文坛的情况,其中常见的是这样的报道:介绍天津文坛,"一向是沉寂的",除了报纸副刊,"以倡古文为使命的《正风》半月刊,登载杂文的《北调》日刊外,纯文艺的月刊只遗下《人生与文学》月刊一种了"。开封纯文学刊物的"销路自然是不会好的。在河南办刊物,仿佛没人看似的。当然,销路更提不得了"。在青岛,"只有两家书店代售各地的杂志。以人口的比例计算起来,买书的人比起任何都市都应该少一倍";"正和其他各地一样,除了学生和少数年轻人,新兴艺术是极少人注意的"。连"新文化运动的首都,拥着几世纪繁荣的文化城,学术机关、文化团体、学者、作家的汇聚地"北平,也有人在叹息:"它已变成一匹喘息的骆驼。"而这个时期,被老舍称赞为"国内唯一的妇孺皆知的老作家"张恨水正在报纸副刊一部又一部地连载他的常常一出来就让人蜂拥而抢的小说。

  说了老半天,我并不想为鸳鸯蝴蝶派申辩什么,只是想看清作为历史存在的一种文学现象它在当年影响之大。然而又是什么使它奔腾激荡呢?可以找出很多缘由,但是读者需求的直接影响是毋庸置疑的。曾经有位署名"吟花"的人发表文章说:"冬日读《礼拜六》之不亦快哉?"而且他历述了"《礼拜六》之益我数则:我读了《礼拜六》,知悉世间上许多奸险的事情,知悉各地名山大川许多风景,知悉旧家庭之害处,省了我外面去胡闹的金钱,一腔忧愤,看了笑话,便消去无乌有之乡,甚至惹起了投稿的兴味。"(《礼拜六》1922年第193期)从中我们不难看到他猎奇、消遣娱乐的读书态度。鸳鸯蝴蝶派作品也不尽是才子佳人(一些学者甚至认为用此名概括这个派别有失严谨),侦探、武侠、社会黑幕,这类作品也多得很,这些都极合小市民乃至涉世不深的青年人的口味,当他们张开双臂热烈欢迎这类作品时,作家们也看好了行情,不断制作,遂顿成一股浪潮,如果把眼光放开一点,不难看到,"五四"后一部分普通民众,对受西方影响很大的新文艺还很陌生,对传统文艺又有着割舍不掉的感情,是他们的需求在促动着大批通俗文学作品的产生。张恨水曾说过:"新派小说,虽一切先进,而文法上的组织,非习惯读中国书,说中国话的普通民众所能接受。正如雅颂之诗,高则高矣,美则美矣,则匹夫匹妇对之莫明其妙。我们没有理由遗弃这一班人,也无法把西洋文法组织的文字,硬灌入这一班人的脑袋,窃不自量,我愿为这班人工作。"(《答总谢》)"没有消费便没有生产",恰恰有这批读者在,才会有这样作品出现,读者对文学潮流的影响在此很明显。

大家常说一个时代有一个时代的文学,这说明时代主潮对文学的巨大塑造作用,但也未尝不体现了一个时代读者对文学作品的选择作用,不同时代读者不同的审美趣味将决定着哪些作品受欢迎、被理解或与之相反。王蒙曾经说到他们在五六十年代时的阅读需求:"我们那一代人太饥饿了!我们要求革命,我们要求光明、解放、幸福、爱情、英特纳雄奈尔,我们如饥似渴!我们要求的是投入,是献身,是战斗,是牺牲……""我希图在小说中看到的是地下工作者的散发传单与躲避追捕,是刑场上就义的革命者高唱'起来,饥寒交迫的奴隶',是大罢工中的抬棺游行,是监狱变成了马克思主义革命理论的学校。"在这样的读者接受兴味中,我们不难理解《红岩》、《红旗谱》等"三红一创"当年为什么备受欢迎,也应当理解虽是很革命化的恋爱,但像宗璞《红豆》那样的作品还是被视作另类,时代使然,也是那个时代的读者使然。

"十年辛苦不寻常,字字看来皆是血",曹雪芹曾在《红楼梦》的卷首题诗云:"满纸荒唐言,一把辛酸泪,谁解其中味,都云作者痴。"表达了他渴求理解的殷切心声。从某种意义上说,没有一个作家不希望赢得读者的理解,除非他永远不发表作品。把作品拿出去,本身就是呼唤理解,渴望关注,甚至希望产生影响起到某种作用,读者对作家用心血育成的作品的关注,是送给作家最温暖的炭火,使他们不孤单不寒冷,有足够的自信力去创造、探索。在创造社、太阳社的

"战友"们大肆谩骂鲁迅之后，瞿秋白编选了《鲁迅杂感选集》，并写下了长达 1.7 万字的序言，评价了鲁迅杂文的战斗意义，深刻分析了鲁迅前期思想的缺点、性质、产生原因，鲁迅曾感慨地对人说："分析是对的，以前就没有人这样地批评过。"高山流水遇知音，不独是伯牙和钟子期的事儿，也是每位作家的心里渴求，鲁迅录何瓦琴之句书赠瞿秋白："人生得一知己足矣，斯世当以同怀视之"，不但标示着他们友谊的分量，也强烈体现着知己的理解对作家心理产生的重要作用。

巴金每逢满怀激情谈到他的读者时，总念念不忘地说："读者的期望就是对我鞭策。"读者的期望，使巴金获得了对自己作品的反馈意见，获知了读者的"期待视野"，使他得知自己的作品"是不是和读者的期望符合"，他尊重读者的意见，"常常根据读者的来信检查自己写作的效果，检查自己作品的作用"(《把心交给读者》)。然而他更多的是从读者那里获得精神鼓舞和力量。巴金说："读者们从远近地区寄来信件，常常在十页以上，它们就是我的力量源泉。""在我的创作旺盛的日子里，那些年轻人的痛苦、困难、希望、理想……许多真切、坦率、诚恳、热情的语言像一盏长明灯燃在我的写字桌上。我感到安慰，感到骄傲，我不停地写下去。""我写得最多的时候也就是和读者联系最密切的时候。"(《我和读者》)作家的创作心理受多方面因素的影响，读者的这种热情，不但直接触动了作者的创作欲望激发了他的创作热情，更使他获得创作信心，这使作品显得浑然一体气韵充足。巴金说："我常说作家靠读者们养活，不仅因为读者买了我写的书，更重要的是他们送来的养料。"(《我与读者》)这样的"养料"，使得他在《随想录》遭到一些非议的时候，不曾中途搁笔，"因为我一直得到读者热情的鼓励，我的朋友也不是个个'明哲保身'，更多的人给我送来同情和支持"(《〈随想录〉合订本新记》)。读者的精神养料，也使他在新时期敢于抹去"左"的时代加在自己作品上的不实之词，肯定自己的一些旧作。

作家与读者之间的影响是双向的，在这之中作者对读者的影响往往显而易见，而读者对作者的影响，往往不易被人体察，但读者对文学创作也有反应到具体创作环节中的显形影响。最典型的例子莫过于茅盾对《腐蚀》结尾的处理。当初小说在《大众生活》连载时很受欢迎，按照茅盾原来的计划，小说写到了小昭牺牲就结束全书，可是当小说连载即将结束时，编辑部却收到了不少读者的来信，希望作者给主人公赵惠明一条自新之路，编辑部也请求茅盾继续写下去，这样茅盾就在原来的结尾后面加了一段故事，并表达了革命者对赵惠明的期望："生活不像我们意想那样好，也不那么坏。只有自己去创造环境。……她一定能够创造新的生活。有无数友谊的手向她招引。"全书的结局实际是在读者的影响下发生了改变。

在巴金的创作中也不乏读者影响的例子，是"读者"的影响使《秋》也是整个《激流》三部曲的结局发生了截然不同的变化。在《秋》的《序》中，巴金特别提到了四个朋友的名字，说："没有他们，我的《秋》不会有这样的结尾，我不会让觉新继续活下去，也不会让觉民和琴订婚、结婚。（我本来给《秋》预定了一个灰色的结局，想用觉新的自杀和觉民的被捕做收场。）"是朋友的温暖友情给了巴金鼓舞，但联系到当时日寇大有吞并中国之势和巴金困居"孤岛"奋笔写《秋》的具体背景，我们觉得这鼓舞难道仅仅来自这四位朋友，而不是更多与巴金同呼吸共命运的青年读者吗？在《秋》的结局处理中，另一位"读者"也起了重要作用，那就是巴金在构思自己作品时，他以自己的读者经验，以一个读者的身份和眼光来审视自己的著作，在这个过程中他预定的结局发生了变化。他说："关于《秋》的结尾，我曾经想了好久。我也曾有过内心的斗争。"但是，他想到了自己读过好些批判现实主义大师的作品，看到那些善良、正直的人毁灭，"作为读者，我受不了那接连不断的黑漆一团的结尾"（《谈〈秋〉》），作为作者，巴金也不想让读者获得这么凄凉的感受，现实生活中的"觉新"（巴金的大哥）自杀了，而作品中的却活了下来,生活的激流,不是终止,而是永远奔腾,"秋"宣判了旧的灭亡,也显示了新生的力量,让人们看到了光明和希望,这其中也不无读者的一份功劳。

换一个角度看问题,由读者反应探讨一些文学现象,我们对一些问题可能获得新的解释。经历过新时期的轰轰烈烈之后,严肃文学失去了它的轰动效应,武侠、言情这类通俗小说倒雄赳赳气昂昂地占领书摊,一些对文学抱有很善良愿望的人可坐不住了,他们忧心忡忡地讨论着"严肃文学出路何在"?对通俗文学也不无敌意地大骂"滥货"。更有人恨铁不成钢:现在的作品就是差,你看当年,多少人争看《班主任》,《高山下的花环》又怎样震动国人,可现在呢?无声无息,谁知道有什么作品……表面上看现在的文学真的不是那么热乎了,要是和那些销量广泛的通俗文学作品相比更让人觉得凄凉。然而,轰动是否就意味着繁荣,反之,不轰动是否就意味着作品水准下降呢?《红与黑》在司汤达生前一直被读者冷落,而在中国曾经激动了一代人的《牛虻》在本国却并不被看重。以作品本身来解释这种现象反倒不如从读者接受上来看问题。首先,我们应当看到当代社会生活的多样化、开放性对读者生活方式、阅读趣味带来的变化。在过去,除了听听收音机、看看戏和很有限的电影之外,读书在业余生活中占了举足轻重的位置,并不是当代人缺乏读书的精神需求,而是当代人精神消费的场所太多,想把大家的目光都引到哪一点上太不容易。就是读书,也种类繁多,仅文学书,也早不再是两部小说八个样板戏的时代了,比之过去,客观条件限制大家无可选择,现在是多得不知该如何选择。读者阅读趣味分化,各自关注点不同,你喜欢阳春白雪,我喜欢下里巴人,你看大江东去,我看杨柳岸晓风残月,不会再有人说你是小资产阶级的情调,同时一些所谓的题材的禁区早已打破,像当年《红楼梦》研究批判,批胡风,这样政治因素介入的事情也越来越少了,社会秩序正常了,犹如大海有规律地潮起潮落,很少有疾风高浪,"热点"少了,欲使国人共读一书的神话也不存在了。当然，也有些作品在同类中能够较早地进入读者视界，可它们的脱颖而出有时往往与文学本身关系不大，如《围城》、《三国演义》一时售缺，电视等大众传播媒介的推波助澜作用不容忽视；一些获奖作品上榜，出版机构大肆宣传的作品畅销，那更多是商业的胜利。然而，如果心平气和地把近年一些作品与《伤痕》、《班主任》等比一比，文学是在一步步向前走，其艺术水准不断提高又是那么明显，更重要的是文学步入了正常轨道，找准了自己的社会位置，而不必再靠那轰动的掌声来装点自己虚弱的身体了。

　　重视读者反应，不是迎合读者趣味，正如通俗作品不等于庸俗作品一样，但我们始终躲避不开"媚俗"，直到前两年，《废都》及一批"陕军"作品出现后，一时间关于荒村野店，关于性的描写的作品几成泛滥。我们的作家或者安居象牙塔中闭门造车，或者不顾一切地倒向读者，寻找一条两者兼顾的道路还只是一些人的想法，既获得大众，又不失艺术趣味，从"五四"以来，大家就为此探讨而争论着，但到今天仍悬而未决，有人只好很中庸地提了个"雅俗共赏"，可这也是在实际创作中难以把握的原则，另外，大"雅"又怎么不好，大"俗"又错在哪里？我们应当看到不同层次的读者有其不同的欣赏品味，而当今大众的欣赏水平也是在一步步提高的，那么对于一个艺术家来说大不必刻意降低自己的品位，这并非是在拒斥读者，除非你的艺术是说虚弄玄的"艺术"，否则，来自活生生现实生活的作品，怎么可能与大众没有思想感情的血肉联系？同是写农村题材，鲁迅和赵树理各自坚持不同的审美标准和表达方式，他们也同样得到了读者和历史的认可。在今天的农村，有不少人难以读懂鲁迅的小说，但是你不能否认鲁迅的那些作品依旧是五四以来反映农民生活最深刻的作品。相反，那些一听就懂的荒村野话，可能很流行，但他们首先本身就不是文学。读者与作者之间的影响是双向的，也应当辩证地看待，而不应顾此失彼。对作家来说保持自己的艺术个性，坚持自己的艺术品位是至关重要的。

上文提到过茅盾对《腐蚀》结尾的修改，新中国成立后，"对《腐蚀》的看法有了分歧，占主导的意见是：不该给赵惠明这样一个满手血污的特务以自新之路，因此，'这是一本对特务抱同情的书'。一九五四年人民文学出版社重新排印《腐蚀》时，我写了一个《后记》来表明我的看法，我写道：'在考虑了这几年来我听到的关于《腐蚀》的几种意见之后'，我决定'终于不作任何修改'"（茅盾《我走过的道路》[下]）。很显然新中国成立后，非敌即友，思维的二元对立那么强烈，一些读者对这个自新之路难以理解，但茅盾作为一个艺术家对人、人性也有自己的看法，能听取读者意见，却不盲从、媚从。一位真正的艺术家，他的艺术生命不在取媚读者中获得，而恰恰在于为读者提供艺术精品，他不去"戏弄与谋杀"文学，也不屈膝卖笑，更不能粗制滥造敷衍读者，而是切实用作品把读者引到真善美的境界中。还有，读者的头脑也不是一张任人涂抹的白纸，他们会作出明智的选择。

如果话题扯得不算远的话，我还想呼吁一种健康而有生命力的通俗文学作品产生，毕竟有一大批读者喜爱它需要它甚至只能接受这种作品，我们没有理由遗弃这批读者，也没有轻视通俗文学作品而让庸俗文学充斥书摊，掩耳盗铃不是办法，我们以建设的态度希望大家正视它、发展它，让不同的读者都有书读都有几本好书读，这也许不应是奢望。

1995年

一言难尽的文学评奖
——文学的外部观察之四

在当今中国,提起文学评奖,人们除了沉浸在往昔甜蜜的回忆和急切的企盼中之外,恐怕只有紧皱眉头了。孙犁曾在一篇文章中写道:"在中国,突然兴起了奖金热。到现在,几乎无时无地不在举办文学奖。人得一次奖,就有一次成功的记录,可以升级。可以获得职称,可以有房子……因此,这种奖几乎成了一种股市。趋之若狂,越来越不可收拾,而其实质,已不可问矣!"(《我观文学奖》)的确如此,现在那些名目繁多的文学奖,让人不由得想起老杜的一句诗:"黄四娘家花满蹊,千朵万朵压枝低。"一片花海,让人眼花缭乱,分不清荷花牡丹了。

每一次浏览报纸总能看到一些征文评奖启事,阵容强大的评委或顾问组成,细致又诱人的评奖办法在向人们频频招手;一点也不夸张,不少爱好文学的高中生手中都有一叠获奖证书,它们来自五湖四海,烫金的证书封面和冠冕堂皇的奖项名称足以让这些高中生洋洋得意。可是仔细分析一下这些滚滚潮来的文学奖,我们不难发现,它们好像都是由一个人操办的似的:首先是五花八门名目繁多。可以紧跟形势,与大政方针合拍;宣传改革开放,反腐败加强廉政建设等都可以借名设奖。也有与企业手拉手,某某杯的干脆以企业命名。不少设奖者对文学前辈是毕恭毕敬的,屈原奖、李白奖、曹雪芹奖、鲁迅奖漫天飞。然而雷声大雨点小却又是它们的另一特点。先是轰轰隆隆好不吓人,什么"中国当代精品展"或者"世界华文"什么的,但没办几年就偃旗息鼓无声无息了。更让人失望的是无论扛着多大招牌，获奖的作品都一样稀松平常，这其实也给这些奖项打了个不及格的分数。瞄准文学青年是它们的又一特点。那些曾经沧海的名家不会上这个当，可那些初出茅庐的文学青年却急于得到别人的承认，这倒是给许多设奖者以可乘之机，选拔新人推出新人几乎成了这些文学奖不可缺少的宗旨，而其实质则是挂着羊头卖狗肉，设奖者比谁都明白，这样的奖项要是没有文学青年来捧场，那就得拆台了。还有一点必不可少的那就是离不开钱，我的一位喜欢投稿参赛的朋友时常收到这样的报喜信：尊敬的某某先生，请让我们祝贺您的大作荣获某某文学大奖，请速汇人民币若干用以出版作品集……要钱的手段也多种多样。一言以蔽之，这些奖的设立绝不是如他们声称的那样："为了文学的繁荣和发展。"

但是我们也无法否认一些对文学爱护有加的人的一片苦心。有不少刊物或地区自设文学奖，如《萌芽》杂志的"萌芽文学奖"，《小说月报》每隔几年也要评选一次小说奖。上海近年来也评选文学大奖，而且获奖作家不限于上海的，张炜、刘心武等外地作家也被纳入，从获奖作品看也基本上货真价实。虽然上海雍容大度，大有包容宇内、囊括四海的雄心，但毕竟是一个地区的文学奖，地域、物力、人力的限制使得他们的评奖范围等都受到限制显得势单力薄，混杂在其他吵吵闹闹的文学奖中也有泯然众人矣的感觉。

那么，中国到底有什么重要的文学奖呢？一位日本学者曾经很认真地问过我这个问题。我想了老半天只好说出一个茅盾文学奖。说过之后我自己倒觉得惭愧，乍一看，我们的文学奖如癫狂柳絮漫天飞舞，可仔细一想我们这个快快文学大国能在人们心中占个位置的文学奖还真不多。

国外倒是有不少文学奖闪闪发光引人瞩目，而且常让中国人望眼欲穿，诺贝尔文学奖就是一例。对于中国这样有五千年文明史，曾经产生过屈原、杜甫、曹雪芹的文学大国来说，在长达九十余年的颁奖史上竟无一人榜上有名，真是不可思议。特别是改革开放以来，中国人与西方世界的距离越来越近，可是此奖仍与中国人无缘，这不能不让国人在每年颁奖的日子里对它议论纷纷。除了检讨自己之外，几乎总也忘不了加上一句：诺奖并不公正，受什么力量影响，得奖也并不是好作品之类似乎让中国作家心理平衡的话。说来说去，大家似乎少说了一句很重要的话：对文学奖失望，或者说，文学奖留给人们的好印象不多。

那么，文学奖如此之多，到底有没有不受指责的文学奖呢？我看是没有，就像让谁都说好的人找不到一样。久负盛名的诺贝尔文学奖，自颁奖以来，一直是在吵闹甚至骂声中进行的。单单是第一届诺贝尔文学奖便不知吃了人们多少口水，瑞典文学院把它授给法国的苏利·普吕东，立即便有人质问：获奖者为什么不是托尔斯泰，不是易卜生，不是左拉，不是法朗士……在以后历届颁奖中，"为什么不是谁"的质问也总是伴随着它，那些久孚众望的作家落选是文学奖最遭非议的一点，而入选作家的不屑一顾更让人对文学奖的分量产生怀疑。1925年诺氏文学奖授给萧伯纳，这位幽默大师什么时候都忘不了幽他一默，他对记者说："这件事情我实在有点想不通。我想我之所以获奖是由于我今年没有写半个字。"存在主义哲学大师萨特更干脆：拒绝接受此奖。他声明说是"谢绝一切来自官方的荣誉"，而实际上是对这项奖的评奖标准有意见。沧海遗珠、失之偏颇是评奖中不可避免的事情，不独是诺贝尔文学奖，其他奖项也是如此，美国有名的普利策奖曾将海明威《丧钟为谁而鸣》、福克纳《我弥留之际》拒之门外。获奖名额有限，而具备获奖条件的人可能很多，这就不能没有所选择，在这一过程中客观标准与主观因素必然掺和在一起，特别是文学评奖，它不比体育比赛，可计数可计时，标准简单而明晰，文学作品大致高低还可以粗略分出，细分伯仲却是难上加难。对一部作品的评估，涉及评估者的思想立场、美学标准、民族差别乃至地域差别，有时候一些作品还要经过时间检验,而这些标准难免都要打上个人的烙印,客观公正似乎不可与谈了。有人想以评奖标准的严密而细致来解决这个问题,但这未免削足适履使评奖灵活性开放性为之顿减,何况标准也是人制定、解释和执行的。按照诺贝尔遗嘱,文学奖应当授给"曾经写出有理想倾向的最优秀的文学作品的人",可是"有理想倾向"的作品究竟是什么样,人们就曾各执一词,绝对公正客观实在是难以达到,但我们不能仅仅据此就否定文学奖的积极作用,恰如任何事物中缺陷都难免的一样,当我们心平气和地打量文学评奖时应当看到它对推动文学创作、增加作家信心的积极作用。

大多数的评奖对象都是已经出版或发表的作品,它们或许早已引起社会公众的注意,或许尚未被注意,不论怎么样,获奖意味着作品再次受到肯定乃至推崇。这好似满湖荷花不是那么显眼,但在阳光照耀下的荷花便显得格外红艳,"映日荷花别样红",对于每位获奖作家和作品来说大有"映日荷花"的风采。现代社会中人们面对大量信息必然会做出相应的选择,获奖作品或作家则无疑被纳入了人们信息的首选位置备受瞩目。1916年诺贝尔文学奖获得者海登斯塔姆获奖前声名仅限于瑞典,可一获奖则大不相同,当时法国一家报纸说得好:"虽然海登斯塔姆在瑞典国内有不少热烈的崇拜者,可是我们必须承认,在瑞典以外的任何国家,不管普通人或文艺界人士,对他都一无所知,瑞典文学院就像变魔术似的,使他在一夜之间成为一个举世闻名的人物——瑞典文学院这份赠礼对于一个作家来说,要比巨额奖金珍贵多了。"无独有偶,1994年诺贝尔文学奖的获得者大江健三郎,对于日本读者来说已经是位过去式的作家了,对于中国读者来说也比较陌生,可获奖消息一经公布,在日本他的著作立即供不应求,在中国则立即有人翻译他的作品出他的文集。相对于获奖之前,人们对获奖者投入了更多的关注。

离开作家本身,我们无从谈起文学的发展,而获奖无疑会增强作家的荣誉感和自信心，使他们能有一个完整而自由的心灵结构执著地沿着自己的道路探索下去。马尔克斯荣获诺贝尔文学奖无疑是对以他为代表的拉美文学的承认，也是对《百年孤独》的艺术风格的肯定，尽管这种赞誉并不是来自所有人的，但这足以让一个作家无畏地继续探索下去；尽管并不是所有的探索都能给文学带来新的变化，但半途而废的探索所造成的损失也是无法估量的。获奖可能是一种实力加上幸运的偶然，但就在这必然与偶然的交织中文学发展获得了新的契机。1978年全国优秀短篇小说奖是新时期第一次文学评奖，对于其中几位获奖作家来说这次评奖对他们走上文学创作道路具有非同寻常的意义。刘心武是一位在之前有过创作实践的作家，但《班主任》发表后声誉鹊起，荣登本届评奖榜首，确认了他作家的身份。对于年过四十的张洁来说，或许一直无意在文坛上寻找自己的人生位置，偏偏出笔不凡，处女作《从森林里来的孩子》一举荣获本届优秀短篇小说奖，这不能不使张洁惊喜地调整人生方向，在文学天地中大展身手。张承志略显稚嫩的《骑手为什么歌唱母亲》当年也榜上有名，为他以后的文学创作拓宽了道路。也许没有人仔细想过评奖给我们带来了什么，但是我们可以想象假如新时期文学史上缺少这些名字那将会是多么黯淡，我们不能说评奖是决定他们今后发展的唯一因素，但不容否认获奖使他们更迅速地去完善自己，他们也因此得到了更多的扶植和关注。相对于发表和出版，获奖向公众推出的作家和作品显得更为庄重和认真，这对于作家自身乃至整个文学发展的促进作用就显得更加集中而有力。

评奖是一种选拔，严格公正的选拔是在优胜劣汰的原则下对平庸的一次超越，作品的质量和品位是值得信赖的，获奖无疑是新树起一种尺度和标杆，对于今后的文学创作来说，人们只有不断地超越它才能获得新的发展，对于作家与作家来说评奖还是一种竞争。评奖对于提高整体文学创作水平对于文艺局面的活跃其意义便显示出来了。更为可贵的是这种活跃还有更宽广的辐射面。当我们回望繁荣的新时期文学时除了想到雨后春笋般出现的作家作品外，还不应当忘记那成千上万的文学爱好者的痴迷之情，由他们与作家一起构成了欣欣向荣的整体文艺氛围是最值得珍惜的，而评奖是一个凝聚点。仅以1982年全国优秀短篇小说奖评选为例，组委会共收到群众推荐票达371911张，有这么庞大的群体共同关注着评奖是作家的幸福。湖南人民出版社曾经出版过一本《新时期获奖小说创作经验谈》，里面收集新时期部分获奖作家的创作谈，简单一翻就不难发现这样的语句："在这同时，全国各地的读者给《当代》编辑部及我来信数百封"，"有些热心的读者看了这篇小说后，热情来信鼓励我"，"几个月来，我收到来自全国27个省市近百封读者来信"……读者的热切关注不但是对作家的鼓励，也便于作家及时调整提高自己的创作，而大批的文学爱好者他们不但是作品的欣赏者接受者，同时也是文学事业的支持者后备军，是蕴育水土的植被。只有"接天莲叶无穷碧"，才可能出现"映日荷花别样红"的局面。我们不会忘记当年每届评奖结果揭晓前后文学爱好者们的激动与兴奋，也看到有不少人潜心创作要拿优秀小说奖的雄心，正如第43届乒乓赛在中国青少年中掀起一股乒乓热一样，评奖也是调动文学青年积极性、繁荣文艺局面的一个有力手段。

　　当我们探讨评奖对文学发展的积极作用时，有一点应当强调，那就是这个"奖"应当是有影响性的权威文学奖，而不是一些乱七八糟的文学奖。权威性是指广泛的公众认可面，只有这样才能对文学发展有所促进。世界上不少国家设有这样的奖项，如法国的龚古尔奖，意大利的蒙代罗文学奖、但丁国际奖，日本的芥川奖，美国的普利策奖等等。在我国全国优秀文学作品评奖（包括中短篇小说奖、报告文学奖、新诗奖），随着新时期文学发展盛极一时，到1988年由于种种原因便停止了评奖，在目前全国性的正规文学奖只有一个为长篇小说而设立的"茅盾奖"。这使得本来在商品大潮中沉入低谷的文坛更显得一片寂寥，许多体育明星载誉归来披红挂绿，不少部门以重金奖之，在人文精神失落的今天，埋头书斋潜心创作的作家们眼望窗外这花花绿绿，难免要产生一种被人遗弃的凄凉感，经济发展，文学乃至文明的价值却受到人们的怀疑，等弄得连作家们自己都耐不住凄寒而纷纷逃散，那才是民族的悲哀。在去年"庄重文文学奖"颁奖仪式上中国作家协会书记处书记张锲曾急切地呼吁尽快培养青年作家，据介绍，在近五千名中国作协会员中，目前年龄在45岁以下的不足20%，35岁以下的不足10%，后备力量的严重不足将直接影响到中国文学创作的未来。因此，设立一个文学奖，给执著创作的作家们一个安慰，让质量上乘的作品得到应有关注，对当今中国文艺繁荣和发展将有重要的现实意义。在这点上，希望有关部门不要小看评奖的作用，认为评奖只是发个奖金大家乐呵乐呵，我们也希望中国能够及早地拥有几个自己有影响的文学奖。

1995年

蜂拥而上的文学丛书
——文学的外部观察之五

一

尽管慨叹、忧嗟，如同风霜雨雪，四季不断，但当今文学书籍的出版，仍是花开花落，自在生长。最近一段时间，走进书店让我感受到与以往不同的喧哗与骚动：标着"丛书"、"大系"字样的文学出版物，密密麻麻排满书架，一时间，真应了"忽如一夜东风来，千树万树梨花开"的古老诗句，让人眼花缭乱，目不暇接。

其实，丛书不用说是新中国成立前，单单是新时期，也有不少出版。比如说出版青年作家第一部佳作的"文学新星丛书"（作家出版社）已经推出多辑，另外，还有"萌芽丛书"、"昆仑文学丛书"，上海文艺出版社"散文丛书"已出了50种。还有以理论为主兼收创作并着重于探索性的"文艺探索书系"。在这丛书中，也不乏在社会上产生广泛影响的优秀之作，如阿城的小说集《棋王》、莫言的《透明的红萝卜》、贾平凹的散文集《爱的踪迹》、冯骥才的《珍珠鸟》，理论著作如《性格组合论》（刘再复）、《艺术创造工程》（余秋雨）等。然而，凡此种种著作，它们的影响，皆是个体的影响，而非丛书集体的影响，人们津津乐道的往往是某某的什么书而非某个丛书。从出版业本身来讲，丛书，作为不定期但连续出版的相近著作集合，它的推出在一定程度上显示着出版社的规模和实力。丛书本身不曾产生影响，除了丛书本身的原因之外，恐怕还由于出版者经营的失策。

然而，这种现象在近两年发生了变化，丛书不再是"羞答答的玫瑰静悄悄地开"，而如急浪汛潮，汹涌奔来。在这股浪潮中，势头最猛的要数各类散文随笔丛书，这当然与近年散文随笔销路甚旺的浪潮合拍，但是它改变单兵作战的不利，而是扛着旗子，吆吆喝喝，集体作战。如群众出版社的"当代名家随笔丛书"，收有王蒙、张洁、蓝翎等人的随笔，销路就甚好。还有"中国当代名人随笔"，收有王蒙、汪曾祺、冯骥才、蒋子龙、刘心武、萧乾等人的随笔集。另外，"当代名家感悟丛书"、"听雨楼文丛"、"金蔷薇文丛"等等，书不必求厚，只要成套，一套不必求多，先推出三五本，只要有名家，而且多收他们新作近作，这类丛书现在是铺天盖地，滚滚而来。当然也有推陈出新的，如中国广播电视出版社"二十一世纪中国文化名人文库"中有收鲁迅、梁实秋、郁达夫、周作人、胡适、沈从文等散文集，全为厚重的多卷本。

纪实、传记文学丛书也是"丛书热"中蔚为壮观的一景。在新时期文学繁荣时期，它们无声无息，近年次第推出，景象焕然一新。北京十月文艺出版社，是较早地推出"中国现代作家传记丛书"的出版社，鲁迅、周作人、郭沫若、冰心、赵树理、沈从文等作家传记，曾几度重印，畅销不衰。各出版社也纷纷组织自己的传记丛书，其中鲁迅、巴金、沈从文、徐志摩、张爱玲等文学名人的传记皆在两种以上。这无疑推动了学术研究，乃至传记文学向纵深纵广发展。中国青年出版社最近推出"文化名人逸闻隽语丛书"十种，着重于从他们最富魅力的精神品格、文化气质出发，介绍中国现代文化名人，力图于细微中见伟大，亲切中见峻拔，而上海文艺出版社推出的"世纪回眸"丛书，以世纪眼光来看待20世纪历史文化名人，力图展示中国现代知识分子在20世纪走过的不同道路，现已推出的有鲁迅、沈从文、徐志摩的传记，还准备推出陈寅恪等人传记，这些丛书有完整的选题构思，有统一的规划，从不同侧面展示了那些伟大的心灵轨迹。

小说是新时期文学初期极领风骚的文学样式，然而，在 1987 年以后，人们对小说的感情逐渐淡漠乃至冷落，这与出版业的不景气不无关系，然而一批陕西作家的作品在 1993 年冲破了这股沉闷，甚至使一些人看到了文学的亮色，从出版业来说，它甚至在推动一个长篇小说出版的热潮。在最近的文学丛书热中，在小说这个题目下，有几套并不哗众取宠的丛书值得关注，从 1991 年 7 月开始，华艺出版社推出"中国当代著名作家新作大系"，侧重于迅速推出名家新作，该丛书以中短篇小说为主，每位作家一集，现已推出包括王蒙、刘心武、张洁、王安忆、梁晓声等在内的十几位作家的集子，迅速及时地把名家新作送到读者手中。与此同时，长江文艺出版社在筹划着另一套文学丛书——"跨世纪文丛"，现已推出两辑二十余本。给人以振奋的是这一套道地的纯文学丛书，不但有苏童、叶兆言、池莉、方方这近几年很"火"的作家集子，而且还有格非、余华、孙甘露这些先锋作家的曲高和寡之作。在他们之后，从 1993 年下半年，春风文艺出版社就开始宣传他们即将推出的"布老虎"丛书，并为这套丛书名注册了商标。他们欲以严肃作家创作通俗性质的小说，来改变和提高通俗小说现状，并对图书市场产生一个冲击。策划人安波舜在策划之初就有了创图书名牌的雄心，但可能是书市过于喧嚣，人们塞满各种声音的耳朵难以再接纳"布老虎"的声音，也可能是人们天生对东北的出版社存在几分轻视，反正，很长一段时间，人们将信将疑地听着"布老虎"的呼喊而毫不心动。然而"布老虎"还是以自己推出的作品发出了啸喊，洪峰的《苦界》，铁凝的《无雨之城》，赵玫的《朗园》，崔京生的《纸项链》相继上市，"布老虎"散文卷，余秋雨的《文明的碎片》、铁凝的《河之女》等先后推出，据悉王蒙的长篇《暗杀》也将要出笼。

从大处着眼，丛书在承担文化创造功能、不断推出新作的同时，还承担着文化积累的功能，只有丛书这样具有相应规模的出版集合才能更好完成这两项任务。同时创造和积累这二者是密不可分的。在丛书热中依然如此，那些网罗世界名著或对已有定评的作品加以整理或选辑式的丛书也不在少数。漓江出版社多年来一直致力于"诺贝尔奖获奖作家丛书"的出版，颇见成效。上海译文出版社的一套"世界名著珍藏本"也因质量高、装帧美丽而备受读者青睐。北京师范大学出版社，也把新时期小说潮变中具有重要意义和影响的作品分类编辑并略加评述，以"当代小说潮流回顾·写作艺术借鉴丛书"之名出版，共有伤痕小说、反思小说、改革小说、寻根小说、探索小说、新写实小说等6辑，很受欢迎，对我们回顾新时期文学的发展也颇有意义。深圳海天出版社，一套"现代随笔译丛"，第一辑6种，收有普鲁斯特、劳伦斯、伍尔芙、里柯克、卡夫卡等人的随笔，也一度成为抢手货。当然，印名著也曾是一种时髦的赚钱买卖，鱼目混珠，泥沙俱下，也在所难免。其实，不拘于此，在整个丛书热潮之中，挂着羊头卖狗肉，醉翁之意不在酒也是屡见不鲜的。

二

世界上没有不添柴禾就升温的事，丛书热也不例外。形成它的大背景，可以说是走出前几年读书无用论的误区，人们对知识又有了重新的认识。虽然我们的社会越来越经济化，但从功利的目的讲，知识能成为谋求更好经济地位的有效手段，社会上各类教育班塞满了年轻人，可见新一代并不目光短浅只盯在钱上，尽管他们也难免急功近利。从精神层面而言，在高节奏的经济社会中，人们需要娱乐消遣，也有许多人在寻找精神寄托，阅读毕竟不是影视音像设备完全可以取代的活动。因此，在经受了各种潮流冲击之后，读书开始升温并保持了相应的稳定。还有一个事实不容忽视：毕竟我们是拥有12亿国民的国家，一本发行量1万册的图书，与这个庞大的人口数字相比还不及它的万分之一（据统计全国各级新华书店就有10万家之多），可在出版界，文艺图书初版万册已是很可观的数字了，如此说来，我们永远不能以读者对图书的需求下降为由而让我们的出版社业停滞不前。出版社的发展不能总停留在零散缺乏统一规划的经营上，图书系列化、丛书化是其发展的必然趋势。丛书只是性质相近的书籍的集体合，这些对出版社的组稿、统稿都有很大的灵活性。读者对丛书的选择，可整可零，往往是由零而整。在影响上，丛书的集团效应比单本书更易获得关注，这对当今讲究效益的出版社来说实在不应忽略。

　　浏览一下这一时期的丛书真可谓名目繁多，样式各异，丰富多彩、蔚为壮观。这本身就是本期丛书热的一大特点，更具体的表述应当是较为宽松的编辑原则和驳杂风格。应当承认，像"布老虎"这样有一定投资规模、策划、宣传的丛书尚属凤毛麟角。即使"布老虎"这样的丛书，它的编辑原则也很宽泛，文学评论家程德培就认为：铁凝的《无雨之城》，就不是循"布老虎"的路子，而与她原来写作路子没区别。至于那些扯起一个旗号，拉起几本书，便称之为丛书的散文随笔丛书，几乎没有什么编辑原则可言。只要是散文随笔，凑成一个集子就可以称为丛书的一分子。从积极意义上讲，它是不拘一格，丰富多彩，让人领略到各家风光，也打破了在新中国成立前一些丛书较为狭隘的编辑原则，而逐渐走向丰富和阔大。像文学研究会丛书、创造社丛书，是有严格的宗派界限的，只收同人著作，毫不含糊，这样的现象在当今丛书中不存在。然而，由之而来的是一个负面的影响，就是"滥"，丛书成了大杂烩的代名词，这无疑影响丛书的质量和信誉。

　　眼睛朝上看，紧盯着名家也是这一时期丛书的显著特色。没有星星的天空不会明亮，网罗名家，产生名人效应，丛书的编辑们当然明白这些，只要稍微留心，我们就不难发现王蒙、汪曾祺等人的名字在各类丛书中所出现的频率之高。"布老虎"丛书干脆旗帜鲜明地宣称：以有影响力的作家涉足通俗创作，借以提高通俗文学的档次和格调。名家的参与增强了丛书的整体实力，同时对那些低劣、混乱的出版物是个冲击。当然，编辑如此全神贯注地盯着名家，也会使新人难以脱颖而出。文坛上不存在谁占了谁位置的问题，但聚光灯打在谁身上效果还是不一样的，新人挤不进丛书中，对文坛讲是一个损失，对出版社也未尝就有益处。台湾皇冠出版社，当初就因发现并出版了琼瑶作品名扬海岛，这不仅仅是个故事，还应对我们的出版社界带来某些启示。

　　在讨论丛书的以上两个特点时，我们隐去了造成它们的根源，这其实也是本次丛书热的一个特点：很强的商业性。在当今，至少大家都能认识到讲求经济效益并不是什么见不得人的事情，更何况丛书投入的人力物力都比较大，如果不注意效益显然不明智，这样极强的商业性就表现在一窝蜂地抢印世界名著、一味地抢印散文随笔丛书上，而毫不管它们自身质量如何。这也造成许多短期行为，随着市场转，只盯着名家，从赚钱而非文化创建和积累角度来出丛书，这些对图书市场会造成消极影响，注重效益并不能等同于一味赚钱，丛书也不等于是畅销书，它应当沿着自己的原则方针一步一步稳重地走下去，而不能期许一朝一夕就功德圆满。

三

　　面对当今丛书热潮，我的态度似乎不应当掩饰：那就是对丛书热潮的欢迎。这毕竟标志着对市场经济尚在摸索和适应阶段的出版社的一个进步而不是倒退，这毕竟是对许多麻木神经是一个刺激。尽管它现在还有很多不尽如人意的地方，还很幼稚，但这不妨碍我们对它今后发展的更高期望。

　　"布老虎"丛书不妨成为今后丛书策划的一个范例，因为它的宣传、选题等都有值得借鉴的地方。其实，我们不妨把眼光放得远一些，从民国时期乃至国外的丛书出版中获得一些有益的启示。比如出书宣传，现在一个"炒"字多少含着对此不屑，但恰好如其分的宣传是出版发行中不可缺少的一部分。三四十年代，巴金作为一位杰出的作家就曾亲自为自己编辑的图书写过不少广告词。赵家璧在1935年编辑出版那套著名的《中国新文艺大系》（1917—1927）时，不但在几大报刊作了宣传，而且郑重其事地编印一册《新文艺大系样本》，让担任编选的鲁迅、茅盾等名家各写一点感想，作为对大系销售的宣传。另外，作品的推出也有很多技巧，巴金当初编辑"文学丛刊"时，每辑书目中老中青三代作家相结合，以老带新，以新活跃文坛，这样为新文学推出大批优秀作家作品，对新文学的发展做了件功德无量的好事。

丛书自身质量的不断提高也是读者的期望。法国迦里玛出版社的著名的"七星文库"，这套丛书往往将入选作家著作悉数收罗，而且附有翔实的注解，纸质也很精良，不但可作普通读物，而且可作学术研究著作，这其中也渗透着编辑的大量心血。日本在20世纪20年代，便有了那让人称羡不已的"日本现代作家全集"这样大型丛书。这些高质量的丛书也显示着一个民族文化发展的水平，作为一个古老的文明民族，在一定条件成熟的情况下，我们的丛书应当走出粗糙和浮浅，也应当义不容辞地承担起文明的积累与延续的责任。

我们期望的不仅仅是一批高质量富有影响的丛书出版，而更期望一批有出版意识的出版家和一种献身文化事业的奉献精神，在当今，对后者的渴望可能更为迫切。其实，在30年代，文学出版界的商业气息就很浓，一般书商所重的只是个人的赢利，而不顾广大文学青年的需要，巴金、吴朗西等人正是有感于这样的气候，才奋起创办文化生活出版社，出版"文学丛刊"、"文化生活丛刊"、"译文丛刊"等大型丛书，踏踏实实地搞好文化出版工作，他们不但牺牲了个人宝贵的时间和精力，而且巴金担任文化生活出版社总编辑的14年中，工资分文未取，纯属义务性质的劳动。巴金后来说："我在文化生活出版社工作了十四年，写稿、看稿、编辑、校对，甚至补书，不是为了报酬，是因为人活着需要多做工作，需要发散、消耗自己的精力。我一生始终保持着这样一个信念：生命的意义在于付出、在于给予，而不是在于接受，也不是在于争取。所以做补书的工作我也感到乐趣，能够拿几本新出的书送朋友，献给读者，我认为是莫大的快乐。""我们工作，只是为了替我们国家、我们民族作一点文化积累的事情。"前辈的精神风范，实在可钦可佩，像丛书出版这具有持久时间性的工程，倘若没有这种精神仅凭一时兴起或为一时获利又怎能做好呢？

1994 年秋

附录：漫漫批评路

作者按：读本集中参差文字，不免心生感慨。遂将以前几本集子的后记附录于此，无非借机回顾一下这些年自己走过的道路。有句话叫"如鱼得水，冷暖自知"，岁月流逝中，也说不上冷暖，大约还是欣慰多于辛苦吧，故虽漫漫长途，仍傻呵呵地走下去。

2013年5月8日

《另一个巴金》后记

在新世纪的第一天，与人们谈论巴金，真有隔世之感。其实从沈从文、曹禺、萧乾、冰心、柯灵、卞之琳，乃至吴朗西、卫惠林、吴克刚等等巴金同时代人的一个个远去，巴金这一辈人已经开始渐渐退出人们关注的视野。但是这并不等于他们可以隐退到历史的屏风之后，享受着难得的平静时光，恰恰相反，哪怕是躺在病床上，巴金的名字仍然频繁出现在新闻稿中，出现在网上论坛中，出现在一些仿佛担负着民族大义的仁人志士们的声讨言辞中。他被当作"文化恐龙"，甚至差点荣膺了他的前辈鲁迅先生"封建余孽"的光荣称号。对于这种所谓一针见血的痛快，我的这些文字太平和、太浅拙，自然是不配与它们为伍，我也无法做到从母亲的身上吸干了乳汁，就一把推开她无情无义地说她"一文不值"。尽管这个时代崇尚这种"独立"、"反叛"，但我想既然我们仍然在现代汉语的语境中思考和写作,事实上我们就无法剥离出巴金和他的同时代人带给我们的影响,客观的存在虽然不如激愤的言词那么咋咋呼呼招人耳目,但它却真实得让我们哑口无言,因此,我宁愿让时代的脚步落下,而甘当"另一个"。当然,我也不愿意将巴金当作神像供奉在天上,把一个活生生的灵魂当作干瘪的空壳,这种做法未免有些愚蠢。因此,对于那些连巴金的一个咳嗽都认为是举世无双的人来说,我也同样是"另一个"。与此同时,我对公众领域所塑造的巴金形象不免产生怀疑,我从他的手稿本,从译文,从书信,从日记这些相对于文学作品来说的另一个文本中寻找并看到了巴金的另外一面,在这个过程中,我试图靠近巴金丰富的内心,试图与他做一次精神对话。所有这些都构成了这本书之所以称作"另一个巴金"的缘由。

在现代作家中,巴金是一个非常喜欢"自剖",喜欢通过各种方式与读者交流的一个作家。巴金的自剖与鲁迅那种理性的自审并不一样,巴金更多是心迹表白,情感宣泄。他不是封闭式的写作,他的写作是一种双向交流。其实,我觉得巴金的自剖是一种反弹,是对关于他的各种误解的辩白和答复,他不断地自剖,恰恰是从现实世界中获得了这种被误读的刺激,而在文字的世界中面对他所虚拟的读者所进行的表白。

由此,我产生了这样的疑问:为什么巴金一再被误读?为什么巴金会强烈地感觉到别人并不理解他?这种误解是不是恰恰是我们不能忽略的巴金的独特之处?据此而来的另一个问题是随着时间的推移,在我们与20世纪的隔膜越来越大的时候,在当下人们兴致勃勃地谈论网络、WTO和追逐中产阶级生活方式的时候,真正地理解巴金究竟有没有可能?尤为值得警惕的是有人对巴金提倡的"讲真话"的质疑和不屑是以把它从具体的历史环境中剥离出来为前提的,甚至有的人因为巴金没有拍案而起就某事发表一番慷慨激昂的言辞，就断定他缺乏道德勇气。其实，巴金的许多岁月是和我们一起走过的，在这些岁月中，我们又做了什么，我们又是否挺身而出了？对此，巴金感到羞愧，我们就可以大言不惭？这令我想起了前不久看到的一段米兰·昆德拉的话，他说："人是在雾中前行的人。但是当他向后望去，判断过去的人们的时候，他看不见道路上任何雾。他的现在，曾是那些人的未来，他们的道路在他看来完全明朗，它的全部范围清晰可见。朝后看，人看见道路，看见人们向前行走，看见他们的错误，但是雾已不在那里。""看不见马雅可夫斯基道路上的雾，就是忘记了什么是人，忘记了我们自己是什么。"（《被背叛的遗嘱》第222页）我们没有权利因为今天烟消雾散就去嘲笑昨天还在烟雾中跋涉的人们。评判一个历史人物需要放在具体的历史情境中进行分析，说这些并非推卸历史责任，而只是强调对历史人物所处的历史环境的了解和认识的必要，对巴金也同样，我们不需要造神，但更不应随便将我们精神和思想文化上应有的积累一笔勾销。

作为一个年轻人，我最初接触巴金的作品那还是在15年前，当时我刚刚上初中，与不少人不同的是我首先读到的不是他的小说，而是他的《随想录》，我还清楚地记得，每天中午放学我急匆匆地跑回家，吃完饭为了读上一段《随想录》的情景。对于一个成长中的少年，《随想录》所表达的历史内容和它的思想内涵未免有些陌生，但是巴金的人格勇气、理想精神，却深深地打动了我。也是他这部作品给了我打开其他作品的钥匙，在以后的日子里，我一部部读完了他所有的作品。对于巴金作品的热爱充满着温暖的记忆，特别是离家在外边读高中时，恶劣的食宿条件，强大的学习压力和孤独的生活中，巴金的精神理想也融入我的血液中，化作了一个少年成长的底色。

更为有幸的是由于对巴金的热爱，让我结识李辉和陈思和两位老师，从而使我的人生发生了根本的改变。10年来，我们不断通信，他们不断地给我寄来他们写的、编的书，所有这些都让我认识到了什么是真正的人文传统。在我学习和成长的 90 年代，是一个十分浮躁和喧嚣的时代，是他们的言和行在不断启示着我应当追求什么和远离什么，应当坚定地坚持什么，为此，我要郑重地感谢他们。借此机会，我也要感谢我的亲人们，他们可能永远弄不懂我到底在做什么，但他们却总以宽厚和仁爱给我最大的支持，让我能在自己喜欢的事情中获得更大的欢乐。

2001 年 1 月 1 日中午于大连

（《另一个巴金》，大象出版社，2002 年）

《精神探索与文学叙述》后记

一

今年冬天雨水特别多，深夜里就那么不知不觉地下了起来，滴滴答答的，像一位前辈说的那样，到底是在冬天，不好意思倾盆而下，便细若游丝般地没完没了。多少年前看过王蒙的一本书，名字似乎就叫《冬雨》，那个时候在冰天雪地的北国，我无论如何想象不出冬雨会是什么样子。但是雨总是带给我某种诗意感，也时常会搅动我惆怅的思绪，润泽我心底的情感。所以，我想冬雨一定会是很动人的，没有想到真正与冬雨打交道的时候，给我的感觉却是恼人。3 年前初来上海时，那个冬天也多雨，早晨起来天阴阴的、冷冷的，细雨不声不响地会下好几天。偏偏那个学期我要上的课又特别多，常常胡乱吃点东西就匆匆骑车出门。下雨时骑车非常费力，而冬雨是雨伞遮不住的，它细细的，微风一吹就会飘到人身上，到了教室浑身湿漉漉，非常不舒服。现在，我还能记起那些早晨，我自行车停在邯郸路的红绿灯下和很多同学一边等着过路，一边抹着额角的水滴，当时望着水雾濛濛的前方，心里恼怒地想：这雨就不能痛痛快快地下一顿吗？是的，相对于故乡冬天那种狂风怒号、雪花漫天的景象,这里的冬天也太娘娘腔了。

那个多雨的冬天中,更多的时间是缩在被窝中看书,直到肚子饿了,才不情愿地下楼去吃饭。我常常是喝牛奶吃面包,省得下楼去淋雨了。现在还不能忘记一位老兄的腔调:立民哪,你可真西化啊……如果是到食堂吃饭,饭后十有八九会独自一个人到北区门口的小书店看看,在雨雾的包围中,瞬间会有一种孤独的感觉。大概时间不长,就会拎着一包书急切地上楼了。我和同寝室的老兄,也不管书看不看得过来,总是不间断地到书店去"捐款"。时间过得真快啊,转眼间这些同学们都各奔东西了。今年我在病房中看着冬雨打落了枝头残留的银杏叶时,同寝室的兄弟是从飘着雪的遥远北方送来问候的。

在这样一个外面下着雨的冬夜,当要送出这本评论集,翻看着每一篇文字,看到篇末所署的呈现着我的生命旅程的日期和地点时,我的思绪实在难以平静,许多往事和人的面孔不由得浮现在眼前。这些文字写自于 2000 年至 2005 年,5 年来我的生活一直在变化中,这些文章分别写于大连和上海两地,我的思绪和情感也不断地在这两地中转换,时常还有许多恍惚的错觉。早晨起来,曾有一刻我想做什么,考虑走哪一条街哪一段路,但立刻我又意识到错了,我脑中的景象完全是另一个城市的。有时对面走过一个人,我仿佛很熟悉,一下子想不起来,但等回忆起这张面孔的时候,我只能摇头,那个人可能是我常去的书店的店员、常吃饭的饭店老板,但他们显然不在这个城市里。我的记忆中,现实的藩篱被轻而易举地拆除了,另外的时间、另外的地点的人和事常常不自觉地涌现出来,特别是在这样的雨夜,在某一个宁静的清晨,在我独自一个人走在路上的时候。

怀念流逝的时光心情是沉重的,但时光飞奔中留下温暖则让人感到非常欣慰。有了这些,我也就不怕那窗外的寒风冷雨了,躺在床上无比惬意地享受读书时光时,说不定还会念一句"枕上诗书闲处好"来。

2006 年 1 月 15 日午夜于国年路

二

　　两年前编好的稿子又回到我手边，遂趁机做了相应的调整、增补，从编辑思路到文字，甚至重写了其中的一篇。这里所收的是我近些年来关于当代文学创作的一些感想，当初写它们的时候，可以说每一篇都是抱着认认真真的学习态度去阅读、书写，今天读来，虽然惶惑远远多于满足，但也能看出在漂泊的人生旅途中我的生命踪迹，因此不免也有自珍之感。但毕竟时光流逝，人也不再年轻，而今重读，我不能不惊异于自己当年的自信和气盛，因此想到其中的放肆之辞可能给一些作家带来的伤害或不快，心中不免惴惴。好在我与他们，往日无冤，近无私仇，甚至有的人到现在都没有见过面，所以倒也坦然。我知道，当代文学批评在今天声名不佳，甚至可以说遭遇了最强大的信任危机，许多高人们也为此开了很多药方，我倒觉得有些问题并不复杂，批评的缺席简单一点说就是要弄清楚谁在说话和说什么话的问题。是你自己在说话，还是出版商、作家朋友们借你的嘴在说话？是说的心里话，还是投社会所好或引媒体关注的话，或是《文学概论》上的话？这些最基本的问题清楚了很多问题都迎刃而解了，因为我实在不能相信智商那么高的评论家们对一部作品基本的好坏都没有判断。至于我自己，倒没有什么顾虑，因为从来与什么"坛"什么"界"没有瓜葛，只不过是喜欢阅读文学作品，时而有感而发写点感想而已。我很清楚这些文字既没有什么理论，也不高明，最多算是"读书札记"——说实话，我颇喜欢"札记"、"笔记"，甚至本书最末一篇《一组作品的阅读札记》这样的点评，有话则长，无话则短，不用装腔作势，不用吞吞吐吐，这样的东西灵活、自由，可以率性而言，将心中的话和盘托出。而且，我从来也不逼迫自己，喜欢就多写几行，不想写就老实读书去，喜欢的书多读几遍，不喜欢的毫不犹豫丢到一边。当然，其中我也引了不少人的话，自然不是为了什么"学术"大计，而是觉得别人说得好说得妙，用不着我再去废话了，同时不敢秘珍好书大家一同分享，如此而已。

从本质上讲,我只是一个爱好者、业余作者。我很喜欢这种业余的状态,它是凭爱好、兴趣而来的一种自得其乐,而不是去完成任务和谋求什么。所以,我一直反对所谓的专业化的读书,我常常私下里想,如果那样岂不连本应有的一点点读书的乐趣也自我剥夺了?现在的都市生活已经够乏味了,可不要再去自讨没趣给重负的人生再背上几座大山。业余作者还有一条好处,那就是心里没有什么负担,用不着去"装"样子,也可以不守业内规矩;看到才高八斗、学富五车的可以五体投地,虽不能至,心乡(向)往之;看到那咋咋呼呼贩卖仁义的也可以嗤之以鼻。并非高明,而是旁观者清。当然,我最看重的是这种悠悠的业余心态和一股出于热爱的热情,当代学术日益体制化之后,它的从业者越来越缺少对于本专业的热情,读书作文都成为某种量化指标,说句不恭敬的话,长此以往,既没有"学"也不会有"问",有的不过是一群做戏的虚无党在高谈阔论而已。前几天,偶读钱锺书先生的《论文人》,其中说:"至于一般文人,老实说,对于文学并不爱好,并无擅长。他们弄文学,仿佛旧小说里的良家女子做娼妓,据说是出于不甚已,无可奈何。"因此,钱先生"要而言之":"我们应当毁灭文学而奖励文人——奖励他们不做文人,不搞文学。"话说得损了一点,但仿佛就是指着我们这个时代一些人的鼻子说的。顺便说一句,鲁迅那些写在七八十年前的文章——尤其是谈文坛、论文人的——也能够读出这种感觉来,不信你去翻翻。

不知道有幸还是不幸,我常常有机会站在一个大舞台的幕布后面,看到那些角儿腕儿流光溢彩、神气飞扬地在台上表演,又可以看到他们到了后台骂爹骂娘、争名夺利、勾心斗角,或者自我标榜、互相吹嘘、见利忘义的种种表现,说实话,这极大地伤害了我对当代文学的热情,甚至让我有种由厌恶产生的某种虚无感。所以,有时候我更愿意去现代文人丰富多彩的生命世界中去寻找自己的乐趣,我知道,人间的龌龌龊事哪个时代都不可避免，但时间淘洗了很多污垢，让那些前辈的生命光彩照人。当然，阅读也会净化这些污浊，在与那些大师们"相处"的时光，自己生命境界也在被不断提升，也有"会当凌绝顶，一览众山小"的感觉，此时转过身再去看纷繁大千，会觉得那些渣滓、尘埃又算得了什么，不废江河万古流啊，这也就用不着以眼不见为净的谎言来欺骗自己了，此时，反而会生出很多感恩的心怀，感谢漫漫长途中给我鼓励的老师、朋友，感谢心中常念的亲人们，感谢朝夕相伴的一草一木、一书一纸……此时，任窗外车喧人闹，我的心却饱满着。

2008年6月8日端午节于竹笑居

（《精神探索与文学叙述》，广西师范大学出版社，2008年）

《世俗生活与精神超越》后记

一

我是在拥挤而嘈杂的地铁中，断断续续看完这本书的校样。在行色匆匆的都市中，时间被生活之刃分割成零碎的布头儿。时常，一篇文章刚刚开了个头，电话来了；作品读完了，正要写点什么，要出差了，办完事情，还要重读，寻回当初阅读的心情；四点钟到了，我得放下手中的一切，飞奔去接女儿；月底到了，要排队去交水电费……生活有一种不能违抗的律令，留给我最多就是晚上拒绝接电话的自由，我不希望白天的事情再闯入私人的阅读时间。我不喜欢这样，但别无选择，这就是我们的生活。

我一直羡慕那些规律生活并拥有自主的完整的时间的人们。像康德，他一生没有离开过东普鲁士的格尼斯堡，生活极其有规律，每天下午都要在后来被命名为"康德小道"路上散步，时间精确到当地居民都可以按照他出来的时间校正手表。我在他的传记中读到，康德早晨5点起床,之后先喝一杯清淡的茶,同时点燃烟斗,吸烟时也是他沉思的时间,接下来准备教学用的讲稿,撰写著作,一直到7点钟。7点到11点是上课的时间,完后继续写作,直到午餐开始。午餐后是散步,拜访朋友,回家后继续写作和阅读……真是"惬意的环境:工作、沉思与社交的交替"①。——这样的习惯一直坚持到晚年。不是要做离群索居的隐士,事实上康德也不是,他要教学,还做过系主任、校长,要硬着头皮去应付哲学以外的事情,人生总有一些逃不掉的苦役。我羡慕的是他有自己的生活节奏,不像我们整天为时间所驱赶,能够相对完整和连续地沉浸在自己的思考和关注对象中。我们东奔西走,虽然接收的信息数倍于康德时代的人,但一切来不及咀嚼便转瞬即逝,这种浮光掠影、浅尝辄止的状态,怎么可能有深入的思考、深刻的思想呢?不要论学养厚薄、识见高低,但就这样的生活状态,我们的文字怎么会有康德那代人的成色呢?

　　脚下有这么多的羁绊,你还有仰望星空的"闲情"吗?大家更"务实"地为一个具体的生活目标谋划着、奔波着,不会再奢侈地为看不见的道德、理想、内心、精神而去耗费光阴了。我在电视上看到年轻人回答业余时间干什么时,几乎是都是上网聊天,去KTV唱歌,睡觉,健身,旅游……读书吗?读的,为了考证儿!

二

　　人说奥斯威辛之后,写诗成为一种罪过;那么,社会世俗化之后,谈论文学是不是一种奢侈呢?

　　有一次,一群朋友慷慨激昂地在谈文学,旁边正好有位做生意的朋友,他后来对我说:我不知道你们在谈些什么,不知道你们说的那些作家是干什么,那些作品还有谁在看?更不明白这样(无聊的)问题,

---

① 曼弗雷德·库恩:《康德传》,第261页,黄添盛译,上海人民出版社,2008年。

你们怎么居然当作天底下头等大事说得津津有味?！道不同不相与谋，我抢白了几句，讽刺他平生只关心两件事情：投资和回收投资。甚至想起"商人重利轻别离"，觉得他们都是无"心"无"情"的人。其实，这位老兄并非酒色财气的暴发户，相反，他算一位喜欢阅读的人，除了投资学、管理学、成功学之外，酒酣耳热之际，他也会大谈老庄，倒背李杜，痛批余秋雨、易中天、于丹、刘心武等等。当然也难免有几分自负，对于当代文学，他感到陌生又提不起兴趣，阅读仅限《国画》、《蜗居》之类，翻过《废都》，觉得"不过如此"；翻过《兄弟》，认为"写得太简单"。与现实挨近的作品，他认为都写得简单、幼稚、不真实；远一点的，统统斥为无病呻吟、胡编乱造……

我没有精英心态，每个人都有自己的世界和位置，虽然与他无法对话，但我清楚持有相同看法的不是一两个人。我没有把他的话尽当妄语，有时反倒认为这也是打量当代文学的另一副眼光，毕竟他们也算当代文学的一类读者。还有更多人，在他的一生时光中接触到的当代文学都寥寥无几。这与我们张口莫言，闭口余华恰成对照，但有一点有是共同的，那就是大家都生活在同一片蓝天下，都有喜怒哀乐，甚至共同组成了当代的精神图景。那么，研究当代文学创作的生态环境，除了关心花坛中的那些花草之外，该怎么看花坛之外的那么大一片荒原？坐井观天，我们眼里那点事情就是世界的核心、世界上最重要的，但跳出这口井，再看它，尤其是认识到它仅仅是世界中很不起眼的一部分时，再高谈"发现……""创造……""具有……""标志……"时，你是不是有些羞于出口呢？

用这副眼光来反思写作的实质意义和价值或许会更理性。几位同好坐在一起，也会谈论：当代文学作品都没有几个人看，还会有谁看你的文学评论呢？我也会调侃，至少有一个忠实读者，一个被动读者。前者是你评论的对象，经验证明越是声称从不看评论的作家，看得越仔细，甚至都过目成诵；后者是编发你文章的责任编辑，为了不扣工资,还不得不读上三遍。(在此致以崇高的敬意!)我是苦笑着说出,但不完全是开玩笑,现实往往就是如此。每个人都爱惜自己的羽毛,但对于那些为了一个字反复折腾编辑的朋友,我实在不敢恭维,你以为你是谁啊,你的文字就要不朽啦?其实哪有人仔细看你絮絮叨叨啊!但我也遇到有人说读过我的什么文章,是很喜欢,证实了这不是客套后,我不是感激涕零,而是大吃一惊:还有这样的人?因为连很多做批评的同行都不大相互读对方的文章,甲兄前年的高论,被乙兄在昨天的研讨会上兴致勃勃地讲着。请相信良心,乙兄绝对不是剽窃,他连看甲的文章都没看,哪里去剽啊?!这也是我们的现实和处境。

文学在当今已是夕阳的一抹余晖,连很多靠他吃饭的人都提不起热情。巴黎上层社会的沙龙中都在谈论着一本书,贵夫人们把某作家当成座上宾追捧的事情,早已成为传说。今天,少男少女们追捧的是影星、歌星,每个搞文学的人看看那股疯狂劲儿,一定会灰心丧气。还不仅仅是歌星们的粉丝数量,而是他们的虔诚度,是他们对这个歌星的作品的熟悉和热爱程度,常常是前奏响起,台下已经是一片跟唱声。如今的文学爱好者,对他喜欢的作家能达到这样吗?曾经——那不是传说——提起某一首诗,举座同诵;还有很多名著的片段,很多人也倒背如流。过去是衣食不足,以精神充饥;现在是丰衣足食,打不起精神。文学土壤的墒情不断受到破坏,比如只有细嚼慢咽、不计功利,文学才会水汽丰沛、精神饱满,但文学的产业化、作家的职业化岂容这样的慢吞吞?诗歌的处境就是最好的例子,当代诗歌比小说、散文更能纯粹地体现文学精神,但读诗的越来越少,为人熟悉的作品就更少,诗真正成为小圈子里的自娱自乐——其实,从单纯创作而言,这没有什么,但从传播和接受的角度,诗不是匆匆的快餐,更不是一饮而尽的扎啤,它是需要细品的红酒,好诗是在反复的阅读、吟诵中被经典化的,诗歌所要求的阅读状态与当代读者相去甚远,他们连翻一遍的耐心都没有,更别指望味之再三。诗人纵有吟安一个字捻断数根须的工夫也都白费了。精致的文学莫不需要悠闲的心境和品读的耐心，匆匆浏览永远也领略不到优美的风景，当"好读"成为一条文学标准时，那就意味着高傲的作家开始放下身段小媳妇一样看读者的脸色过日子了，文学在这种迎合中浑然不觉地粗糙起来。——这愈发给了很多人鄙视文学的理由。

我不想跟经商的朋友争论什么，倒想扪心自问：在文化粗鄙化的浪潮中，我扮演了什么角色？重读收在这本集子的文字，唯一安慰的是，匆匆时光中，我没有写那种应付、应酬的随意文字。文学批评在当下颜面尽失，在很多人眼里，它不过是研讨会上的唾沫星子、图书公司的宣传广告，或者是高校中评职称的香火。我觉得这倒也好，置之死地而后生，毕竟还有很多为它付出心血的人。我常常告诫自己，它越是不招人待见，我们越要有自尊和自爱，这是批评家最后的底线。让那些有雄才大略的人去高高的讲台上指点江山吧，我唯愿青灯下静静地读着自己喜爱的作品，兴尽之余，抒发一点小小的感想而已。

三

当然，没有必要妄自菲薄。喜爱文学是我们自己的选择，那就理直气壮地承担它所带给你的一切吧。

我的另一位朋友，有着对文学天真的崇拜，他经常问我：我能不能写一本像某某那样的书，发行100万册？甚至让我大惊失色：我辞职在家以写作为生怎么样？他也愤慨地说：某某那么有名的作家，怎么还有那么多人不知道他?! 我经常给他打击：全中国，能写出一本销量百万册书的人，没有几个，怎么知道就是你？何况，即便卖了几百万册，也可能是没领风骚三五年的垃圾书，过后，你又有新的不满足了。名作家又不是头上长着角，人们凭什么就得对他另眼相看？直言不讳地说，他对文学的热爱有很大成分还是对"名利"的幻想，尤其是那一点点虚名，很容易让人把它等同于人生价值。这真是一个误会。在这样的时代中，爱好文学不应当再成为一个误会，喜欢它就傻傻地爱着，不要再求从它那里能够得着什么，所谓的"永恒"往往都是在现世的世界中得不到的馈赠。文学更是背负不起这么多欲望和梦想了。百无一用，反倒加在文学身上的很多现实束缚，它不是用来养家糊口，不必用来换取荣誉，不能用来铺垫青云之路，那么真正热爱它的人，以心相对、心无挂碍、心无渣滓，随文学自由起舞，在现实中无法解脱的东西，在文学的世界中都可以伸展开来，这岂不是一件十分幸福的事情吗？

有些幸福如同那些书一样，需要在时间中细细品味。高中时，一位同学送给我一本帕乌斯托夫斯基的《金蔷薇》，我迫不及待地读完了它，除了听说它是名著，还想从中学到一些写作技巧，但于今留下的只有影影绰绰的记忆。去年年底，我又买到它的新印本，一打开，金蔷薇的故事就带给我深深的震撼，我不明白当年为何轻易地错过了它，故事叙述的是一位又老又丑的老清洁工，为了给他热爱的"小姑娘"苏珊娜打一朵据说代表着幸福和好运的金蔷薇，把首饰作坊的尘土运回来，在夜深人静的时候，扬去尘土从中积攒金屑，没有人知道他花了多少工夫，让这些金粉成为金锭，一直到最后可以打成金蔷薇。当这个充满着温情的金蔷薇打成时，他自惭形秽，不敢交给美丽的姑娘，直到抱着它死去。这枚金蔷薇后来到了一位作家的手中，他记下了这段故事，并感慨地写道：

> 我们，文学家们，以数十年的时间筛取着数以百万计的这种微尘，不知不觉地把它们聚集拢来，熔成合金，然后将其锻造成我们的"金蔷薇"——中篇小说、长篇小说或者长诗。
>
> ……
>
> 然而，一如老清扫工旨在祝愿苏珊娜幸福而铸就了金蔷薇那样，我们的创作旨在让大地的美丽，让号召人们为幸福、

欢乐和自由而斗争的呼声,让人类广阔的心灵和理性的力量去战胜黑暗,像不落的太阳一般光华四射。①

感人的故事,还有非常有力量的对于文学写作的阐释,扬尘取金,数十年的心血,没有信念和强烈的爱一直支撑着,这样的劳动是不可想象的。信与爱,也是我们所需要的;信与爱,是我们对文学的信托,也是文学给我们的力量!《金蔷薇》中,帕乌斯托夫斯基的妙笔让我们领略了俄罗斯的森林,大地,暴雨,白夜,星空,以及一个个鲜活的生命,他也不断唤醒对生命和文学的热爱。——而这些,都是当代文学和批评所不能缺少的!

文学与我们的生命彼此温暖的时候,也就不会再那么不堪,那么无力,也不再是物质巨兽脚下的侏儒。帕乌斯托夫斯基不断地阐述文学的价值和意义:"为了这样美好的大地,为了像波琳娜这样的姑娘,甚至只是为了她一个,也应当召唤人们起来为争取过欢乐的、理想的生活而斗争。凡是使人悲伤、使人痛苦的事物,凡是哪怕会勾起人们一滴眼泪的事物,都应当连根铲除。这包括沙漠,包括战争,包括不公平,包括谎言,包括对人心的轻辱。"② 他赞扬普里什文:"普里什文的一生,是一个摆脱环境强加于他的一切非他所固有的东西,而只'按心灵的意志'生活的范例。这样的生活方式体现了最健全的理智。一个'按心灵',按内心世界生活的人,永远是创造者,是造福于人类的人,是艺术家。"③ 说得多好啊!世俗生活有无穷之累,但再累,精神超越的心不能死。做一个"按内心世界生活的人",很难,但这不是我们屈服于世俗生活的理由。

---

① 康·帕乌斯托夫斯基:《珍贵的尘土》,《金蔷薇》,第13页,戴骢译,上海译文出版社,2010年。
② 康·帕乌斯托夫斯基:《一部中篇小说的由来》,《金蔷薇》,第81页。
③ 康·帕乌斯托夫斯基:《早就打算写的一本书》,《金蔷薇》,第297页。

四

或许，不需要再问：为什么只有两个读者，你还要写这样的文字。

我的回答，除了自得其乐之外，还有：我要报偿那些令我感动的文字，报偿那些写下它们的人，他们让我"相信理智的力量，相信人心解救世界的力量，并且热爱大地"[①]。我更愿意作为一个转述者，让更多的人阅读它们，相信并热爱它们。

热爱文学，不能让我们富贵，却可以让我们的灵魂高贵。这份高贵，不是用来自满和向人们炫耀的，而是让生命更踏实、谦卑和丰富。

2011 年 5 月 3 日零时于花城竹笑居

(《世俗生活与精神超越》，上海文艺出版社，2011 年)

[①] 康·帕乌斯托夫斯基：《一部中篇小说的由来》，《金蔷薇》，第 90 页。

中国现代文学馆青年批评家丛书

丛书主编 吴义勤